集英社オレンジ文庫

後宮茶華伝

仮初めの王妃と邪神の婚礼

はるおかりの

JN053847

本書は書き下ろしです。

［目次］

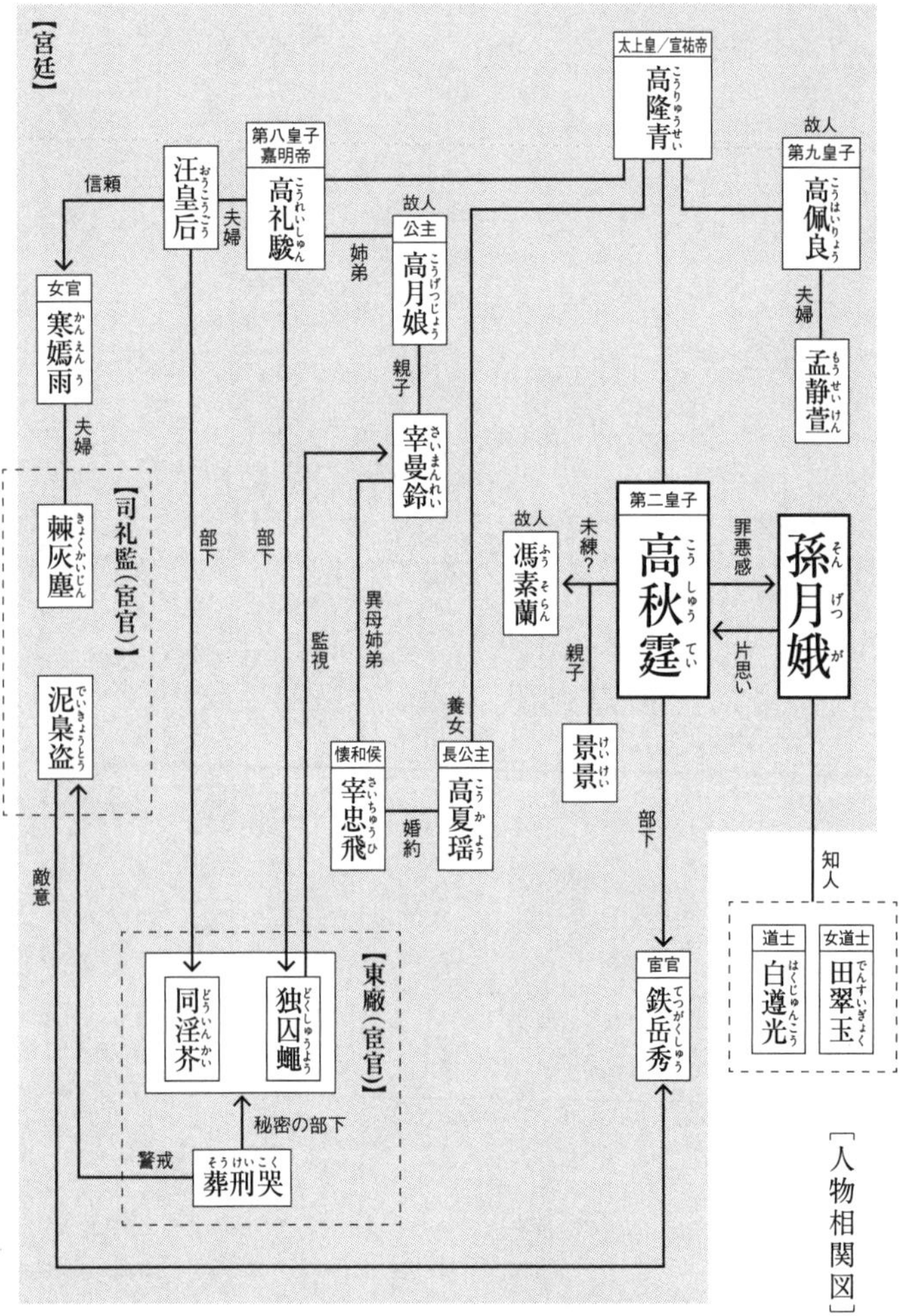

【宮廷】

太上皇／宣祐帝
高隆青 こうりゅうせい

第八皇子
嘉明帝
高礼駿 こうれいしゅん

第九皇子
高佩良 こうはいりょう
故人

汪皇后 おうこうごう
信頼

夫婦

故人
公主
高月娘 こうげつじょう
姉弟

孟静萱 もうせいけん
夫婦

女官
寒嫣雨 かんえんう

親子

夫婦

宰曼鈴 さいまんれい

棘灰塵 きょくかいじん

【司礼監（宦官）】

泥梟盗 でいきょうとう

部下

部下

異母姉弟

監視

懐和侯
宰忠飛 さいちゅうひ

養女
長公主
高夏瑶 こうかよう

婚約

第二皇子
高秋霆 こうしゅうてい

故人
馮素蘭 ふうそらん
未練？

親子

景景 けいけい

部下

罪悪感

孫月娥 そんげつが

片思い

知人

敵意

【東廠（宦官）】

同淫芥 どういんかい

独囚蠅 どくしゅうよう

秘密の部下

葬刑哭 そうけいこく

警戒

宦官
鉄岳秀 てつがくしゅう
部下

道士
白遵光 はくじゅんこう

女道士
田翠玉 でんすいぎょく

［人物相関図］

後宮茶華伝《こうきゅうさかでん》
仮初めの王妃と邪神の婚礼

第一煎　仮初《かりそ》めの華燭《かしょく》

「月娥《げつが》！　あんた、いったいなにしたのさ⁉」

「なにって、お湯を沸かしてるのよ」

孫《そん》月娥は湯銚《ゆわかし》を茶炉《こんろ》にかけた。炉扇《ろせん》で風取り口をあおいで火力をさかんにする。沸きが遅いと湯が老いてしまい、清らかな風味が失われるからだ。

「今日は瑞香蛾眉《ずいこうがび》を淹《い》れるわ。だいぶ寒くなってきたから紅茶であたたまらなくちゃね。おやつには包子《まんじゅう》を作ったの。翠玉《すいぎょく》が好きな胡桃餡《くるみあん》よ。前みたいに欲張って食べないでね。ひとり二つずつしかないんだから」

「そんなことはどーでもいいの！」

田《でん》翠玉は月娥の両肩をつかんだ。

「一大事だよ！　采霞廟《さいかびょう》はじまって以来の椿事《ちんじ》だ！」

「わかったから、邪魔しないで。火加減が弱いとお湯がにぶくなっちゃうでしょ」

京師《みやこ》・煌京《こうけい》のはずれ、綏山《すいざん》の中腹に位置する采霞廟。崑崙山《こんろんさん》で西王母《せいおうぼ》の桃を管理しているといわれる釆霞仙姑《せんこ》を祀《まつ》る小廟《しょうびょう》には、月娥と翠玉をふくめて二十数名の道姑《どうこ》（女道士《どうし》）が仕えている。朝夕の功課《こうか》だけでなく、野良仕事や針仕事にいそしむ道姑たちにとって、茶の時間は心休まるひと時である。

茶菓の支度《したく》は十年前から月娥が担当している。茶商の養女として育ち、物心がつくころから茶に親しんできたので胸が弾む仕事だ。

「湯のことなんかどうでもいいんだって！」

「よくないわよ。お湯が悪ければ茶葉の香りが散るわ。味もぼやけて……」

「あーもう、茶から離れなって茶馬鹿！　あたし、山門のところで見たんだ！　連中がぞろぞろ入ってきた。きらっきらな服着て、こーんな帽子をかぶったやつらが」

ふうん、と聞き流し、湯銚のふたを開けて湯加減を見る。底から蟹《かに》の眼のような小さな泡が生じ、湯にさざなみが立ったら頃合いだが、まだすこしく早い。

「聞いてんの⁉　あいつら、あんたに会いに来たんだよ！」

「私に？　どうして？」

「知るもんか。孫道姑はいるかって訊いてたんだ。あんたを探してるんだよ」

「香客《こうきゃく》の団体さまがいらっしゃったってことね。じゃあ、ちょっと待っていただけるよう頼んでくれる？　お茶の支度がすんだら行くから――」

「無茶なこと言うな！　待たせられるわけないだろ！」

翠玉は月娥から炉扇をとりあげた。切羽詰《せっぱつ》まった様子で顔をのぞきこんでくる。

「あんた、相手がだれだかわかってる？　皇帝の使者だぞ！」

「皇帝の使者……？　まさか。悪ふざけはよして」

「悪ふざけじゃないんだよ！　ほんとに来てるんだって、ほら、そこに──」

翠玉が指さした先を見て月娥は眉《まゆ》をひそめた。鈍色《にびいろ》の甍《いらか》がふかれた回廊《かいろう》をわたってくる人影がある。みながみな、きらびやかな恰好《かっこう》をした男たちだ。

──ちがうわ、男の人じゃない。

先頭を行く者は紅緋《べにひ》の蟒服《ぼうふく》をまとっている。いかめしい蟒蛇《うわばみ》を縫《ぬ》いとった貼里《ちょうり》は三監《さんかん》と総称される上級宦官《かんがん》が着る衣。蟒服は位階によって色が決まっている。最上位たる太監《たいかん》は紫紺《しこん》、第二位たる内監《ないかん》は紅緋、第三位たる少監《しょうかん》は群青《ぐんじょう》。

「孫馨如《けいじょ》はどちらだ？」

群青の蟒服を着た配下たちを従え、先頭の宦官が回廊の階《きざはし》をおりてきた。厨《くりや》の内院《なかにわ》には月娥と翠玉しかいない。月娥はおずおずと前に進み出た。馨如は月娥の名だ。

「私ですが……」

声が震える。皇宮で絶大な権力を持つ三監は巷間《こうかん》においてほとんど暴君と同義である。彼らの悪評を聞かない日はなく、三監に虐《しいた》げられた女人が呆霞廟に駆けこんでくることもすくなくない。できる限り、かかわりたくない相手だ。

紅緋の宦官が手にしていた巻子《かんす》をひらく。その色彩を見て月娥は目を見張った。明黄色《にちりんいろ》の絹地に五爪《ごそう》の龍の刺繍《ししゅう》。天子の詔《みことのり》——すなわち聖旨《せいし》だ。

「なにをしている。ひざまずけ」

かたちのよい眉をつりあげ、宦官が月娥を睨《にら》んだ。絵筆で描かれたかのような美しい顔立ちをしている。整いすぎた目もとは感情が希薄で、いっそ冷酷《れいこく》に見えた。

「これから勅書《ちょくしょ》を読みあげる。ひざまずかねば不敬罪《ふけいざい》に問われるぞ」

鋭い視線で射貫《いぬ》かれ、月娥はつんのめるようにしてひざまずいた。

「天を奉《ほう》じ運を承《う》くる皇帝、詔して曰《いわ》く——caption霞廟の道姑、孫馨如は貞静《ていせい》にして温柔《おんじゅう》、容貌《ようぼう》は明月《めいげつ》をあざむく。よって整斗王府《せいとおうふ》に嫁《とつ》がせ、親王高奕倹《こうえきけん》の継室《けいしつ》とする。婚礼は来たる正月。勅を受けてより七日のうちに還俗《げんぞく》し、皇宮は震宮《しんきゅう》にて吉日を待て」

つつしんで受けよ、と型どおりの文句で締めくくり、宦官は聖旨をさしだす。

「六日後、あらためて迎えに来る。それまでに親族や同輩と別れをすませておけ」

入宮《にゅうきゅう》すれば容易に外には出られないので覚悟しておくようにとつけくわえた。

「どうした？　よもや否《いな》と申すのではあるまいな」

冷ややかな声が降る。月娥は首を横にふって聖旨を受けとった。

「皇恩《こうおん》に感謝いたします」

胸が高鳴りすぎて悲鳴じみた軋《きし》り音をあげていた。ただしそれは、喜びの声である。

整斗王・高奕倹、字《あざな》は秋霆《しゅうてい》。今上《きんじょう》の異母兄にあたるその男性は、月娥の初恋の人だ。

どんな王朝も中葉《ちゅうよう》を過ぎると、政道の乱れが顕著《けんちょ》になってくる。官界の腐敗、宦官の専横、増えすぎた皇族、度重《たびかさ》なる災害、疫病《えきびょう》の流行、夷狄《いてき》の侵略。内憂外患《ないゆうがいかん》が民衆の生活をおびやかし、貧窮《ひんきゅう》と悲苦を生み、ひいては反乱の温床となる。

栄華を誇った凱《がい》も歴代王朝がたどってきた亡国の道にわれ知らず足を踏み入れていた。そのあきらかな兆候が怨天教《えんてんきょう》の隆盛である。

怨天教は現体制を真っ向から否定する宗教だ。聖明天尊《せいめいてんそん》の下生《げしょう》によって現世に楽土を出現させるという「天尊下生」の教義は容易に民変《みんぺん》と結びついた。紹景《しょうけい》年間以降、各地で怨天教団を主体とする大小の反乱が頻発《ひんぱつ》し、義昌帝《ぎしょうてい》は乱民《らんみん》の慰撫《いぶ》に手を焼いている。宣祐帝《せんゆうてい》は即位当初から怨天教の禁圧に力を入れた。宣祐十九年の彭羅生《ほうらせい》の乱を機に弾圧は峻烈《しゅんれつ》さを増し、刑場では連日おびただしい血が流れ、邪教徒の骸《むくろ》が山と積みあげられた。摘発に次ぐ摘発、苛酷《かこく》な刑罰にもかかわらず、妖教《ようきょう》の魔力はいっかな衰えなかった。怨天教の信徒は殉教《じゅんきょう》を恐れなかったからだ。殉教すれば玉京《ぎょっけい》におわす聖明天尊に迎えられ、「神の国」の一員になることができると彼らは信じていた。宣祐二十九年の賞月《しょうげつ》の変《へん》は死をもいとわぬ邪教徒たちの怨憎《おんぞう》の発露であった。

怨天教の撲滅《ぼくめつ》を目指した宣祐帝は宣祐三十二年、志《こころざし》なかばで譲位《じょうい》する。御年五十三。廃皇子《はいおうじ》・高奕儀《こうえきぎ》による暁和殿《ぎょうわでん》襲撃で得た怪我《けが》がもとで病がちとなり、譲位を急いだといわれている。同年、第十九代皇帝・嘉明帝《かめいてい》が即位した。弱冠《じゃっかん》二十歳《はたち》の青年皇帝は、父帝の政策をおおむね踏襲しつつも、怨天教の禁圧には多少の手心をくわえた。

賞月の変のおり、皇太子であった嘉明帝は捕らえられた怨天教徒たちの怨嗟《えんさ》の声を聞き、たいへん胸を痛めたという。その経験から、怨天教が天下にはびこる原因は政道の誤りにあるとして、悪辣《あくらつ》な皇族や貪官汚吏《たんかんおり》に虐げられ、淫祀《いんし》に心を寄せるよりほかなかった民への憐《あわ》れみを示すかたちで、禁圧の手をゆるめたのだ。皮肉なことに、慈悲《じひ》深い青年皇帝の恩情は仇《あだ》となって彼自身にかえってきてしまう。

嘉明帝はつくづく怨天教と因縁《いんねん》が深い。

異母兄である整斗王《せいとおう》・高奕倹《こうえきけん》の継室《けいしつ》も妖教がらみの曰く付きだった。『凱宮遺聞《がいぐういぶん》』『凱史《し》紀事本末《きじほんまつ》』『嘉明帝伝《かめいていでん》』『燃灯変事略《ねんとうへんじりゃく》』等の野史《やし》によれば、高奕倹の二人目の王妃・孫氏《そんし》は怨天教徒の娘であったという。真偽のほどはさだかではないが、孫氏を彭《ほう》羅生（第三十二代、第三十九代など、諸説あり）の息子・彭兄弟の異母姉とする記録もある。

もし、これが事実ならば、光順帝《こうじゅんてい》の再来と謳《うた》われ、凱朝最後の仁君《じんくん》として歴史に名を刻むはずだった嘉明帝を一夜にして残忍無比な暴君に変貌させた凄惨《せいさん》な事件は、水面下でひそやかに進行していたことになる。

ともあれ、孫氏が宗室《そうしつ》に嫁いだ時点では、嘉明帝がのちに数十万もの犠牲者《ぎせいしゃ》を出す大虐殺《だいぎゃくさつ》を行うとはだれも予想していなかった。当の嘉明帝でさえも。

すべてを変える悲劇「燃灯の変」が十年後に迫った嘉明七年、新春。整斗王府では盛大な婚礼がとり行われた。言うなればそれは、凶事の前の吉事であった。


深紅の龍袍《りゅうほう》をひきずるようにして、整斗王《せいとおう》・高秋霆《こうしゅうてい》は花嫁の閨《ねや》に向かっていた。

宴席の喧騒《けんそう》はすでに遠い。回廊の左右には雪化粧《ゆきげしょう》をほどこされた内院《なかにわ》がひろがり、暗がりは雪明かりに染められている。重い呼気が白く濁《にご》る。骨身に染みる夜気は、祝い酒をさんざん飲まされてもなお酔えぬ頬《ほお》を情け容赦《ようしゃ》なく切りつけてくる。

玻璃灯籠《はりとうろう》が落とす火影《ほかげ》を踏み、秋霆は腰羽目板《こしはめいた》に金色《こんじき》の龍が躍る格子戸《こうしど》の前に立った。待ちかまえていた宦官が揖礼《ゆうれい》して開扉《かいひ》する。格子戸が億劫《おっくう》そうに口を開けると、眼前に赤い薄闇があらわれ、あでやかな蘭麝《らんじゃ》の吐息がまろび出た。

臥室《しんしつ》は纏枝蓮《てんしれん》の落地罩《まじきり》で仕切られている。秋霆は紅の錦で飾りたてられた套間《つぎのま》をとおり、金漆《きんしつ》塗りの座灯《ざとう》のまたたきに導かれて寝間に入っていく。

吉祥如意《きっしょうにょい》が織りだされた絨毯《じゅうたん》に靴底《くつぞこ》をゆだねるや否や、つややかな牀榻《しんだい》に目を射られた。牀榻の両側では七宝糸彫りの卓灯《たくとう》が玲瓏《れいろう》と輝き、秘め事を待ちわびる極彩色の褥《しとね》をゆかしい炎の霜でひっそりと濡らしている。

褥に腰かけているのは紅蓋頭《こうがいとう》をかぶった花嫁――孫月娥《そんげつが》だ。

秋霆が作法《さほう》どおりに竿《さお》で紅蓋頭をはずせば、花嫁の美貌が蘭灯《ともしび》の下にあらわれる。

においやかな蛾眉《がび》、淡く色づいた花のまぶた。長いまつげは雪をあざむく肌膚《はだえ》に濃い翳《かげ》を落とし、赤い唇は露《つゆ》をふくんだ桜桃《おうとう》のよう。月宮殿《げっきゅうでん》から舞い降りてきた嫦娥《じょうが》かと疑われるほどの美婦《びふ》がそこにいた。

月娥は捨て子だったという。赤子のころ、茶商・孫報徳《ほうとく》の邸《やしき》の門前に置き去りにされていたので、不憫《ふびん》に思った孫夫妻が引きとって養女とした。情け深い養父母に実子とわけへだてなく愛情を注がれ、何不自由なく育ったが、とある事情から養家に居づらくなり、十三のとき出家して道姑《どうこ》になった。年齢は二十五。世間では〝とうが立った〟といわれる齢《よわい》だが、後宮の妃嬪《ひひん》としても通用する麗質《れいしつ》の持ち主だ。

月娥とは面識がある。十年前、香客《こうきゃく》として采霞廟《さいかびょう》を訪れた際、偶然知り合ったのだ。純朴そうな娘だと思ったことはおぼえているが、それ以上の印象はない。さして気にとめていなかった。そのかみ、秋霆には愛妻がいたので。

先の整斗王妃・馮素蘭《ふうそらん》。彼女が鬼籍《きせき》に入って五年が過ぎた。三年を数えるころから今上《きんじょう》に再婚を勧められていたが、秋霆はかたくなに拒《こば》んできた。もう二度と妻《めと》は娶らないと心に決めた。結婚は自分には向いていないからだ。

こたび、継室《けいしつ》を迎えたのは心境に変化があったからではない。昨年より臥《ふ》せっている李《り》皇貴太妃《こうきたいひ》の病を祓《はら》うため、縁起直しに再婚するよう今上に強く勧められたのだ。李皇貴太妃は秋霆の養母である。血縁のない秋霆を乳飲み子《ちのみご》のころから養育してくれた。大恩ある李皇貴太妃のためと言われれば拒むことができない。不孝は大罪だ。秋霆は不孝者になりたくなかった。これ以上、罪をかさねるわけにはいかなかった。

——いや、もうかさねている。

またしても罪なき女人を不幸にしてしまうのだろうか。この呪われた結婚によって。

その日、月娥は桂花《もくせい》を摘《つ》むため采霞廟《さいかびょう》の裏山へ出かけた。桂花は乾燥させて茶にするほか料理にも用いられる。ことに桂花の醬《ジャム》をたっぷり生地に混ぜこんだ蒸しもちは道姑たちの好物なので、秋になると摘みに出かけるのが恒例になっていた。

裏山には見事な桂花の林があった。深緑の葉叢《はむら》に橙《だいだい》色の花が鈴なりに咲き誇るさまはいかにもあざやかで、その艶《えん》な香りは道行く人を酩酊《めいてい》させるかのようだ。

すがすがしい朝の空気を胸いっぱいに吸いこみ、月娥は桂花を摘む作業に没頭した。それがいけなかったのだ。作業に集中しすぎて背後から近づいてきた足音に気づくのが遅れた。不審に思ってふりかえろうとした瞬間、野太い腕で抱きつかれた。悲鳴は毛むくじゃらの手で封じこめられ、道服《どうふく》をはぎとられて地面に組み敷かれた。

反転した月娥の視界に映ったのは三匹の禽獣《けだもの》だった。姿かたちは人に似ていても、なまぐさい息遣いや野蛮な膂力《りょりょく》は人の心を持たぬ虎狼そのものだ。彼らの目的がなんなのか、だれに教えられるまでもなくわかっていたが、十五の小娘にすぎない月娥にできることはなかった。恐怖のあまり四肢《しし》は凍りつき、喉《のど》はひきつっていた。

もはや月娥に残された道は嵐が過ぎ去るのを待つことだけだ。彼らが獣欲を満たして立ち去ったのち、身の処しかたを考えるしかない。恥を忍んで采霞廟へ帰るか、桂花の木に帯を結んで首をくくるか。どちらかといえば心は後者へかたむいていた。禽獣に蹂躙《じゅうりん》された身体《からだ》を所有していたくない。一刻も早く捨ててしまいたかった。

嘔気《おうき》をもよおす感触から逃れようとして、月娥はかたく目を閉じた。完全に視界を放棄することで、現実と自分を切り離そうと試みたのだ。その試みは功を奏した。素肌を這《は》いまわる下卑《げび》た手のひらが消え、首筋に降りかかる悪臭が消え、身体を押しつぶさんばかりにのしかかってくるおぞましい重量が消え去った。このまま、なにも感じずに終わってほしい。いっそ意識を失くしてしまいたい。切にそう願ったときだった。

「もう大丈夫だ」

あたたかい声が降ってきた。禽獣のものではない。人の声音《こわね》だ。おそるおそるまぶたを開けると、青年がこちらをのぞきこんでいた。橙黄色《とうこうしょく》の花を散らした秋晴れの空。彩色画のような背景に際立つ精悍《せいかん》な面輪《おもわ》が一瞬で目に焼きついた。

「安心しろ。やつらは始末しておいた」

「……始末?」

「殺してはいない。官府《かんふ》に突き出さねばならぬからな。軽く打ちのめしただけだ」

殴《なぐ》られて気絶したのか、禽獣たちは間の抜けた顔をさらして地面に転がっていた。

「そなたは采霞廟の道姑だな?」

うなずいた直後、さっと青ざめた。無様な姿をさらしていることを思い出したのだ。あわてて道服の領《えり》をととのえようとしたが、その必要はなかった。素肌がむき出しになっているはずの月娥の身体は、男物の外套《がいとう》にすっぽりと覆《おお》い隠されていた。

「采霞廟に送り届けよう」

「だ、大丈夫ですわ。自分で、立てますから……」

起きあがろうとしたが、手足は木石に変じてしまったかのように動かない。うろたえていると、青年に右腕をつかまれる。月娥は弾かれたようにびくりとした。

「乱暴はしない。怪我をしているので、手巾《しゅきん》を巻かせてくれ」

青年の声を聞くと、ふしぎなほど緊張がやわらぐ。見れば、前腕のやわらかい皮膚《ひふ》にいくつか切り傷ができており、血がにじんでいる。青年は蝙蝠文《こうもりもん》の手巾《しゅきん》をひろげて帯状に折りたたみ、すばやく傷口を覆って程よい力加減で縛った。ありがとうございます、とぎこちなく口にしようとした刹那《せつな》、抱きあげられる。

後始末は任せたぞ、と青年が言った。月娥ではなく、彼のそばにひかえていた大柄な男への言葉だ。大柄な男は慇懃《いんぎん》に首を垂《こうべ》れ、暴漢たちを縄で縛りあげていく。

「おぼえておきなさい」

月娥を抱いて山道をくだりながら、青年が低くささやいた。

「やつらが貶《おとし》めたのはそなたではない。やつら自身だ」

はい、と首肯《しゅこう》する。自分をつつんでくれる両腕があたたかい。月娥は眠るように目を閉じた。今度は恐怖から逃げるためではなく、安堵《あんど》に身をゆだねようとして。

そのときはまだ知らなかった。青年の素性も、わが胸に生じた感情の名も。のちに知ってしまったときには、引きかえすことができない地点まで来ていた。

――この恋は、きっと叶わない。

月娥を助けた青年こそ、整斗王《せいとおう》・高秋霆《こうしゅうてい》であった。釆霞廟に参詣《さんけい》するたび、秋霆は月娥を気にかけてくれた。朴訥《ぼくとつ》な温情によって。親王殿下が一道姑にすぎない自分を案じてくれることをありがたく思いつつも、月娥の心はせつなく軋《きし》んだ。

秋霆が色好みであれば、自分を慕《した》う道姑にほんのひととき情けをかけてくれることもあったであろう。だが、彼は誠実な男性だ。金枝玉葉《きんしぎょくよう》に名をつらねる貴《とうと》い身分でありながら側妃《そくひ》を置かず、嫡室《ちゃくしつ》しか迎えていない。しかも王妃馮氏《ふうし》とは相思相愛の仲。寄り添って釆霞廟の山門をくぐるふたりの姿がそれを証明していた。

自分は叶わぬ恋に身を焦がして生きていくのだ。そう覚悟してから九年目の秋。詔勅《しょうちょく》がくだり、継室《けいしつ》として秋霆に嫁ぐことになった。

――夢を見ているのかしら?

なぜ自分が選ばれたのだろう。月娥より美しい女は大勢いる。月娥より若い娘だってたくさんいる。毛並みがよい者や才質《さいしつ》に恵まれている者も無数にいるだろう。一介の道姑にすぎない月娥を選ばなくても、継室候補には困らなかったはずだ。

釈然としない思いを抱えながらも、心が羽ばたくのをとめられなかった。秋霆と結ばれることができるのだ。はじめて出会った日からずっと忘れられない初恋の人と。

勅命《ちょくめい》に従って入宮し、青朝《せいちょう》に位置する震宮《しんきゅう》で内廷《ないてい》の規則や宗室《そうしつ》の系譜を学んだ。めまいがするほど煩雑な礼儀作法《れいぎさほう》を必死で頭に叩きこみ、親王妃のつとめや婢僕《めしつかい》のあつかいかたなどをおぼえ、目まぐるしい三月を過ごした。

そうして迎えた華燭《かしょく》の典《てん》。月娥は華麗《かれい》な花嫁衣装に身をつつんで秋霆を待っていた。胸が高鳴りすぎてうるさいほどだった。すばらしい夜になるだろうという期待で脈打っていた。彼がささやいてくれる甘い言葉や、物慣れない花嫁を気遣ってくれるやさしいしぐささえ、つたない想像力でつぶさに思い描いていた。

人生でもっとも幸福な夜になるはずだった。朝日がのぼるころには、天下一幸せな新妻になっているはずだった。それなのに、どうして――。

「お目覚めのお時間ですわ、王妃さま」

床帷《とばり》のむこうから響いた女官の声が夢の浅瀬で寝返りを打つ月娥を覚醒《かくせい》させた。

婚礼から八日目の朝である。すでに格子窓《こうしまど》から新鮮な日ざしがさしこんでいる。

月娥は陰鬱《いんうつ》な身体を引っぱりあげるようにして起きあがり、婢女《はしため》がささげ持つ方盆《ほうぼん》から豆彩《とうさい》の並頭蓮《へいとうれん》が咲く茶杯《ゆのみ》をとった。中身はぬるい茶湯だ。飲み物ではなく、口をゆすぐために用いる。いったん口にふくんだ茶湯は大ぶりの白玉碗《はくぎょくわん》に吐き出す。次に銀製の洗面器がさしだされる。花の蒸留液を数滴垂らした湯は適度にあたたかく、両手ですくって顔をひたすと冷えた肌がほのかな芳香につつまれる。なお、洗顔中は背中におろした髪が邪魔にならないよう、婢女が手でたばねて持っていてくれる。

茶湯を出す者、白玉碗をささげる者、洗面器を持つ者、髪をたばねておく者、顔を拭《ぬぐ》う布をさしだす者、だれひとりとして言葉を発しない。彼女たちが婢女だからだ。主の許可なく、婢女は口をひらかない。唯一の例外は謝罪するときだそうだ。それ以外の言葉は求められない限り発してはならないのだという。

顔を拭いた布を五人目の婢女にかえすと、六人目の婢女が襪《しとうず》と繡鞋《くつ》を履《は》かせてくれる。月娥は自分の足が瑞錦《ずいきん》文の襪にするりとおさまり、牡丹《ぼたん》が縫《ぬ》いとられた繡鞋にそっとさし入れられるのをぼんやり眺めているだけでよい。

一連の朝の儀式をはじめて体験した日は面食らってしまった。なにかしてもらうたびに婢女に礼を言ったのだが、その必要はないと女官にたしなめられた。

「婢女は人のかたちをした調度《ちょうど》ですから、ねぎらいの言葉は不要です」

ねぎらうとかえって彼女たちを困惑させてしまうというので黙っている。繍鞋を履いたら女官に先導されて化粧殿《けわいどの》へ移動する。化粧殿は身支度《みじたく》をするための部屋。遊廊《わたりろうか》で臥室《しんしつ》とつながっている。寝間にも鏡台はあるのだが、就寝前しか使わない。

「王妃さまにごあいさついたします」

格子戸の前にひかえていた宦官《かんがん》がうやうやしく揖礼《ゆうれい》する。あいさつをかえす必要はない。宦官が扉を開けるのを待つだけだ。喜鵲《かささぎ》模様の格子戸がひらかれるので、女官に手を支えてもらって敷居をまたぎ、化粧殿に入る。芙蓉香《ふようこう》のにおいがほのかに漂う殿内は草花文の落地罩《まじきり》と玉石を象嵌《ぞうがん》した囲屏《びょうぶ》で仕切られており、奥の間には螺鈿《らでん》細工の鏡台が高慢な女王のごとく鎮座していた。

精緻な透かし彫りがほどこされた繡墩《こしかけ》に月娥が座ると、女官たちが化粧《けしょう》にとりかかる。まずは薔薇水《しょうびすい》と面脂《めんし》で肌質をととのえ、真珠《しんじゅ》の粉末を用いたおしろいで頬《ほお》やひたいを白く染めあげていく。螺子《らし》の黛《まゆずみ》で柳の葉に似せた眉《まゆ》を描かれ、臙脂《べに》で桜桃のような唇を描かれてもなお、菱花鏡《りょうかきょう》に映る月娥の表情は冴えない。

「元宝髻《げんほうけい》はお気に召しませんか？」

背後から声をかけられ、月娥は視線をあげた。

なめらかな鏡面に快活そうな佳人《かじん》が映りこんでいる。整斗王妃付き首席女官の周巧燕《しゅうこうえん》だ。齢《よわい》は三十八と聞いている。目じりに泣き黒子《ぼくろ》をそえた婀娜《あだ》っぽい目もとのせいか、むいた卵のようなつやつやかな肌のせいか、女官服に隠しきれぬ肉感的な体つきのせいか、女ざかりの頂《いただき》にいるといった印象を受ける。

「いいえ、とても素敵だわ。ありがとう」

巧燕は髪結いが得意だ。今朝は頭頂部に蝶結びに似た髷《まげ》を作る元宝髻を結ってくれた。

「まあ、王妃さまったら。わたくしども女官にお礼などおっしゃってはいけませんわ」

「ごめんなさい、つい癖で……」

婢僕相手にみだりに謝罪してはいけないという規則を思い出し、口をつぐむ。

「お気になさらないでくださいませ。皇家のしきたりに慣れるには時間がかかります」

ええ、と生返事をして立ちあがり、女官たちに着替えを手伝ってもらう。といっても、月娥がすることはない。立っているだけで夜着を脱がされ、内衣《したぎ》をつけかえられて、胸高の濡葉《ぬれば》色の長裙《ちょうくん》を穿《は》き、宝相華《ほうそうげ》が咲きにおう衫《ひとえ》に袖《そで》をとおすことになる。

「……ひとつ尋ねてもよいかしら」

なんなりと、と巧燕が月娥の腕に披帛《ひはく》をかけながら答えた。

「殿下が私をお気に召してくださらなかったのは、なぜだと思う……？」

皇家では、婚礼から七日間、夫は嫡室の閨に通うことになっている。しきたりどおり、秋霆は七晩、月娥の閨に通ってきた。しかし、それだけだ。

期待していたことはなにも起こらなかった。抱き寄せられることもなければ、熱っぽく見つめられることも、ましてや素肌にふれられることなどなく、あたりさわりのない会話をしたあと、就寝のあいさつをして寝間を出て行く秋霆の背中を見送った。そんなことが七回もつづいたのだ。自分が夫に望まれていないことくらい察しがつく。

「やっぱり、もう若くないせいよね……」

二十五といえば、とっくに嫁いで子を産んでいる年齢だ。妙齢の花嫁とは言いがたい。

「さようなこと、殿下はお気になさいませんわ」

「じゃあ、出自のことでしょう。名門の生まれでないばかりか、両親の名もわからない捨て子だから……」

「とんでもない。殿下は王妃さまのご事情をとうにご承知ですわ。もとより門地《もんち》に拘泥《こうでい》なさるおかたではございませんので、お生まれのことでお厭《いと》いになることはないかと」

「年でも出自でもないなら……私の容姿が殿下のお好みに合わないのね」

「王妃さまはお名前のとおり嫦娥のような美女でいらっしゃいます。殿方《とのがた》のお気に召さないはずがありませんわ」

「……だったら、なぜ殿下は私にふれてくださらないのかしら？」

婚礼の夜には自然な成り行きで同衾《どうきん》するものと思っていた。まさか夫に指一本ふれられず、生娘《きむすめ》のままで八日目の朝を迎えるとは、想像していなかった。

「おそらく……先代の王妃さまのことが影響しているのでしょう。殿下は情け深いかたですから、なかなか思い切れないのかと」

五年前、先代の整斗王妃・馮素蘭《ふうそらん》は産褥熱《さんじょくねつ》により亡くなっている。

「……いまも馮妃さまを想っていらっしゃるのね」

采霞廟で何度か見かけた、仲睦《なかむつ》まじいふたりの様子が思い出される。連れだって子宝祈願に来ていた。祭壇前にひざまずいて熱心に祈禱《きとう》をするふたりは、ときおり由《よし》ありげに視線をかわし合っていた。素蘭が懐妊したと喜んでいた秋霆も記憶にあたらしい。子が流れてしまったあとも夫婦のきずなは深まる一方で、秋霆は「素蘭が気鬱にかかっているのでどうすればよいか」と年配の道姑《どうこ》に助言を求めに来ていた。素蘭が亡くなったころからめっきり足が遠のいてしまったが、最愛の妻を喪《うしな》った悲しみが深すぎて、彼女を思い起こさせる場所には足を運びたくなかったのだろう。

──当然だわ。あれほど愛し合っていらっしゃったんだもの。

素蘭の父は宗室の諸事をつかさどる宗人府《そうじんふ》の官僚、馮来超《らいちょう》である。官職は経歴司《けいれきし》、官品は正五品。内閣《ないかく》や六部《りくぶ》に名をつらねる高官ではないが、下僚と言い捨てるほどでもないので、馮氏一門は官族《かんぞく》としては中流だ。馮家は権門《けんもん》李家とゆかりがあり、ふたりの縁談は秋霆の養母たる李皇貴太妃の肝《きも》いりで進められた。

小説や芝居のように熱烈な恋で結ばれた夫婦ではなかった。家同士の取り決めにより婚儀をあげ、床杯《とこさかずき》を交わしてから琴瑟相和《きんしつあいわ》す仲になったのだ。

夫婦の情愛が深ければ深いほど、永別の苦しみも癒《い》やしがたいものになろう。

――馬鹿みたいね、私……。

どうして愛されると思っていたのだろう。秋霆が素蘭をだれよりも慈《いつく》しんでいたことはよく見知っていたはずなのに。五年で忘れられる縁ではないと予想できたのに。

勝手に舞いあがってしまった。十年来の恋が叶うと有頂天になって、秋霆の胸中まで考えがおよばなかった。ひとりよがりだったのだ。

「時間が解決しますわ。思いつめてはなりません。どうか気長にお待ちください。時が経てば、殿下の御心もやわらぐでしょう」

巧燕の言葉に力ない笑みをかえし、月娥は前髪の上からひたいに手をあてた。

――花嫁として、私は欠点が多すぎるわ。こんなものまであるんだもの。

前髪に隠されてはいるが、そこには忌《い》まわしいかたちの痣《あざ》がある。これのせいで月娥は嫁ぎ先を見つけられず、養い親に迷惑をかけないようにするため、出家《しゅつけ》したのだ。

「ほがらかな日和《ひより》ですわ。朝餉《あさげ》は内院《なかにわ》で召しあがってはいかがでしょう」

仁啓《じんけい》年間には、宗室の夫婦は初夜から一月のあいだ朝餉をともにしていたそうだが、当世では七日までである。今朝からはひとりだ。

そうね、とうなずく。鬱屈《うっくつ》とした気分がすこしは晴れるかもしれない。巧燕に手を支えられて化粧殿を出ようとしたとき、格子戸のむこうから声が聞こえてきた。

「だめですよ、世子《せいし》さま。扉に紙切れを貼りつけては」

「紙切れじゃない！　呪符《じゅふ》だ！」

最初の声は整斗王妃付き首席宦官・魚奇幽《ぎょきゆう》のもの。もうひとつは子どもの声だ。

「ははあ、呪符ですか。それはけっこうですが、化粧殿の扉に貼ってはいけませんよ」

「あっ！　勝手にはがすな！　妖物《ようぶつ》を閉じこめるために必要なんだぞ！」

「妖物なんかいません」

「いるじゃないか！　さっき入っていくのを見たぞ！」

「見間違いでしょう。私は妖物など見かけておりません」

「嘘をつくなっ。女官たちを引きつれて部屋のなかに入っていったじゃないか」

「それは王妃さまです。身ごしらえをなさっているんですよ」

「いいや、女官たちを食っているんだっ。妖物は人を食べるんだぞ！」

なにやらにぎやかだ。気になって、月娥は格子戸を開けた。子どもの声が「あっ」と叫ぶ。扉の隙間《すきま》から顔を出すと、小さな人影が一目散に逃げ去った。

「お騒がせして申し訳ございません、王妃さま」

格子戸に貼りつけられた無数の紙切れを数枚まとめてはぎとり、奇幽が軽やかに揖礼した。凱《がい》ではめずらしい褐色《かっしょく》の肌に太監《たいかん》の位をあらわす紫紺《しこん》の蟒服《ぼうふく》がよく似合っており、目鼻立ちがはっきりした端麗《たんれい》な顔貌《がんぼう》は異国情緒《じょうちょ》を感じさせる。それもそのはず、彼の生国は南洋の島々を統《す》べる女王国・哀魯《あいろ》だ。

巧燕と同い年で、以前は皇帝の閨房《けいぼう》をつかさどる敬事房《けいじぼう》に仕えていた。敬事房といえば後宮の領袖《りょうしゅう》ともいうべき花形部署で、宦官二十四衙門《がもん》の首《おびと》たる司礼監《しれいかん》への足掛かりとして宦官たちの憧憬《しょうけい》の的《まと》だ。順調に出世街道を歩んでいたにもかかわらず、奇幽はみずから志願して整斗王府勤めになった。

なぜ栄達の道からそれて王府勤めを選んだのかと尋ねると、奇幽はのんきそうに「菜戸《さいこ》と過ごす時間を増やすためです」と答えた。菜戸とは宦官の妻である。

「八年前、敬事房太監をつとめていらっしゃった師父《しふ》の葬《そう》太監が司礼監随堂《ずいどう》太監に栄転なさることになりましてね、師父は私を掌家《しょうか》として連れていくとおっしゃったんですが、とんでもないとお断りしました。掌家というのは司礼監太監に仕える秘書官でして、すさまじい激務なんですよ。あんなせわしいお役目についたんじゃ、菜戸としっぽり過ごすこともできないと思いまして、異動を願い出ました」

なみなみならぬ愛妻家らしい。夫婦の時間を増やすため立身出世をあきらめるほどの溺《でき》愛《あい》ぶりだ、彼の妻はさぞや誇らしいだろうと思えば、当の菜戸は——。

「明け暮れこの人の顔を見ているとうんざりしますわ」

と思いのほか冷淡だ。なお奇幽の菜戸は巧燕である。彼らが夫婦だということに、月娥は丸三月も気づかなかった。ふたりがあまりに他人行儀だからだ。思えばふたりとも連れ合いがいることは当初からほのめかしていたが、その言動はおなじ主に仕える同僚以上のものではなく、夫婦者らしい気安さが感じられなかった。聞けば、公私混同を避けたいという巧燕の希望で、勤務中は役目に徹することにしているらしい。現にいまも紙切れはがしで忙しそうな奇幽を横目に、巧燕はわれ関せずとばかりにすましている。

「それはなに？　呪符なの？」

「いえいえ、そんなたいそうな代物《しろもの》じゃありませんよ。子どもの遊びですから」

月娥は格子戸から紙切れをはがしてみた。呪符のたぐいは道観《どうかん》でもよく見るが、これは似て非なるものだ。呪言らしき文字が書いてあるのだが、ずいぶんつたない。見よう見まねで書いた、子どもの手跡《て》であろう。

「あちらにいらっしゃるのは世子さま？」

ふと視線をあげると、正房《おもや》へつづく遊廊《わたりろうか》の円柱の陰から垂髫《おさげがみ》の頭がのぞいていた。素蘭が産んだ秋霆の息子、翼謙《よくけん》だ。幼名を景景《けいけい》といい、今年で五つになる。親王の嫡長子《ちゃくちょうし》だから、身位《しんい》は世子である。

婚礼の翌日、秋霆に紹介されたので顔は見知っている。懸命におぼえたであろう口上をはきはきと述べ、立ち居振る舞いにも幼いながら品格が感じられ、たいそう利発な男児《おのこ》であった。その後、何度か顔を合わせたが、あまり打ち解けてくれず、あいさつもそこそこに立ち去ることがつづいた。父親の再婚によって唐突《とうとつ》にあらわれた継母に戸惑っているのだろうと、こちらも無理に距離を縮めようとはしていない。

「世子さまがどうしてこんなものを？」

「……どうかお気を悪くなさいませぬよう」

奇幽はいたく言いにくそうに口をひらいた。

「実は……世子さまは王妃さまを妖鬼《ようき》だと思いこんでいらっしゃるんです」

「えっ？　私が、妖鬼？」

「話せばたわいのないことなのですが……。世子さまは五つにしてすらすらと経書《けいしょ》を暗唱なさるほどご聡明で、たいへん読書がお好きです。勉学の合間に小説をお読みになるのですが、このごろはことさら怪異譚《かいいたん》をお好みになっていました。そのなかに、邪悪な妖鬼が美しい娘に化けて嫁ぎ、一族の者を次々に襲うという話があるそうで」

どういうわけか、怪談に出てきた妖鬼花嫁を月娥だと思いこんでいるらしい。

「その怪異譚に影響され、せっせと呪符をお書きになり、王妃さまのお部屋の扉や壁にぺたぺたと貼りつけていらっしゃいます。ほかにも桃の枝を置いたり、墨汁《ぼくじゅう》をぶちまけたり、爆竹を鳴らしたりと……あの手この手で駆鬼《おにばらい》に精を出していらっしゃいまして」

「爆竹？　婚礼の翌日に何度も爆竹が鳴っていたのは、世子さまのしわざだったの？　いけないわ。まだ幼いのだから火を使うのは危ないわよ」

「いいえ、鳴らしていたのは側仕《そばづか》えです。世子さまがお命じになったそうで。騒がしいと殿下がお叱りになったので、爆竹騒動はおさまりましたが、そのぶん呪符に力を入れていらっしゃるようでして、今朝も私が目を離した隙にこのありさまで」

　奇幽はしゃがみこんで紙切れをはがしていく。貼ってある場所は全部、子どもの背丈で届く高さだ。景景が手ずから貼りつける様子が目に浮かんだ。

「片付けるのもひと苦労ですよ。まあ、墨汁だの灰だのをぶちまけられるよりは紙切れのほうがましですけどね。昨日は書房《しょさい》の前に馬糞《ばふん》が置いてあったので災難に見舞われました。なにせ、扉を開けたらいきなり馬糞ですから。世子さまがおっしゃるには、汚物は邪鬼祓《じゃきばら》いに効果てきめんだとか。わざわざご自分で厩舎《きゅうしゃ》から持っていらっしゃったんですよ。書房の前だけならまだしも、運ぶ途中でいくつか落としたらしくて……」

　愚痴《ぐち》をこぼす奇幽のとなりで、月娥はじわじわと口もとをほころばせた。

「笑い事じゃありません。私は敷居につまずいて馬糞の上に突っ伏してしまったんですから。蟒服を台無しにして菜戸に叱られましたよ。うちの菜戸はとんだ猛女でして。ふだんは虫も殺さぬような可愛《かわい》い顔をしていますが、ひとたび腹を立てると手に負えないんです。私の衣服は菜戸が仕立てていますから、汚そうものなら……」

「いいえ、そのことじゃないの。妙策を思いついたのよ」

「へえ？　いったいなんのための妙策で？」

「決まってるでしょう。殿下を口説《くど》き落とすためよ」

不首尾に終わった初夜をぐずぐずと嘆くのはやめよう。いつの日か愛されるのを夢見ながら座して待っていても得られるものはない。せっかく望外の幸運に恵まれて恋しい人に嫁ぐことができたのだ、彼の情愛を手に入れるために行動しなければ。

「どのような方策がおありで？」

「射将先馬《しやしようせんば》の策よ」

月娥は大げさな動作で弓をひきしぼる真似《まね》をしてみせた。見えない鏃《やじり》でとらえた標的は円柱のうしろにいる景景だ。

――将を射んと欲すればまず馬を射よ。

秋霆はひとつぶだねの景景を目に入れても痛くないほど鍾愛《しようあい》している。景景と仲良くなることが秋霆を攻め落とす近道だ。

景景《けいけい》攻略において、月娥には勝算があった。子どものあつかいに慣れているのだ。采霞廟《さいかびよう》では身寄りのない女児《めのこ》をあずかって養育している。月娥は彼女たちに茶の淹《い》れかたや菓子作りを教え、親しく付き合っていた。子どもが好きなものといえば、なんといっても甜点心《おかし》だ。おいしい菓子はいともたやすく幼子の心をやわらげてくれる。

さっそく厨《くりや》を借り、棗餡《なつめあん》入りの酥餅《パイ》をこしらえた。景景は酥餅が好きだと聞いたからだ。豚脂《とんし》を使った生地とこっくりした棗餡に合う青茶《せいちゃ》を用意して、手習い中の景景に会いに行った。すぐに打ち解けてくれるだろうと楽観していたが、

「世子《せいし》さま、そろそろ休憩なさっては？　お茶と甜点心をお持ちしましたわ」

屏風《ついたて》の陰から月娥が顔を見せるや否や、真剣な面持《おもも》ちで臨書《りんしょ》していた景景は「うわっ」と声をあげて筆をほうり出し、脱兎《だっと》のごとく逃げ出した。

回廊《かいろう》や内院《なかにわ》で見かけたときも同様だった。月娥の姿を見るなり、「ぎゃっ」と叫んで逃げていく。声をかける暇さえない。追いかけるとますます逃げてしまうので、自分が本物の鬼《ばけもの》になったような気さえする。

仕方ないので、奇幽《きゆう》に甜点心を持たせて届けさせた。すると、奇幽はびっしり呪符が貼りつけられた食盒《おかもち》をたずさえて、ばつが悪そうに戻ってきた。

「妖鬼が作ったものは食べないとおっしゃって、菓子を見ようともなさいません」

甜点心はひとまずあきらめることにした。会って話すのが難しいなら文のやりとりからはじめようと、簡単なあいさつをしたためた文を奇幽に届けてもらった。が、景景は月娥の文を読みもせず焼いてしまったという。

「妖鬼が書いた文字を読むと呪われるそうで……」

奇幽は申し訳なさそうに報告した。

「困ったわね……。言葉もかわせないんじゃ、仲良くなりようがないわ」

月娥は梅花の蜜漬けで香りづけした赤豆糕《むしようかん》を食べながらぼやいた。幼子ながら景景は警戒心が強い。本気で月娥を妖鬼だと信じているようだ。

「戦略がまちがっていたんだわ。性急すぎたのが敗因ね」

受け皿ごと蓋碗《がいわん》を持ち、ふたを開ける。蘭の花のような聖妙香《せいみようこう》のにおいがふうわりと舞いあがり、つつましくひらいた茶葉が顔をのぞかせた。緑茶の王とされる龍頂茶《りゆうちようちや》ほどではないが、春風を思わせるさわやかな芳香と、すっきりした飲み口が心地よい。

「もっと下準備が必要だわ。彼を知り己を知れば百戦殆《あやう》からず。まずは世子さまの日常を探らなくちゃ。そのあとで戦略を立てなおすわ」

「はあ、まるで戦《いくさ》ですね」

「まるでどころか戦以外のなにものでもないわよ。だって私はもう二十五よ？　この齢《とし》でまだ生娘《きむすめ》なの。二十五年間、孫月娥という城にだれも攻め入ってこなかったということだわ。十年前に貞操が危うくなったことはあったけど――そのおかげで殿下と出会えたんだけどね――婦女子を襲う野蛮な禽獣《けだもの》は人じゃないから物の数に入らないわ。念願かなって初恋の人に嫁いで、婚礼まであげたのに、まだ人妻になっていないのよ。ぼんやりしていたら、あっというまにおばあさんになるわ。だれも攻めてこないなら、こちらから攻勢に転じなくちゃ」

頼もしいですわ、と巧燕が豊かな胸の前で拍手した。

「馮妃《ふうひ》さま亡きあと、殿下は憂愁《ゆうしゅう》に囚われていらっしゃいます。このままではいけないのではないかと、わたくしども奴婢《ぬひ》も案じておりました。なにとぞ、悲しみの淵に沈んでいらっしゃる殿下を王妃さまのお力でお救いくださいませ」

「そのつもりよ。殿下がお守りになっている憂愁の城を攻め落としてみせるわ」

ゆっくりと茶を味わい、策を練《ね》る。かすかに残る甘い後味が妙案を授けてくれた。


――あいつはぜったいに妖鬼だ。

景景は遊廊《わたりろうか》の円柱の陰から顔をのぞかせ、前方にじっと視線を注いでいた。

女官を連れ、優雅な足どりで歩いていく襖裙《おうくん》姿の婦人は、先日嫁いできたばかりの孫月娥《そんげつが》だ。うららかな春の陽光に照らし出された白い横顔ははっとするほど美しいが、見た目に騙されてはいけない。怪異譚に出てきたおぞましい妖鬼は天女のような美姫《びき》に化けていた。邪悪な鬼《ばけもの》こそ、人を惑わす麗《うるわ》しい姿かたちをしているものだ。

妖鬼の目的はわかっている。父を襲うつもりなのだ。婚礼の夜には父が寝間に長居しなかったので襲えなかったのだろう。しかし、危機は去っていない。妖鬼は父を襲う機会をうかがっている。思いどおりにはさせない。景景が父を守るのだ。

婚礼の日から景景は月娥を監視している。できれば四六時中そうしたいが、学問をおろそかにはできないので、監視するのは勉学の時間外だ。

いまのところ、月娥は正体をあらわしていない。散歩や刺繡《ししゅう》をしたり、甜点心《おかし》を作ったり、茶を飲んだり、側仕えとおしゃべりしたりして、ごくふつうの日常を送っている。なかなか尻尾《しっぽ》を出さないことが景景の警戒心をあおりたてた。

――婢僕《めしつかい》たちはみんな騙されているんだ。

かねてから景景は王府の奴婢に「孫月娥は妖物《ようぶつ》だ」と訴え、駆鬼《おにばらい》に協力するよう頼んでいるが、彼らは決まって笑い、「妖物なんていませんよ」と取り合わない。

父にも警告した。月娥は人を食う妖鬼だから近づいてはいけないと。景景は真剣に訴えたが、父は「怪談の読みすぎだ」と苦笑した。

――父王《ちちうえ》だって気づいていらっしゃるはずなのに。孫月娥が妖鬼だとご存じだったからこそ、婚礼が近づくにつれて気がふさいでいらっしゃったにちがいないもの。

父が再婚すると聞いたとき、景景は純粋に喜んだ。父の妃は景景の母だ。景景は母親というものにあこがれていた。母の姿は姿絵に描かれているので見慣れているけれども、画中の母は景景に語りかけてくれることも、手を握ってくれることもない。ただぼんやりと夢を見ているような表情で微笑《ほほえ》んでいるだけだ。それは仙界のどこかにいるという仙女の絵と変わらない、現実味のないものだった。

ところが、父の再婚によって景景も生身の母親を持つことになった。思わず知らず心が浮き立った。絵のなかの血の通わない母ではなく、ふれればあたたかいであろう婦人が景景の母になってくれるのだ。どんな人だろうとあれこれ想像をめぐらせているうちに不安がきざした。あたらしい母は景景を好きになってくれるだろうか？　一目で気に入られるように、うんと行儀よくあいさつしなければならない。景景は礼儀作法《れいぎさほう》をおさらいし、あいさつの口上や拝礼を何度も練習した。

ひととおり稽古《けいこ》を終え、自信をつけたころのことだ。父の様子がおかしいことに気づいた。父は元来、物静かな人だが、婚礼が近づくにつれていっそう口数がすくなくなっていった。代わりにため息が増え、憂《うれ》い顔をしていることが度重《たびかさ》なり、なにかから逃げるように武芸の鍛錬に没頭することがつづいた。その言動は遠からず花嫁を迎える花婿のものではなかった。父の口ぶりや表情からは、再婚を喜ぶ気色がみじんも感じられなかった。それどころか、ひどく憂鬱《ゆううつ》な出来事のように感じているらしかった。

これはいったいどうしたことか。婚礼はめでたいことだと婢僕たちは口をそろえて言うが、父の物憂《ものう》げな顔を見ていると、とても慶事とは思われない。

なぜ父は再婚を喜ばないのだろう。花嫁になる女人のことが嫌いなのだろうか。もしそうなら、娶《めと》らなければよいのではないか。

「父王、再婚をやめることはできないのですか？」

思い切って尋ねてみると、父は静かに首を横にふった。

「勅命《ちょくめい》でととのえられた縁談だ。いまさら破談にはできぬ」

「でも……父王は再婚なさりたくないのでしょう？」

「そんなことはない。おまえに母親ができるのは喜ばしいことだ」

父の言葉が真実ではないことを景景は見抜いていた。たとえ不本意であろうと、皇上《みかど》の命令は絶対だ。父は皇兄という立場だが、今上より年長だからといって強権をふるうことが許されているわけではない。むしろ天子の兄だからこそ、身をつつしまなければならないのだ。勅命に真っ向からそむけば、叛意《はんい》があると見なされてしまう。

いかような事情があったとしても、詔《みことのり》には従わなければならない。道理はわかっているけれど、望まぬ再婚を強《し》いられる父が気の毒だ。

父の気鬱がうつってしまったのか、羽ばたくように浮かれていた景景の心もしおしおとうなだれてしまった。そんなとき、『妖鬼新娘《ようきしんじょう》』なる怪異譚を読んだ。恐ろしい妖鬼が美女に化けて男に嫁ぎ、家中の者を食うという筋にぎょっとした。父が浮かない顔をしているのは、花嫁が妖鬼だからなのでは？　もしかしたら、今上は父のことを嫌っており、妖鬼花嫁を遣わして父を亡き者にする腹積もりなのではなかろうか。

景景は身震いした。このままでは父が妖鬼の餌食《えじき》になってしまう。いちばんよいのは再婚自体をなかったことにする道だが、勅命でととのえられた縁談なので不可能だ。妖鬼花嫁の輿入《こしい》れは阻止できない。そこで景景は駆鬼《おにばらい》の書物や道具をそろえた。何食わぬ顔で嫁いできた妖鬼を退治し、父を救うためだ。

婚礼の日から邪気を払うという桃の枝を月娥の臥室《しんしつ》に飾ったり、辟邪《まよけ》の呪言を書いた呪符を格子戸《こうしど》に貼りつけたり、部屋の周囲に鬼が嫌う汚物を置いたりしているが、さのみ効果を発揮しているようには見えない。婢僕たちが駆鬼の道具を片づけてしまうせいだろう。景景が「それは妖物を祓《はら》う道具だから片づけてはだめだ」と言っても聞く耳を持たない。彼らは月娥の妖気に惑わされ、操られているのだ。

——妖物め、いまに退治してやるぞ。

景景は鋭い目で月娥の様子をうかがう。手に握りしめている巻子《かんす》には獅子が描かれている。妖鬼は獅子を恐れると書物に記されていたので、景景が自分で描いたのだ。ぎょろりとした目と、刃物のような牙がならんだ巨大な口と、がっしりした毛むくじゃらの身体《からだ》を持ついかめしい獅子だ。これを見せれば、月娥は恐れおののいて逃げ出すだろう。

攻撃する好機を待っていると、一陣の風が回廊《かいろう》を吹きぬけた。月娥の前髪が乱れて、平生は隠されているひたいがあらわになる。

——妖鬼の印だ！

日ざしに洗われた白い肌には奇妙な痣《あざ》があった。そのいびつなかたちに見覚えはないが、あのような奇怪な痣が人のものであるはずはない。月娥が妖鬼である証《あかし》だ。

あとをつけていくと、月娥は厨《くりや》に入った。女官とおなじ襖裙を着ているから、今日もなにか作るのだろう。料理をするとき、彼女は女官服を着るのだ。

厨の格子戸を細く開けて、景景はなかの様子をのぞいた。

月娥は腕まくりをして紅豆《あずき》を洗っている。洗い終わると、鍋に入れて竈《かまど》にかけた。紅豆の火加減を女官に任せ、自分はべつの鍋で湯を沸かす。籠《かご》にこんもりと盛られていた青草を洗い、沸騰《ふっとう》した湯に塩を入れる。たっぷりの湯で青草をゆがき、大きな木鉢に入れて水にさらす。次に鍋を布で拭きあげ、黒い粒状のものをざーっと入れて炒《い》る。香ばしいにおいが漂ってくるから、黒胡麻《くろごま》だろうか。今度はそれを小さな碗に移し、十分冷ましてからすり鉢ですりつぶす。粉末になった黒胡麻を碗に戻したかと思うと、水にさらしていた青草の水気を切り、すり鉢に入れた。

この段階になると、どうやら草もちを作っているらしいと景景にもわかった。

月娥は茹《ゆ》でた紅豆をすりつぶし、丁寧《ていねい》に裏ごししたものを布袋に入れて水気をしぼり取る。さらにそれを鍋にあけ、砂糖をくわえて木べらで混ぜ、粉末状の黒胡麻を入れてよく練る。紅豆餡《あずきあん》を作り終えると、手際よく大ぶりの碗に澱粉《でんぷん》と水を入れて練っていく。すりつぶした青草をくわえて混ぜ合わせ、適当な大きさにわけて団子を作ったとき、月娥はあっと声をあげた。

「大事なものを入れ忘れていたわ」

懐《ふところ》から小瓶《こびん》を出し、紅豆餡の上で数回ふった。粒状のものがぱらぱらと落ちる。

――なんだろう？

背伸びをしてみたが、遠目なのでよく見えない。

月娥は紅豆餡を混ぜるよう女官に言いつけ、自分は青草色に染まった団子を手のひらで押しつぶしてひらたくする。丸くかたちをととのえ、紅豆餡をのせてつつみこむ。出来上がったものを蒸し器で蒸しているあいだ、湯銚《ゆわかし》や茶器を出して茶の支度《したく》をする。

「きれいに蒸しあがってくれるといいんだけど。殿下にさしあげるものだから、変な仕上がりになったら困るわ」

月娥がつぶやいた言葉に、景景は飛びあがるほど驚いた。

――父王に食べさせるつもりだ！

妖鬼が作ったものは妖気を帯びていると書物に記されていた。ひと口でも食べてしまえば、妖鬼に魅入《みい》られてしまうという。それにあの怪しげな粒状のもの。猛毒かもしれない。食べた瞬間に死んでしまうような。もっとべつの悪いものかもしれない。たとえば、食べた人を恐ろしい妖物の姿に変えてしまう、怪異の実のような。

居ても立ってもいられなくなり、景景は厨の扉からぱっと離れた。きびすをかえして大急ぎで遊廊《わたりろうか》をとおり、走廊《そうろう》を駆けぬけて父の書房《しょさい》に飛びこむ。昼下がりのこの時間帯、父は書見していることが多い。読むものは決まっている。兵書、経書《けいしょ》、史書のどれかだ。書棚にはそれらがつまっていて、流行《はや》りの小説や戯曲、画集などは一冊もない。

「父王！　ぜったいに食べないでください！」

「どうした、景景。なにをそんなにあわてている」

書案《ふづくえ》にむかい書見していた父がこちらへ視線を投げた。筋骨逞《たくま》しい長軀《ちょうく》を青朽葉《あおくちば》色の道袍《どうほう》でつつみ、きっちりと結いあげた髪に鉢巻状の網巾《もうきん》と銀製の小冠《しょうかん》をつけている。手もとにひろげている書物は史籍だ。読みこんでいるせいで、かなりくたびれている。

「食べてはいけません！　もし食べたら、恐ろしいことが起こります！」

「食べる？　なにを？」

「妖鬼が作った甜点心《おかし》です！　父王まで妖鬼になってしまいます！」

「なるほど、また怪談を読んでいたのか」

父はふっと目もとをやわらげ、景景の頭に手を置いた。

「読むのはかまわぬが、ほどほどにせよ。眠れなくなるぞ」

「怪談の話じゃありません！　じきに妖鬼が甜点心を持ってきます。わたしは見たんです。妖鬼は怪しげなものを餡にくわえていました。あれは怪異の実にちがいありません。父王を自分と同類の妖物に変えようとしてるんです！」

それは大事だな、と父は気のない返事をした。危険が迫っているのだと必死で説明するが、ちっとも取り合ってもらえない。

なんとかして信じてもらおうと言葉を尽くしていると、

「殿下、王妃さまがお見えになっていますが、いかがいたしましょうか」

大柄な男が屏風《ついたて》のむこうから顔を出した。否、紫紺《しこん》の蟒服《ぼうふく》をまとっているから男ではない。整斗王付き首席宦官《かんがん》の鉄太監《てつたいかん》だ。頑丈そうな広い肩とがっしりした足を持つ四十がらみの巨軀《きょく》は歴戦の武将のようで、景景は彼を見るたびに気おくれしてしまう。

「孫妃か。どんな用件で？」

「茶菓をお持ちになりました。殿下に召しあがっていただきたいそうで」

とおせ、と父はなにげなく命じた。

「だめです！　部屋に入れてはいけません！　あの女は妖鬼です！」

「景景、何度言ったらわかるんだ。孫妃のことを『あの女』などと呼ぶのはやめよ。孫妃はおまえの嫡母《ちゃくぼ》だ。『母妃《ははうえ》』と呼ぶのが礼儀《れいぎ》だぞ」

「妖鬼を母妃とは呼べません！　あの女のひたいには妖鬼の印が……」

衣擦《きぬず》れの音が近づいてくる。景景はびくっとして父のうしろに隠れた。

「殿下に拝謁《はいえつ》いたします」

屏風の陰から出てきた月娥が流れるようなしぐさで万福礼《ばんぷくれい》した。いつの間に着替えてきたのか、襖裙《おうくん》ではなく、珊瑚《さんご》朱《しゅ》色の襦裙《じゅくん》をまとっている。

「草もちをこしらえましたの。お茶のおともにいかがでしょう」

「ほう、草もちか。春の味覚だな。いただこう」

父がにこやかに答えると、月娥は女官に持たせていた食盒《おかもち》から器《うつわ》をとりだした。青磁《せいじ》の器にはつやつやした翡翠《ひすい》色の草もちがふたつ行儀よくならんでいる。

「妖鬼が作った甜点心なんか食べてはだめです！」

「すまぬな、孫妃。景景はそなたを妖鬼だと言い張るんだ。怪談ばかり読んでいるから、妙な影響を受けたのだろう。幼子の戯言《ざれごと》だ、気にしないでくれ」

「気にしていませんわ。世子さまは可愛《かわい》らしい御子です。先ほども厨で草もちを作る私をこっそりのぞいていらっしゃいましたの」

「奇幽から聞いている。そなたをつけまわしているとか。まったく困ったものだ」

父は微苦笑し、さしだされた器から草もちをひとつ手にとる。そのまま食べようとするので、景景は椅子《いす》のうしろから飛び出して父の手から草もちを払いのけた。

「景景！　なにをするんだ」

草もちが床に転がり落ちると、父はきびしい声で景景を咎《とが》めた。

「あの女は小瓶に入っていた怪異の実を餡にくわえていたんです！　ひと口でも食べたら、父王は妖物になって――」

「小瓶に入っていた怪異の実？　ひょっとして、これのことですか？」

月娥は帯にさげている荷包《きんちゃく》から小瓶をとりだした。

「それだっ！　おまえは餡に怪異の実を入れていた！」

「これは松の実ですわ。餡の食感をよくするためにくわえましたの。ご不審があれば、どうぞお調べください」

月娥が小瓶を鉄太監に手わたす。鉄太監は中身をあらため、「松の実です」と言った。

「そ、それは偽物なんだっ！　本物の怪異の実は草もちのなかに入ってるんだろう！」

「お疑いなら草もちも調べてください。松の実が入っているだけですわ」

鉄太監は床に転がった草もちを拾いあげた。真ん中でふたつに割り、片方を口に入れる。

「こちらも松の実ですね。味にもおかしな点はありません」

「まあ、床に落ちたものを食べなくても……」

「ご心配なく。書房の床は清潔です。朝夕欠かさず、私が清掃していますから」

生真面目《きまじめ》に言って、鉄太監は口にふくんだ草もちをのみくだした。

「騙されてはいけません、父王！　この女のひたいには妖鬼の証があるんです！　なにか細工をしてごまかしたに決まっています！　もしかしたらそちらの草もちに──」

いい加減にしろ、と父が書案を叩いた。

「妖鬼だのなんだのと、言いがかりをつけるのはやめよ。孫妃に失礼であろう」

「言いがかりじゃありません……！　この女はほんとうに妖物で……」

「無作法《ぶさほう》な口をきくな。母妃と呼べと命じたはずだぞ」

怒気を孕《はら》んだ父の眼光が景景を射貫《いぬ》く。

「孫妃に謝って約束せよ。二度と無礼は働かないと」

「……いやです！　わたしは悪いことなんかしてません！」

「食べ物を粗末にするのは悪いことだ。料理をこしらえてくれた者にも、食材を作ってくれた者にも申し訳が立たぬ。われわれ皇族は主上《しゅじょう》より王禄《おうろく》を賜《たまわ》っているから暮らしが成り立つ。王禄は、もとをたどれば賦税《ふぜい》。万民が骨身を惜しまず働いておさめた賦税のおかげで、おまえはひもじい思いをせずに生きることができる。その事実を肝《きも》に銘じなければならぬ。よいか、景景。おまえが故意に落とした草もちは多くの者の労力によって作られたものだ。あさはかな思いこみで粗末にしてよいものではない」

有無を言わさぬ父の声音《こわね》が景景の口を封じた。

「孫妃に頭をさげぬなら、罰として夕餉《ゆうげ》は抜きだ」

「……父王」

「罰を受けたくなければ、己の非を認め、孫妃に詫《わ》びよ」

自分を睨《にら》む父の顔が雨に打たれたようにゆがむ。

「わたしは父王を守ろうとしただけです……！　お詫びすることなんかありません！」

泣き顔を見られたくなくて、景景は書房を飛び出した。父は呼びとめてくれなかった。

月娥が景景の臥室《しんしつ》を訪ねたとき、部屋の主は寝床に入ろうとしていた。

「なっ、なにしに来たんだ⁉　出ていけ！」

夜着姿の景景が叫んだが、月娥はかまわず牀榻《しんだい》のそばの円卓に歩み寄った。繡墩《こしかけ》に座り、奇幽に持たせていた食盒《おかもち》のふたを開ける。

「おなかがすいたままでは眠れないでしょう。夜食をいかが」

「妖鬼が作ったものなんか食べないぞっ」

「作ったのは奇幽よ。それならいいでしょう」

食盒から五彩花籠文《ごさいはなかごもん》の器を出して卓上に置く。ふたをとるや否や、鶏の出汁《だし》が香る湯気があふれだした。肉入り団子の汁物だ。琥珀《こはく》色の湯《スープ》に沈んだ青菜の緑と団子の白があざやかな対比をなして、見るからに食欲をそそる。

「いいにおい。とってもおいしそうよ。こちらへいらっしゃい」

「いらないと言っているだろう！」

「空腹ではつらいでしょう。なにか食べなくちゃ」

「ぜんぜんつらくない。おなかはへってないんだ」

威勢よく言いかえした直後、腹の虫が鳴る。

「大きな音。よほどおなかがすいているのね」

「ち、ちがう！　おなかの音じゃない！　さっきのは……ええと、おならだっ」

景景が必死でごまかそうとするので、月娥は「大きなおならだったわね」と笑った。

「せっかくこしらえたのですから、王妃さまだけでも召しあがってください」

奇幽が碗によそってくれる。月娥は碗を受けとり、白玉の羹匙《ちりれんげ》を湯に沈めた。丸っこい団子をすくい、吹き冷まして口にふくむ。つるりとした皮に歯を立てると、生姜《しょうが》のきいた豚肉の餡《あん》が熱い汁と一緒にこぼれ出た。刻んだ葱《ねぎ》の風味、砕いた胡桃《くるみ》の食感が鶏の出汁とよくなじみ、やや厚めの皮のもちもちした歯触りも楽しい。

「おいしい。餡と皮が互いに引き立て合っているわ。湯の塩加減も完璧《かんぺき》。口に入れた瞬間は薄めに感じたけれど、団子を食べたら餡の味と混ざってちょうどよくなったわ。たくみな味付けね。驚いたわ。三監《さんかん》って、みんなあなたのように料理上手《じょうず》なの？」

「みんなじゃありません。私はとくべつですよ」

奇幽は誇らしげに笑った。配下から茶器を受けとり、卓上にならべる。

「師父《しふ》の葬太監《そうたいかん》は食道楽でしてね。美味に目がないんですよ。自邸では腕利《うでき》きの厨師《ちゅうし》を雇って美食三昧《ざんまい》ですが、いくらなんでも皇宮にまで連れてくるわけにはまいりません。しょうがないので昼餉《ひるげ》には自邸から折詰を届けさせるんですが、舌の肥《こ》えた師父は満足してくださらないいんです。『一度冷めた料理は屍《しかばね》も同然、あたためなおしたところで息をふきかえしはしない』とかいう偏屈な持論をお持ちでしてね」

それで私が作ることになったんですよ、と自慢げに言い、奇幽は小ぶりの茶炉《こんろ》で火を熾《おこ》した。炭が赤くなるまで待ち、銀製の湯銚《ゆわかし》をかけて湯を沸かす。

「昔から料理が得意だったの？」

「いいえ、私は貧しい漁村の生まれですから、子どものころには料理と呼ぶのもおこがましいものしか作ったことがありません。せいぜい魚を煮たり焼いたりするくらいで」

葬太監に仕えるようになってから料理を猛勉強したという。

「なにがなんでも出世したかったもので、師父にとりいるのに必死でしてね。御膳房《ごぜんぼう》の厨師を追いかけまわして料理を学んだんです」

浄身《じょうしん》したばかりの新人宦官の最初の仕事は上級宦官に弟子入りすることだ。ひとたび師弟の杯を交わせば、その関係は生涯つづく。師父に気に入られなければ出世は望めないため、弟子たちは師父のご機嫌取りに精魂をかたむけることになる。

「御膳房の厨師から学んだのなら、腕前に自信があるはずね」

皇帝の食事をつかさどる御膳房には名うての厨師がそろっている。

「ええ、まあ。おかげで師父のおぼえがめでたくなりまして、首尾よく出世できました」

「そうでしょう。食通もうなる絶妙な味付けだもの」

おいしいおいしいと聞こえよがしに言いながら、汁物を口に運ぶ。さりげなく牀榻のほうを見やると、物欲しそうにこちらをじっと見つめている景景と目が合った。

「世子さまも召しあがったら？　おなかがあたたまるわよ」

「……いっ、いらないっ。わたしは満腹なんだっ」

景景はぷいと横をむいた。またしても腹の虫が鳴る。

「人が食事している横で何度もおならをするなんてお行儀が悪いわよ」

「う、うるさいっ。おまえが勝手にわたしの部屋に入ってきて、勝手に食べてるんじゃないか！　さっさと出ていけ！」

「しっ、静かに。そろそろお湯が沸くわ。耳を澄まして、お湯の声を聞いて」

月娥は玻璃碗《はりわん》の水で手を洗い、白巾で拭いた。円形の紫砂茶壺《しさきゅうす》を手もとに引きよせ、花のつぼみのようなつまみを持ってふたをとり、磁器《じき》の盂《ふかばち》のなかに置く。じかに卓上に置かないのは、食べ物や漆《うるし》のにおいが移って茶の風味がそこなわれるのを避けるためだ。

はじめ、湯は庭先をにぎわす虫のすだきのように沸き立ち、つづいて蟬時雨《せみしぐれ》を思わせる声をもらす。千台の車が通りすぎるような音色がしゅんしゅんと松林をわたる風の音に変わったら頃合い。湯銚を火からおろし、茶壺と茶杯《ゆのみ》に湯を注ぐ。

茶器をあたためているあいだに陶器《とうき》の茶筒から小さな満月型の餅茶《へいちゃ》をとりだす。餅茶は蒸した茶を固めて乾燥させたもの。茶器の湯を盂《せんめ》に捨てたあと、指先でくずしながら茶壺に入れる。そこに湯を注ぎ、ふたをして一煎目を捨てる。茶を洗うためだ。すべての茶葉に用いる手順ではないが、潭影茶《たんえいちゃ》は長年熟成された黒茶《こくちゃ》なので、雑味やほこりを洗い流しておくほうがよい。

　ふたたび茶壺を湯で満たす。ふたをして蒸らしたのち、青磁の茶杯の上で茶壺をかたむける。艶《つや》のある濃褐色《のうかっしょく》の茶湯が青みがかった茶杯の素肌を香り高く染めあげるのを見届け、月娥は両手で茶杯を持った。かすかに笹の葉のにおいを帯びた香気を思うさま味わい、茶杯のふちに口づける。茶湯を口にふくんだとたんにさっぱりとした風味が口内にひろがり、汁物の油分を洗い流してくれる。舌に残るのは一陣の風にも似たさわやかな後味。

「おいしい点心においしいお茶。幸せってこういうことね」

　点心と茶をひととおり堪能《たんのう》し、月娥は席を立った。

「残りは世子さまが召しあがってくださいね」

「なっ、なんでわたしがおまえの食べ残しを食べなきゃならないんだ……！」

「だってもったいないでしょ。殿下がおっしゃっていたじゃない。食べ物を粗末にするのは悪いことだって。この汁物もお茶も王禄《おうろく》でこしらえたものよ。食べずに捨ててしまったら、殿下の逆鱗《げきりん》にふれるわ」

「……でも、わたしは、父王に夕餉抜きだと命じられている」

　しゅんとしてうなだれる景景に、月娥はあかるい微笑をむけた。

「大丈夫よ。命令違反にはならないわ。これは夕餉ではなく、夜食だから」

「世子さまのご様子は？」

月娥が詰め寄って尋ねると、景景付きの宦官《かんがん》は笑みまじりに答えた。

「完食なさいました。いまは食後のお茶をお飲みになっています」

よかった、と月娥は胸をなでおろした。空腹を抱えて眠れないでいる景景に食事をさせるため強引な手段を講じたが、なんとかうまくいったようだ。

ご苦労さまと宦官をねぎらい、自室に戻ろうとして遊廊《わたりろうか》のほうへ歩を進めようとしたとき、はっとして息をのんだ。灯籠《とうろう》の下に秋霆がいたからだ。

「あいさつはよい。どうかそのままで」

急ごしらえの万福礼《ばんぷくれい》をしようとしたところ、秋霆にとめられた。

「景景のことで世話をかけてすまない」

「いいえ、お礼をおっしゃっていただくようなことではありませんわ。整斗王府に嫁いだからには、私は世子さまの母親です。母が子を気遣うのは当然のことですわ」

ひと息に言って、月娥はうつむいた。実のところ、秋霆の前に出るのは緊張する。失言してあきれられないか、失態を犯して嫌われないか不安で仕方ないのだ。

――堂々としていればいいんだわ。かたちだけでも、夫婦にはちがいないんだから。

自分にそう言い聞かせるが、なかなか視線をあげられない。こうしておなじ空間にいるだけで胸が高鳴る。彼のそばにいるという自覚が月娥を舞いあがらせてしまう。

「そなたには感謝しているが……」

不自然な沈黙のあとで、秋霆は「なんでもない」とごまかすように視線をそらした。

「もう遅い。そなたも早くやすみなさい」

おやすみ、と言い置いて立ち去る。暗がりにとけていく後ろ姿を、月娥は言葉もなく見つめていた。


「お加減はいかがですか、母妃《ははうえ》」

椅子《いす》に腰をおろしてひと息ついたあとで、秋霆は慇懃《いんぎん》に尋ねた。

皇宮――九陽城《きゅうようじょう》は白朝《びゃくちょう》、錦河宮《きんがきゅう》。太上皇《たいじょうこう》が暮らす隠居宮の客庁《きゃくま》にはほがらかな春陽がさしこんでいる。上座にいるのは父帝と、秋霆の養母たる李皇貴太妃《りこうきたいひ》。御年六十の夫婦は仲睦《なかむつ》まじそうにならんで座っていた。

「悪くないわ。食欲は戻ってきたし、不眠はだいぶ改善したけれど、疲れやすさはどうしようもないわね。私も年が年だから」

李皇貴太妃は蓋碗《がいわん》をひきよせて微笑した。ややふっくらした肢体《したい》をつつむ薄香《うすこう》の襦裙《じゅくん》は、老舗染坊《しにせそめや》の娘である李皇貴太妃が手ずから染めたものだ。柔和《にゅうわ》な薄化粧《うすげしょう》のおもてには年相応の皺《しわ》が刻まれているが、周囲をあかるく照らす華は昔日の容色をしのばせる。

「年のせいではないだろう。俺も君と同い年だが、疲れやすくはないぞ。ふだんから身体《からだ》を鍛えておらぬのが悪いのだ」

　父帝は広い肩を得々とそびやかした。幼少のみぎりから武芸に親しんできた長軀《ちょうく》は、一見するといまもなお健在のようだ。しかし、十年前の九陽城襲撃事件、賞月《しょうげつ》の変《へん》で深手を負ったため、近ごろは鍛錬もやすみがちだという。

「いいえ、年のせいですわ。あなただって腰が痛い、背中が痛いとしょっちゅうぼやいていらっしゃるでしょう。お互い、年をとったということですわ」

「君ときたら、なんでも年のせいにするな。昨日は俺の脛《すね》を蹴《け》っておきながら、年のせいだと悪びれもしなかった」

「大げさな。寝返りを打った拍子にぶつかっただけですわ」

「ぶつかったなんて可愛《かわい》いものではなかったぞ。ぎょっとして目が覚めたほどだ。若いころからだが、君の寝相の悪さは年をとって改善するどころか悪化している」

「あなたが私にくっついておやすみになるから被害を受けるんですよ。離れておやすみになってくださいと再三お願いしているでしょうに」

　それはいやだ、と父帝は力いっぱい顔をしかめた。

「君が寝返りを打ったことにも気づかぬほど離れてやすむのなら、ひとつ臥所《ふしど》に寝ている意味がなかろうが」

「だったら、あきらめていただくしかありませんわね。私に蹴られても」

「ひらきなおるな。太上皇を足蹴にするのは君くらいだぞ」

父帝はむくれてみせたが、それが本心でないことはあきらかだ。

皇太子であった皇八子・高礼駿《こうれいしゅん》に玉座を譲ってからも、父帝は現役時代になみなみならぬ寵愛《ちょうあい》を注いだ李皇貴太妃をそばに置いている。皇后尹氏《いんし》が皇太后となって後宮で暮らし、そのほかの妃嬪侍妾《ひひんじしょう》が各王府や道観《どうかん》に居を移したことを考えれば、李皇貴太妃が父帝にとってとくべつな女人であることは疑いようがない。

「口ではこんなことをおっしゃっていますが、母妃に蹴られて喜んでいらっしゃるんですよ、父皇《ちちうえ》は」

椅子の肘掛けにだらしなくもたれ、恵兆王《けいちょうおう》・高慶全《こうけいぜん》がからからと笑った。

「馬鹿な。妻に蹴られて喜ぶ夫がいるものか」

「いますよ。母妃になら、父皇はなにをされてもお喜びになるんです。試しに母妃、父皇の頬《ほ》っぺたをつねってみてください。ご機嫌になりますから」

「やめよ、紫蓮《しれん》。俺は玩具《おもちゃ》ではないのだぞ」

李皇貴太妃に頬をつままれ、父帝はまなじりをつりあげたが、しかめ面《づら》を維持しようとする努力もむなしく、あっという間に笑みくずれてしまう。

「ほら、俺の言ったとおりでしょう。父皇は母妃にかまわれるのがお好きなんですよ。蹴られようが、頬っぺたをつねられようが、ご満悦です」

なかばあきれたふうに笑う慶全は秋霆と同年の齢《よわい》三十一。李皇貴太妃の実子だ。秋霆よりも二月遅く生まれているので、異母弟ということになる。父帝に謁見《えつけん》する際の礼儀《れいぎ》として、四爪《しそう》の龍が縫《ぬ》いとられた大袖《おおそで》の袍《ほう》をまとい、結いあげた頭髪に翼善冠《よくぜんかん》をかぶっているが、気だるそうに扇子《せんす》をもてあそぶしぐさのせいか、黒い長靴《ちょうか》に包まれた足を無造作《むぞうさ》に投げ出す行儀の悪さのせいか、どことなく自堕落《じだらく》な印象がぬぐえない。

風貌《ふうぼう》からうかがえるとおり、慶全は度しがたい浪子《あそびにん》だ。年がら年中、花街に通いつめ、賭場《とば》から賭場へとわたり歩いては勝てもしない博奕《ばくち》に入れこみ、妓楼《ぎろう》という妓楼で評判の妓女を侍《はべ》らせて酒色にふけっている。秋霆は異母弟の不行状を憂《うれ》い、品行をあらためよと顔を合わせるたび苦言を呈しているが、慶全には馬耳東風《ばじとうふう》である。

——寵妃《ちょうひ》の息子だから許されることだ。

おなじ母を持つ身とはいえ、廃妃《はいひ》所生の秋霆と、父帝最愛の寵妃の血をひく慶全とでは、目には見えなくとも歴然とした隔《へだ》たりが横たわっている。慶全には実の息子としての気安さがあるが、養子にすぎない秋霆にはそれがない。大らかな李皇貴太妃は実の子とわけへだてなく接してくれるが、やはり一定の距離は存在する。

そのよそよそしい間合いはかくのごとくおだやかなひと時にこそ、強く存在を主張する。一家団欒《だんらん》の微笑《ほほえ》ましい情景のなかにあって、自分だけが異物だという気がするのだ。

「ともあれ、おまえが再婚してくれて安堵《あんど》した」

父帝はゆるんだ頬を引きしめきれないまま、秋霆に視線を向けた。

「人生は長い。いつまでも過去を引きずって苦しんでいてはだめだ」

「そうですとも。人生は苦しむものではなく、楽しむものですよ」

慶全はひらひらともてあそんでいた扇子をぱちりと閉じた。

「男のやもめ暮らしはみじめったらしくて見ちゃいられない。男には妻が必要だ。孫妃のような美人がそばにいれば日常が華やぐ。そうだろ、秋霆」

秋霆はあいまいな笑みで受け流した。

「なんだなんだ、その気の抜けた顔つきは。新婚だってのに……あっ、わかった。昨夜の疲れが残ってるんだろう」

「父皇と母妃の御前で品のない話をするな」

「気取るなよ。婚礼がすんだなら次は懐妊。至極《しごく》まっとうな流れだろうが。せいぜい励《はげ》んで、早く吉報を聞かせろ。弟妹ができれば、景景も喜ぶぞ」

秋霆は生返事をして茶を飲んだ。錦河宮でよくふるまわれる龍頂茶《りゅうちょうちゃ》。春の残り香と評されるまろやかな後味がいたく苦く感じられた。


錦河宮を辞して、秋霆は後宮に向かった。嫡母《ちゃくぼ》たる尹太后《いんたいこう》にあいさつするためだ。

外廷《がいてい》と内廷《ないてい》をつなぐ門を銀凰門《ぎんおうもん》という。黄金《きん》の凰《おおとり》が羽ばたく朱塗りの大扉がひらかれ、秋霆を迎え入れる。後宮は男子禁制だが、皇族や外戚《がいせき》であれば、今上に許可された日時に限って銀凰門をくぐることができる。

銀凰門の先には左右を高い紅牆《こうしょう》に囲まれた通路がつづいている。紅牆の路《みち》はいくつもの枝道をそなえながら黄琉璃瓦《こうるりがわら》が葺《ふ》かれた小宮門《しょうきゅうもん》で区切られており、その複雑さはさながら迷路である。どの路も似たような造りになっているのは、侵入者の方向感覚をくるわせ、悪《あ》しき目的を果たすまえに立ち往生《おうじょう》させるためだという。

「秋霆兄さまっ！」

前方から飛びはねるような足音が近づいてきた。見れば、碧瑠璃《へきるり》の上襦《じょうじゅ》の袖を翠鳥《かわせみ》のようにひらひらとはためかせて駆けてくる少女がいる。皇二十九女、高夏瑶《かよう》だ。

皇二十九女とはいうものの、夏瑶は父帝の娘ではない。それどころか宗室の血は一滴もひいていない。なぜなら彼女の前身は父帝付き首席宦官・易太監《えきたいかん》の養女だからだ。賞月《しょうげつ》の変《へん》のおり、易太監は身を挺《てい》して賊兵から父帝を守り、深手を負って死んだ。その忠節に感じ入った父帝は、易太監が掌中《しょうちゅう》の珠と慈《いつく》しみ育てていた夏瑶をわが娘とし、公主の位を授けた。今上・嘉明帝《かめいてい》にとっては妹にあたるので、現在の身位は長公主《ちょうこうしゅ》だ。封号《ほうごう》は永恩《えいおん》。とこしえに皇恩を賜《たまわ》るという意味である。

芳紀《ほうき》まさに十八。天性の美しさが存分に花ひらこうとする年ごろだが、長裙《ちょうくん》の裾《すそ》をひるがえしてこちらへ駆けてくるさまは、お転婆娘《てんばむすめ》そのものだ。

「待ちくたびれたわ！　錦河宮に長居しすぎよ。いったいなにを話しこんでたの？　あ、わかった。また慶全兄さまが引きとめてたんでしょ。やーね、慶全兄さまって。いちいち秋霆兄さまに突っかかってくるんだから」

ぶつぶつ文句を言いながら、夏瑶は秋霆の腕にまとわりついてくる。

「はしたないぞ、夏瑶。兄妹といえども男女の別は守るべきだ」

やんわり腕を引き離そうとすると、なおさら強くしがみついてきた。

「男女の別なんか関係ないわよ。わたくし、秋霆兄さまが大好きだもの。大好きな人にはくっついていたいの。こーんなふうにね！」

甘えてしなだれかかってくる夏瑶に、秋霆は微苦笑《した》した。夏瑶が言う「大好き」に色めいた意味はない。子猫が人になつくように慕っているだけだ。

入宮当初、夏瑶は孤立していた。父帝には寵遇されていたが、それがかえって嫉視《しっし》を招き、ほかの公主たちから疎外《そがい》され、「騾馬《らば》（宦官の蔑称《べっしょう》）の娘」と陰口を叩かれた。八つまで易太監の手もとでのびのびと暮らした経験がかたくるしい規則に縛られた宮中と相いれなかったことも、孤立を深める原因のひとつだった。

孤独感にさいなまれていたせいか、夏瑶は日を追うごとに言動がささくれ立ち、わがままが目立つようになった。贅沢《ぜいたく》に溺《おぼ》れ、婢僕《めしつかい》を酷使《こくし》し、だれかれかまわず威張り散らして、しばしば諍《いさか》いを起こした。嫡母《ちゃくぼ》となった尹太后――当時は皇后――が事あるごとにたしなめたが、偏屈な態度はいっかなあらたまらない。

父帝が夏瑶を叱らなかったことも事態をこじらせた一因といえる。父帝は幼くして養父を喪《うしな》った彼女に憐憫《れんびん》を垂れるあまり、その増上慢《ぞうじょうまん》を罰しなかった。恩情によって改心を促そうとしたのだろうが、思わぬ結果を招いてしまう。

夏瑶がある妃嬪を杖刑《じょうけい》に処したのだ。杖刑は背中や臀部《でんぶ》を棒で打つ刑罰。婢僕を戒《いまし》めるのに用いられる罰としては一般的なものだが、妃嬪を杖刑に処すことができるのは皇后、あるいはそれ以上の身位の者のみ。いくら寵愛が厚いとはいえ、一公主の権能を大きく外れた愚挙だ。妃嬪が自分を侮辱《ぶじょく》したので罰したのだと夏瑶は弁明したが、越権行為であることに変わりはない。妃嬪が懐妊中であったこと、杖刑を受けたせいで流産したこともあきらかになり、夏瑶の罪はいっそう重大なものとなってしまった。

夏瑶は皇族殺しの罪で投獄《とうごく》された。皇族殺しは未遂《みすい》でも極刑。殺されたのが胎児《たいじ》であろうと罪の重さは同等だ。とりわけ、そのかみ健在であった李太后はにわか仕立ての公主の暴挙に憤慨《ふんがい》しており、夏瑶を厳罰に処すよう父帝に進言した。

結論から言えば、夏瑶は処刑されなかった。妃嬪の流産に疑義が生じたためである。皇帝直属の特務機関・東廠《とうしょう》の調べで、妃嬪が密通して身ごもっていたことが発覚した。妃嬪は故意に夏瑶を挑発して杖刑を受け、流産して不義の子を始末し、さらには父帝の同情を買うことまで計算していたのだった。

罪を赦《ゆる》され釈放されても夏瑶の表情は晴れなかった。彼女は処刑されることを望んでいた。いっそ死にたかったと、十歳の夏瑶は秋霆の前でひとりごちた。

「九泉《きゅうせん》へ行けばお父さまに会えるもの……」

　夏瑶が恋しげに「お父さま」と呼ぶのは亡き易太監だ。愛娘《まなむすめ》にはしがらみのない自由な環境で成長してほしいという易太監の希望ゆえ宮廷から遠ざけられ、他人の悪意にさらされることなく育った彼女にとって、さまざまな思惑が渦巻く後宮は針の筵《むしろ》だった。宦官の養女でありながら公主の身分を得た僥倖《ぎょうこう》こそが幼い少女の心を責めさいなんでいたのだ。父帝の寵愛をかさに着た傍若無人《ぼうじゃくぶじん》な行いは、自暴自棄から出たものだった。

「私は廃妃の息子だが、親王を名乗っている。そなたは忠臣の娘なのだから堂々としていればよい。引け目に思うことなどなにもない」

　秋霆はつたない言葉を尽くして彼女を慰めた。けっしてたくみな慰藉《いしゃ》ではなかったが、根気強く語りかけたのが功を奏したのか、夏瑶は徐々に心をひらき、打ち解けてくれるようになった。ただ、予想以上になつかれてしまい、最近は困っている。童女時代ならまだしも、妙齢の女人になったのだから、年相応の慎《つつし》みを身につけてほしいものだ。

「兄として慕ってくれるのはうれしいが」

　秋霆は夏瑶につかまれた腕を引き離し、兄妹らしく適切な距離をとった。

「そなたはじきに嫁ぐ身だ。婦徳を養って、君子の好逑《こうきゅう》と呼ばれる淑女《しゅくじょ》にならなければ。いつまでも童女のようにふるまっていては、懐和侯《かいわこう》にあきれられるぞ」

「ふん、知ったことじゃないわ。あんな人にどう思われたって平気よ」

例の事件のあとすぐ、夏瑶は婚約した。相手は権門《けんもん》宰《さい》家の嫡男、宰忠飛《ちゅうひ》。宰一族は建国以来つづく由緒《ゆいしょ》正しき武門で、たびたび降嫁《こうか》を賜っており、忠飛は四代前の豊始帝《ほうしてい》の皇七女、燕化《えんか》公主の孫にあたる。年齢は夏瑶と同年。婚約した時点で侯爵《こうしゃく》を授けられたので、封号の懐和と合わせて懐和侯と呼ぶ。

縁談をまとめたのは父帝である。皇家の血が濃い宰氏一門の御曹司《おんぞうし》を駙馬《ふば》に選んだことからも、夏瑶へのひとかたならぬ天寵がうかがわれる。

「未来の夫に向かってあんな人とは無礼だぞ」

「結婚なんかしないわ」

夏瑶はぷいと横をむいた。宰忠飛の話題が出るといつもこうだ。

「聞き分けのないことを言うな。今秋には婚礼をあげるのだろう」

「婚礼のまえに破談にするわよ。父皇には何度も言ってるの。わたくしを宰家に嫁がせないでって。全然聞き入れてくださらないけど……」

「とうに降嫁の詔勅《しょうちょく》がくだっている。いまさら破談にはできぬ」

「秋霆兄さまからも口ぞえしてくれない？　わたくし、本気で宰忠飛に嫁ぎたくないの。もっとほかにいい人がいるわ。宰家の嫡男なんかに嫁がなくても」

「なにゆえそこまで懐和侯を嫌う？　質実剛健《しつじつごうけん》な好青年ではないか」

　秋霆が見る限り、忠飛は駙馬として申し分ない若者だ。礼儀《れいぎ》正しく、規律を重んじ、公私ともに醜聞《しゅうぶん》とは無縁。若獅子を思わせる無駄のない長軀《ちょうく》には戎衣《じゅうい》が似合い、きりりとした容貌《ようぼう》は女好きがするもので、陽光に照り映える紅薔薇《べにばら》のような潑剌《はつらつ》とした麗《うるわ》しさを持つ夏瑶とならべば、まさしく好一対《こういっつい》。似合いの夫婦になるはずだが。

「嫌いなものは嫌い。大嫌いよ」

「どういうところが気に食わないんだ？」

「顔よ！　あのえらそうな面構《つらがま》えが気に入らないの！」

「淑鳳《しゅくほう》のようなことを言うんだな」

　父帝の皇十女、寿英《じゅえい》長公主・高淑鳳には左春坊大学士《さしゅんぼうだいがくし》・李子業《しぎょう》への降嫁が持ちあがっていたことがある。亡き李太后の実家である李家はあまたの顕官《けんかん》を輩出している名門であり、子業は才俊の誉《ほま》れ高く、駙馬としてこの上ない人選だったが、当の淑鳳が首を縦にふらなかった。「顔が好みではない」というはなはだ横柄な理由で突っぱねたのだ。

　もっともふたりは金蘭《きんらん》の契《ちぎ》りともいうべき昵懇《じっこん》の仲で、互いに連れ合いを得たいまも男女の垣根を越えた友誼《ゆうぎ》を結んでいるので、単に二世《にせ》の縁がなかっただけなのだろう。

「見てくればかりにこだわってはいけない。伴侶《はんりょ》とは心でつながるものだぞ」

「わたくしにとっては見た目がいちばん重要なの。それ以外が及第点でも、肝心《かんじん》かなめの顔がまずかったら落第だわ」

横着な物言いをして、夏瑶はふんと鼻を鳴らした。

「ところで、秋霆兄さまはどうなのよ？　孫妃のこと、気に入った？」

「主上から賜った花嫁だ。気に入るも気に入らぬもない」

「ふーん。つまり、気に入らないってことね」

「そんなことは言っていない」

「やっぱり顔が気に入らないの？」

「孫妃は嫦娥《じょうが》のような美姫だ」

「でも、お気に召さないんでしょ。だって秋霆兄さま、婚礼からずっと浮かない顔をしていらっしゃるもの。ほんとうは孫妃なんか娶《めと》りたくなかったんだわ」

反駁《はんばく》できず、秋霆は黙りこんだ。

「ほらね、図星でしょ。孫妃に不満があるなら、わたくしに相談してね。秋霆兄さまはおやさしすぎて言いにくいでしょうから、わたくしが孫妃に文句を言ってやるわ」

頼もしげに胸を叩く夏瑶に苦笑いして、さりげなく話頭を転じる。孫妃のことは話したくない。うしろめたさに耐えられなくなるので。

ご機嫌うかがいをすませ、尹太后が住まう秋恩宮《しゅうおんきゅう》を辞して銀凰門《ぎんおうもん》に向かう道すがら、薄藤色の襦裙《じゅくん》姿の婦人と行き合った。穣土王太妃《じょうどおうたいひ》・孟静萱《もうせいけん》だ。

静萱は父帝の皇九子、秋霆にとっては異母弟にあたる亡き穣土王・高佩良《はいりょう》の嫡室《ちゃくしつ》である。五年前、佩良が夭折《ようせつ》したとき、静萱は二十歳《はたち》になったばかりだった。若くして寡婦《かふ》となったせいか、奥ゆかしい細面《ほそおもて》にはつねに憂《うれ》わしげな翳《かげ》がまつわっている。後宮にひしめく美姫たちとくらべれば地味かもしれないが、そつのない楚々《そそ》とした立ち居振る舞いには気品が感じられ、手弱女《たおやめ》と称するにふさわしい佳人《かじん》だ。

「整斗王《せいとおう》殿下にごあいさつ申しあげます」

静萱がたおやかに万福礼《ばんぷくれい》するので、秋霆は丁重に答礼した。

ふと視線を下にむけると、景景と同年代の童子が静萱の陰に身を隠してこちらを見ていた。佩良が遺《のこ》した嫡子で、当代の穣土王である。

「まあ、なにをしているの。ちゃんとごあいさつなさい」

母に促され、小さな親王はぎこちないしぐさで揖礼《ゆうれい》し、また母のうしろに隠れた。

「どうか無礼をお赦しくださいませ、殿下。この子ったら人見知りで」

幼いのだから無理もない、と秋霆は笑った。

「父親に似たのだろう。九弟も子どものころははにかみ屋で、よく三弟や四弟にからかわれていたものだ」

少年時代の記憶がよみがえって頬《ほお》がゆるみ、ついで引きつった。

高佩良――その名は苦みをともなって鳴り響く。

「……私って音楽とは敵同士なんだわ」

蓋碗《がいわん》をかたむけ、月娥は長いため息をもらした。

前《さき》の整斗王妃・馮素蘭《ふうそらん》が箜篌《くご》の名手だったと聞き、箜篌と格闘すること一個時辰《にじかん》。譜面どおりに演奏しているのだが、指先からこぼれるのは音色とはとても言えない耳障りな音ばかり。二十三本の弦に翻弄《ほんろう》されて疲れ果て、ひと休みすることにした。

――殿下に関心を持っていただきたいのに。

草もち事件以来、景景の警戒心はいくらか弱まった。いまだ月娥を妖鬼だと思いこんでいるようで手製の甜点心《おかし》には口をつけないが、言葉をかわした程度では呪われないと気づいてくれたのか、ちょっとした会話なら成立するようになった。

射将先馬《しゃしょうせんば》の策はいちおう順調に進行しているわけだが、それは景景攻略に限った話。相も変わらず秋霆には敬遠されている。秋霆は月娥の閨《ねや》を訪ねてくれないだけでなく、昼間会うことも避けている。こちらから訪ねていけば紋切り型の世間話には応じてくれるが、その短い対話すらも早々に切りあげたくてたまらないといったふうだ。冷淡にあしらわれるわけではないし、彼は終始にこやかだけれども、言葉の端々から折り目正しいよそよそしさが感じられて居たたまれなくなる。

「お気を落とされずとも。稽古《けいこ》なさればそのうち上達しますよ」

奇幽が胡桃《くるみ》の汁粉《しるこ》を碗にとりわけながら慰めてくれる。

「どうかしら。采霞廟《さいかびょう》にいたころ、雅楽《ががく》に長《た》けた年嵩《としかさ》の道姑《どうこ》に指導されてみんなで合奏したことがあるけど、同輩たちとくらべて私だけ異様におぼえが悪かったわ。音をとりちがえてばかりいるから、もう演奏しなくていいって言われたのよ」

道姑楽団から外されたとき、心のなかで飛びあがって喜んだ。正直なところ、音楽は性《しょう》に合わない。聴いて楽しむのはよいが、自分で演奏するのは苦痛だ。

「皇后さまの御前で演奏を披露なさっていたという馮妃さまとは大違いね……。殿下が私に見向きもなさらないはずだわ」

「馮妃さまはたしかに天与の楽才をお持ちでしたが、それゆえに殿下がご寵愛なさったというわけではないかと」

巧燕が気遣わしげに微笑《ほほえ》んだ。

「殿下は遊芸をお好みになりません。質実剛健な武人であらせられますので、風雅の道にはうとくていらっしゃるのでしょう。わたくしが拝見した限りでは、殿下は馮妃さまの楽才ではなく、天真爛漫《てんしんらんまん》なご気性を慈《いつく》しんでいらっしゃったようでしたわ。馮妃さまが管弦をこよなく愛していらっしゃったので、ご自分も歌舞音曲《かぶおんぎょく》を鑑賞なさり、ときには笛や琴《こと》にふれていらっしゃいましたが、もし馮妃さまが詞藻《しそう》をたしなまれていれば詞藻を、芝居をたしなまれていれば芝居をお好みになっていたはずです」

天真爛漫な気性と聞いて、栄霞廟で垣間見《かいまみ》た素蘭の姿を思い起こす。

素蘭は秋霆より三つ下だったが、年齢よりもあどけない印象の婦人だった。視界に入るあらゆるものに興味を持ち、これはなにかと尋ね、驚いたり喜んだり怖がったりとせわしなく表情を変えた。自身の感情に素直だったのだろう。急に不機嫌になることもあったが、そういうときは秋霆がすかさず彼女の機嫌をとった。すると素蘭は花のような笑顔になり、少女のようにはしゃいで夫に甘えていた。

――私もあんなふうにふるまえば、殿下に関心を持っていただけるかしら。

素蘭のようにふるまう自分を想像しようと試みたが、うまく絵にならない。夫の前で心のままに表情を変えられるのは、夫に愛されている自信があればこそ。愛されるどころか、あからさまに避けられている月娥に同様のことができるはずはない。

「天真爛漫って……私には難しいわ」

羹匙《ちりれんげ》で白橡《しろつるばみ》色の汁をすくい、そっと唇をひらく。胡桃の風味とやさしい棗《なつめ》の甘みが口いっぱいにひろがって、ほっと心安らぐ味わいだ。

「どうしてもいろいろ考えてしまうのよ。こんなことを言ったらあきれられるかもとか、殿下の御心にかなうことを言わなくちゃとか。殿下のおそばにいると肩に力が入って、失言しないよう心掛けるだけで手いっぱいなの。無邪気に笑ったり怒ったりするなんて無理だわ。がんばってやってみても不自然で白々しい感じになると思う。こういうの、計算高いっていうのかしら……。なんにせよ、殿下のお好みではないでしょうね」

秋霆にふりむいてほしいが、偽りの自分を演じたくはない。まがい物として愛されてもうれしくないし、廉潔《れんけつ》の士である彼に嘘は逆効果だろう。

「こうなったらいっそ夜這《よば》いでもしようかしら。われながらのっぺりした身体《からだ》つきだし、お世辞《せじ》にも色香があるとはいえないけど、私だって女の端《はし》くれだわ。その気になれば誘惑のひとつやふたつできるはずよ。そもそもいきなり愛されようとするのが間違いよね。まずは夫婦の契りを結ぶことが先決。契りを結んだあとで関係を深めていけば……」

「夜這いはやめておいたほうがいいですよ」

奇幽が深刻そうな顔で口をはさんだ。

「殿下は筋金入りの堅物《かたぶつ》でいらっしゃいますので、王妃さまから迫られるとますます分別《ふんべつ》くさくなって鉄壁の自制心を働かせ、王妃さまを追いかえす結果になると思います」

その様子が容易に思い浮かんで、月娥は重く長い嘆息をもらした。

「馮妃さまってすごいかただったのね。難攻不落の殿下を攻め落としたなんて。いったいどんな妙計をお使いになったのかしら？」

「おふたりがご結婚なさったころ、わたくしどもは整斗王府に仕えていなかったのでくわしいことは存じませんが、風聞によると、これといった駆け引きはなかったようですわ。当時、殿下は御年十九、馮妃さまは御年十六でした。おふたりともお若くていらっしゃいましたから、夫婦の縁が結ばれたのもごく自然な流れだったのかと」

「年をかさねると、恋が生じにくくなるということ？」

「だれしも未熟なころは情熱が豊富ですからね。ささいなきっかけでぱっと燃えあがるものです。年をかさねて経験を積めば、易々と情動に身を任せなくなりますが」

「つまり、私の場合はいっそう難易度があがっているというわけね」

もし素蘭よりも先に出会っていたら、と考えてしまう。素蘭を知らないままの秋霆に嫁ぐことができていたら、いまの苦悩はなかったかもしれない。

「考えてもしょうがないわね。とりあえず箜篌の稽古をつづけるわ。馮妃さまみたいに上手《じょうず》には弾けなくても、殿下との会話の糸口くらいにはなるでしょう」

碗を空《から》にしてから、気を取りなおして箜篌に挑む。たどたどしい指使いで二十三本の弦をつま弾《び》いていると演奏に没頭してしまう。そのせいで奇幽と巧燕が礼をとったことに気づくのが遅れた。いぶかしんで亭《あずまや》の入り口を見やり、はっとして立ちあがる。

「お帰りなさいませ、殿下」

月娥はあわてて万福礼《ばんぷくれい》した。皇宮に出かけていた秋霆が帰ってきたらしい。

「皇宮はいかがでしたか？　李皇貴太妃さまは――」

「それはやめてくれ」

いつになく強い口調で秋霆が言った。おそるおそる顔をあげれば、こちらを見おろす秋霆と目が合う。日に焼けた精悍《せいかん》な面輪《おもわ》は悪夢でも見たかのように青ざめていた。

「……それ、とはなんですか？」

おずおずと尋ねる。秋霆は「それだ」と目線で箜篌をさし示した。

「その音は聞きたくない。耳障りだ」


「いかがなさいましたか、月娥お嬢さま」

聞き慣れた低い声音《こわね》が降って、月娥は即座に笑顔をとりつくろった。

「なんでもないわ。ぼんやりしてただけ」

格子窓《こうしまど》が開け放たれた昼下がりの客庁《きゃくま》。ときおりそよ風がふわふわと運んでくる香りは瑞香花《じんちょうげ》のものだろうか。そのふくよかな芳香は春香満衣《しゅんこうまんい》という青茶《せいちゃ》が放つ熟した果実のようなにおいとあいまって春めいた華やぎをもたらしてくれるが、月娥の心は微笑みを貼りつけたおもてとは裏腹に物憂《ものう》く沈んでいた。

「今日はあたたかいから、ついぼうっとしてしまったわ」

とっさにごまかして、月娥は餡《あん》入りの酥餅《クッキー》をひと口かじった。こんがり焼けた生地がほろほろとくずれると、あざやかな青豆餡が顔を出す。

「私が焼いたのよ。食べてみて」

いただきます、と酥餅に手をのばした青年は名を平冬晨《へいとうしん》という。齢《よわい》は秋霆とおなじく三十一。曾祖父の代から孫家に仕える奴僕だったが、謹厚な人柄と長年の忠勤を評価されて数年前から二番番頭《ばんとう》を任されている。

父は冬晨に全幅の信頼を寄せており、先日は四妹の朱桃《しゅとう》と婚約させた。孫家には月娥より一回り年下の嫡男がいるが、進士《しんし》及第を目指して勉学に励《はげ》んでいる。弟が仕官すれば世業を継ぐ者がいなくなってしまうので、父は冬晨を後継者に育てたいのだ。

「朱桃の様子はどう？　花嫁衣装の支度《したく》は進んでいるかしら。あの子のことだから、自分で刺繍《ししゅう》するってはりきってるでしょ」

「ご推察のとおりです。いろいろな図案を見せてくださるんですが、私にはどれがよいのやら皆目見当もつかず、的外《まとはず》れな返答をして朱桃お嬢さまにあきれられています」

冬晨は困ったように目じりをさげた。物堅い彼は仕事一筋で、軟派な青年たちのように盛り場に通うこともなく、年若い家婢《かひ》と恋仲になったこともない。ひねもす茶葉を吟味《ぎんみ》し、帳簿をつけ、気難しい茶人の相手をして、配下の働きぶりを監督している彼に、女物の衣装の良し悪《あ》しなどわかるはずがないのだ。

「好きな殿方《とのがた》のために最高の衣装をまといたくて一生懸命なのよ。朱桃は子どものころからずっとあなたを慕《した》っているから、完璧《かんぺき》な婚礼にしたいんだわ。殿方にとってはわずらわしいことかもしれないけど、できるだけ相手をしてあげてね。べつに助言ができなくてもいいわ。そもそも人の助言を素直に聞く子じゃないもの。結局は自分の好きなようにするわよ。ただ、あなたに話を聞いてもらいたいだけなの。近々幸せな結婚をする若い娘として、いまのうきうきした気持ちをあなたと共有したいのよ」

ご忠告痛み入ります、と冬晨は律儀《りちぎ》に頭をさげた。

「お父さまとお母さまはお元気？」

「おふたりともお健《すこ》やかにお過ごしになっています。芳莉《ほうり》お嬢さまは無事にご出産を終えられ、如丹《じょたん》お嬢さまはご懐妊のきざしがあるそうです。若さまはお変わりなく」

家族の近況を聞き、いくぶんか心が晴れる。

「みんな変わりなくて安心したわ。宗室の規則で輿入《こしい》れから三月は親族に会えないけれど、私のことは心配しないでと伝えておいて。王府の暮らしにも慣れて、平穏に過ごしているって」

「殿下は御身を大切にしてくださいますか」

もちろんよ、と月娥はつとめて口の端をあげた。

「殿下はとってもおやさしいかただもの。いつも私のことを気遣ってくださるわ」

「では、お幸せなのでしょうね」

「夢を見ているみたいよ。初恋の殿方に嫁ぐなんて、私は果報者《かほうもの》よね。前世で功徳《くどく》を積んだんだわ。さもなければ、こんな幸せな結婚はできないわよ」

幸せな結婚という言葉の響きが空々《そらぞら》しい。秋霆がやさしいのも、彼が月娥に気遣いをしてくれるのも事実だけれど、夢見ていた結婚からは日々遠ざかっていく。

箜篌《くご》の音色を拒絶されてから、秋霆との距離がひらいてしまった。露骨に避けられているわけではないし、回廊《かいろう》などで出くわせばおさだまりのあいさつはするけれども、以前にも増して彼の目線や言葉の端々に月娥を疎《うと》んじる気配が見受けられる。

――馮妃さまとは似ても似つかない下手《へた》な演奏だったから、ご機嫌を損《そこ》ねたんだわ。

秋霆にとって箜篌の音色は亡き愛妻を思わせるものなのだろう。会話の糸口になるかもしれないと勝手に胸算用《むなざんよう》して、素蘭の思い出に傷をつけてしまったことが彼の逆鱗《げきりん》にふれたのだ。ふりかえってみれば短慮《たんりよ》だった。素蘭は楽器の妙手。月娥は彼女に遠くおよばないのだから、猿真似《さるまね》をしてもうまくいくはずがないのだ。

謝らなければならないと気ばかりが急《せ》くが、いざ秋霆を前にすると、彼のおもてに嫌悪の色が浮かばないかと怖くなって、謝罪の言葉を口にすることさえできないでいる。

「月娥お嬢さまがお幸せそうで、私もうれしく思います」

冬晨はいかにも忠良そうに相好をくずした。

「そのご様子なら、吉報を聞く日も遠くないでしょう」

「……そうね。近いうちにそうなるといいわ」

指一本ふれられていないなんて言えない。妻としてあつかってもらえないなんて言えるはずがない。

これは勅命でととのえられた婚姻なのだから、不満を口にしてはいけない。不平をこぼせば今上を冒瀆《ぼうとく》することになり、秋霆に恥をかかせてしまう。

かるがゆえに月娥は幸せでなければならない。十年来の恋を叶え、夜ごと愛《いと》しい夫の腕に抱かれて眠る、幸福な新妻でなければ――。

冬晨を見送り、自室に戻ろうとして回廊を歩いていると、秋霆の書房《しょさい》の方角から補服《ほふく》姿の小柄な老爺《ろうや》が歩いてきた。亡き馮《ふう》妃の父・馮来超《らいちょう》だ。

もうじき致仕《ちし》（七十歳）に手が届くという高齢だから、烏紗帽《うさぼう》をいただく頭髪も胸まで垂れた山羊鬚《やぎひげ》も雪をまぶしたように白い。丹念に皺《しわ》が彫りこまれた温顔は好々爺《こうこうや》然としている。五品官であることを示す白鷴《はくかん》模様の補子《ほし》が縫《ぬ》いつけられた補服をまとっていても、宗人府《そうじんふ》に仕える官僚というよりは、俗世を離れた深山幽谷《しんざんゆうこく》で暮らす仙人のようだ。

来超が整斗王府を訪ねてくるのは、もっぱら景景に会うためだと聞いている。孫の成長を見守ることが親より先に鬼籍に入った娘をしのぶ唯一の道なのだろう。

「王妃さまに拝謁《はいえつ》いたします」

来超は老臣らしいゆったりとした動作で揖礼《ゆうれい》した。月娥が答礼すると、ものやわらかな霜《しも》の眉《まゆ》をさげて、目じりに温和なさざ波のような笑い皺を刻む。

「世子《せいし》さまにうかがいましたぞ。王妃さまは点茶《てんちゃ》をたしなまれるそうですな」

「ええ、すこしだけ。手すさび程度ですが」

「手すさびでも立派なものです。近ごろでは点茶がすたれてしまいましてな、同好の士に出会うこともめっきりなくなってしまい、さびしく思っておりました」

「まあ、馮経歴司《けいれきし》も点茶がお好きですの？」

「澄《ちょう》時代の茶書《ちゃしょ》を蒐集《しゅうしゅう》して独学でおぼえました。我流ですから、古《いにしえ》の粋人《すいじん》が味わっていた霊味《れいみ》にはおよびもつかないのですが。碾《てん》で茶をすって羅《ら》で茶粉をふるい、筅《せん》で茶を点《た》てると、青黒い盞《さん》に雲霧のごとく泡が生じてくるでしょう。馥郁《ふくいく》たる香気を楽しみ、甘露のような茶湯で喉《のど》を洗うと、仙境に遊ぶ心地です。泰宗《たいそう》皇帝の宮廷で茶を賜《たまわ》った群臣もかような滋味《じみ》に酔いしれたのだろうかと、千古の風雅に思いをはせております」

茶の歴史は古く、多種多様な喫茶法があるが、大まかにわけると煮茶《しゃちゃ》、点茶、泡茶《ほうちゃ》の三つになる。固形茶の茶末を煮る煮茶は梧《ご》王朝時代に盛行し、茶末に湯を注いで攪拌《かくはん》する点茶は澄王朝時代にもてはやされた。両者は時とともに忘れ去られ、今日日、茶といえば茶葉を湯にひたしてふやかす泡茶をさす。

かつて一世を風靡《ふうび》した煮茶や点茶が忘却の彼方《かなた》に追いやられてしまったのは、凱のはじめに太祖《たいそ》が団茶《だんちゃ》ではなく散茶《さんちゃ》を献上するよう命じたからだ。

煮茶や点茶に用いる固形茶は餅茶《へいちゃ》あるいは団茶と呼ばれ、蒸した茶葉を臼《うす》に入れて杵《きね》で搗《つ》き、もしくはすり鉢に入れてすりつぶし、細かく砕いた茶葉を型に入れて餅《もち》状に押し固め、できた茶餅を乾燥させて貯蔵するという煩雑《はんざつ》な手順を要するものだった。わけても点茶用のものは龍や鳳凰《ほうおう》などの精緻な文様が表面にあらわれるよう細工されるため、茶農にとってはたいへんな負担であった。

貧農出身の太祖は質素倹約を旨《むね》としていた。茶農の労苦を軽減するため、茶を固形状にする手間をはぶいた、茶葉のままの散茶を奨励《しょうれい》したのである。

これにより固形茶は交易用の辺茶《へんちゃ》をのぞき、歴史の表舞台から消えたが、建国から約百年後の聖楽《せいらく》年間にふたたび流行している。古雅《こが》を好んだ聖楽帝は澄王朝時代の陶磁器を蒐集するだけでは飽きたらず、太祖が廃した御料茶園を復活させて贅沢《ぜいたく》な団茶を作らせ、北澄きっての風流人であった泰宗を真似て点茶を楽しんだ。この時期、人びとは身分を問わず末茶《まっちゃ》に熱中したが、聖楽帝が崩御すると人気も下火になり、点茶はまたしても歴史に埋もれていく。当世では大多数の者が末茶の存在さえ知らず、物好きな老人が古き良き時代を慕ってたしなむ古くさい趣味としてその名を残すのみである。

「北澄時代の茶宴には、私も子どものころからあこがれていましたわ。泰宗皇帝は毎月群臣を皇宮の園林《ていえん》にお招きになり、御自ら筅をお持ちになって茶を点てていらっしゃったとか。盞のなかに桃源郷《とうげんきょう》を描いたという泰宗皇帝がお点てになった末茶は仙界に流れる清水のような妙味だったのでしょうね。かの時代の群臣がうらやましくてなりませんわ」

月娥はうっとりして目を細めた。百芸に通じる泰宗が優雅な手つきで茶を点てるさまを想像すると、盞からあふれてくる香気が鼻をつくかのようだ。

「さようさよう。歴史をさかのぼることができるなら、泰宗皇帝の御代にまいりたいですな。神仙の妙技とも称された風流天子のお点前《てまえ》を、この目で拝見したいもの」

来超とうなずき合い、月娥はぽんと手を叩いた。

「もしよろしければ、一盞いかがでしょう？　家人が嶺州《れいしゅう》産の万寿銀雪《ばんじゅぎんせつ》を持ってまいりましたの。泰宗皇帝のお点前には到底およびませんが、ほんの気慰みに」

「ほう、嶺州の万寿銀雪ですか。それはめずらしい。ぜひ一盞賜りたく」

連れだって内院《なかにわ》へおりようとしたときだ。突風が吹きつけ、月娥はよろめいた。その拍子に手に持っていた手巾《しゅきん》を落としたが、すぐさま巧燕が拾ってくれた。

「王妃さまがお持ちになる手巾にしては質素ですな」

来超がふしぎそうに首をかしげるのも無理はない。飾り気のない手巾だ。刺繍は小さな蝙蝠文《こうもりもん》が二つあるだけ。親王妃の持ち物に見えないばかりか、女物にさえ見えない。

「これは十年前、殿下にいただいたものですわ」

「十年前？」

「ええ。実はそのときから殿下をお慕いするようになったのです。当時、殿下には馮妃さまがいらっしゃいましたので、私が一方的にお慕いしていただけですが」

「なるほど。おふたりの縁を結んだ手巾でしたか」

人のよさそうな来超の笑顔が目に刺さる。

あの日、暴漢から助けてくれた秋霆が傷を負った腕に巻いてくれた手巾。かえそうかえそうと思いながら、機会を逃しつづけている。踏ん切りがつかないのだ。これをかえしてしまえば、かろうじてつながっている秋霆との縁が断ち切られてしまいそうで。

身寄りのない老人や子どもを収容する施設を養済院《ようせいいん》という。その設立は太祖の御代までさかのぼる。前王朝・拓《たく》の武将であった太祖が拓朝最後の君主、恭帝《きょうてい》より禅譲《ぜんじょう》をうけて凱王朝をひらいたとき、天下には窮民《きゅうみん》があふれていた。長引く戦乱や頻発《ひんぱつ》する天災、暗君と奸臣《かんしん》の横暴があまたの孤児や寡婦《かふ》を生んだからだ。寄る辺を失くした者たちはなすすべもなく路頭に迷い、十にも満たぬ童女が春をひさぎ、餓えた少年たちは残忍な野盗になり、白髪頭の老爺は地べたを這《は》いながら施《ほどこ》しを乞《こ》うた。

巷《ちまた》にあふれる虐政《ぎゃくせい》の犠牲者《ぎせいしゃ》たちを憐《あわ》れみ、太祖は各府州県《ふしゅうけん》に養済院を設立させた。養済院は親を亡くした子どもや引きとり手のいない老人に雨露をしのぐための家屋と、身体《からだ》を覆《おお》うための衣と、空腹を満たすだけの食物を与えた。当初、煌京《こうけい》には三か所に設置されていたが、光順《こうじゅん》年間に増設され、当代では六か所に置かれている。そのうちの一軒から秋霆を乗せた軒車《くるま》が走り出した。養済院の子どもたちに武芸を教えた帰りである。

これはむろん公務ではない。親王として養済院に足しげく通えば、邪《よこしま》な目的のため民の信望を集めていると誤解され、叛意《はんい》があると疑われかねない。また単純に身分を明かせば、不用意な発言をして皇家の内情をもらしてしまう恐れもある。面倒を避けるため、身分を隠して養済院に通い、子どもたちに武芸の指導をしている。

なぜこんなことをしているのかと問われれば、贖罪《しょくざい》と答えるよりほかない。

秋霆の母方の親族、蔡氏《さい》一門は阿芙蓉《あふよう》の密売に関与し、暴利を貪《むさぼ》っていた。千年以上前に西域《さいいき》から伝来した阿芙蓉には鎮痛、鎮静作用があり、長らく薬として用いられてきたが、仁啓《じんけい》年間末から煙草《たばこ》のように吸うことが流行《はや》り、その高い依存性ゆえ中毒者が続出した。幾度となく禁令が発せられ、取り締まりは強化されているが、いまだに被害があとを絶たない。阿芙蓉によって人生をくるわされた者はおしなべて蔡家の犠牲者だといえば過言であろう。阿芙蓉を密売していたのは蔡家ばかりではない。いわばこれは王朝を蝕《むしば》む宿痾《しゅくあ》であって、蔡家はその病巣を利用して私腹を肥《こ》やしたにすぎない。

それは歴然たる事実だが、秋霆は罪悪感にさいなまれてしまう。養済院には阿芙蓉で親を亡くした子どもや、わが子を喪《うしな》った老人がいる。彼らに会い、慰めの言葉をかけてやることで、この身が生まれながらに背負った罪と向き合ったつもりになっている。その行為はまったくの徒爾《とじ》で、なんの罪滅ぼしにもなっていないけれども、そうしなければ己が肉体に流れる罪深い血から逃げまわっているようで心苦しいのだ。

やがて軒車がとまる。秋霆が軒車からおりると、整斗王府の門前で整斗王付き首席宦官《かんがん》の鉄太監《てつたいかん》――鉄岳秀《がくしゅう》が待っていた。

「出迎えはいらないと言っているはずだぞ」

「禄《ろく》を食《は》む身ですから、お出迎えするのは当然です」

岳秀は苦み走ったいかつい面相を夕日にさらし、杓子定規《しゃくしじょうぎ》に答えた。

「おまえが賜《たまわ》っている俸禄《ほうろく》は主上がくださったものだ。私に義理立てする必要はない」

「殿下が私を取り立ててくださらなければ、いまの私はありません。大恩人である殿下に忠節を尽くすことが私の生きがいです」

十五年前、岳秀は浄軍《じょうぐん》として働いていた。浄軍は排泄物《はいせつぶつ》の処理や死体運びなどの苦役に従事する最下級の宦官。牛馬のごとく酷使《こくし》されるため、彼らがまとう灰色の官服はつねに汚穢《おわい》まみれで、世間から騾馬《らば》と蔑《さげす》まれる宦官のなかでもっとも卑賤視されている。

その日、李皇貴妃にあいさつするために後宮を訪ねた秋霆は、通路に倒れている浄軍の宦官を見かけた。側仕《そばづか》えの制止も聞かずに駆け寄って宦官を抱き起こすと、まだ息があった。彼は人相がわからなくなるほど顔を殴《なぐ》られており、四肢《しし》には無数の切り傷が生々しく刻まれて、いくつかはひどく膿《う》んでいた。秋霆は父帝の許可を得て彼の身柄を引きとり、王府に連れ帰って介抱した。どうしてこんな怪我《けが》をしたのかと事情を聞いたが、彼はかたくなに「己の不調法のせいです」と言い張った。

年嵩《としかさ》の宦官が言うには、浄軍は他部署よりも内輪の結束が固いが、三監《さんかん》や中級宦官からの落伍者《らくごしゃ》は情け容赦《ようしゃ》なく虐遇《ぎゃくぐう》されるらしい。

「容姿に恵まれない宦官は貴人の御前に侍《はべ》ることができず、一生汚穢まみれで働かねばなりません。出世の道が端《はな》から断たれている者たちにとって、罪を犯して転落してくる三監や中級宦官は憂《う》さ晴らしの餌食《えじき》です。彼らは嘲弄《ちょうろう》され、悪罵《あくば》され、嬲《なぶ》り者にされ、事切れてからは骸《むくろ》すらも慰み物にされるのがしきたりです。この者は幸運でしたね」

いったいなにが幸運なのかと問いかえせば、老宦官は憐れむような、蔑むような目で床に臥《ふ》せっている若輩者《じゃくはいもの》を見おろした。

「生きているからです。不運であれば、とうに無様な屍《しかばね》をさらしていますよ」

姓名以外に、宦官はふたつの名を持つ。ひとつが嘲名《ちょうめい》。これは入宮後、師父《しふ》となった三監から下される蔑称《べっしょう》である。もうひとつが賜名《しめい》。こちらは主から下される美称だ。手負いの宦官は「鉄狼盗《ろうとう》」と名乗った。字面《じづら》からいって賜名ではない。

「私は盗賊の息子なので師父がそう名づけました」

狼盗の師父はそのかみの東廠督主《とうしょうとくしゅ》・棘太監《きょくたいかん》。狼盗は十で浄身《じょうしん》（去勢）し、童宦《どうかん》として棘太監に師事して順調に出世していたものの、同輩に濡れ衣を着せられ、中級宦官の位を剝《はく》奪《だつ》されて浄軍落ちしたという。

秋霆は狼盗に岳秀という賜名を与えた。狼盗は丁重に固辞した。岳秀とは〝人格が秀でている〟の意。賤《いや》しい生まれの自分にはふさわしくない名だと彼は言った。

「名にふさわしい人格を身につければよかろう」

なぜ岳秀を助ける気になったのか。見捨てておけなかったといえば偽善が過ぎる。虐《しいた》げられる宦官は岳秀だけではない。皇宮からは毎日、宦官の死体が運び出される。数十体の遺骸《いがい》が深い穴にほうりこまれ、一緒くたに火葬されることからも、彼らが家畜同様のあつかいをうけていることがわかる。岳秀を助けたところで、べつの場所ではほかの宦官が嬲り殺しにされている。いくら不憫《ふびん》に思えど、全員を助け出すことはできない。王府に仕える宦官の頭数は主の身分によって制限されているのだ。

では、気まぐれな同情の結果かといえば、それにも砂粒のようなざらざらとした不純物が感じられる。秋霆が岳秀にほどこした憐憫《れんびん》は、純粋なものとは言いがたい。やはりこれも贖罪《しょくざい》なのだ。持って生まれた罪業をほんのわずかでも軽減しようとして人助けをしたにすぎない。要するに利己心《りこしん》の産物だ。そうとも知らず、岳秀は素直に感謝してくれる。その汚れなき赤心《せきしん》がまぶしすぎて、彼の顔を直視することさえできない。

「殿下……王妃さまのことですが」

垂花門《すいかもん》をくぐったところで、岳秀は険しい眉間《みけん》に深い皺《しわ》を刻んだ。

「あまり放置なさるべきではないかと」

「放置しているわけではないが。ひもすがら王府にいては退屈だろうな。たまには気晴らしに出かけてもよいと言っておけ。芝居見物にでも行けば気がまぎれるだろう」

「いえ、そういうことではなく。もっときびしくお咎《とが》めになるべきかと存じまして」

「咎め？　いったいなんの……」

方塼《れんが》敷きの小径《こみち》を踏む足がとまった。まどろみを誘うような気だるい夕風が楽器の音色を運んでくる。それが箜篌《くご》の音だと気づいた瞬間、胸中にさざなみが立った。

――素蘭ではない。

わかっている。素蘭は箜篌の妙手だった。この弾き手はちがう。不器用につなげられていくぶつ切りのつたない音がそれを証明している。

たどたどしい演奏に心がそそけ立ち、秋霆は音の出どころをたどっていった。春風と戯《たわむ》れる細柳が寄り添う亭《あずまや》で、月娥が箜篌を奏でていた。そばにいるのは景景だ。菓子を頰張《ほおば》りながら、月娥の危なっかしい指使いにいちいち注文を付けている。

「そこはもっとやさしくつま弾《び》くんだぞ」

「こう？」

「ちがう、全然だめだ。しょうがないな、わたしがもう一度手本を見せてやる」

菓子を皿に置いてさっと手を洗い、景景は小ぶりの箜篌を抱えた。

「あっ、父王《ちちうえ》！」

景景が秋霆を見てこちらに駆けてきた。秋霆はにわか作りの笑顔で迎える。

「母妃《ははうえ》に箜篌を教えていたのか」

「はい！　あの女……じゃなくて、孫妃が上手《じょうず》に弾けるようになりたいと言うので」

「母妃と親しくするのはよいことだ。しかし、手習いを怠《おこた》っているのではあるまいな？」

「怠っていません。今日の分はちゃんと終わりました」

「そうか。では、どれくらい上達したか見せてくれ」

今日書いたものを持ってくるよう言いつけると、景景は飛びはねながら自室に駆けていく。垂髫《おさげがみ》を揺らす小さな背中を見送り、秋霆は月娥に向きなおった。

「……申し訳ございません、殿下」

秋霆が口をひらく前に、月娥はひざまずいてうなだれた。

「下手《へた》な演奏を聞かせるなと仰《おお》せられたのにご下命にそむきました。ちょうど、殿下が外出なさっていたので、いまのうちに稽古《けいこ》しておこうと……。すこしでも上達したかったんです。私は生まれつき音楽の素養がなくて、馮妃さまのようにたくみに奏でられず……耳障りな音色で殿下をわずらわせてしまったこと、お詫《わ》びのしようも――」

「そなたは勘違いしている」

つとめてやわらかく言ったが、月娥の肩は叱責《しっせき》されたように震えた。

「巧拙《こうせつ》の問題ではない。私は箜篌の音色が……苦手なんだ」

苦手、という言葉は適当ではない。ほんとうは恐れているのだ。年端のいかない子どもが暗がりに震えあがるように、その一音一音が秋霆を居すくませる。

「ほかの楽器がお好きなのですか？」

「……もとより楽器は好まぬ。音楽については門外漢《もんがいかん》だ」

秋霆は屈みこんで月娥の手を取り、立ちあがらせた。

「箜篌を演奏したいなら禁じはせぬ。ただし、私が王府にいるときはひかえてくれ」

はい、と月娥がうなずくと、互いのあわいに気づまりな沈黙が落ちる。早くも秋霆は立ち去りたくなっている。彼女のそばにいたくない。月娥を嫌悪しているわけではないが、ふたりきりになると居心地の悪さを感じてしまう。

「困っていることはないか？」

「……困っていること、ですか」

「王府の暮らしに不満があるのではないかと思ってな。王妃はなにかと窮屈《きゅうくつ》な身分なので、道姑《どうこ》時代のように気ままには暮らせまいが、要望があったら言ってくれ。できるだけそなたの希望どおりにしたい」

あらためて考えてみれば、月娥も不運な女人だ。

道姑として平穏に暮らしていたのにいきなり勅使《ちょくし》があらわれ、さぞや狼狽《ろうばい》したであろう。勅命であるがゆえに拒《こば》むこともできず、采霞廟《さいかびょう》に迷惑がかかることを思えば逃げ出すこともできず、婚礼まで幾夜となく涙にくれたにちがいない。

「……要望を申しあげてよいのでしょうか」

月娥は緊張したふうに視線をふせ、両手を握りしめていた。

「かまわぬ。なんでも言ってくれ」

つい「なんでも」と言ってしまって後悔した。さすがに王妃の体面に傷をつけるようなことは許可できない。秋霆自身は恥をかくことに慣れてしまったが、勅命でととのえられた婚姻である以上、ほとぼりが冷めるまで夫婦のかたちは保っておかねば――。

「では……あの……で、殿下とお茶の時間を持ちたいのですが……」

「なんだって？」

秋霆が尋ねかえすと、月娥の両肩が小さな鞠《まり》のようにはねた。

「……毎日とは申しませんわ。殿下にはご公務がおありですもの。二日に一度や、三日に一度でもよいのです……。五日に一度でもかまいませんわ。十日に一度だって……。べつに日数を決めなくても、おりおり……殿下のご機嫌がよいときだけでもかまいません。ふたりで喫茶を楽しみたいんです。過分な申し出であることは承知のうえですが……」

「そなたが淹《い》れてくれるのか？」

はい、と月娥は勢いよくおもてをあげた。

「お茶請けに甜点心《おかし》も作ります。点心でもいいですわ。殿下がお好きなものを」

「茶菓のことはわからぬゆえ、そなたに任せる」

「……それは、私とお茶の時間を持ってもよいということでしょうか？」

そのつもりだ、と答えれば、白いかんばせが見る見るうちに華やいだ。

「ありがとうございます、殿下」

弾けんばかりの笑顔がまぶしく思われ、秋霆は薄く目を細めた。

――素蘭もかつてはこんなふうに笑っていたのに。

亡き妻が見せてくれた屈託のない笑顔。彼女からそれを奪ったのは、ほかならぬ秋霆だ。

湯銚《ゆわかし》の音に耳を澄ませつつ、月娥は口もとがゆるみそうになるのを必死でこらえていた。

――本物の夫婦みたい。

そっと視線を動かすと、瓷墩《こしかけ》に座って内院《なかにわ》の景色を眺めている秋霆が目に入る。ここは亭《あずまや》のなか。石造りの円卓には茶器がならんでいる。これから茶の時間なのだ。

ふたりで喫茶の時間を持つようになって今日で三度目。彼は二日ごとに月娥の相手をしてくれる。茶菓を楽しみながら、月娥は秋霆の子ども時代の話を聞き、秋霆は道観《どうかん》での暮らしぶりについて月娥に尋ねた。会話は弾み、終始なごやかな雰囲気《ふんいき》だ。

夫婦なのに夫婦ではない状態がつづいて鬱屈《うっくつ》としていたが、打ち解けて話してみれば、身も世もなく嘆くほどの状況でもなさそうだ。いまはまだ秋霆が亡き愛妃を忘れられず、月娥と契《ちぎ》りを結ぶことをためらっているのだろう。この距離感が一生つづくことはないはずだ。ともに暮らし、ともに語らえば、しだいに距離は縮まっていくはず。

──気長に待てばいいんだわ。

いますぐでなくていい。いつの日か秋霆が心をひらいて月娥を妻として受け入れてくれるまで、辛抱《しんぼう》強く待とう。朋友のような雰囲気を楽しみつつ。

「珠蘭茶《しゅらんちゃ》ですわ、殿下」

月娥は青花緑彩《せいかりょくさい》の蓋碗《がいわん》を秋霆の前に置いた。

「以前、花茶をまだお飲みになったことがないとおっしゃっていたでしょう？　ぜひ試していただきたくて用意しました」

「珠蘭か。聞いたことがないな。花の名か？」

「金栗蘭《きんりつらん》、茶蘭《ちゃらん》とも呼ばれます。葉は茉莉花《まつりか》に似ていて、小さい真珠《しんじゅ》のような粒状の淡い黄色の花を咲かせます。上品な香りを放つので、茶の香りづけに用いられるのですわ」

花茶はおもに緑茶を基本として作る。玫瑰《はまなす》、梔子《くちなし》、桂花《けいか》、蕙《かおりぐさ》、薔薇《ばら》、木香《もっこう》、橘《たちばな》のようなにおいの強いものは、みな花茶に適している。まず、ほころびはじめた花を摘《つ》み、へたやちり、虫などの不純物をとりのぞく。次に二層づくりの磁器《じき》の罐《かん》の一層に花、もう一層に茶を入れてふたをし、熊笹と紙でかたく縛り、湯煎《ゆせん》で煮る。十分にあたためたら取り出して冷まし、紙でつつんで火の上に置き、炙《あぶ》り乾かす。

一連の工程においてもっとも重要なのが花の量である。花が多ければ茶のにおいを殺し、すくなければ芳香が移らない。茶葉は三、花は一の割合が最適とされている。

「なるほど。よい香りだ」

秋霆は蓋碗のふたを開け、ふわりと舞いあがった香気を楽しんだ。水色《すいしょく》は木漏《こも》れ日《び》を溶かしこんだようなやさしい黄色。ひと口飲めば淑《しと》やかな香りとほのかな甘みが口内に染みわたり、春陽につつまれたような心持ちがする。

珠蘭茶は朧山《ろうざん》産の緑茶を用いたものが名高い。上物なら龍頂茶《りゅうちょうちゃ》にはおよばないながらも、聖妙香《せいみょうこう》に匹敵する味わいだ。その香り高さゆえ、蘭薫《らんくん》朧山とも呼ばれている。

「茶菓子には雪花《せっか》もちを作りました」

月娥は食盒《おかもち》から皿を出した。蓋碗とそろいの皿に小さな角切りの蒸し菓子が行儀よくならんでいる。

雪花もち作りは搗きつぶした糯飯《こわいい》を型に入れることからはじまる。その上に切り胡麻《ごま》で作った餡をかさね、さらに同様の糯飯をかぶせてかたちをととのえ、じっくりと蒸す。粗熱をとったら、生臙脂《しょうえんじ》で色付けして砂糖漬けにし、糸切りにした林檎《りんご》をつやつやとした生地にのせて一寸角に切る。季節外れの林檎は臘月水《ろうげつすい》にひたしておいたものを使った。臘月水は十二月のいちばん寒い日にくんで沸かしておいた水。これに薄荷《はっか》と明礬《みょうばん》を入れ、果物をひたしておけば新鮮なまま長いあいだ保存できる。

純白の蒸しもちは林檎で華やぎ、さながら雪の寝床に花が散り落ちたかのよう。口に入れれば胡麻餡の風味と林檎のほどよい酸味がもっちりとした生地と混ざり合う。香気は強いが、淡白な珠蘭茶に合うさっぱりとした口当たりの甜点心《おかし》だ。

「そなたの夫になる男は幸せ者だな」

雪花もちを三つ平らげて、秋霆は珠蘭茶を飲んだ。

「甘露のような茶と菓子をいつでも味わえるのだから」

茶托《ちゃたく》ごと蓋碗を持ちあげようとした月娥の手がとまった。

「私の夫は殿下ですわ」

「いまのところはそうだな。だが、これはかりそめの婚姻だ。私とそなたは一生添い遂げるわけではない」

いずれ話そうと思っていたのだが、と秋霆は淡々とつづけた。

「主上の勅命ゆえ、やむをえずそなたを娶《めと》ったが、私は再婚したくなかった。母妃が――李皇貴太妃さまが病でいらっしゃるので、験担《げんかつ》ぎのために再婚せよと主上に命じられ、断り切れなかった。なれど私は、そなたと契りを結ぶつもりがない。そなたを妻にしたくないんだ。まともな夫婦にはなれないのに、かたちだけ夫婦でいても互いのためにならない。

母妃の病が癒《い》えたら、時機を見て離縁しようと思っている」

甘く香るそよ風が花嫁の袖《そで》のごとき枝垂《しだ》れ桃の枝を揺らした。

「離縁後すみやかに再嫁できるよう手配するからなにも心配はいらない。母妃はもうずいぶんお元気になっている。早ければ来年には解放してやれると思う。あまり長引かせないようにしたい。そなたも早くよそへ縁づいてまっとうな夫とのあいだに子をもうけたいだろうから。それまではどうか辛抱《しんぼう》してくれ」

申し訳ない、と秋霆は静かに目を伏せた。

「そなたに迷惑をかけてしまったこと、心苦しく思っている。主上が私の花嫁にそなたをお選びにならなければ、こんなことには……。いや、ちがうな。主上は私のためにそうしてくださったんだ。すべて私が悪い。そなたを受け入れられない私に責任がある」

なぜ、と言えない。言葉が出ないのだ。雪花もちの苦みが舌をしびれさせていたので。

「孫妃の様子がおかしいんです」

景景がそんな相談を持ちかけてきたのは、気だるい昼下がりのことだった。

「ずっとぼんやりしていて、わたしが話しかけても上の空なんです」

「おまえがおしゃべりだから相手をするのに疲れたんだろう」

秋霆が書物から顔をあげて笑うと、景景は「ちがいます！」と力いっぱい否定した。

「わたしが話していなくてもぼんやりしています。箜篌《くご》の練習もしないし、甜点心《おかし》作りもしません。茶も淹れずに茶器の手入ればかりしているんです」

茶器の手入れを養壺《ようこ》と呼ぶ。使いこめば茶器は茶の風味を増すと月娥が話していた。

「孫妃は茶器を大事にしている。時間をかけて手入れをするのが習慣なのだろう」

「度が過ぎているんです。だって日がな一日、茶器を洗ったり乾かしたりしているんですよ！　それに最近、孫妃はろくに食事をしていないって奇幽と巧燕が言っていました」

「食事をしないのは問題だな。具合が悪いのか？　昨日は元気そうに見えたが……」

昨日もふたりで茶の時間を持ったが、体調が悪いようには見えなかった。茶を淹れてくれ、手製の菓子をふるまってくれた。道観での出来事を面白おかしく話して、声をあげて笑っていたほどだ。ふだんどおりだと思ったのだが。

「毎晩、夜更けに起き出して茶器を洗っているらしいです。そのせいで寝不足なのに、本人はなんともないって言うんです。絶対に変ですよ」

「夜更けに茶器を……？　たしかに奇妙だな」

大事な道具とはいえ、寝食をおろそかにしてまで手入れするほどのものだろうか。

「妖鬼に妖鬼がとりついて悪さをすることがあるって本で読みました。孫妃も鬼《ばけもの》にとりつかれているんじゃないでしょうか。きっと茶器の妖怪です。孫妃に寝食を忘れさせて殺そうとしてるんです。このままだと孫妃が死んじゃいます……！」

道士を呼んでお祓《はら》いをしてください、と景景は真剣な面持《おもも》ちで詰め寄った。あいかわらず月娥を妖鬼と言い張っているが、口ぶりから察するに憎からず思っているようだ。

「まずは太医《たいい》に見てもらおう。病かもしれぬ」

さっそく太医を呼んで診察させたところ、太医は「気鬱でしょう」と言った。

気鬱という単語が秋霆の胸裏《きょうり》をざわつかせた。素蘭の場合もそうだった。はじまりは気鬱だった。しばらく様子を見ようと処置を先送りしたばかりに、どんどん問題が大きくなってしまって、最終的には悲惨《ひさん》な結末を迎えたのだ。

「どのようにすれば気鬱は治るのか」

「王妃さまは嫁いでいらっしゃって日が浅いので、まだ道観が恋しいのかもしれません。一度、里帰りをなさってはいかがでしょうか。慣れ親しんだ道姑《どうこ》たちと話に花を咲かせれば、胸にたまった澱《おり》も薄らいでいくはずです」

名案だ、と秋霆は膝を打ち、月娥にむきなおった。

「王府にこもっていては気詰まりだろう。采霞廟《さいかびよう》に里帰りしてはどうか」

「宗室の規則で王妃の里帰りは……」

「規則よりもそなたの体調のほうが大事だ。例外として認めていただけるよう私から主上に頼んでおく。そなたはなにも気にせず、ゆっくり羽をのばしてきなさい。ひさしぶりの再会だから積もる話もあるだろう。四、五日滞在してもかまわぬ。話が弾んでさらに長逗《ながとう》留《りゅう》したくなったなら、その旨《むね》をこちらに知らせてくれ」

はい、と月娥は力なくうなずいた。一目でこしらえ物とわかる、儚《はかな》い笑みを浮かべて。

――私は、女人に禍《わざわい》をもたらす男なのだろうか。

だれも不幸にしたくないのに、結果的には不幸にしてしまう。それもこの命にしみついた罪科のせいなのか。

「孫道姑《そんどうこ》？」

采霞廟の山門をくぐったところで声をかけられ、月娥は視線をそちらに向けた。

「玄雲道人《げんうんどうじん》」

藍染の道服《どうふく》を着た壮年の男性に気づいて笑顔を作る。京師《みやこ》の名刹《めいさつ》である鏤氷観《ろうひょうかん》の道士、白遵光《はくじゅんこう》だ。玄雲道人は道号《どうごう》である。

「見違えましたよ。すっかり皇族夫人らしくなりましたね」

遵光は人好きのする温顔でおっとりと微笑した。五十路《いそじ》の坂を越えようかという齢《よわい》だが、女性的な痩身《そうしん》のせいか、そつなくととのった容貌《ようぼう》のせいか、上品な物腰のせいか、年恰好《としかっこう》でいえば四十路《よそじ》にさしかかるころといった印象だ。

「これは失礼を。整斗王妃《せいとおうひ》さまにごあいさつ申しあげます」

「礼なんて不要です、玄雲道人。いつものように道姑として接してください」

「立場が変われば接しかたも変わります。不変のものはありませんよ」

あらたまって揖礼《ゆうれい》する遵光をとめようとしたが、かわされてしまった。

「玄雲道人は清風道女《せいふうどうじょ》の供養《くよう》にいらっしゃったんですか」

「ええ。あれからもう四年……早いものですね」

清風道女は夨霞廟の上級道姑。紹景《しょうけい》年間、外戚《がいせき》として権勢を誇った条《じょう》家の生まれで、入宮して紹景帝の妃嬪《ひひん》になった。紹景帝が廃され、叡徳王《えいとくおう》に封じられてからは、廃帝の側妃《そくひ》として皇宮に仕えていたが、宣祐《せんゆう》三十一年に叡徳王と叡徳王妃が薨去《こうきょ》したため、出宮《しゅつぐう》して夨霞廟に入り、清風道女の道号を名乗っていた。

古今の書物に通じた物静かな老婦人で、高貴な身分であるにもかかわらず、だれにでも気さくに接していたため、若い道姑たちに慕《した》われていた。しかし四年前、鶯水観《おうすいかん》で起こった爆破事件にまきこまれ、帰らぬ人となった。

事件当日、鶯水観では廟会《びょうかい》がひらかれていた。観内《かんない》は香客《こうきゃく》でごったがえしており、犠牲《ぎせい》者《しゃ》は二百人を数えた。そのなかに皇族の子弟がいたため、東廠《とうしょう》が捜査に乗り出した。捜査の結果、怨天教徒《えんてんきょうと》による凶行と結論づけられた。

第七代皇帝・灰壬帝《かいじんてい》の御代に芽吹いた怨天教は淫祀《いんし》と見なされている。天下大乱のおり、聖明天尊《せいめいてんそん》なる邪神が下生《げしょう》して衆生《しゅじょう》を救うという教義が王朝転覆《てんぷく》の危険を孕《はら》んでいるからだ。宣祐年間には怨天教徒の禁圧が酷烈《こくれつ》をきわめていたが、今上が即位してからは弾圧の手がゆるんだ。ゆえに今上の恩情が招いた惨事《さんじ》だと批判する者もいる。もっとも怨天教徒による殺傷事件は紹景年間から相次いでおり、聖恩が原因とは言い切れない。

清風道女は夨霞廟の道姑たちを連れて廟会に出かけ、災難に見舞われた。爆発で破壊された建物の下敷きになり、絶命したという。現場に居合わせた玄雲道人は清風道女の骸《むくろ》を采霞廟に送り届け、ねんごろに供養してくれた。その後もなにかと采霞廟を気にかけてくれ、清風道女の追福《ついふく》のため、こうしてわざわざ足を運んでくれる。

「そういえばあの日、王妃さまも鴬水観の廟会にお出かけになる予定だったとか」

「幾日も前から楽しみにしていましたの。でも、前日に高熱を出して寝込んでしまったので行けなくなりました」

「塞翁《さいおう》が馬《うま》ですね。私も往来の混雑で鴬水観に到着するのが遅れたので難を逃れたんですよ。爆発のあとで山門をくぐり、阿鼻叫喚《あびきょうかん》の巷《ちまた》を目の当《ま》たりにしました。王妃さまがあの場にいらっしゃらなくてよかった。あれはご婦人が見るものではありません」

この四年、煌京《こうけい》城内の廟会が禁止されていたのは故なきことではない。

「ところで、王妃さまはなんのご用件で采霞廟に？」

「里帰りですわ。殿下にお許しをいただいて」

「それはよい。では、殿下もご一緒なのですね」

「いいえ。宗室のしきたりで、里帰りは妃のみで行くことになっていますから」

「さようでしたか。不人情なしきたりですね」

民間の夫婦は婚礼の数日後そろって妻の実家にあいさつに行く。これを拝門《はいもん》という。

「そうでもありませんわ。ひとりのほうが道姑たちと気楽におしゃべりできますから」

苦衷《くちゅう》を笑顔でごまかして、月娥は下山していく玄雲道人を見送った。

「ねえ、あれって月娥じゃない？」

「馬鹿！　王妃さまって呼ばなきゃいけないのよ」

「声をかけても大丈夫かしら？　拝礼しなきゃだめかな」

「だめに決まってるでしょ。ほらごらんなさい、側仕《そばづか》えが付き従っているわ。女官は五品女官、宦官《かんがん》は太監《たいかん》よ。無礼を働いたら罰を受けるわ」

「さっそく無礼を働いてるじゃない。上級女官は女官って呼んじゃいけないのよ。老太《ろうたい》って呼ばなきゃ。太監は公公《こうこう》ね。どちらも尊称よ」

　巧燕と奇幽を連れて内院《なかにわ》に入ると、清掃していた道姑たちがひそひそとささやき合った。月娥の視線に気づくや否や、道姑たちは箒《ほうき》をほうり捨てて平伏する。

「みんな、そんなことはやめて。采霞廟の山門をくぐったら、私はただの月娥よ。いままでどおりでいいから、さあ立って」

　駆け寄って彼女たちの手を取り、立ちあがるよう促す。道姑たちは戸惑って顔を見合わせていたが、月娥が根気強く促すのでおずおずと立ちあがった。

「……ほんとうにいままでどおりでいいの……じゃない、いいんですか？」

「敬語はいらないわ。道姑同士みたいに話してくれればいいの」

「側仕えに怒られない？」

「ふたりとも寛容だから許してくれるわ」

道姑たちは巧燕と奇幽を遠慮《えんりよ》がちに見やる。巧燕が微笑《ほほえ》んで「王妃さまの御心のままに」と言えば、道姑たちの顔がいっせいにほころんだ。

「王府では毎日ごちそうが出るんでしょ？　なにを食べてるの？　魚翅《ふかひれ》の汁物？　龍蝦《いせえび》の香り炒《いた》め？　海参《なまこ》の壺蒸《つぼむ》し？　鮑《あわび》の煮込み？　燕窩《つばめのす》と鷓鴣《しやこ》の粥《かゆ》？」

「その耳墜《みみかざり》って翡翠《ひすい》？　うわあ、袖《そで》の模様、きれいねえ！」

「王妃の牀榻《しんだい》は金漆《きんしつ》塗りってほんと？　床も壁も天井も全部金ぴか？」

「みんな、質問の矛先《ほこさき》がまちがってるわよ。殿下との蜜月について尋ねなくちゃ」

「そうよそうよ。いちばん肝心《かんじん》なことは、初夜がどうだったかってこと」

「こら、はしたないこと言わないの」

「真面目《まじめ》ぶらないでよ。あたしはみんなが訊きたいことを代表して訊いてあげてるの。初夜のあれこれについては知っておいて損はないわ。あたしたちだっていつかはだれかに嫁ぐのよ。ひょっとしたら月娥みたいに玉の輿《こし》に乗るかも。いざというときのため、経験者にくわしく話を聞いて勉強しておかなくちゃ。それに月娥だって、話したくてうずうずしてるはずだわ。ただの玉の輿じゃない、初恋の殿方《とのがた》と結ばれたんだから」

道姑たちが目をきらきら輝かせながら迫ってくる。月娥は苦笑した。

「話したいことは山ほどあるけど、宗室の秘事は外にもらせないのよ」

「あーはいはい。わかっていますとも。だからこっそり話して。ひとりごとみたいに、ぽつりとね。あたしたちはなーんにも聞かなかったことにするから」

「そうねえ、じゃあ、これはひとりごとよ。殿下は……とてもおやさしかったわ」

「もっと具体的に言ってよ。口づけのことや、ささやかれた睦言《むつごと》について」

「そんなこと言えないわ。恥ずかしい」

「なによ、もったいぶって。ほんとは話したいくせに。思い切って白状しなさいよ」

道姑たちに詰め寄られて困っていると、騒ぎを聞きつけた道長《どうちょう》がやってきた。道長は道観の主。采霞廟の道長は御年九十九の柔和《にゅうわ》な老婦人で、姓は方《ほう》、道号は妙善道女《みょうぜんどうじょ》という。さる理由から実家に居づらくなった月娥を快《こころよ》く采霞廟《きゃくま》に受け入れてくれた恩人だ。

「こんなところで立ち話をするものではないわ。客庁にご案内しなさい」

妙善道女に勧められて客庁に入り、茶を飲みながら道姑たちとおしゃべりに花を咲かせる。日暮れ時になると、夕餉《ゆうげ》の支度《したく》のために道姑たちは厨《くりや》へ向かう。火が消えたように静かになった室内で、月娥は妙善道女に「孫道姑」と呼びかけられた。

「心に曇りがあるようね」

茶杯《ゆのみ》に湯を注ぎ足しつつ、妙善道女がしずやかに言う。月娥は反射的にとりつくろおうとしたが、妙善道女の福々しい慈顔《じがん》を見ていると涙がこみあげてきた。

「私も宮仕えをしていた身よ。宮中の事情が複雑だということは知っているわ」

およそ四十年前まで妙善道女は皇宮の女官だった。紹景《しょうけい》年間には紹景帝の寵妃《ちょうひ》であった危氏《きし》に仕え、危氏が叡徳王妃《えいとくおうひ》となったのちも彼女を支えた。宣祐帝《せんゆうてい》の即位を見届けて出宮《しゅつぐう》したのは、その数年前に夫であった太監が獄死したことが影響しているという。

「夫は栄転して司礼監《しれいかん》の要職についたばかりで、陰謀《いんぼう》にまきこまれたの。いわれのない疑いをかけられ、東廠《とうしょう》の牢獄《ろうごく》でひどい拷問《ごうもん》を受け……そのまま亡くなったわ」

死に目にも会えなかった、といつだったか妙善道女が語っていた。

「あとで冤罪《えんざい》だったことがあきらかになって、夫を手厚く葬《ほうむ》ることが許されたけれど、私の心は黒雲のような怨みで覆《おお》われていた。あろうことか、ねんごろに慰めてくださる叡徳王妃を罵《ののし》りさえしたわ。紹景年間、夫は敬事房《けいじぼう》太監としてそのかみの天子さま――のちの叡徳王に仕えていた。夫の気性をよくご存じの叡徳王が手をまわしてくださっていれば、私は夫を喪《うしな》わずにすんだのにと恨み言を吐いたの」

叡徳王は廃帝である。事実上の太上皇《たいじょうこう》として遇されていたとはいえ、その立場は堅固なものとは言いがたかった。ましてや朝政に深くかかわる事件ともなれば、軽々に手出しするのは危険だ。下手《へた》にかかわれば、廃帝が国事に横やりを入れたことになり、復位への野心を疑われかねない。叡徳王と叡徳王妃のあいだにはひとり娘の永倫郡主《えいりんぐんしゅ》がいた。愛娘《まなむすめ》の未来に翳《かげ》を落とさぬため、叡徳王は静観せざるを得なかった。

「なにもかも怨んだわ。東廠を、司礼監を、叡徳王を……理不尽なさだめを与えた天を。

怨天教に帰依《きえ》しようとさえ考えたのよ。けれど、あるとき、夫の夢を見たの。夢のなかで夫は私に言った。この先なにがあっても添い遂げよう、と。その言葉が私を怨みの淵から救い出してくれたわ。あれは夢ではなかった。私に結婚を申しこんだ元宵節《げんしょうせつ》の夜、夫はたしかにそう言ったの」

宮中に身を置く限り、いつ災難に見舞われるかわからないけれど、互いに支え合っていこう――それが夫の真意であったと妙善道女は述懐する。

「陰謀にまきこまれて不幸の淵に落ちていった人たちをたくさん見てきたわ。彼らとおなじく薄氷の上に立っていると自覚しながら、どこか他人事《ひとごと》だった。いつの間にか、根拠もなく思いこんでいたのね。禍《わざわい》は自分たちの頭上をかすめていくものだと……」

だれもみな災禍《さいか》に遭《あ》うのだと妙善道女は道姑たちに言い聞かせた。

「得るものがあるなら失うものもある。そのことを忘れてはいけないわ。なにもかもを得ようとしてはいけない。強欲の代償は重いものになるから。けれども逆に、すべてを失ったと絶望したときでさえ、またあたらしく得ることができる。夫を喪った私が入道《にゅうどう》して女冠《じょかん》となり、若いあなたたちと出会ったようにね」

なにもかもを得ようとしてはいけない。妙善道女の教えを胸に整斗王府に嫁いだ。愛する人の嫡妻《ちゃくさい》という地位を手に入れ、親王妃として礼遇されている。十分満たされているはずなのに、月娥の心はすこしも浮き立たない。

「立場上、気軽に話せないこともあるでしょう。宗室の秘事は外にもらせないものね。だから具体的なことは尋ねないわ。その代わり、教えを授けましょう」

妙善道女はゆったりと茶をすすり、葉もれ日のような目を細めた。

「待ちなさい。みだりに動かず、じっと待つ。忍耐だけが解決する問題もあるのよ」

「あんた、殿下と床入《とこい》りしてないんだろ」

采霞廟で過ごす三日目の晩、翠玉と連れだって腹ごなしの散策に出ると、だしぬけに耳打ちされた。月娥は回廊《かいろう》の途中で立ちどまり、きょろきょろと周囲を見まわす。

「大丈夫だって、だれもいやしないよ」

「……だとしても、そういう話はできないの」

「水臭《みずくさ》いこと言うなよ。あたしたちの仲だろ。隠しごとはなしだよ」

翠玉は茶所として有名な閑州《かんしゅう》の生まれで、貧しい茶農の娘だ。

入道したのは十年前。当時十五だった翠玉は未婚のまま身ごもり、実家を追い出された。途方に暮れていたところを、たまたま閑州を訪れていた采霞廟の道姑に拾われ、彼女に説得されて現地の道観で出産することになったが、不運にも子は流れてしまった。帰る場所がない翠玉は道姑に連れられて上京し、采霞廟に入道した。黙っていれば名門の令嬢でもとおりそうな華のある容色の持ち主だが、蓮《はす》っ葉《ぱ》な物言いが玉に瑕《きず》である。

「おかしな話だね。婚礼からだいぶ経つのにまだ床入りしてないなんてさ。ひょっとして殿下はあれなの？」

「あれって？」

「騾馬《らば》なのかってこと」

「馬鹿なことを言わないで。殿下が宦官であるはずがないでしょう。皇族が浄身《じょうしん》するなんて、天地がひっくりかえってもありえないわ」

眉《まゆ》をつりあげて言いかえすと、翠玉はあきれかえったと言わんばかりに天を仰《あお》いだ。

「あーもう、おぼこはこれだから。殿下が宦官じゃないことはあたしだって知ってるさ。宦官かどうかじゃなくて、閨《ねや》のなかで騾馬同然じゃないのかって訊いてるの」

「閨のなかで宦官同然？　どういうことか……」

ようやく翠玉の意図を理解して、月娥は真っ赤になった。

「そんなわけないでしょう！　殿下は壮健な男子《おのこ》であらせられるのだから、夫のつとめを果たせるはずよ。現に馮妃《ふうひ》さまとのあいだに御子をもうけていらっしゃるわ」

「なのに、あんたには手を出さないの？　食指が動かないって？　あ、わかった。肉づきが悪いせいだろ。あんた、どこもかしこも薄っぺらいもんね。そういえば、馮妃は小柄だったけど、出るべきとこはしっかり出てたよ。殿下はああいうのが好みなんだねー」

その可能性に思い至らなかったことを恥じ入る。秋霆は「再婚したくなかった」と言ったが、それは彼らしい気遣いにくるまれた遠回しな表現で、あけすけに言ってしまえば、月娥が気に入らないということではないのか。

「……薄っぺらいと、だめなの？」

「ま、そのへんは好き好きだね。細身の女が好みだって男もいる。女ならなんでもいいっていういやしんぼうもね。十年前、あんたを襲ったやつらみたいなのがそれさ。けど、たいていの男は肉置《ししお》きの豊かな女が好きだよ。つまり、あたしみたいな体形ね」

翠玉は道服越しにもわかる曲線を誇示するように胸をそらした。

「……殿下は義理堅いかたよ。私の身体つきがお気に召さないとしても、婚礼をあげたからには義務として床入りをなさるはず。その義務すらも避けていらっしゃるのは、私の体形のせいじゃなくて、馮妃さまへの未練のせいだわ」

「馬鹿だね。あんたは男ってものが全然わかってないよ。亡妻に未練があろうとなかろうと、目の前にごちそうがあれば喰らいつかずにはいられないのが男さ。おきれいな君子面《づら》をしてたって、情欲には逆らえないんだからね。男が喰らいついてこないってことは、目の前の料理にそそられないってこと。あんたの持ち物に魅力が足りないってことだ」

持ち物、と胸もとを指さされ、月娥はうつむいた。

「……色気がないことは自覚してるわ。だけど、どうしようもないじゃない。身体つきなんてごまかしようがないんだから」

閨のなかで秋霆は月娥をあまり見ないようにしていた。彼の視線は蘭灯《ともしび》や花瓶《かびん》など、どこかべつのところに置かれていて、月娥は視界から締め出されていた。

――視界に入れるほどの値打ちもないということ……。

馮妃の身体つきのことなど気にもとめていなかったが、言われてみれば月娥のそれとは天と地ほどもちがっていた。秋霆が月娥に魅力を感じないのも道理であろう。

「あきらめるなよ。男をものにしたけりゃ、食欲をそそる持ち物を用意すりゃいいのさ」

翠玉は月娥の肩に腕をまわし、こそこそとささやいた。

「鴛鴦草《えんおうそう》っていう草を知ってる？　これを煎《せん》じて飲めば肉置きが豊かになるんだ。実はあたしも鴛鴦草を飲んでたからこうなったんだよ」

「翠玉も？　でも、あなたは入道したときからそういう体形だったじゃない」

「そりゃそうさ。故郷で飲んでたんだから」

「閑州にしかない草なのね」

「それが京師《みやこ》にもあるんだよ」

翠玉は紫荊《はなずおう》が咲き乱れる内院《なかにわ》のむこうを指さした。頼りなげな春の月が後罩房《はなれ》の甍《いらか》に時ならぬ光の雪を降らせている。

「後罩房じゃなくて裏山だよ。ぶらぶらしてたら見つけたんだ。探しに行こうよ。よく効く薬草だから、今夜から飲めば王府に戻るころには別人になってるかもしれないよ」

「いまから？　今夜はもう遅いし、朝になってからでも……」

「だめだめ。鴛鴦草はね、月夜にしか見つけられないんだ。朝になったら、どこに生えてるかわかんなくなるよ」

「じゃあ、女官に行き先を言ってくるわ」

「そんなのいいって。すぐそこなんだから。さっと行ってさっと帰ってくればいいだろ」

行こう行こう、と翠玉に腕を引っ張られるまま、裏山のほうへ歩き出す。

――どうせ無駄だわ。

鴛鴦草が首尾よく効果を発揮したとしても、秋霆は月娥を愛してはくれないだろう。馮妃は死んだ。死はありとあらゆるものを永遠の綺羅《きら》でつつんでしまう。かるがゆえにだれもが失敗するのだ。死者の代わりになろうとして。


「……孫妃がいなくなっただと？」

顔を洗いながら岳秀の声に耳をかたむけていた秋霆は思わず手をとめた。

「昨夜の夕餉《ゆうげ》のあと、王妃さまは馴染《なじ》みの道姑《どうこ》と散策に出たそうです。帰りが遅いので周《しゅう》老太《ろうたい》が不審に思い、王妃さまと出かけた道姑に話を聞いたところ、連れだって裏山に入ったことはまちがいないが、やりかけの手仕事を思い出したので王妃さまに断ってひと足先に後罩房《はなれ》へ戻ったとのこと。てっきり王妃さまも部屋に帰ったものと思いこみ、何事もなくやすんでいたそうですが、王妃さまはお戻りになっていません」

今朝がた采霞廟《さいかびょう》から奇幽の遣いが来たのだと、岳秀は苛立《いらだ》たしげに報告した。

「裏山をふくめ采霞廟の周辺を捜索したものの、足どりはつかめていないとのことです」

「一緒にいた道姑は孫妃からなにも聞いていないのか？　こっそり道観《どうかん》を抜け出してどこかへ行く予定だったというような」

「いえ、魚公公《ぎょこうこう》の報告では、そのような話はしていないようです。ただ、王妃さまがひどく思い悩んでいる様子だったと話しています」

「それはそうだろう。最近ふさぎこんでいるから里帰りするよう勧めたわけで……」

つづく言葉が濁《にご》り、暗雲にも似た感情が胸にたちこめた。

――いやな予感がする。素蘭とおなじ経過をたどっているような。

五年前、素蘭が忽然《こつぜん》と行方《ゆくえ》をくらました。事件が起こる数日前、彼女は実家に帰っていた。景景を産んでから部屋にこもりがちになり、ひねもす泣き暮らしている素蘭を案じた秋霆がしばらく親元に帰って羽をのばすよう勧めたのだ。

――私から離れれば心がやすまるだろうと、あえて遠ざけたのに。

よかれと思ってしたことが最悪の事態を招いてしまった。いや、ちがう。あれはきっかけにすぎなかった。とうに素地は出来上がっていたのだ。火種さえあれば、一切がたちまち烏有《うゆう》に帰《き》してしまうところまで、われ知らずたどりついてしまっていた。

――素蘭の場合とは事情が異なる。孫妃には行方をくらます動機がないはずだ。月娥は気がふさいでいる様子だった。しかしそれは、素蘭が抱えていた問題とは別物だろう。秋霆は月娥に折を見て離縁する心組みだと話したし、離縁後に良縁を用意することも約束した。彼女の将来にはなんの不安もないはずだった。

おそらく、自発的にいなくなったわけではないだろう。

そう思いながらも、懸念《けねん》は消えなかった。月娥のことをよく知らないからだ。まだ婚礼から二月しか経っていない。道姑時代の彼女とは、ときどきあいさつをする程度のかかわりしか持たなかった。身の上話を聞いたのもごく最近のことだ。夫婦の契《ちぎ》りを結び、子をなしたこともある素蘭すら秋霆に隠し事をしていたのだから、ときおり茶を飲むだけの関係にすぎない月娥の心のうちを容易に推察できるはずもない。

ふりかえってみれば、彼女の気鬱《きうつ》の原因もはっきりしなかった。里心がついたのではと思ったが、それなら采霞廟から姿を消したことが説明できない。

「実家に連絡は？」

「配下をさしむけました。じきに戻ってくるかと」

折り目正しく返答し、岳秀は蝙蝠文《こうもりもん》の手巾《しゆきん》をさしだした。

「道観の裏山に王妃さまの手巾が落ちていたそうです」

「孫妃の？　男物のようだが」

「まちがいなく王妃さまのものです。たびたび手にとって眺めていらっしゃいました。お使いになっているところは拝見したことがありません。よほど大切なものなのでしょう」

大事にしていた男物の手巾。想い人のものだろうか。

月娥に恋人がいるという話は聞いていない。今上は彼女と懇意《こんい》にしている男はいないと言っていた。東廠《とうしょう》を使って調べたのだろうから事実であるはずだが、睦《むつ》み合う仲ではなくても、ひそかに想いを寄せる相手はいるのかもしれない。慕《した》わしい男と引き離されて秋霆に嫁がされたので、気鬱にかかったのだろうか。しかしそれなら、離縁を約束した時点で心が晴れるはずではないか。月娥が想い人のことを相談してくれさえすれば、秋霆はふたりの仲を取り持ってやることもできるのだから。

——結ばれることができない相手なのか？

なんらかの障害があり、夫婦になるのは難しいのだろうか。たとえば相手は妻子ある男なのかもしれない。嫡妻がいても妾《めかけ》にはなれるが、嫉妬《しっと》深い妻なら妾を持つことを許さないだろう。あるいは、相手は月娥を好いていないのか。彼女は魅力的な女人だから、月娥に想いを寄せられて心が動かない男がいるとは到底思えないが。

考えれば考えるほどわからなくなる。

「大切な品を打ち捨てて自発的に逃げるとは思えぬ。どこかで足を滑らせたのでは？」

「魚公公が手勢を連れて周辺を調べましたが、落下した形跡は見つかっておりません」

「忽然といなくなったというのか？　手巾を落としたことにも気づかず……？」

妙だな、とつぶやいた刹那《せつな》、冷水を浴びせられたように背筋が凍りついた。

――私の妃だから狙われたのかもしれない。

いまもなお、蔡家《さいけ》を怨む者はいる。その者が二人目の整斗王妃となった月娥を無理やり連れ去ったのではないだろうか。秋霆を苦しめるために。

荒唐無稽《こうとうむけい》な推論ではない。現に素蘭は、秋霆に嫁いだばかりに悲惨《ひさん》な結末を迎えたではないか。この身体に流れる呪わしい血が彼女を絶望の淵に沈めたではないか。

洗面器の水に青ざめたおもてが映っている。わが子をむごたらしく殺《あや》め、妻に非業の死を遂《と》げさせた、おぞましい男の顔が。

「殿下」

岳秀に声をかけられ、秋霆は刑吏《けいり》に名を呼ばれた罪人のようにぎくりとした。視線をあげれば、若葉色の貼里《ちょうり》を着た宦官《かんがん》が一礼して退室するところだった。

「孫報徳《ほうとく》の邸から配下が戻りました。王妃さまは実家に帰っていないそうです」

悪い予感が的中してしまうのだろうか。

「ただちに支度《したく》を。采霞廟へ行く」

もう手遅れかもしれない。秋霆はいつもそうだ。肝心《かんじん》なときに間に合わない。

「怪我《けが》はよくなったか？」

秋霆が心配そうに尋ねたのは、罘霞廟《さいかびょう》の裏山で暴漢に襲撃された事件から半月後のことだった。月娥は右腕に手をあて、すっかりよくなったと話した。思えばあのとき、手巾をかえすべきだったのだ。分不相応な恋心を葬《ほうむ》り去る証《あかし》として。

──馮妃《ふうひ》さまを愛していらっしゃると知っていたのに。

妙善道女《みょうぜんどうじょ》から秋霆の身分を知らされてもさほど驚かなかった。むしろ得心がいった。彼のように義俠心《ぎきょうしん》と品格をかねそなえた男性が高貴な生まれであることは至極《しごく》当然のことだと思われた。打ちのめされたのは、秋霆に愛妻がいると聞いたときだ。いや、そのときでさえも身勝手な希望を捨てきれなかった。彼は馮妃を嫡室《ちゃくしつ》として厚遇してはいるが、それは律義者《りちぎもの》らしく夫の義務を果たしているだけであり、恋人にするように心から愛情を注いでいるわけではないのでは、と。ひとりよがりな憶測は、仲睦《なかむつ》まじく寄り添って山門をくぐるふたりの姿を目の当《ま》たりにした瞬間、粉みじんに打ち砕かれた。

──はじめからわかっていたことじゃない。どうせ叶わない恋だって。

遠くから想うだけにしようと自分を納得させたはず。それなのにいつの間にか、彼の心を手に入れたいと望むようになっていた。身の程知らずの恋着は月娥にわが身を焼くほどの苦しみをもたらした。自業自得《じごうじとく》だ。すでに他人の夫であった人を恋うてしまったから、こんな目に遭《あ》うのだ──。

心地よい揺れを感じて、月娥はまぶたを開けた。視界に飛びこんできたのは茫洋《ぼうよう》とした暗がり。ついで独特な香りが鼻をついた。それは古い樹木のにおいに似ている。悠久《ゆうきゅう》の時を生きる霊木が発する神々しい香気《こうごう》のようなかぐわしさを胸いっぱいに吸いこみ、月娥は寝返りを打った。そこではじめて寝床がやけにかたいことに気づく。

何度かまばたきをして、引っぱりあげられたように飛び起きた。

──ここは……道房《どうぼう》じゃない？

周囲を見まわしたが、暗すぎてろくに見えない。部屋の隅に方形の箱のようなものがうずたかく積まれていることをわずかに感じられるのみだ。それでも住み慣れた道房でないことは疑いようがない。寝床と思っていたのは薄っぺらい草筵《くさむしろ》、しかもところどころ穴があいたものだ。道房でも贅沢《ぜいたく》な品は使っていないが、粗末ながら臥褥《しきぶとん》はある。それに床に敷物をしいて寝ることもない。簡素なものだけれども臥牀《ねだい》を用いる。

──私、裏山に入っていたんじゃ……。

霧にまかれたようにぼやけた記憶を探り出す。翠玉に連れられて裏山に入ったことはおぼえている。鴛鴦草《えんおうそう》を探すため、二手に分かれた。月光があかるいので、足もとはよく見えた。翠玉が言うには、鴛鴦草は姿かたちにこれといった特徴がないが、月明かりを受けると、豆粒のような小さな葉が砕いた水晶さながらにきらきらと光るという。そのかすかな光の反射だけが鴛鴦草とほかの草を見わける手がかりだそうだ。陽光にはまったく反応しないので、日中に探しても見つけることができないらしい。

きらきら光るものが見えないか、注意深く目を凝《こ》らしながら山道を歩いた。途中であくびがもれた。にわかに眠気をもよおしたのだ。思い悩んでばかりいるから気疲れしたのかもしれない。苦労してあくびをかみ殺していると、翠玉がやってきて用事を思い出したから先に戻ると言った。それなら一緒に帰ろうとしたが、あちらのほうで光るものを見た気がすると翠玉が草むらを指さすので、そちらを探してみることにした。

急に重くなった足を引きずるようにして草むらに入りこみ、数歩も進まないうちに身体がふらついた。たたらを踏んだかと思うと尻もちをついた。強烈な睡魔に襲われ、立ちあがることはおろか、まぶたを開けていることすら難しくなった。こんな場所で寝るわけにはいかない。采霞廟に戻らなければ——そう思ったのが最後だった。

その後のことはなにひとつ思い出せない。

——翠玉は？

翠玉もここにいるのかと思い、彼女の気配を探したが見つからない。

「かわいそうになあ」

唐突に男の声が聞こえて、月娥の肩がびくりとはねあがった。反射的に声の主を見つけようとするが、暗闇のなかに人の息遣いはない。

「恋人と引き離されて好きでもねえ皇族に嫁がされちまうとは、とんだ災難だぜ。おまけにその皇族ってのが下種《げす》野郎だってんだから、くんずほぐれつってやつだな」

「おい兄い、ひょっとして『踏んだり蹴《け》ったり』って言いてえのかい？」

「言いてえもなにもそう言っただろ」

「兄いは『くんずほぐれつ』って言ったぜ。そいつはちと意味がちがうんだな。『くんずほぐれつ』ってのは、殴《なぐ》ったり殴られたり、蹴ったり蹴られたりすること。要するにどっちもどっちってやつでよ、一方的にやられる『踏んだり蹴ったり』とはべつもんだぜ」

「うるせえな、こいつめ。学があるからってひけらかすんじゃねえ」

ぱしっとなにかをはたく音がする。痛えぜ兄い、と文句を言う声も聞こえた。

「とにかく俺が言いてえのは、この国は腐りきってやがるってことだ。好き合った男と女が離れ離れにされちまう、くそったれな世のなかになっちまった」

「けどよ兄い、俺たちが救ってやったからにゃ、あの女も好いた男と添い遂げられるぜ」

「だな！　やっぱり好き合った男女が夫婦になるのがいちばんだ」

「人助けは気分がいいぜ」

「金も身分もなくてもよ、男ならせめて義侠心くらいは持っていたいもんだ。義侠心がねえ野郎なんざ、男でもねえくせに男より威張ってやがる驢馬《ろば》どもと変わらねえ」

「おい兄い、ひょっとして『騾馬《らば》』って言いてえのかい？」

「言いてえもなにもそう言っただろ」

「兄いは『驢馬』って言ったぜ。驢馬は驢馬、騾馬は驢馬と馬の子ども。全然ちがうもんなんだな。騾馬って言ったら宦官のことだけどよ、驢馬って言ったら驢馬だぜ」

「てめえ、またやりやがったな。学をひけらかすなって言ってるだろうが」

「痛えぜ兄い。俺をぶん殴ったって利口になるわけじゃねえぜ」

暗闇の奥に細い光が見える。ぞんざいに閉ざされた帳《とばり》のむこうにもう一部屋あるらしい。話し声がそちらから聞こえてくる。月娥はどくどくと脈打つ胸をおさえ、物音を立てないよう注意しながら立ちあがった。出口を見つけなければ。隣室にいる男たちに気取られないように逃げなければ。焦りのせいか、視界の悪さのせいか、床に置いてある木箱に気づかず、足をぶつけてしまった。物音を聞きつけた男たちが席を立つ音がする。月娥はとっさに身を隠す場所を探そうとして蹴躓《けつまず》き、前のめりに倒れこんだ。

直後、ぱっと視界があかるくなる。帳がひらかれ、灯影が闇をまだらに染めたのだ。

「……こっ、来ないでっ！」

髻《たぶさ》から引き抜いた簪《かんざし》の切っ先を自分の喉笛《のどぶえ》に突きつけ、月娥は叫んだ。

「そこから動かないで！　一歩でも近づいたら死ぬわ！」

男たちの目的はわかっている。手間をかけて釆霞廟から連れ出したところを見るに、どこかへ売り飛ばす腹積もりなのだ。眠っているあいだに乱暴された形跡はないが、これからも災難に遭わないとは言い切れない。どうしても逃げられないなら自決するまで。かたちだけだとしても月娥は秋霆の妻だ。名節《めいせつ》を失って生き恥をさらすつもりはない。

「なにやってるんだよ！　馬鹿な真似《まね》をするんじゃねえ！」

男のひとりが叫んだ。逆光のせいで顔つきはわからないが、狼狽《ろうばい》しているふうだ。

「だったら解放して。出口はどこ？」

「出口はあっちだけどよ、いまは出られねえぜ。水の上だからな」

驚きはない。一定の揺れから水路を行く船の上であろうとあたりをつけていた。

「私をどこに連れていく気？　言っておくけど、私なんか売り飛ばしてもたいしたお金にはならないわよ。見てのとおり、薄っぺらい身体つきだから」

「売り飛ばす？　いったいなんの話だよ」

男たちは怪訝《けげん》そうに顔を見合わせた。

「俺らはあんたを助けてやったんだぜ」

「助けてほしいなんて頼んだおぼえはないわ」

「そりゃそうだろうよ。俺らに依頼してきたのはあんたの恋人だからな」

「事情は聞いたぜ、姐《ねえ》さん。あんた、好いた男と引き離されて無理やり皇族に嫁がされたらしいな。俺たちはあんたの恋人に頼まれて、あんたを迎えに来たんだぜ」

得々と言ったのは学をひけらかすなと兄貴分に殴られていた男だ。

「なにか勘違いしてるんじゃないの。私に恋人なんかいないわよ」

「おいおい、言い交わした男のことを忘れちまったのかよ」

「言い交わした男の人なんかいないわ」

「いるだろ。俺らは会ったぜ。なあ、おめえも会ったよな?」

「会ったぜ、兄い。上背《うわぜい》のある男だったぜ。頭巾をかぶってたんでよくわからなかったが、こんな美人と恋仲なんだし、兄いとちがって小粋《こいき》な面《つら》をしてるんだろうぜ」

「俺とちがってってなんだよ。おめえとちがってだろ、芋《いも》みたいな面しやがって」

「ひでえや。俺が芋なら兄いは石っころだぜ。石っころは食えねえが芋は食えるぜ」

「食えたところで芋は芋だろうがよ。石っころのなかにはな、玉《ぎょく》ってもんがあるんだぜ。芋のなかに玉があるかよ? どう考えても石っころのほうが上等だろ」

石だ、芋だ、と男たちは口争いをはじめる。

「芋でも石でもどっちでもいいけど、人違いだわ。早く帰らせて」

「いんや、たしかにあんただ。俺らの仕事に手抜かりはねえ。事前に廟《びょう》の周りをうろついてあんたの顔を確認しておいたから、まちがってるはずがねえよ」

「私に恋人はいないって言ってるでしょう。過去にいたこともないわ」

「妙ちきな話になってきだぜ、兄い。俺たちはこの姐さんの情人《いろ》に会ったのに、姐さんは情人なんかいねえと言う。じゃあ、俺たちが会ったやつは何者なんだあ……? あっ、もしかして幽鬼のたぐいじゃ……兄い、俺ぞーっとしてきたぜ」

「よせよ、ひっつくな、気色悪ぃ。なにが幽鬼だ、くだらねえ。この女、目ぇ覚ましたばかりなんで混乱してるんだろ。好き合った男のことだ、そのうち思い出すさ」

「思い出すもなにも、好き合った男の人なんかいないのよ。好きな人ならいるけど」

「ほらみろ、やっぱりいるじゃねえか。よかったな、九六《きゅうろく》。幽鬼じゃねえってよ」

がたがた震えていた芋面がほっと胸をなでおろすので、月娥は声を荒らげた。

「勝手に安心しないで。私の好きな人は殿下よ。あなたたちが会った人じゃないわ」

「殿下ってだれだ？」

「整斗王殿下に決まっているでしょう。私は整斗王妃よ」

「わかったぜ。そいつがあんたを恋人から引き離した下種野郎なんだな」

「恋人なんかいないって何度言えばわかるのよ。私は殿下のことが好きで、自分から進んで殿下に嫁いだの。恋人から引き離されただの無理やり嫁がされただの、なんの話？」

「……いよいよまずいぜ兄い。俺たちが会ったのはほんとの幽鬼だぜ兄い。知ってるか兄い。幽鬼に会っちまうと呪われるんだぜ兄い。俺たち早晩死んじまうぜ兄い」

兄い兄いうるせえよ、と芋面の頭をはたき、石ころ似の兄貴分は月娥に視線を投げた。

「こんなとこで立ち話もなんだ、一服しようぜ。茶でも淹《い》れてやるからよ」

男たちは隣室に引っこむ。しばしためらったが、彼らに害意があるならとっくに月娥は傷つけられていたはずだ。またこの部屋に出口はないので、どの道、隣室をとおらねばならない。月娥は簪を強く握りしめ、やわらかな灯影のなかに身体をすべりこませた。とたん、あっと声をあげてしまう。それは隣室が思ったより手狭だったからでも小汚かったからでもなく、男たちの身体的な特徴に気づいたからだ。

ひとり――おそらく兄貴分だ――には左肩から下がなく、もうひとりは右足の膝から下がない。ふたりが着ているみすぼらしい短褐《たんかつ》の上からもそれがわかった。

「突っ立ってねえで、そのへんに座れよ」

兄貴分が革袋の水を鍋に注ぎながら顎《あご》をしゃくった。彼が鍋を茶炉《こんろ》にかけるあいだ、芋面は小刀で方形の黒い塊の一端を削《そ》ぎ、そのかけらを小ぶりの鉢に入れて搗《つ》き砕いている。茶葉を蒸し固めて方塼《れんが》のように成形した磚茶《せんちゃ》であろう。ふたりの手仕事を見守りながら、月娥は敷物の上に腰をおろした。やがて湯が沸く。芋面が鉢の中身を荒っぽく小鍋に入れる。湯気とともに古木でいぶしたようなにおいが舞う。

「七葉茶《しちようちゃ》？」

燻煙を思わせる香りは黒茶の一種、七葉茶の特質として知られている。丹念に時間をかけて発酵《はっこう》させることで生じる黄色のかびが独特の風味をもたらすのだ。

「……ちょっと待って。これってもしかして……喬茶《きょうちゃ》じゃない？」

喬南《きょうなん》産の七葉茶はほかの産地のものと区別して喬茶と呼ばれる。

「なんでわかるんだよ？　飲んでもねえのに」

「飲まなくてもわかるわ。喬茶にはかすかに花の香りが感じられるもの」

「へえ、すげえや。あんた、鼻がきくんだな」

感心したふうに言いながら、兄貴分は奥の帳をめくって外に出ていく。

「どうして喬茶を持っているの？　これは辺茶《へんちゃ》よ。茶馬司《ちゃばし》以外があつかってはならない品だわ。あなたたち、何者？　茶馬司の下吏《かり》には見えないけど」

辺茶とは茶馬交易《ちゃばこうえき》で用いられる茶をいう。

茶をもって馬に易《か》える茶馬交易は、梧代《ご》にはじまった。

古くから中原《ちゅうげん》は牧地に適さず、良馬を産しなかったため、貢馬《こうば》や市馬《しば》によって蛮地《ばんち》から駿馬《しゅんめ》を手に入れていた。貢馬は馬の献納、市馬は馬の購買をいう。周辺諸国の興亡が軍馬の需要を刺激するにつれ、市馬に重きが置かれるようになり、交易を介して馬匹《ばひつ》を得ることがさかんになった。中原側の輸出品は絹であったが、当世から約千年前に栄えた梧代《ご》、輸出品に茶がくわわるようになる。そのころには夷狄《いてき》に喫茶が普及しており――梧代以前、彼らは酪漿《らくしょう》（乳汁）を好み、茶を酪奴《らくど》と呼んで卑《いや》しんでいた――、なおかつ蛮地では茶を産しないので、中原からの輸入に頼る必要が生じたのだ。

夷狄に茶を、中原に馬を――茶馬交易の端緒《たんしょ》はかくてひらかれた。

茶馬交易専門の官署《かんしょ》・茶馬司がもうけられ、茶の専売制度がととのえられたのは、梧の滅亡後に天下を治めた澄《ちょう》の時代に入ってからだ。澄は大規模な茶馬交易を行い、茶馬司は権勢を誇った。ところが、澄から拓《たく》へ時代が移り変わると、茶馬交易は行われなくなった。夷狄の英雄によって建てられた拓は胡地に根城をかまえており、交易を介して馬を得る必要がなかったのである。茶は彼らの生活に欠かせないものになっていたが、南方の茶産地を国土におさめていたので、こちらも交易は不要だった。

百年余り途絶えていた茶馬交易は凱の建国とともに復活する。太祖は厳格な茶法をさだめて茶の密輸を禁じ、夷狄との取引は茶馬司が独占することになった。私茶《しちゃ》（密輸茶）が横行すれば夷狄は官茶《かんちゃ》（官府所有の茶）を買わなくなり、凱が良質な軍馬を得られなくなるからだ。茶禁《ちゃきん》を犯した者は――たとえそれが太祖の娘婿でも――極刑に処された。

きびしい取り締まりにもかかわらず、私茶が絶えてなくなったという話は聞かない。禁制が峻厳《しゅんげん》であればあるほど、裏取引で得られるうまみは大きくなる。茶馬司による官茶の管理がずさんで、品質が私茶に劣ることも密輸が横行する一因になっている。

「姐さんこそ、なんで辺茶だってわかったんだい？　飲んだことがあるんじゃねえの」

「あるわ。子どものころにね。喬茶が辺茶に指定される前、父が飲ませてくれたのよ」

たしか十五年前だ。辺茶に指定されれば手に入らなくなるからと父に勧められた。宝玉のように大事にしてすこしずつ飲み、最後の一杯を飲むときはひどく名残《なごり》惜しかった。

「あのにおい……私を閉じこめていた部屋に積まれていた荷物は全部、喬茶⁉」

そうだぜ、と芋面は平然と答えた。

「辺茶を盗むなんてどうかしてるわ！　八つ裂きにされるわよ！」

「盗んでねえよ。荷運びを頼まれただけだぜ」

答えたのは戻ってきた隻腕《せきわん》の兄貴分だった。右手に大ぶりの碗《わん》を持っている。

「荷運びって……でも、あなたたち――」

「このなりで、って？　まあ、驚くのも無理はねえが、俺らはもともと涓西《けんせい》の軍夫だぜ。餓鬼《がき》のときから茶馬司に茶を運んでるんだ。慣れたもんさ」

言いながら、煮出した茶を漉水嚢《ろくすいのう》で濾《こ》して茶殻《ちゃがら》をとる。鍋に戻した茶汁に碗のなかのものを入れた。ふわりと舞いあがった癖のあるにおいから察するに、山羊《やぎ》の乳だろうか。

「知ってるかい。蚩頭《しとう》のやつらは獣乳と塩を入れて茶を飲むんだぜ」

「蚩頭って北方の蛮族の？　どうしてそんなこと知ってるの？　あなた、獠族《りょうぞく》でしょ――」

獠族の起源は二千年以上前に繁栄《はんえい》した獠王朝《りょうおうちょう》に求められる。大獠帝国の太祖・応峻《おうしゅん》は凱《がい》室《しつ》の祖先とされ、国姓《こくせい》の高《こう》は応峻の諡号《しごう》である高皇帝に由来するといわれている。獠族は凱の支配層の民族であり、もっとも口数《こうすう》の多い民族でもある。

「北辺《ほくへん》にいたころ、蚩頭人の戦友に教えてもらったのさ。気のいいやつだったぜ。あいつが淹れた茶は馬鹿みたいにうまくてよ」

「北辺にいた？　涓西の軍夫じゃなかったの？」

凱では両京《りょうけい》――北の煌京《こうけい》、南の燦京《さんけい》――をのぞいた地方を十三の区域にわけて統治している。それぞれの区域には承宣布政使司《しょうせんふせいしし》なる官署が置かれ、その略称は布政司《ふせいし》、藩司《はんし》、行省《こうしょう》、あるいは単に省ともいう。涓西省は十三省のうちのひとつで、国土のほぼ中央に位置する。夷狄から国境を防御する辺牆《へんしょう》が築かれた北辺からは距離があるが。

「七年前、蚩頭が攻めてきやがっただろう。あれで官運《かんうん》が停止されて、俺らは北辺に送られたんだ。兵糧《ひょうろう》の運搬って聞いてたのによ、手違いで前線に駆り出されちまってさんざんこき使われたぜ。いきなり鳥銃《ちょうじゅう》なんか持たされて撃てって言われるんだからたまらねえや。それでもなんとか使いかたをおぼえて胡兵《こへい》どもを撃ちぬいてやったぜ。へへ、俺はなかなかの腕前でな、蛮軍《ばんぐん》の大将を何十人も仕留めたんだぜ」

「兄いの話を真に受けちゃいけねえぜ、姐さん。鳥銃兵は上官の掛け声でいっせいに撃つんだぜ。だれの銃弾が敵の脳天をぶち抜いたかなんざ、わかりっこねえぜ」

「余計なこと言うんじゃねえよ、芋面め。俺の腕前は上官どののお墨付《すみつ》きだっただろうが。なんでもっと早く前線に来なかったんだって怒鳴られたくらいだぜ」

　勝《まさ》り顔で語りながら鍋に塩を入れる。

「てなわけで大活躍したんだけどよ、胡兵のやつもやられっぱなしじゃねえ。得意の強弓で俺の左腕を射貫《いぬ》きやがった。ご丁寧《ていねい》に毒矢ときたもんだ。強烈な毒でよ、もんどりうってひっくりかえって、地面をのたうちまわったぜ。そのうち意識がなくなって、気がついたら左腕がなくなってた。毒が全身にまわらねえうちに軍医が切ったんだと」

「まあ……たいへんな目に遭《あ》ったのね」

「九六よりはましだけどよ。こいつは足をやられちまった」

芋面は姓名を張《ちょう》九六というそうだ。

「あなたも毒矢で射られたの？」

「うんにゃ、俺は鳥銃が暴発しちまって片足を吹っ飛ばされたんだぜ」

「吹っ飛びはしなかっただろ。肉がぐちゃぐちゃになって腐ったから切ったんだろうが」

「兄い、具体的に言わなくていいぜ。姐さんが怖がっちまうぜ。まったく兄いはそういうとこに気がまわらねえよなあ。だから女にもてねえんだぜ」

おめえももてねえだろ、と兄貴分は九六の頭をはたく。

「にしても俺らはましなほうだぜ。粗末なもんでもいちおう見られる面をしてるからな」

「だな。十八《じゅうはち》の野郎がいっとう気の毒だぜ。せっかく美男に生まれたのに、火攻めで顔を焼かれちまうなんざ、非業ってやつだぜ」

「十八？」

「外で操舵《そうだ》してるやつさ。俺らの弟分でよ、于《う》十八ってんだ。色白ですらりとして姿がよくてよ、涼しげな顔をしてやがるんで、汗臭《あせくせ》え髯達磨《ひげだるま》しかいねえ軍中じゃ目の正月だったぜ。そのせいで上官に閨《ねや》の相手をしろって迫られてたんだがよ。あいつ、女みてえな面だが、男色の気はとんとなくてよ、のらくら言い訳して必死で逃げてたんだが……」

「兄い、そっちの話も姐さん向きじゃあねえぜ」

「んじゃ適当に端折《はしょ》るぜ。軍中じゃ上官が天子さまみたいなもんでよ、命令されりゃ断れねえんだよ。で、あいつも仕方なくおつとめを果たしてたんだが、俺らの上官ってのがとんでもねえ性癖の持ち主でよ、なんでも閨のなかで」

「全然端折れてねえぜ、兄い」

「話の腰を折るなよ、すかたん。要《かなめ》のところを話してるんだぞ。えーと、どこまで話した？　あー、変態上官に我慢ならなくなった十八があいつに金的蹴りを喰らわせちまったってとこまでな。上官のやつ、かんかんに怒って十八を城攻めに送りこみやがった。城攻めってのは最悪だぜ。雨あられと矢が射られるなか死ぬ思いで城壁をよじのぼってると、上からぐつぐつ煮え立った油だの糞尿《ふんにょう》だのが降ってくるんだぜ。槍だの腰刀《ようとう》だの持っててても役に立たねえよ。ほとんどの連中は女牆《ひめがき》にたどりつくまえにくたばっちまう」

　十八は火薬を浴びせられたという。

「頭も顔も首も真っ赤に焼けちまってよ、最初見たときは死んでると思ったぜ。悪運の強い野郎でなんとか生きのびたが、目の正月だったきれいな細面《ほそおもて》は影もかたちもねえ。当人は『これで変態野郎に目をつけられなくてすむ』とか言って強がってるがよ、以前の姿を知ってる俺らからすりゃあ、やっぱり不憫《ふびん》でしょうがねえ」

「だよなあ。生きのびられただけ、百年《ひやくねん》よりゃましだろうけど」

「百年？」

「さっき話した蚩頭出身の軍士《ぐんし》の凱名《がいめい》だよ。蚩頭の胡語《こご》、聞いたことあるかい？　鬼淵《きえん》ならちったあ獠語《りようご》に近いけどよ、やつらの言葉は獣がしゃべってるみたいだぜ。あいつの本名も教えてもらったんだが、ちっともおぼえられねえんで、凱名の『羊《よう》百年』で呼んでたんだよ。あいつの獠語は俺らよりも達者だったけどよ。餓鬼のころから燦京で暮らしてただけあって、こじゃれた物言いをしてたぜ」

　凱は夷狄からの来帰者《らいきしや》を歓迎している。彼らの待遇ははなはだ厚く、住居、鈔幣《しへい》、薪米《しんべい》、家畜等のみならず、官職さえ賜《たまわ》った。ただし、与えられる官職は武職《ぶしよく》に限られており、有事の際には最前線に配置されるのが通例だ。

「百年は親父《おやじ》に従って来帰したって話してたぜ。蚩頭も一枚岩じゃなくてよ、内部でいざこざが多いらしい。あいつの親父はなんとか王子ってやつの手下だったんだが、そのなんとか王子がもうひとりのなんとか王子と戦って負けちまったんだ。勝ったなんとか王子は残忍な野郎でよ、負けたなんとか王子の手下どもを皆殺しにしようとしやがった。こうなったら逃げるしかねえってんで、あいつの親父は妻子を連れて凱に移住してきたのさ」

「来帰者なのに燦京に住んでいたの？　煌京や北辺じゃなくて？」

　北方諸夷《しよい》からの来帰者は北地に移住するはずだ。南方の気候は彼らの体質に合わないため、軍士として配置する場合も朝廷は彼らを南の衛所《えいしょ》には送らないと聞いたが。

「そりゃ昔の話だぜ、姐さん。近ごろじゃ、北狄《ほくてき》は南に移住させることになってるぜ。北に置いておくと、祖国の連中と内応したり、徒党を組んで掠奪《りゃくだつ》したりするからだぜ。北狄出身の武官はいざ戦《いくさ》が起きたってときも北辺以外でしか使わねえって話だったが、どういうわけか百年は同郷の降夷兵《こういへい》とともども綏鹿《すいろく》に送られちまったんだぜ」

「人手が足りねえんだろうぜ。北辺は軍官《ぐんかん》どもの搾取《さくしゅ》がめっぽうひでえからなあ。もみ殻《がら》だの砂だのが入ってる行糧《こうりょう》でももらえりゃいいほうで、下手《へた》すりゃ十日以上もなんも出ねえ。そのくせ、軍官どもは軍士に俺《おれ》らいちゃもんつけて銭をまきあげようとしやがるし、まきあげるもんがねえときは憂《う》さ晴らしとばかりに杖刑《じょうけい》を喰らわせやがる。独り身の俺らでもまいってたくらいだ、妻子がいるやつらは耐えられねえだろうよ」

上中級武官を軍官、それに使役される下級武官を軍士という。軍官は特権を有し、俸給も優遇されているが、軍士は薄給で酷使《こくし》されるうえ、上官による虐待《ぎゃくたい》や搾取がはなはだしいため、逃亡する者があとを絶たないそうだ。

「百年にゃ妻子があったからな。いっそのこと逃げちまえばよかったのかもしれねえが、あいつは律儀《りちぎ》なやつでよ、手柄を立てて出世するんだって意気込んで城攻めに行ったぜ。十八が言うには、百年はうまいこと女牆を乗り越えてな、槍で胡兵を何人か仕留めたらしい。さすがは草原生まれだぜ。武器を持たせりゃ猛虎みてえに暴れやがる。しかし、敵が多すぎたんだな。あいつは十指に余る槍に貫かれて女牆から投げ捨てられちまった」

北辺防衛のために置かれた九つの軍事拠点、九辺鎮《きゅうへんちん》。その要《かなめ》たる綏鹿鎮は幾度となく戎《じゅう》狄《てき》の猛攻にさらされており、兵卒の命は牛馬のように使い捨てられている。

「遺《のこ》された妻子には手当てが出るのよね？　まさかそれも搾取されるんじゃ……」

「多少はされるぜ。全額取られるってことはそうそうねえみてえだけど。幸い、百年は来帰者だったんで、そっちの賜給《しきゅう》は当てにできるぜ。孫の代まではもらえるんだぜ」

戦が終わるなり、軍糧節減のため傷兵は綏鹿鎮から放逐《ほうちく》された。

「涓西に戻ってはみたけどよ、前ほどは働けねえんで使えねえって言われて茶馬司から追い出されてよ。傷兵も養済院《ようせいいん》に入れるって聞いたから行ってみたら、空きがねえって門前払いされちまった。どうせ故郷にゃ親族もいねえし、この際、煌京にでも行って一旗揚げようやって話してはるばる来てみたわけよ。ま、結局どこも変わらねえな。まともなとこじゃ、俺らみたいなのは雇っちゃくれねえ。だからこんな汚れ仕事してんだよ」

煌京で私茶の運搬を請け負う。東廠《とうしょう》の指揮下にある錦衣衛《きんいえい》が私茶の取り締まりに目を光らせていることを考えれば、危険すぎる仕事だ。

「あなたたちが私茶を運んでる事情はわかったわ。ほかの質問をするまえに、さっきからずっと気になってることがあるんだけど」

月娥はもうもうと湯気をあげる鍋を見つめていた。

「お茶が沸いているわよ」

「おっと、いけねえ。飲みごろだな」

兄貴分は鍋を茶炉《こんろ》から持ちあげた。九六が卓子《つくえ》に碗を四つならべる。そのうちのひとつは先ほど山羊の乳汁が入っていたものである。兄貴分は飴《あめ》色の茶湯を柄杓《ひしゃく》ですくって四つの碗に注ぎ入れていく。九六は紙袋から胡餅《こへい》を出して茶炉であぶる。

熱いから気ぃつけな、と言いながら兄貴分が手前の碗を指でさし示すので、月娥はいそいそと手にとった。立ちのぼる湯気からこっくりとした栗のような香りがただよう。その芳香を味わいながら吹き冷ましていると、兄貴分は碗と胡餅を持って外に出ていった。操舵している十八に届けるのだろう。

冷めるのを待ちきれず、月娥は碗に口をつけて茶をすすった。山羊の乳の風味と喬茶特有の花のにおいが混ざり合い、濃厚な飲み口だ。適度な塩気とともに茶湯が喉《のど》を滑り落ちればすっきりとしたさわやかな余韻が残り、思いのほかあとをひく。

「どうだい、姐さん。うまいかい」

あぶったばかりの胡餅をさしだしながら、九六が尋ねた。

「ちょっと癖があるけど、慣れれば病みつきになりそうな感じがするわ」

「だろ。はじめて飲んだときは妙な味だと思ったのに、しばらくするとまた飲みたくなるんだな。北辺では重宝したぜ。こいつを飲みゃあ身体がぽかぽかしてくるんだぜ」

気に入ったので、北辺を離れてからも山羊を飼っているという。それで兄貴分が山羊の乳を持ってきたのかと納得しつつ、胡餅をかじる。

「それはそうと、私茶からは手をひいたほうがいいわよ。錦衣衛に連行されるまえに、道《どう》観《かん》に入って下働きをしたら？　知り合いの道士に頼んであげるわ」

「冗談じゃねえぜ。入道しちまったら女房をもらえねえだろ。俺にゃ胴回りのしっかりした女と結婚するってえ立派な夢があるんだぜ」

「なによその『胴回りのしっかりした』っていうこだわりは」

「丈夫な子が産めるからだぜ。姐さんの知り合いにどっしりした体格のいい女はいねえかい？　姐さんみたいに細っこくなくて、骨太でみっしり肉のついた女が好みだぜ」

「あなたの好みなんか知らないわよ。そんなことより、私茶から早く……」

茶を飲みながら気づく。彼らの境遇を案じるまえにわが身をなんとかしなければ。

「話を戻すけど、私を采霞廟に帰して。私は好きで整斗王府に嫁いだんだから、だれかに助け出してもらう必要はないの。あなたたちに私を連れ出すよう仕事を依頼した人はなにか思い違いをしているか、嘘をついているんだわ」

「あの頭巾野郎は姐さんの情人のふりをしてるってことかい？」

「なんらかの目的のために私を整斗王府から引き離そうとしているのよ。それが私にとってよいことだとは思えない。だって、もし私にとって悪い話じゃないなら、どうして私に直接、王府から連れ出したいと言わないの？　私が王府を離れたいと願っていれば進んでついていくわ。あなたたちを雇ってさらわせる手数は要らないわよ」

言われてみればそうだなあ、と九六がうなずいたとき、兄貴分が戻ってきた。

「おい兄い、俺たちは騙されてるみたいだぜ。姐さんを帰してやらねえと」

「んなことしたら報酬《ほうしゆう》がもらえねえだろうがよ。覇涼《はりよう》で落ち合う約束だぜ」

覇涼は煌京を擁《よう》する天明府《てんめいふ》の北西にある県。煌京城の外だ。

「もう外城《がいじよう》を出たの⁉」

「うんにゃ、まだだ。じき水門《すいもん》にさしかかるだろうぜ」

煌京は四つの城郭《じようかく》によって構成されている。内側から宮城《きゆうじよう》、皇城《こうじよう》、内城《ないじよう》、外城という。宮城は皇帝の居所、すなわち九陽城《きゆうようじよう》。その周りを禁苑《きんえん》や官衙《かんが》がひろがる皇城がぐるりと囲んでいる。宮城と皇城を合わせて皇宮と呼ぶ。

皇宮の外を取り囲むのが内城だ。内城には皇城からあふれた官衙を筆頭に、銭荘《せんそう》や商舗《しようほ》がところせましとたちならび、酒楼《しゆろう》や戯楼《げきじよう》や妓院《ぎいん》がひしめき合って盛り場をなし、名高い道観や王府、高官の邸宅が甍《いらか》を争う。外城は内城を囲んでおり、皇帝が祭祀《さいし》を行う天壇地《てんだんち》壇《だん》、寺廟《じびよう》や民家、来帰者の居住地がある。

采霞廟は外城のなか。目的地が覇涼なら、月娥たちを乗せた船が進んでいる水路は外城北西部に位置する邑河《ゆうが》水門を目指しているのだろう。

「水門を出たら戻りづらくなるわ。いまならまだ間に合うわよ。すぐにひきかえして」

「でもなあ、俺らにも生活ってもんがあってだなあ……ちょうど覇涼で積み荷を降ろすことになってるんで、ここでひきかえしたら期限に間に合わねえし……」

「見損なったわ。いい人たちかと思ったのに、あなたたち悪党だったのね」

碗いっぱいの茶を飲み干し、月娥は兄貴分と九六の顔を交互に見やった。

「私は行きたくないと言っているのに、無理やり城外に連れ出して銀子とひきかえに売りわたすなんて良心が痛まないの？」

「……そう言われりゃあ、いい気分じゃねえが」

「だったら私を元の場所に戻して。これが最後の機会よ。さもないとあなたたちは親王妃をさらった極悪人になってしまうわ。殿下は……私の夫は絶対にあなたたちを赦《ゆる》さない。どこに逃げてもかならず見つけだして刑場送りにするわよ」

本音を言えば、秋霆がそこまでするかどうか自信はなかった。篤厚《とっこう》な人だから、月娥の不在を知れば案じてくれるだろうし、捜してくれるだろう。けれどそれは、勅命《ちょくめい》で娶《めと》った妃を庇護《ひご》しなければならないという義務感に起因する行動でしかない。月娥に万一のことがあったとしても馮妃《ふうひ》を喪《うしな》ったときのようには悲しんではくれないだろう。それでもこのまま月娥を帰さなければ秋霆が激怒するはずだと話した。願望をこめて。

「まいったなあ。どうしたもんか……」

兄貴分は冷めた茶をすすって胡餅をかじった。

「あんた、本気で帰りてえのかよ？」

「妻が夫のもとに帰りたいと思うのはあたりまえのことよ」

「整斗王ってやつはあんたを大事にしてくれるのかい」

「ええ、宝玉のようにね。殿下のおそばを離れるなんて身を裂かれるようだわ」

「そのわりにゃ、ひとりで栄霞廟に来てたじゃねえかよ」

「皇族夫人は夫を連れて里帰りできない決まりなのよ。もう何日も殿下にお会いしていないわ。殿下のことが恋しくて恋しくて、胸が張り裂けそうよ」

懐《ふところ》から手巾《しゅきん》を取り出して泣き真似《まね》をしようとしたが、肝心《かんじん》の手巾がない。

「えっ、うそ⁉　手巾がないわ！　ねえ、私の手巾をどこにやったの⁉」

「手巾？　んなもん知らねえぜ」

「嘘つかないで！　私を運ぶときにどこかに落としたのよ！　どうしてくれるの⁉　あれは私の宝物なのよ！　殿下からいただいた手巾なんだから！」

「んなこと言われたって俺は知らねえよ。おめえ知ってるかよ、九六」

「ひょっとするとあれじゃあねえかな？　十八が姐さんを担《かつ》ぎあげるとき、布っ切れが落ちたような気がしたぜ。たいしたもんじゃねえだろと思ってそのままにしてきたぜ」

「たいしたものなのよ！　あれがないと、私……っ」

ひしゃげたようにふたりの姿がゆがむ。雨のような涙が頰《ほお》を濡らした。

「おい兄い、よっぽど大事なもんらしいぜ。捜しに戻ってやろうぜ」

「しかしなあ、期限に間に合わねえと俺らの取り分を減らされちまう。今回の稼《かせ》ぎで九六おめえ、あたらしい義足を買う予定だったろ。十八の薬餌《やくじ》も買わなきゃならねえし、上がる一方の家賃も払わなきゃならねえ。稼ぎを減らされるのは痛えぜ」

「俺の義足は今度でいいぜ。いまあるもんで当座はしのげるぜ。十八の薬もしばらくはもつだろうぜ。家賃はしょうがねえぜ。追い出されたらまた廃廟《はいびょう》にでも住もうぜ。それより姐さんのほうが大事だぜ。帰りてえって言ってるんだから帰してやらねえと」

兄貴分はしばし黙って考えこんでいたが、茶を飲み干すと立ちあがって外に出ていった。ややあって戻ってくる。

「十八もそれでいいってよ。これからひきかえすぜ」

「……でも、ほんとうにいいの？　あなたたち、銀子が必要なんでしょう？」

月娥が袖口《そでぐち》で涙を拭きながら顔をあげると、男たちはあっけらかんと笑った。

「もとはと言えば、人助けと思って引き受けた仕事だぜ。人助けじゃねえなら取引はなしだ。得体の知れねえ野郎にあんたを売り渡しはしねえよ。まあ、ひきかえしちまうと積み荷を期限までに届けられねえが、遅れたとしてもちったあもらえるからな、食い扶持《ぶち》には困らねえだろ。雑院《ながや》からは追い出されちまうだろうが、けっ、かまうもんか。うるせえし、臭えし、汚えし、あんな穴倉にゃ未練はねえや」

「隣部屋の夫婦喧嘩《げんか》にもうんざりしてたとこだぜ。廃廟のほうが静かでいいぜ」

そうだそうだ、と男たちはうなずき合う。

「次の合流点で針路を変えるぜ。そっから南下するんでちと遠回りになるが、昼ごろには
采霞廟につくだろう。それでかまわねえかい」

「ええ、いいわ。ありがとう」

「よせやい、礼なんか。俺らが嘘つき野郎に騙されちまったのがいけねえんだ。あんたに
はすまねえことをしちまったよ。悪かったな」

「そうだぜ。兄いが騙されるのが悪ぃんだぜ。姐さんには迷惑かけちまってすまねえぜ」

てめえも騙されただろ、と兄貴分が九六の頭をはたいたときだ。船ががたりと揺れた。

「うわっ、化け魚が出たぜ！」

「化け魚なんかいるかよ。座州《ざす》したんじゃねえだろうな。ちょいと様子を見てくるぜ」

兄貴分が船室から出ていくと同時に、外が騒がしくなる。

「なんだ、あんたら⁉　おい十八に乱暴するなよ！」

「孫妃はどこだ？」

兄貴分に投げられた声が耳朶《じだ》を打ち、月娥は胡餅を持ったまま立ちあがった。

「殿下！」

急いで外に出ようとして段差に蹴躓《けつまず》く。転びかけて体勢をくずしたとき、引きちぎるようにして帳《とばり》を開けた人物が駆けこんできた。

「孫妃！　無事か⁉」

危なげなく月娥を抱きとめ、秋霆は大きく目を見ひらいた。自分をつつんでくれる慕《した》わしい腕のなかで、月娥は安堵《あんど》の息をついた。捜してくれた。迎えに来てくれた。その事実だけで満たされてしまう。たとえこれが愛情に起因する行動ではないとしても。


「落ちついたか」

秋霆がつとめておだやかに問うと、月娥は小さくうなずいた。

采霞廟《さいかびょう》の客庁《きゃくま》である。彼女を救出してから数刻経っている。即刻、整斗王府に連れ帰る予定だったが、月娥が疲れている様子だったので、采霞廟に一泊することにした。

「ご心配をおかけして申し訳ございません。夜更けに裏山に行くなんてうかつでした。私の不注意で殿下にはご迷惑を……」

月娥が椅子《いす》から立ちあがって拝礼しようとするので、秋霆はとめた。

「いいんだ。そなたが無事でよかった」

月娥の不在を知ってからすぐさま采霞廟に向かい、周辺を捜索した。

近隣の住民に話を聞いてまわると、若い人夫が昨夜遅く采霞廟の裏手側の水路に小型の剝船《はしけ》が泊まっているのを見たと証言した。よくよく尋ねてみれば、それは月娥が姿を消した時刻の出来事だった。深酒をして胡同《よこちょう》の雑院《ながや》に帰る道すがら、人夫は男たちが荷物を剝船に積みこむのを目撃したという。その荷物というのが人間の女らしいので、これは事件にちがいないと思い、下吏《かり》を呼びに行こうとしたが、あわてすぎて転んでしまい、どこかに頭をぶつけて朝になるまで気を失っていたという話だった。人夫は剝船が北西に針路をとっていたことも記憶していた。おかげで剝船の行方《ゆくえ》を追うことができたのだ。

「あの者たちを処分しなくてほんとうによいのか？」

月娥は連れ去り犯の男たちを処分しないでほしいと秋霆に頼みこんだ。

「悪い人たちじゃないんです。私の恋人を騙《かた》る人物に嘘を吹きこまれ、私を釆霞廟から連れ出すことが人助けになると思っていたのですわ。現に私は手荒にあつかわれていませんし、怪我《けが》もしていません。お茶をふるまってくれて、胡餅《こへい》もわけてくれました。事情を説明して帰りたいと言ったら、私を釆霞廟に送り届けると約束してくれたんです。そうすればあの人たちは積み荷を刻限通りに届けられず、報酬を減らされてしまうのに」

「やつらは私茶《しちゃ》を運んでいた。これだけでも重罪だ」

辺茶《へんちゃ》の密輸は極刑、凌遅《りょうち》。もっともこれは、密輸により利益を得ていた者に科せられる刑罰である。密輸に関与していた者はその役割によって刑罰の軽重が決まる。末端の運搬人は流刑《るけい》に処されるのが通例だ。

「あの人たちは私をさらうよう依頼した人物と会っています。頭巾をかぶっていたので人相はわからなかったそうですが、会話をしたからには声を聞いているでしょう。もし、下手人《げしゅにん》が私の近くにいるだれかなら、彼らが気づくはずですわ」

「心当たりがあるのか？」

「いえ……。けれど、私の恋人を騙るくらいですから、まったく無関係な人物ではないと思います。こんなことは考えたくありませんが、日ごろから親しく付き合っている人たちのなかに下手人がいるのかもしれません」

覇涼《はりょう》に向かった配下が現地の捕吏《ほり》をともなって捜索したものの、不審人物は見つからなかった。計画が失敗したことを悟って逃げたのだろうが、雇い主を洗い出さない限りは安心できない。おなじことがくりかえされないとは断言できないのだ。

「彼らの身柄を錦衣衛《きんいえい》にゆだねてしまえば、下手人が彼らを口封じしようとするかもしれません。黒幕を捕まえるためにも、あの人たちは私のそばに……王府に置くほうがよいのではないでしょうか。処分は黒幕が判明してからでも遅くはないかと。それまでは奴僕《げなん》として王府で働いてもらっては……」

秋霆が異議を唱えることを予期しているのか、だんだん語尾が小さくなっていく。

「そなたがそれでよいなら、私から主上に奏上して許可をいただこう」

「ありがとうございます」

月娥はほっとしたふうに眉《まゆ》をひらき、あっと声をあげて青ざめた。

「そ、そうだわ、私……北鎮撫司《きたちんぶし》に出頭しなければなりません」

北鎮撫司は皇帝の親衛部隊たる錦衣衛がつかさどる官署だ。おもに勅命を受けた案件をあつかい、皇族や官僚を監視し、不正の摘発や反逆行為の取り締まりを行う。

「北鎮撫司？　いったいなぜ？」

「……私茶を飲んでしまいましたの。あの人たちが淹《い》れてくれたので、つい……。私、どのような刑罰を受けるのでしょう。極刑……ではないですよね？　私茶を飲んだことで死刑になったという話は聞かないし……。杖刑《じょうけい》か笞刑《ちけい》ですむかしら……」

昨今、錦衣衛は私茶の取り締まりに熱を入れている。茶馬司《ちゃばし》を介さない茶の輸出は国防に脅威を与える重罪だからだ。

「安心しなさい。私茶を飲んだくらいで北鎮撫司に連行されることはない」

「……ほんとうですか？」

「取り締まりの対象になるのは茶の密輸によって利益を得ている者、私茶の運搬にかかわっている者だ。一度や二度、私茶を飲んだ者までいちいち連行していたら、錦衣衛とて手が回らなくなる。気にするほどのことではないが、どうしても心配なら、この件も私から奏上しておこう。先に報告しておけば、妙な疑いを抱かれずにすむ」

お願いします、と月娥は首を垂《こうべ》れる。秋霆は笑みをかえし、手巾《しゅきん》をさしだした。

「これをそなたにかえそうと思っていた。裏山に落ちていたそうだ」

「まあ、よかった……！　あとで捜しに行かなきゃと思っていましたの」

月娥は宝物をおしいただくようにして手巾を受けとった。

「よほど大事なものなのだな」

「……ええ」

「そなたの想い人の持ち物か？」

はい、と月娥が頬を赤らめる。秋霆は見るともなしに座灯《ざとう》を眺めた。

「以前話したように、私はそなたを離縁するつもりでいる。ゆえに、私に貞節を誓う必要はない。あまり目に余るようでは体裁《ていさい》が悪いが、目立たないようにするのなら、そなたが想い人と会うことに問題はない。ただ、そのときは念のため私に知らせてくれ。事実を把《は》握《あく》しておいたほうが、なにか問題が起こったときに対処しやすくなるから」

離縁後は月娥が想い人と再婚できるよう、手を尽くすと約束した。

「このところ気がふさいでいたようだが、そなたの心を悩ませているのが想い人のことなら案じる必要はない。私はそなたの味方だ。そなたが好いた相手と結ばれ、幸せに暮らすために助力は惜しまぬので、思い悩むことなく、心穏やかに待っていれば――」

「……殿下は、おぼえていらっしゃらないのですね」

消え入りそうなか細い声が客庁の空気を打ち震わせた。

「なんのことだ？」

「十年前、私を助けてくださったことですわ」

「もちろんおぼえている」

「では、この手巾のこともおぼえていらっしゃるでしょう？」

月娥が蝙蝠文《こうもりもん》の手巾をひろげてみせる。まじまじと見てみたが、記憶にない。

「あなたですわ。あの日、この手巾をくださったのは」

「……私が？　しかし、そなたは言っただろう。それは想い人の持ち物だと」

「私の想い人は、殿下……あなたです」

二の句が継げなくなった。さながら言葉を封じられたかのように。

「十年前からずっと、お慕いしていました。何度、想いを告げようと考えたかわかりません。でも、あなたには馮妃《ふうひ》さまがいらっしゃいました。殿下は馮妃さまを大切になさっていて、おふたりは仲睦《なかむつ》まじくて……。だから私、この恋はあきらめようとしたんです。想いを告げても、あなたを困らせてしまうだけだとわかっていましたから……」

思いがけず秋霆に嫁ぐことになり、天にものぼる心地だったと月娥は語った。

「婚礼の夜、私がどれほど胸をときめかせていたか、まるきりご存じないのでしょうね。やっと殿下と結ばれるんだわって、浮かれていたのに……あなたは一指すら私にふれてくださらなかった。次の日も、その次の日も……七日間ずっと。八日目の朝、憂鬱《ゆううつ》な気持ちで目覚めました。殿下は私をお気に召してくださらないのだと……」

無理もありませんね、と月娥は前髪の上からひたいに手を当てた。

「私にはこんな痣《あざ》がありますから。気味が悪いでしょう」

「ちがう、そういうことではない」

ここに来てようやく秋霆は声を発した。

「そなたの痣については、主上に縁談を賜《たまわ》った当初から知っている。単なる痣だ。そなた自身は怨天教《えんてんきょう》とはなんの関係もない」

月娥のひたいには下半分が欠けた月のような痣がある。これのせいで彼女は婚約する年齢になっても縁談がなく、実家に居づらくなって入道したのだ。嫁入り前の娘の身体的特徴が彼女の値打ちを決めてしまうことはめずらしくないが、月娥の場合は〝単なる痣〟ではすまなかった。その奇妙なかたちが半金烏《はんきんう》を思わせるためである。

怨天教徒が信奉する、日蝕《にっしょく》により下半分が欠けた太陽――半金烏。上天に半金烏があらわれるとき、慈悲《じひ》深き聖明天尊《せいめいてんそん》が下生《げしょう》し、圧政に苦しむ衆生《しゅじょう》を救うと彼らは信じている。

ためにこ半金烏をかたどったものを身につけ、信仰の証《あかし》にしているという。

つまるところ、半金烏は邪教徒の印なのだ。怨天教の禁圧がことに激しかった宣祐《せんゆう》年間、半金烏を所持していたという理由であまたの人びとが連行され、刑場に無惨《むざん》な骸《むくろ》をさらした。彼らが全員、真正の怨天教徒であったかどうかは、大いに疑わしい。冤罪《えんざい》もすくなくなかっただろう。勅命《ちょくめい》を受けて邪教徒狩りに狂奔《きょうほん》していた東廠《とうしょう》は言わずもがな、日ごろ東廠に手柄を横取りされがちな三法司《さんほうし》――刑部《けいぶ》、大理寺《だいりじ》、都察院《とさついん》――も角逐《かくちく》するように怨天教徒をあぶりだし、情け容赦《ようしゃ》なく断罪した。両者は罪人の数を競い合い、さらには三法司内部でも血みどろの鍔迫《つばぜ》り合いが演じられた。

朝野《ちょうや》の人びとにとって、半金烏は禍事《まがごと》の種であった。半金烏そのものでなくとも、半金烏に似ていると言われかねない形状のものを身のまわりに置くことは危険きわまりない行為だった。ひとたび邪教徒の疑いをかけられれば、無実を証明するのは至難《しなん》の業《わざ》。東廠や三法司は、疑惑の真偽など気にもとめない。国策として怨天教徒の殲滅《せんめつ》を掲げている以上、摘発した邪教徒の頭数はそっくりそのまま功績の重さとなる。怨天教徒を殺せば殺すほど栄達できるのだ。宦官《かんがん》たちや官僚たちの功名心が犠牲者《ぎせいしゃ》を増やしたともいえる。また、政敵の排除にもこれほど有用な手立てはなかった。密告が相次ぎ、官府という官府、官族の邸という邸でおやみなく半金烏が発見された。

嘉明《かめい》年間に入り、弾圧はゆるめられたものの、半金烏への病的な忌避《きひ》感は根強く残っている。厄介事《やっかいごと》を抱えこみたくないと、月娥を娶《めと》ることを拒否した者たちがいるのも無理からぬことではあるが、秋霆は彼らとおなじ理由で彼女を拒《こば》んでいるのではない。

「痣のせいでそなたを遠ざけているわけではない。そなたを気に入らないということでもない。これは……そなたではなく、私の問題で」

「殿下はいまでも馮妃さまを想っていらっしゃるのでしょう」

ちがう、と否定しようとした声は「それでもかまいません」という言葉で打ち消される。

「御心をくださいとは申しません。馮妃さまにそうなさっていたように愛してくださいとは申しません。でも、せめて、妻としてあつかってください。情をかけてくださらなくてもよいので、かたちだけでもよいので、私をあなたの妻にしてください」

「……孫妃」

「私はあなたの妻になることをずっと夢見てきました。王府に嫁いだのに、いまだに夢が叶っていません。どうか、一夜だけでも、叶えてくださいませんか？」

涙をふくんだひたむきなまなざしに射貫《いぬ》かれ、呼吸がとまる。

「殿下……お願いします」

思考が空転し、舌が凍りついた。

夢にも思わなかったのだ。妻に見限られた自分を、好いてくれる女人がいるとは。

三月なかばを過ぎると宮城《きゅうじょう》の牡丹《ぼたん》が咲く。百花の王と称《たた》えられるその華麗《かれい》な姿を愛《め》でるため、今上は在京の皇族を宴《うたげ》に招待した。

宴の会場となったのは後宮の園林《ていえん》、紅采園《こうさいえん》。外廷《がいてい》と内廷《ないてい》をへだてる銀凰門《ぎんおうもん》のはるかむこうだ。つねならば今上のためにひらかれる朱塗りの門扉《もんぴ》が皇族たちを招き入れたのは未《ひつじ》の刻《こく》のこと。めいめいが身分に応じた輿《こし》に乗り、永遠のようにつらなる小宮門《しょうきゅうもん》をとおって紅牆《こうしょう》の路《みち》を行く。皇族を運ぶのは轎子《きょうし》と呼ばれる小型の輿だ。担ぎ手はむろん宦官で多ければ十六名、すくなければ四名。親王妃の轎子は八名の宦官が担ぐ。

——あんなこと、言うべきではなかったわ。

轎子に揺られながら、月娥はうなだれていた。秋霆に想いを打ち明けたことを後悔している。もっとべつの言いかたがあったかもしれない。妻としてあつかってほしい、などとはしたない発言をしてしまったことを、悔やんでも悔やみきれない。

秋霆が十年前の出来事を忘れている様子だったから、とうとうこらえきれなくなってしまったのだ。正確には、記憶はしていた。おぼえてはいたが、あの一件は彼にとって思い出と名づけるほどの代物《しろもの》ではなかった。水泡《みなわ》のように生まれては消えていく過去の一場面にすぎなかった。月娥に手巾をわたした事実さえ、彼の脳裏には残っていなかった。

「今日は疲れただろう。早くやすみなさい」

手巾を握りしめて涙ながらに見つめる月娥から、秋霆は目をそらした。奇《く》しくもその台詞《せりふ》は婚礼の夜に聞いたものと寸分も違わなかった。彼は客庁《きゃくま》を出ていった。月娥には一指もふれることなく——七度くりかえされた虚しい夜と同様に。

あれ以来、秋霆は妙によそよそしい。皇宮へむかう軒車《くるま》のなかでも会話はなかった。方《ほう》正謹厳《せいきんげん》な人だから、慎《つつし》みのない女だと嫌悪しているのかもしれない。

——私にはなにも感じてくださらないんだわ。

秋霆はやはり月娥の願いを叶えてはくれなかった。月娥を一夜の相手にもしてくれないのだ。彼にとって自分は、勅命で押しつけられた厄介者にすぎないのだ。第二の馮妃《ふうひ》になれないばかりか、女として見てもらうことさえできないのだ。

苦い感情を必死で抑えこもうとしていると、紅采園の門前で轎子がとまった。巧燕に手をとられて轎子からおりる。すでに秋霆は門をくぐってなかに入っている。彼はふりかえらない。景景の手をひいて、鋪地《ほち》で彩られた小径《こみち》を歩いていく。

宴席が用意された広場は牡丹の生垣でかこまれていた。深紅、淡紅《たんこう》、橙黄《とうこう》、紅紫《こうし》、白練《しろねり》、色とりどりの花を咲かせる生垣の一画で、ひとりの青年が皇族たちの慇懃《いんぎん》なあいさつを受けている。年のころは三十の坂を越えないくらいであろう。明黄色《にちりんいろ》の龍袍《りゅうほう》をまとい、宝珠をちりばめた翼善冠《よくぜんかん》をかぶって、白玉《はくぎょく》の革帯《かくたい》を締めている。広い両肩に躍る極彩色の龍の爪は五本。この九陽城《きゅうようじょう》の主たる今上、御年二十七の嘉明帝その人である。

彼のかたわらでは臈長《ろうた》けた婦人がおとなしやかに微笑《ほほえ》んでいた。宝相華文《ほうそうげ》が織り出された大袖《おおそで》の上襦《じょうじゅ》に牡丹紅《ぼたんいろ》の長裙《ちょうくん》を合わせ、峨髻《がけい》に結った黒髪に鳳凰《ほうおう》をかたどった黄金《きん》の髪飾りをつけている。白い面輪《おもわ》は優美な線でかたちづくられ、ゆるりと目を動かすしぐさにさえ清らかな気品が香る。皇后汪氏《おうし》。実兄は九辺鎮《きゅうへんちん》の軍官で、平林衛右所正千戸《へいりんえいうしょせいせんこ》・汪成達《せいたつ》。

久方ぶりの中流武門出身の皇后だ。今上より四つ年上の御年三十一。皇太子時代の今上に太子妃として嫁いで以来、三千の寵愛を一身に受け、一男二女を産んだ。

汪皇后のそばには七、八歳の少年が行儀よく立っている。身にまとう琥珀《こはく》色の龍袍《こうちょう》は儲君《もうけのきみ》、すなわち皇太子の位を示すものだ。今上の即位にともなって立太子された、皇長子《し》・高翼諧《よくかい》。幼少のころより才気煥発《かんぱつ》で、孝心が厚く、将来を嘱望《しょくぼう》されている。

長兄の龍袍の裾《すそ》をしきりに引っ張っている勝気そうな少女は五つくらい。皇三女・高喜芳《きほう》。封号《ほうごう》を冠して恵福《けいふく》公主と呼ぶ。皇后付きの女官が抱いているのは皇六女・高喜菱《きりょう》。まだ三つになったばかりで、封号を冠すれば令福《れいふく》公主である。

皇帝夫妻の仲睦まじさはふたりがかわし合うわりない視線から伝わってくる。宣祐年間、今上は二度立太子されているが、最初の東宮時代に汪氏を見初《みそ》め、再立太子されたのちに名門出身の令嬢を退けて彼女を太子妃に迎えた。夫婦の契《ちぎ》りを結んで九年。後宮には若く美しい妃嬪侍妾《ひひんじしょう》がひしめいているが、だれもみな汪皇后の後塵《こうじん》を拝《はい》するのみで、彼女からほんの一時でも天寵《てんちょう》を奪った者はひとりとしていない。

――皇后さまはどうやって寵愛を独占していらっしゃるのかしら?

秋霆とともに皇帝夫妻にあいさつしながら、月娥は考えをめぐらせていた。

たしかに汪皇后は美しい。襦裙《じゅくん》越しにもわかる成熟した豊満な肢体《したい》は女の目から見ても蠱惑《こわく》的に映る。しかし、容姿の美しさだけで君寵《くんちょう》をつなぎとめられるほど、後宮は生易しい場所ではない。国内外から集められた妙齢の美女が装いをこらして天子を誘惑するのだ。

容色以上の魅力がなければ、寵を受けつづけることはできない。

　あまつさえ、汪皇后には有力な後ろ盾がない。おなじ武官でも軍務の最高機関たる五軍《ごぐん》都督府《ととくふ》や地方の軍政をつかさどる都指揮使司《としきしし》の軍官《ぐんかん》なら政道を左右することもあるので重臣といえるが、中級の衛所官《えいしょかん》にすぎない正千戸の兄は皇后の地位を確固たるものにしてくれる力強い味方とは言いがたい。実家の力が弱い皇后は寵愛だけが頼みの綱。皇帝は外戚《がいせき》の顔色をうかがう必要がないのだから、寵幸《ちょうこう》が目減りすれば皇后の鳳冠《ほうかん》は危うくなる。微《び》賤《せん》の身から皇后となった女人が失寵《しっちょう》して廃后《はいこう》となった例は枚挙にいとまがない。しかるに汪皇后の寵栄は陰りを見せるどころか、いや増すばかり。親族の権勢がなくとも、彼女自身の品性と才略によって天寵を保っているのだ。きっと彼女しか知らない秘訣《ひけつ》があるのだろう。万乗《ばんじょう》の君《きみ》を虜《とりこ》にする、妖力めいたなにかが――。

「整斗王妃？　どうしたの？」

　上質な絹に似た美声が響き、月娥ははたとわれにかえった。恥ずかしげもなく汪皇后の玉顔《ぎょくがん》を見つめていたらしい。あわてて目を伏せ、非礼を詫《わ》びる。

「皇后さまがあまりにお美しいので、つい見惚《みと》れてしまいました」

「まあ、お世辞がお上手《じょうず》ね」

　世辞ではあるまい、と今上が汪皇后の肩を抱きよせた。

「今日の装いは一段と艶《あで》やかだ。とくにその遠山《えんざん》の眉《まゆ》がよい。おまえの白磁《はくじ》の肌をひきたてているし、清らかな色香をたたえた瞳がことさら輝いて見える」

「その台詞は朝から何度もうかがっていますわ。いまので四度目ですわ。ご自分でお描きになったからって得意になっていらっしゃるんだから」

汪皇后が苦笑まじりに言いかえすと、今上は誇り顔で愛妻の頤《おとがい》を撫《な》でた。

「おまえが描いたときより上手だろう。今後は毎日、余《よ》に任せるべきだな」

「毎日は無理でしょう。主上が恒春宮《こうしゅんきゅう》にお泊まりにならない日は私が自分で描きますわ。主上が朝議《ちょうぎ》からお戻りになるのを待っていたら、朝礼に遅刻してしまいます」

「では、余が泊まらなかった日は眉を描かずに朝礼に出るがよい。昼餉《ひるげ》をとりに恒春宮を訪ねたときに、余が描いてやろう」

「眉を描かずに妃嬪たちの前に出られるはずがないでしょう。みなに笑われますわ」

「朝礼のときは眉の部分を隠しておけばよかろう。そうだ、鉢巻でもまいておけ」

馬鹿なことをおっしゃらないで、と汪皇后は夫の胸を小突く。

「以前、主上に変なかたちの眉を描かれたときだって、妃嬪たちに笑われたんですよ。また恥をかいたら、皇后として面目が立ちません」

「描きなおせと言ったのに、おまえがそのまま出かけたせいだ」

「主上がせっかく苦労して描いてくださった眉ですもの、消すのはもったいなくて」

「あれからだいぶ稽古《けいこ》をしたから上達しただろう」

「ええ、とても。これほど上達なさったのですから、もう稽古はなさらなくてよいですね。失太監《しつたいかん》もさぞ安堵《あんど》しているでしょう」

汪皇后がそばにひかえた紫紺《しこん》の蟒服《ぼうふく》姿の宦官《かんがん》に目をやる。皇帝付き首席宦官・失邪蒙《じやもう》。四十がらみのこの宦官は険のある端麗《たんれい》な容貌《ようぼう》に如才《じょさい》ない微笑を浮かべた。

「主上は失太監で眉を描く稽古なさっていたのですわ、整斗王妃」

月娥のうしろから声をかけてきた婦人がいた。穣土王太妃《じょうどおうたいひ》・孟静萱《もうせいけん》である。

「ほかの女人を練習台にすると皇后さまに対してうしろめたいとおっしゃって、はじめは童宦《どうかん》を相手に稽古なさっていましたが、皇后さまが稽古のために眉を剃《そ》り落とされる童宦たちを不憫《ふびん》に思われて主上に諫言《かんげん》なさったのです」

「それで失太監が代わりに練習台を買って出たのですか」

「買って出たのではなく、無理やり稽古につき合わされていたのよ。かわいそうに」

たいへんだったわね、と汪皇后が失太監をねぎらうと、今上は不満げに顔をしかめた。

「おまえは邪蒙をねぎらうが、余をねぎらってはくれぬな。化粧《けしょう》に関する文献を読みあさり、稽古に稽古をかさね、苦心惨憺《くしんさんたん》して腕を磨いたのに」

「十分ねぎらったでしょう」

「全然足りない。もっと感謝されてもいいはずだ」

今上は子どものようにへそを曲げたが、汪皇后が慈母《じぼ》のような声音《こわね》でなだめれば、たちまち上機嫌になる。皇帝夫妻の蜜月は婚礼から時が経ってもつづいているらしい。

「噂《うわさ》どおり、おふたりは仲睦《なかむつ》まじくていらっしゃるのですね」

あいさつを終えて宴席へ向かう道すがら、月娥は羨望《せんぼう》をこめてつぶやいた。

嘉明帝と汪皇后の睦まじさは巷間《こうかん》でも語り草だ。

ふたりのなれそめを描いた小説や戯曲が人気を博し、戯楼《げきじょう》ではそれをもとにした芝居が連日上演され、役者たちは観客の喝采《かっさい》をほしいままにしている。汪皇后が名門令嬢ではないことや、ふたりの出会いが東宮選妃《とうぐうせんぴ》という皇太子の妃選びの場であったことにくわえ、二世の契りを取り持ったのが十年前に起こった怨天教徒による九陽城《きゅうようじょう》襲撃事件、賞月《しょうげつ》の変《へん》であったこと、当時皇太子だった嘉明帝が賊徒《ぞくと》の討伐《とうばつ》で活躍したこと、さらに彼が事件への関与を疑われて廃太子され、のちに潔白が証明されて再立太子されたことも手伝って、物語は多彩な展開を見せ、人びとを熱狂させているという。

――私は一生味わえないわね……夫に眉を描いてもらうときの気持ちは。

ともに朝を過ごすということは、夫婦が甘い夜を過ごしたということ。今上は汪皇后が暮らす恒春宮に足しげく通っているそうだから、その機会は何度となくあるだろう。

「ええ、ほんとうに。うらやましい限りですわね」

となりを歩く静萱が貞女らしく清潔な目もとに悲しげな微笑《ほほえ》みをにじませた。

――先代の穣土王をしのんでいらっしゃるのね。

ふたりがどのような夫婦だったのかは知らないが、つつましやかな静萱がわびしげに微笑んでいるのを見ると、彼らの永訣《えいけつ》は早すぎたのではないかと思う。

愛し合う夫婦が幽明境《ゆうめいさかい》を異《こと》にするのは悲劇だ。共白髪《ともしらが》までと誓ったふたりはその誓いを果たしてほしい。横恋慕《よこれんぼ》する者が無益な期待を抱かぬように。

賜宴《しえん》にはさまざまな趣向が凝《こ》らされている。

値千金の銘茶《めいちゃ》にはじまり、金銀で覆輪《ふくりん》をほどこした器《うつわ》が次々に運ばれ、贅《ぜい》を尽くした宮廷料理が客人たちに舌鼓《したつづみ》を打たせる。雅《みやび》やかな燕楽《えんがく》や宮妓《きゅうぎ》たちの群舞《ぐんぶ》はもちろんのこと、牡丹《ぼたん》を主題にした詩文や唱《うた》が座を盛りあげていく。いちばんの目玉は芝居だ。賜宴に市井《しせい》の劇班《げきだん》が招かれる慣行は、王朝転覆《てんぷく》を狙う怨天教徒《えんてんきょうと》が役者に扮して賞月《しょうげつ》の変《へん》を起こしたあとも廃《すた》れずに残った。事件後、半年はひかえられたものの、今上の再立太子を祝う宴で解禁されてからは、以前にも増してさかんに行われている。

——だれもかれもが現《うつつ》から目をそむけている。

紅采園の迎喜斎《げいきさい》、その前殿《ぜんでん》にしつらえられた戯台《ぎだい》にて、旦角《おんながた》がたくみな高音で歌う恋の唱を聞き流しながら、秋霆は酒杯をかたむけた。

大凱《だいがい》の衰微《すいび》を、廟堂《びょうどう》の周辺にいる者はみな肌で感じている。北辺《ほくへん》では夷狄《いてき》が、南辺《なんへん》では海賊が騒がしい。昨年末には涓西省《けんせいしょう》で蝗害《こうがい》が、年明けには范東省《はんとう》で水害が発生し、甚大《じんだい》な被害が報告されている。もっともそれだけで王朝の屋台骨が揺らぐわけではない。名君の治世でも入寇《にゅうこう》や災害が絶えないのは広大な領土を持つ国の宿命だ。

凱を蝕《むしば》む最大の宿痾《しゅくあ》は腐敗である。文武百官が賄賂《わいろ》をとり、官職を売買し、特権をふりかざして私利を貪《むさぼ》り、苛斂誅求《かれんちゅうきゅう》にいそしむ。貪官汚吏《たんかんおり》が権勢を誇るにつれて民草《たみくさ》の素朴《そぼく》な道心は削《そ》ぎ落されていく。彼らは生きるためにより狡猾《こうかつ》に、より残忍になり、巷間では悪《あく》辣《らつ》な詐欺《さぎ》や殺人が続発し、それらの犠牲者《ぎせいしゃ》があらたな加害者となって禍事《まがごと》を再生産する。内側から糜爛《びらん》していく王朝が外敵と天災の猛襲にさらされ、いったいいつまで持ちこたえられるのか、だれもみな戦々恐々としているはずなのに、ここではそんな懸念《けねん》など存在しないかのように極彩色の歓楽だけが提供され、消費される。

宮廷は奢侈《しゃし》になった、と老齢の清官《せいかん》は苦言を呈する。それは事実であろう。さりとて今上が浪費家というわけではない。むしろ今上は冗費《じょうひ》の節減に熱心で、即位早々、大典を縮小し、宮中でもよおされる宴のいくつかを廃止した。五年前、居琰《きょえん》省で大規模な飢饉《ききん》が起こり、死者が二十万人を数えた際には、今上は恤民《じゅつみん》に励《はげ》むかたわらで、自身の食卓にならぶ料理の品数を減らしたうえ、後宮のみならず皇族や群臣にも節倹を命じ、飢民《きみん》が強《し》いられている惨苦《さんく》を思いやった。

今上、嘉明帝は仁君である。それは疑いようがない。さりながらたったひとりの仁君がどれほど奮闘しようと、この国の腐敗は食いとめられない地点まで来ている。

先だっての節倹令も表向きはみな聖徳に感じ入って粛々《しゅくしゅく》と従っているふうだったが、ひとたび裏にまわればそれとわからぬよう贅沢に明け暮れ、宦官は勅命にかこつけて収賄《しゅうわい》にいそしみ、妃嬪《ひひん》や女官さえも救恤金《きゅうじゅつきん》をつのるという名目で私腹を肥《こ》やした。そのうちの幾人かは震怒《しんど》をこうむり、厳罰に処されたが、天網《てんもう》をかいくぐった悪人のほうがはるかに多いことを考えれば、暗澹《あんたん》たる思いにさいなまれてしまう。

だれもが貪婪《どんらん》の病に侵されている。五倫五常《ごりんごじょう》は際限なき我欲に塗りつぶされ、他者を踏みにじることにいささかの躊躇《ちゅうちょ》もおぼえない。官民はもはや太平の世など求めていないのだろう。明主をいただきたいとは望まないのだろう。濁世《じょくせ》の泥に埋もれながら己の両手でつかめるだけのものをつかむこと。それが彼らの関心のすべてなのだ。

かくも乱脈《らんみゃく》をきわめた世をもたらしたのはだれなのか。君王か、臣下か、万民か……いずれにせよ、あきらかなのは秋霆にはどうしようもないということだ。罪人の子ゆえ皇嗣《こうし》にはなれず、政《まつりごと》にも参与できず、王禄《おうろく》に頼って命を浪費するしか能がないのだから。

芝居が佳境《かきょう》にさしかかるところで秋霆は中座した。宴席を離れ、屋外に出る。薄曇りの空の下、これといったあてもなく、牡丹に彩られた小径《こみち》を歩いていく。

「二弟」

聞き慣れた声に呼びとめられ、秋霆はふりかえった。湖藍色《こらんしょく》の龍袍《りゅうほう》を着た青年がこちらに歩いてくる。松月王《しょうげつおう》・高仁徽《じんき》だ。父帝の皇長子で、生母は尹太后《いんたいこう》。少年時代に負った怪《け》我《が》のせいで右足が不自由になったため、文人らしい痩軀《そうく》は右手に握られた紫檀《したん》の杖《つえ》で支えられている。年齢は秋霆よりひとつ上の三十二歳。柔和《にゅうわ》な目もとには絶えず木漏《こも》れ日《び》のような微笑がにじみ、風雅な立ち居振る舞いには欠点というものが見当たらない。

「大兄にごあいさつを――」

「あいさつはさっきすませたよ。兄弟の仲だ、かたくるしい礼は省《はぶ》こう」

しかつめらしく揖礼《ゆうれい》しようとした秋霆をとめ、仁徽は親しげな笑みをむけた。

「今日の芝居は退屈だったかい」

「いえ、そういうわけでは……」

古傷を隠すように目をそらす。秋霆はかねてより仁徽が苦手だった。人当たりがよく温厚で、だれにでも好感を抱かれる長兄。弟たちが口論をしていると、かならず仲裁に入り、まるくおさめてしまう。皇后所生の皇長子として生まれながら、身体的な問題ゆえに皇位につくことはなかったが、もし玉座にのぼっていたら名君と称賛されただろう。

純然たる高徳。長兄が持つ美点こそが秋霆をいたたまれない心境に追いやるのだった。生まれながらに罪を背負った秋霆は、その罪をなんとか軽くしようとして、道徳的な人間になろうとつとめてきたが、長年つづけてきたたゆまぬ努力も仁徽の前に出ればことごとく拙《つたな》い小細工《こざいく》だったとしか思えなくなってしまう。

仁徽が本物の君子なら、秋霆は君子気取りの小人《しょうじん》だ。

「どこが気に入らなかったのか教えてくれるとありがたいな。後学のために」

仁徽は牢夢死《ろうむし》という筆名で戯曲を書いている。今日の芝居も牢夢死の作品だった。

「ご容赦《ようしゃ》ください。私は武骨者ゆえ、芝居の良し悪《あ》しがわからないのです」

「武骨者の観客も楽しませるのがよい芝居というものだ。二弟を夢中にさせられないなら、私の筆才もたいしたことはないな」

そんなことは、と抗弁しようとすると、長兄はくすりと笑った。

「わかっているよ。君は芝居どころではなかったんだろう」

秋霆のとなりにならび、臙脂《べに》で染めたような牡丹を眺める。

「孫妃とはあまりうまくいっていないみたいだね」

「……主上からそうお聞きになったのですか」

「いいや、私の目に映った印象から推測しただけだよ。婚礼から二月経つのに、君たちはやけによそよそしい。夫婦というより、赤の他人だ」

「夫婦も赤の他人でしょう」

はじめはね、と仁徽はなごやかに破顔《はがん》した。

「私も結婚した当初は余霞《よか》との距離をはかりかねていたよ。夫婦というより主従だった」

「楊《よう》妃は長年、大兄に仕えていましたから」

六年前、仁徽は女官の楊余霞を王妃に迎えた。親王が女官を嫡妻《ちゃくさい》として娶《めと》ったのは、皇家の風紀紊乱《びんらん》がはなはだしかった波業《はぎょう》年間以来の珍事であった。

　原則として、女官には皇上《みかど》でさえ手をつけない。彼女たちは後宮の諸事をつかさどる宮官《きゅうかん》であり、皇胤《こういん》を産むことをつとめとする后妃侍妾《こうひじしょう》、およびその候補たる宮女《きゅうじょ》とは明確に区別されている。ゆえに女官は夫を持つことが許されているが、朝野の男よりも手近にいる宦官《かんがん》と鴛鴦《えんおう》の契りを結ぶことが多い。その傾向が女官を娶ることを忌《い》む風潮を生んだ。相手は騾馬《らば》の慰み物になる女。妾《めかけ》のひとりとして玩弄《がんろう》する程度ならともかく、嫡室《ちゃくしつ》として遇するのは一族の体面にかかわるというのだ。

　仁徽とて、当初から余霞を娶ることを考えていたわけではない。それどころか、婚姻自体が考慮《こうりょ》の埒外《らちがい》だった。仁徽は独り身を貫いていた。父帝が勧める縁談を退け、弟たちがめいめいに妻帯してもなお、かたくなに女人を遠ざけていた。

　その理由は長兄が抱える肉体的な問題にある。

「弟の私が大兄に先んじて婚約するわけにはまいりません」

　素蘭との縁談が持ちあがったとき、秋霆は次男である自分が長兄よりも先に結婚することはできないと仁徽に話した。長幼《ちょうよう》の序《じょ》に従い、まずは仁徽に妻帯してほしいと。

「私は妻を娶れないんだよ。人並みの身体ではないからね」

　秋霆がなぜ結婚しないのかと問うと、仁徽は憂《うれ》わしげに息をついた。

「おみ足のことなら、お気になさらなくても――」

「足のことではない。もっと重大な欠陥があるんだ」

十二のとき、仁徽は不注意で階《きざはし》から転げ落ちて大怪我をした。命に別状はなく、杖を使えば歩けるまでに回復したが、肉体が負った損傷により、子をもうけることはできないだろうと太医《たいい》に宣告された。自分が騾馬同然の身体になってしまったことを、仁徽は深く恥じた。子を持たないことは最大の親不孝であると古聖《こせい》は教えている。父母から賜《たまわ》った命を次の世代に引き継がなければ、親に孝養を尽くしているとはいえないのだ。

「本件は秘密にしておいてくれ。恥をさらしたくないんだ」

仁徽に頼まれ、秋霆は秘密を守ると誓った。長兄は生涯未婚でとおすとかたく決めていた。金石のようなその決心が揺らいだのは、それから六年後のことだった。

「長く仕えてくれた余霞に、縁談を用意してやろうと思っているんだけれどね……」

余霞は五つで入宮し、九つで恒春宮《こうしゅんきゅう》の婢女《はしため》になった。尹皇后に気に入られ、仁徽に仕えはじめたのは十のころ。仁徽が王府を賜って後宮を出たときは王府勤めの女官として随行《ずいこう》した。寡黙《かもく》で愛想はないが、道義心が強く、実直な仕事ぶりが評価されていた。

「余霞も二十五。とうに人の妻になっている年齢だ。有能な女官だから手放すのは惜しいが、そろそろ嫁がせなければならない」

どことなく言い訳じみた口調で言い、仁徽は重い息を吐いた。

「母后に相談して良縁を授けていただこうと余霞に話したんだが……彼女はいやだと言う

んだ。だれにも嫁ぎたくない、ずっと私に仕えていたいと。私は戸惑ったが、なぜか同時に浮き立つような感じがした。彼女が私のそばにいたいと言ってくれたことが、とてもとくべつなことに思えたんだ……。なんというか、まるで……」

「大兄を慕《した》っているようだと？」

「……もちろん私の勘違いにすぎないけれどね。彼女は主として私を慕ってくれているのかもしれないが、それだけだ。他意はない」

「そうでしょうか。嫁ぎたくないと言い張るのは、大兄のそばにいたいからでは」

「離れがたい気持ちはあるんだろうね。幼いころからともに過ごしてきた仲だ。兄妹のような感覚になっているのかもしれない」

「大兄も離れがたいのでしょう。いつも余霞をそばに置いていらっしゃいますから」

「居心地がいいんだよ。彼女は目端《めはし》がきくからね。茶が欲しいと思ったときには茶をさしだしてくれるし、墨《すみ》が足りないと思ったときにはあたらしい墨を出してくれる。命じるまでもないんだ。あたかも心が通じ合っているかのように」

しかし、今回はちがった。余霞は断固として縁談を拒《こば》んだ。

「私を厄介払《やっかいばら》いなさりたいのなら、出嫁ではなく死をお命じください。けっして御前を汚しはしません。殿下のお目に入らぬ場所で自裁いたします」

余霞は仁徽が自分を王府から追い出したがっていると誤解していた。

「ひどく思いつめている様子で、早まったことをしそうな気配さえあった。縁談はいったん取りやめにするしかなかったよ」

仁徽は余霞の今後をどうするべきか悩んでいた。

「いくら本人の希望でも、いつまでも王府に置いておくわけにはいかない。余霞は福運に恵まれず、つらい幼少時代を過ごした。だからこそ、よい男に嫁ぎ、子をなして、あたたかい家庭を築いてほしい。子どものころに得られなかった幸福を味わってほしいんだ」

余霞は宣祐《せんゆう》年間に阿芙蓉《あふよう》密売の罪で極刑に処された奸臣《かんしん》・楊義之《ぎし》の遠縁だ。家長であった楊義之の死後、楊氏一門は官界から締め出され、官途《かんと》についたばかりだった余霞の父親は将来を悲観して縊死《いし》した。身ごもっていた妻は実家に戻り、余霞を産《さん》んで間もなく、褥熱《じょくねつ》により他界。余霞は里方で育てられたが、面倒を見てくれていた祖母が亡くなると冷遇され、厄介払いされるかたちで楊家に突きかえされた。小商《こあきない》で口を糊《のり》していた楊家は食い扶持《ぶち》が増えるのを嫌い、余霞を女衒《ぜげん》に売った。腕ずくで連れていかれそうになった余霞は逃亡をはかり、とある軒車《くるま》の前に飛び出してしまう。

軒車に乗っていたのはそのかみ東廠の幹部であった棘太監《きょくたいかん》。冷酷《れいこく》無情な人物として知られるのちの司礼監掌印太監《しれいかんしょういんたいかん》は、どんな気まぐれを起こしたか、女衒に連れ去られそうになっていた余霞を買い取り、宮女として後宮に送りこんだ。

「余霞には幸せになってほしいのだが、当の本人がそれを拒む。どうしたものか……」

「大兄が娶ってはいかがです」

「……なんだって？」

「余霞は大兄に仕えつづけたいと望んでいるのですから、大兄が彼女を側妃《そくひ》としてそばにお置きになれば、万事まるくおさまるでしょう」

このころには、仁徽が抱える肉体的な問題は太医による虚偽の診断であったことがあきらかになっていた。いまもって結婚を避ける理由はないはずだった。

「余霞は幸福になるべきだとおっしゃいますが、大兄もまた幸福になるべきですよ」

そんな助言をしたのは、秋霆自身が幸福のさなかにいたからだ。翼護《よくご》が生まれ、素蘭とは朝な夕な夫婦のきずなを深め、満ち足りた日々を送っていた。自身が嚙《か》みしめている果《か》報《ほう》を長兄にも味わってほしいと願うのは自然なことだった。

言葉を尽くして結婚を勧めたが、仁徽は逡巡《しゅんじゅん》していた。肉体的な欠陥がないということに確信が持てなかったのだろう。

結論を先延ばしにしているうちに、事件が出来《しゅったい》した。余霞が東廠に連行されたのだ。賞月の変以来、東廠は褐騎《かっき》と呼ばれる密偵を総動員して、京師《みやこ》にひそむ怨天教徒の摘発に汲々《きゅうきゅう》としていた。余霞は半金鳥《はんきんう》の所持を理由に東廠の牢獄《ろうごく》——一度入ったら生きては出られないという鬼獄《きごく》に収監されてしまった。

彼女が過酷《かこく》な鞫訊《とりしらべ》を受けていると耳にした仁徽は取る物も取りあえず参内し、今上に余霞の潔白を訴えた。長兄の懇願《こんがん》を聞き入れ、今上は拷問《ごうもん》をひかえるよう東廠に命じた。ほどなく濡れ衣であったことが判明し、彼女は解放されたものの、拷問によって背中に傷を負った。仁徽は彼女を不憫《ふびん》に思い、早急によき相手を見つけて嫁がせようとした。王府に仕えているためにあらぬ疑いをかけられたのではないかと考えたからだ。主が自分の嫁ぎ先を探していると知り、余霞は自死をはかった。拷問を受けて傷物になったせいで彼に疎まれたと勘違いしたのだ。

毒をあおって床《とこ》に臥《ふ》した余霞を、仁徽はかいがいしく看病した。そこでなにかしらのやりとりがあったのだろう。仁徽は彼女を王妃に迎えたいと今上に申し出た。今上には「女官なのだから嫡室ではなく妾室《しょうしつ》でよいのではないか」と言われたが、どうしても嫡妻にしたいと譲らなかった。温柔《おんじゅう》な長兄が見せた思いがけない熱情に説《と》きふせられて、今上は仁徽の希望どおりに縁談を進めさせた。かくて余霞は松月王妃となった。晴れて結ばれたふたりは、いまや皇帝夫妻に次ぐ鴛鴦夫婦として知られているが、結婚当初は互いの距離感をはかりかねてぎくしゃくすることもあったらしい。

「いまとなっては笑い話だけれど、婚礼後もしばらく床入りできなかったんだよ。なかなか決心がつかなくてね。私が臆病風に吹かれていたせいで、余霞には気をもませてしまった。私の事情は婚礼前に話していたが、彼女は自分の魅力不足が夫を閨《ねや》から遠ざけていると思っていた。困り果てて、入宮以来親交のある棘太監に相談したところ、棘太監の菜戸《つれあい》から秘薬をわたされたそうだ。これを私に飲ませれば、無事に床入りできると」

余霞は秘薬を茶に入れ、仁徽に飲ませようとした。ところが、いざ仁徽が口をつけようとすると、夫の身体には毒かもしれないと恐ろしくなり、茶杯《ゆのみ》を払い落とした。ここではじめて、余霞は慕わしい夫と同衾《どうきん》できない苦衷《くちゅう》を吐露した。

「ようやく気づいたよ。私は彼女を苦しめてばかりだということに。恥をかくことを恐れすぎて、前へ進めなかった。しかし思い切って一歩踏み出してみると、霧が晴れたように道がひらけるものだ。すくなくとも私の場合はそうだった」

昨年、余霞は元気な女児を産んだ。仁徽はたいへんな喜びようで、娘を溺愛《できあい》している。

「命ある限り、だれしも永遠にその場所にはいられない。いつか前へ進まなければならないんだ。君もそうだよ、二弟。悲しみから目覚めるときが来ているのではないかな」

「……私は一度、結婚に失敗しています。過ちをくりかえすわけにはいきません」

素蘭を娶るべきではなかった。だれとも婚姻すべきではなかった。秋霆は生まれながらに罪を背負っている。秋霆とかかわる人は、ただそばにいるというだけで、秋霆の共犯者となってしまう。赦《ゆる》されざる罪人にもかかわらず、人並みの幸福を望んだ。夫となり、父となることを願った。それが罪に罪をかさねる行為だとは知らずに。

「過ちはだれにでもある。この私にも」

「大兄にも？」

仁徽は花びらの楼閣《ろうかく》のような牡丹《ぼたん》を眺めていた。

「過ちを犯しても人生はつづいていく。罪の重さにおののきながらも、天命が尽きる瞬間まで歩みつづけるしかない。それがこの苦界に生きるわれわれのさだめだよ」

余霞に呼ばれた仁徽が戯台《ぎだい》に戻っていく。その背中を見やり、秋霆は長息した。

「私をあなたの妻にしてください」

そう言ったときの月娥の表情が目に焼きついている。彼女は涙を浮かべて、すがるように秋霆を見ていた。真情からこぼれた言葉だとわかった。わかるがゆえに当惑せずにはいられなかった。月娥の想いにはこたえられない。自分は彼女にふさわしくない。彼女だけではなく、だれにとっても。秋霆は妻を娶ってはならない男だから。

どう返答すればよいかわからず、その場から逃げ出した。事情を説明すべきだったのに、できなかった。恥をさらすことを恐れたのだ。己の怯懦《きょうだ》にいやけがさす。ふりかえってみれば、秋霆は逃げてばかりいる。素蘭に対してもそうだった。あのときも――。

「殿下！」

岳秀が息せき切って駆けてきた。何事か、と問えば、血の気のない顔で言う。

「世子《せいし》さまのお姿が見えません」

「景景が？　芝居を見ていたのではないのか？」

「更衣《こうい》にお立ちになったきり、お戻りにならないようだと王妃さまがおっしゃるので配下を遣わしたところ、世子さまの側仕《そばづか》えが血相を変えており……」

浄房《かわや》に行くことを宮中では更衣という。芝居の途中で景景は更衣に立ったが、その帰り道、側仕えが目を離した隙《すき》にいなくなってしまったらしい。

「どこかに迷いこんでしまったのかもしれぬ。雨が降りそうだ、急いで捜そう」

いまにも泣き出しそうな曇天《どんてん》を見あげ、秋霆は駆け足で小径《こみち》をひきかえした。


ぽつぽつと地面を湿らせていた雨はみるみるうちに空の底が抜けたような大雨になった。景景は見つからなかった。月娥も傘をさして戯台の周辺を捜したが、雨脚が強いので屋内で待っているよう秋霆に言われた。景景のことが心配で仕方なかったけれど、後宮に不慣れな月娥では戦力にならない。捜す途中で自分が道に迷ってしまったら迷惑をかけるから、迎喜斎《げいきさい》で待つことにした。

汪《おう》皇后に頼んで部屋を用意してもらう。この雨に降られたのなら景景はずぶ濡れだ。湯浴みをさせてやりたいとおずおずと申し出れば、汪皇后は女官に支度《したく》を命じた。

偏殿《へんでん》に用意された一室で待っていると、景景を抱えた秋霆が入ってきた。外院《まえにわ》のすみにうずくまっていたのを見つけたらしい。案の定、頭から足先まで濡れそぼっている。ぐったりしている様子なので不安になったが、怪我《けが》はしていないと聞いて胸をなでおろす。

そのとき、宦官《かんがん》たちが湯と浴槽を運んできた。

「私が世子さまの湯浴みのお世話をいたしますわ。殿下は別室でお召しかえをなさってください。――奇幽《けいひ》、殿下をお連れして。雨のなかを歩いてお身体が冷えていらっしゃるでしょうから、桂皮茶《ちゃ》をさしあげてね」

秋霆が出ていったあとで、巧燕に手伝ってもらって景景の袍《ほう》を脱がせる。恥ずかしがって抵抗するかと思ったが、景景は意外にもされるままになっている。

湯加減を確認して浴槽に入れる。早くあたためてあげたくて、手桶《ておけ》ですくった湯を肩にかけてやると、景景がわっと泣きだした。

「ごめんなさい、熱かった？」

景景は首を横にふる。垂髫《おさげがみ》からしずくが滴《したた》り落ちた。

「どうして泣いているの？　どこか痛い？」

またしても首を横にふる。月娥は巧燕と顔を見合わせた。

「……かもしれない」

「なに？」

かすれた声を聞きとろうとして、顔を近づけた。

「父王《ちちうえ》は……わたしの父王じゃないかもしれない」

どうしよう、とつぶやき、景景は湯船のなかで膝を抱きかかえる。

「……わたしは、不義《ふぎ》の子かもしれないんだ」

戌《いぬ》の正刻をすこし過ぎたころ、整斗王《せいとおう》一行を乗せた軒車《くるま》が王府《おうふ》の門前に停まった。

秋霆は景景を抱いて軒車からおりた。よほど疲れていたのだろう、景景は軒車に乗りこむなり、うとうとしはじめた。すやすやと寝入っているので、起こさずそのままにしておく。外院《まえにわ》は晩春の雨に打たれている。つぶてのような雨粒が甍《いらか》を叩く音を聞き流しながら遊廊《わたりろうか》をわたって景景の臥室《しんしつ》に入り、牀榻《しんだい》に寝かせる。

「……ちちうえ」

衾褥《ふとん》をかけてやると、景景が舌足らずな声でつぶやいた。寝言らしいので、あとのことは側仕えに任せて臥室を出る。遊廊をとおって内院《なかにわ》を横切り、自室に戻った。岳秀が先んじて座灯《ざとう》に火を入れてくれたので、室内は程よくあかるい。榻《ながいす》に腰をおろすと、どっと疲れがのしかかってきた。肘掛けにもたれ、目を閉じる。

「王妃さまがお茶をさしあげたいそうですが、いかがいたしましょうか」

岳秀の問いにため息まじりの沈黙をかえす。本音を言えば、会いたくなかった。いまは自分のことで手いっぱいだ。月娥を気遣う余裕がない。

「追いかえしましょうか」

主の顔色を読んだのか、岳秀はそっけない口調で言った。

「せっかく茶を淹《い》れてくれたのに、追いかえしては非礼だろう」

「お気遣いは不要かと。王妃さまが殿下をお慕《した》いしているというのも怪しいものです。本心かどうかわかりません。皇兄という身分に目がくらんでいるのやも……」

岳秀は気まずそうにつづきを打ち切った。

「……殿下は君子であらせられますから、女人が心惹《ひ》かれるのも無理はありませんが、警戒を怠《おこた》るべきではないかと。女子と小人《しょうじん》とは養い難しと申します。無用の情けをおかけになれば、かえって災厄《さいやく》を招くことになるかもしれません」

慎重に言葉を選ぶ岳秀に、秋霆は自嘲《じちょう》の笑みをこぼした。

「君子か、この私が」

幼いころから正しく在ろうと己を律してきた。罪人の子という出自だからこそ、だれよりも正しく生きなければならなかった。

正道を歩んでいるつもりだったが、あれ以来、すっかり道に迷ってしまったようだ。

「私に女人を魅惑するものがあるとは思えぬが、それでも孫妃の想いを嘘と決めつけるのは乱暴すぎる。彼女は私を誤解しているのかもしれぬ。もしそうだとしら、まずは誤解をとかなければならないだろう」

「殿下……」

「とおせ。くれぐれも丁重に」

岳秀が月娥に手厳しいようなので言い添えた。岳秀は不服そうにさがり、月娥を連れて戻ってくる。彼女は花鳥《かちょう》が織り出された大袖《おおそで》の上襦《じょうじゅ》と金泥《きんでい》の小花を散らした水紅色《とき》の長裙《ちょうくん》を身にまとい、翠霞《すいか》のような披帛《ひはく》を腕にかけている。前髪を残して元宝髻《げんぽうけい》に結った髪では銀の梳篦《くし》と貴石をつらねた金歩揺《きんほよう》がきらめき、白磁《はくじ》の耳朶《じだ》では琅玕《ろうかん》の耳墜《みみかざり》が灯火を弾いていた。月娥という名があらわすとおりの麗《うるわ》しい姿だ。

「菊花《きっか》茶をお持ちしました」

流れるような所作《しょさ》で万福礼《ばんぷくれい》し、月娥が方盆《ほうぼん》にのせた蓋碗《がいわん》をさしだす。秋霆は蓋碗を受けとり、岳秀にさがるよう命じた。月娥にはとなりに座るよう促す。

蓋碗のふたを開けると、かすかな湯気とともに淑《しと》やかな香りが舞いあがった。ふんわりと花ひらいた白菊が紅玉のような枸杞《くこ》を従えて慎《つつ》ましげに顔を見せる。ひと口飲めば、豊かな芳香がひろがり、枸杞のやさしい甘さが舌の強張《こわば》りをやわらげてくれた。

――話したくはなかったが、もはや隠しとおせまい。

「世子さまが妙なことをおっしゃっています。自分は不義の子かもしれないと……」

月娥が報告してきたとき、秋霆は顔面蒼白になった。あわただしくその場を立ち去り、湯浴みをすませて別室でやすんでいた景景のもとに行った。

「女官たちが噂《うわさ》していたんです。わたしのほんとうの父は……穣土王《じょうどおう》だって」

景景は女官たちの噂話を聞いて動揺したらしかった。女官たちは景景の父親は秋霆ではなく、穣土王・高佩良《はいりょう》だと語っていたという。素蘭が密通して孕《はら》んだ子だと。

「わたしは父王《ちちうえ》の息子ではないのですか？」

涙をいっぱいためた目で見あげてくる景景に、秋霆はかえす言葉がなかった。

――早すぎた。

知ってほしくなかった。すくなくともいまは。いずれ話さなければならないときが来るとしても、いまではないはずだった。景景は幼すぎる。分別《ふんべつ》がつく年ごろになってからでなければ事実を受け入れられまい。そう思って景景の成長を待つつもりでいたのに。

「では、失礼します。早くやすんでくださいね。お疲れでしょうから」

月娥は榻から立ちあがって万福礼した。そのまま退室しようとするので呼びとめる。

「なにも訊かないのか」

景景の発言について尋ねられると身がまえていたので、いささか拍子抜けした。

「殿下がお話しになりたくないことを、無理に尋ねるわけにはまいりません」

「いや……そなたには話そうと思っていた」

座ってくれ、と言い、月娥が榻に腰かけるのを待って話の接ぎ穂を探す。

「結論から言えば、景景は私の子ではない。亡き穣土王……佩良の子だ」

「……馮妃《ふうひ》さまは」

「佩良……九弟と慇懃《いんぎん》を通じた。その結果、身ごもったのが景景だ」

「どうして……？　殿下と馮妃さまは仲睦《なかむつ》まじいご夫婦だとばかり……」

「仲睦まじかったのは事実だ。私は素蘭を慈《いつく》しんだし、素蘭も私を慕ってくれた。主上と汪皇后のような芝居さながらの筋立てで結ばれた縁ではなかったが、互いを思いやるおだやかな関係だった。けっして順風満帆《じゅんぷうまんぱん》だったわけではない。素蘭はなかなか身ごもらず、やっと子を宿したと思えば流れてしまった。そんなことが二度起こった」

　ふたりして悲しみに沈んだが、ふたりで乗り越えた。苦労をともにするのが夫婦というものだ。雨に降られれば一本の傘をわけ合い、吹雪《ふぶき》に見舞われれば身を寄せ合って暖をとる。ひとりでは耐えられない悲運もふたりなら耐えられる。これからもずっと彼女と支え合って生きていくのだと思っていた。世間の幸せな夫婦がそうしているように。

「三度目の懐妊で、素蘭は男児を出産した。はじめて対面したとき、喜びよりも戸惑いを感じた。この丸々と太った赤子が私の息子だと言われても、実感がわかなかった。これがわが子だと強く意識したのは、素蘭に勧められて抱きあげた瞬間だった。腕に感じた重さをいまもおぼえている。なんというべきか……ひどくあたたかい重さだった」

　翼護《よくご》と名づけた。字輩《じはい》の「翼」は助けるという意味なので、守るという意味の「護」を添えた。天子を輔弼《ほひつ》し、皇家の守護者となってほしいという願いをこめた命名だ。

「顔を見ない日はなかった。微笑《ほほえ》みかけない日はなかった。壊れそうなほどにやわらかい手にふれない日はなかった。名を呼びかけると、あの子は利発そうな目で私を見た。翼護とは自分のことだとわかっていたんだろう。よく笑い、よく泣いた。いまも耳に残っている。ころころと転がるような笑い声も、火がついたような泣き声も……」

翼護を腕に抱くたび、幸福の味を噛《か》みしめた。わが子の重みが、ぬくもりが、頼りない小さな身体が、父親としての自覚をすこしずつ育《はぐく》んでいった。

「明け暮れ翼護が成長していく姿を思い描いた。三つになったら書法の基本を教えよう。五つになったら武芸の稽古《けいこ》をつけよう。八つになったら……」

なんの根拠もなく信じていた。翼護の成長を見届けることができると。

「愚かなことに……忘れていたんだ。自分の命が罪業で汚れていることを」

事件は、翼護の誕生から一年後に起こった。

「誕辰《たんしん》祝いの翌日のことだ。私は所用で皇宮へ参内《さんだい》しており、ちょうど帰ってきたところだった。王府の大門《もん》をくぐって外院《まえにわ》に入った瞬間、ふだんとちがう空気が張りつめているのを感じた。つねならば門前で出迎える岳秀が青い顔をして駆けてきた。何事かあったのだと察した。なにか、思いもよらないほど悪い出来事が――」

世子《せいし》さまが、と岳秀は言いよどんだ。秋霆は最後まで聞かずに駆けだした。翼護の部屋へ行くため遊廊《わたりろうか》を駆け足でわたっていると、内院《なかにわ》のほうから金切り声が聞こえた。いや、耳をつんざいたといったほうがいい。声の主が素蘭だと理解するのに寸刻を要した。それは奇声と呼んでもさしつかえないほど、平生の彼女からはかけ離れた声音《こわね》だった。

「なにをしているの！　早く太医《たいい》を連れてきて！　急がないと翼護が死んじゃうわ！」

素蘭の姿が視界に飛びこんでくるなり、秋霆は戦慄した。素蘭は血まみれだった。衣を鮮血で真っ赤に染め、両腕になにかを抱いていた。

「殿下！　太医を連れてきてください！　翼護が、翼護が……」

こちらに気づいた素蘭が駆け寄ってきて、血みどろの腕に抱いているものを見せた。

「ごらんになって！　翼護が怪我《けが》をしています！　ほら、こんなに血が出ていますわ！太医に治療させなければならないのに側仕《そばづか》えたちはだれも呼びに行かないのです！」

素蘭が抱いていたものは人のかたちをしていなかった。ただの、ばらばらの部品だった。腕と足を切り落とされ、腹をずたずたに引き裂かれていた。顔は刃物でめった刺しにされており、首と胴体がつながっているのがふしぎに思われたほどだった。

「息があるはずはなかった。しかし素蘭は……叫びつづけていた。太医を呼んでくれと」

東廠《とうしょう》の捜査により、翼護付きの乳母の犯行だと判明した。乳母は蔡《さい》家に陥《おとし》れられて刑死した監察御史《かんさつぎょし》の娘だった。蔡家を怨み、蔡家の生き残りである秋霆を怨んだ。怨憎を晴らすため素性を偽って翼護の乳母におさまったのだ。

「乳母はあえて生まれたばかりの翼護を殺さず、最初の誕辰が来るのを待ってから犯行におよんだ。……私たちが味わう苦しみをより大きくするために」

今上に頼みこみ、秋霆は獄中の乳母に会いに行った。どうして、と尋ねたかったのだ。

怨みを晴らしたければ翼護ではなく自分を殺せばよかったではないかと。

「あなたを殺しても意味がないわ。だって思い知らせてやることができないじゃない。大切な人を喪《うしな》ったときの、絶望の味を」

手ひどい拷問《ごうもん》を受けたのだろう、乳母の顔は片側が無惨《むざん》に崩れていた。

「いかがかしら、殿下？　一年かけて可愛《かわい》がったわが子を殺されたご感想は？　今朝はのんきに眠っていた息子の変わり果てた姿をごらんになって、どんなお気持ち？」

錦衣衛《きんいえい》の武官が数人がかりで止めてくれなければ、秋霆は乳母を絞め殺していた。

「事件以来、素蘭は臥せってしまった。食事を受けつけず、ひねもす泣いているばかりで……日に日に痩《や》せていった」

わが子のみならず妻まで喪ってしまうのではないかと秋霆は恐れた。なんとかして彼女を慰めようと手を尽くしたが、素蘭は敵軍を迎える塞《とりで》のように夫を拒絶した。

「あなたのせいだわ！」

乱れ髪のあいだから、泣き腫《は》らしたふたつの瞳が怨みを放っていた。

「父親があなたでなければ、翼護は死なずにすんだはずです」

真実の刃で喉笛《のどぶえ》をかき切られ、秋霆は押し黙った。

「彼女の言うとおりだった。私の子でなければ……翼護はいまも生きていただろう」

素蘭は完全に心を閉ざしてしまった。なすすべもなく、秋霆は彼女から距離を置いた。

「ほかにどうしようもなかった。私にできることは、素蘭が私を赦《ゆる》し、夫としてふたたび受け入れてくれるときを、忍耐強く待つことだけだった」

月日が経つにつれて互いの距離がひらいていくのを感じたが、やむを得なかった。焦らず、時間をかけて関係を修復していくしかないと自分に言い聞かせた。

「あるときから素蘭の様子が変わりはじめた。顔色がよくなり、食事もとるようになった」

さりながら夫への態度に変化はなかった。焦燥《しょうそう》を感じつつも、秋霆は無理に距離をつめようとはしなかった。急ぎすぎて彼女の痛苦を再燃させたくなかったのだ。

「……それからしばらくして、主上に呼び出された」

今上は素蘭が姦通《かんつう》していると言った。相手は佩良であることも。

「東廠が報告してきたそうだ。ふたりは何度も忍び会っており、深い仲だと……皮肉なものだな。夫婦として連れ添ってきた私より、褐騎《かっき》のほうが素蘭をよく知っていたとは」

にわかには信じられなかった。素蘭は貞淑な女だ。夫を裏切るなど考えられない。ましてや夫の弟と不義の交わりを結ぶなど。

「九弟とは子どものころから懇意《こんい》にしていた。互いに妻を迎えてからも兄弟として親しく付き合い、手足のごとく助け合っているつもりだったのだが……」

佩良が整斗王府を訪れるのはめずらしいことではなかった。静萱《せいけん》を連れていることもあったし、ひとりで来ることもあった。件《くだん》の惨劇により素蘭がふさぎこんでしまってからは三日にあげず見舞いに来てくれ、秋霆にも心配りをしてくれた。弟として兄夫婦を気遣ってくれているのだと、鴒原《れいげん》の情ほどありがたいものはないと感じ入っていたのに。

「主上はふたりを厳罰に処すべきだとおっしゃったが、私は自分の目で見たわけではないので半信半疑だった。さしあたってこの話は内密にしてほしいと頼んだ。なにかの間違いだと思ったのだ。……いや、思いたかったというべきだろうか」

いったん生じた疑惑は秋霆の目に映る情景を一変させた。なにもかもが疑わしく見えてしまうのだ。素蘭が佩良とかわす視線、佩良を前にしたときのささいなしぐさ、佩良にかける言葉の端々、それらすべてに邪淫《じゃいん》が放つ甘い悪臭が芬々《ふんぷん》とただよっていた。

疑念は日々深まっていき、秋霆はとうとう不貞の現場を目撃した。

王府での出来事だった。素蘭は佩良と抱き合い、口づけをかわしていた。ふたりの親密さはあきらかに兄嫁と義弟の垣根を越えていた。

「嫉妬《しっと》できたらよかったのかもしれない。あるいは憤《いきどお》ることができたら……。あいにく、私に襲いかかった感情はいずれでもなかった」

自分のせいだと思った。素蘭を苦しめ、破倫《はりん》の罪を犯すまで追いつめたのは、ほかのだれでもなく、この高秋霆なのだと。

「……見て見ぬふりをした。それが贖罪《しょくざい》の道だとでもいうように」

ふたりの関係が表沙汰《おもてざた》にならないよう骨を折ったのは、親王としての体面のためではない。いつか素蘭が秋霆のもとに戻ってきてくれたとき、また以前のような夫婦として暮らしていくためだ。なんの確証もないまま、そんなときが来ると信じていた。

切なる願いを打ち砕くかのように、素蘭が身ごもった。秋霆とは床をともにしていないのだから、確実に佩良の子だ。それを承知の上で、秋霆は素蘭に産むことを勧めた。

「子に罪はない。私の子として育てよう」

自分の発言に矛盾《むじゅん》を感じずにはいられなかった。子に罪がないのなら、秋霆にも罪はないはずだ。蔡家が犯してきた数々の罪状に、秋霆がかかわった事実はないのだから。さりながら、秋霆は罪人の子として皇位継承からも外され、封土《ほうど》も与えられず、王禄《おうろく》を食いつぶすだけの、かたちばかりの親王として皇族の末席にいる。それだけではない。最愛の息子さえも蔡家を怨む者によって殺された。

——子にも罪はあるのだろう。

子に罪がないというのはきれいごとだ。実際には罪人の子に生まれただけで同罪と見なされる。秋霆が蔡家の罪を一身に背負っているように、素蘭が産んだ子は不義の子とそしられるのだ。秋霆に対してそうであるように、世人は彼の無実を認めてはくれない。本人が己の出自を知ったとき、「なぜ産んだ」と悲憤慷慨《ひふんこうがい》するかもしれない。秋霆がたどってきた道程を、おなじように歩む羽目になるかもしれない。そこまでわかっていながら、堕《だ》胎《たい》しろとは言えなかった。なにかしらの希望があったからだろうか。秋霆と同様の境涯に生まれても、秋霆とは異なる道を歩んでくれるかもしれないという期待が。

素蘭自身には産もうという意志がなかった。それどころか堕胎《だたい》したがっていた。

「産んでも結末はおなじよ。どうせ殺されるんだわ。翼護みたいに」

感情を映さない虚《うろ》のような瞳で素蘭は秋霆を見た。冷え切ったまなざしに貫かれ、秋霆は悟ったのだ。彼女はもう二度と、自分のもとへは戻ってきてくれないと。

「情けないことに私では素蘭を説《と》きふせられなかった。やむをえず、九弟に説得を頼んだ」

佩良が産むように促すと、素蘭は素直に従った。

「景景を出産してから一月後のことだ。素蘭は九弟とともに入水《じゅすい》した」

九陽城の西に位置する遥天池《ようてんち》。夏には競渡《きょうと》が、冬には氷嬉《ひょうき》が行われる皇城《こうじょう》の湖で、互いの身体を縄で縛ったふたりの亡骸《なきがら》が見つかった。

親王と親王妃の、道ならぬ恋の果ての心中は、今上の恩情で内々に片づけられた。素蘭は産後の肥立《ひだ》ちが悪く帰らぬ人となり、佩良は急な病で夭折《ようせつ》したことになった。

「醜聞《しゅうぶん》が流れないよう主上が配慮《はいりょ》してくださったが……人の口に戸は立てられぬ。宮中ではひそかに噂《うわさ》されていたようだ。おかげで景景の耳にも入ってしまった」

わたしは父王の子ではないのですか、と泣きじゃくる景景を秋霆は抱きよせた。

「おまえは私の息子だ」

「でも、女官たちは言っていました。わたしのほんとうの父王は穣土王だって」

「そんなことはかまうものか。だれがなんと言おうと、私がおまえの父親だ」

ひとまず景景は安心したふうだったが、秋霆の胸裏《きょうり》は重く暗く曇っている。

「これまでに何度も主上は再婚を勧めてくださったが、受け入れられなかった。私はもう、だれも不幸にしたくない。生来、妻を娶《めと》ってはいけない身の上なんだ。私の血が、この罪深い血が妻になる人にまで不幸をもたらしてしまうから」

血まみれの翼護を抱いて泣きわめく素蘭の姿が眼裏《まなうら》に焼きついて離れない。

「そなたが私を慕《した》ってくれる気持ちはうれしいが……私ではそなたを幸せにできない。不幸にしてしまうだろう。素蘭のように……。蔡家を憎む者がいまもどこかに息をひそめている。翼護を襲った不運がくりかえされない保証はどこにもない。もし同様のことが起こったら、傷つくのはそなただ。わかってくれ、孫妃。そなたと夫婦の契《ちぎ》りを結ばないのは、そなたに魅力がないからでも、そなたのことが気に入らないからでもない。私にそなたの夫たる資格がないからなんだ」

すまない、と低くつづける。

「そなたが望んでいるような男でなくて、申し訳ないと思っている。私には、詫《わ》びることしかできない。……どうか赦《ゆる》してくれ」

「にしても、わかんないわねえ」

大口を開けて琥珀《こはく》色の手羽先を頬張《ほおば》りながら、巧燕《こうえん》が顔をしかめた。味が気に入らないからではない。からりと揚げた手羽先を醤油《しょうゆ》と葡萄酒《ぶどうしゅ》で煮こんだ貴妃鶏《きひどり》は巧燕の好物だ。わけても奇幽《きゆう》手製の貴妃鶏は彼女をして「一生これだけを食べて生きていくわ」と言わしめたほどの美肴《びこう》である。

「どうしておふたりの仲はこんなにこじれてるのかしら。王妃さまは殿下を慕っていらっしゃるんだから、殿下が王妃さまを受け入れれば大団円でしょうに」

「そう簡単にはいかないだろう」

奇幽は巧燕に海老《えび》と豌豆《えんどう》の汁物をよそってやった。淡い香色の清湯《スープ》に海老の薄紅と豌豆の鮮緑が映えるこの汁物も巧燕をして「鍋ごと持ってきて」と言わしめた代物《しろもの》である。

夫婦そろって自邸で夕餉《ゆうげ》をとるのは一月ぶりのことだ。互いに王府勤めで、責任ある役目を仰《おお》せつかっている立場ゆえ、夫婦で示し合わせて休暇をとることが許されるのは月に一度だけなのだ。とはいえ、日ごろ起居している王府の後罩房《はなれ》ではたびたび食事をともにしているので、夫婦で過ごす時間が極端にすくないというわけではない。

「なんでよ？　殿下が意地を張らずに折れればすむことじゃないの」

「意地を張っていらっしゃるわけじゃない。これは男の面目の問題なんだ」

素蘭の不貞は秋霆の夫としての自尊心を粉みじんに打ち砕いた。密夫が弟であったことも兄としての矜持《きょうじ》を踏みにじるのに十分だった。

「男はな、男としてよって立つものがないと女を愛せないんだよ」

「見てきたように言うのね。男でもないくせに」

今度はいっそう大口を開けて馬蓮肉《ばれんにく》を食べる。豚肉を馬蓮草《ばれんそう》で縛り、花椒《かしょう》、八角《はっかく》、茴香《ういきょう》などの香辛料を入れてじっくり煮こんだ馬蓮肉はとろけるような舌ざわりとともにさわやかな野草の風味が舞いあがり、ただでさえ酒食らいの巧燕に酒を過ごさせてしまう。

「俺だって昔は男だったんだ。男の気持ちくらいわかるさ」

「あたしにはさっぱりわからないわね。殿下は頑固すぎるわ。密通した前妻にいつまでも囚われて自分の幸せをあきらめるなんて、馬鹿みたいよ」

「その口ぶりだと、俺が死んだらおまえはさっさとほかのやつに乗りかえそうだな」

「乗りかえるわよ。あんたよりもいい相手がいればね」

「だったら乗りかえられる心配はないな。俺よりいい夫はいないから」

「うぬぼれ屋。あんたなんか下から数えたほうが早いわよ」

荒っぽく酒杯を空《から》にした菜戸《つれあい》に、奇幽は屈託なく笑みをかえした。彼女の口から飛び出す薄情な言葉が本心の裏返しであることを知っているからだ。周巧燕という女はひと一倍へそ曲がりである。出会って間もないころは彼女のぞんざいなやさしさが理解できずに、居丈高《いたけだか》で鼻持ちならない女だと反感をおぼえていた。

「まあ、おふたりの関係は時が解決するだろう。殿下はかたくなだが、王妃さまだって負けちゃいない。十年ものの恋情を易々と手放しはしないだろうさ」

「ねえ、賭けをしましょうか。おふたりがいつ同衾《どうきん》なさるか」

「同衾なさらない可能性はないってことか？」

「ないわね。断言できるわ。女の執念は恐ろしいわよ。殿下がつまらない意地を張っても徒労に終わるでしょうよ。王妃さまに口説《くど》き落とされるのは時間の問題ね」

「俺がおまえに口説き落とされたようにか？」

ふん、と鼻先で笑って、巧燕は筍《たけのこ》の香味漬けを口にほうりこんだ。

「あたしがいつあんたを口説いたっていうのよ」

「はじめて会った日からずっと秋波《しゅうは》を送ってきただろ。おまえがやたらと色っぽい目つきで俺を惑わそうとしてくるから、政敵が寄越した間諜《かんちょう》かと警戒したぞ」

「馬鹿言わないで。言い寄ってきたのはそっちでしょ。こっちにはその気なんかないのに、しつこくちょっかいをかけてきたじゃない。上官のためにこしらえた料理が余ったからとかなんとか口実つけてあたしを餌《え》づけしようとしてたくせに。なにか裏があると疑ってたわ。あんたは褐騎《かつき》で、あたしから尚工局《しょうこうきょく》の内情を聞き出そうとしてるんだってね。ま、あたしは口がかたいから、なにももらさなかったけど」

「嘘をつけ。おまえの愚痴《ぐち》ならさんざん聞かされたぞ。上役が旧弊《きゅうへい》で融通《ゆうずう》がきかないとか、同輩がぐうたらで仕事をなまけてばかりいるとか。しまいには尚工局のごたごたをおさめるのに手を貸してくれと俺に泣きついてきたじゃないか。口では生意気なことを言いながら、いざというときは俺にすがるんだ、よほど頼みにしていたらしいな」

「悦《えつ》に入《い》ってるところ悪いけど、あんたが敬事房太監《けいじぼうたいかん》の使い走りだったから利用してやろうと思っただけよ。あんた、あたしに首ったけだったもの ねえ。ちょっとおだててやればあたしの言うとおりに動くって踏んだの。頼みにしてたなんて思いあがりよ」

「そのわりには、あっさり俺の菜戸におさまったな」

「あんたがあんまりみじめったらしくあたしを口説くからよ。うっとうしくてしょうがなかったんだけど、突っぱねるのもかわいそうだから結婚してあげたの」

いつもどちらが先に言い寄ったかでもめる。互いに相手が先だと言う。おさだまりのやりとりが心地よい。可能な限り長く、こうしてくだらない口論をしていたいと思う。

「感謝しなさいよね。あたしみたいないい女と夫婦になれたんだから」

恩着せがましく言い、巧燕はこんがり揚がった豆腐団子に甘酢だれをたっぷりつけて口に入れた。かりっとした食感のあとに醬《みそ》で味つけした濃厚な豆腐がとろりとあふれてくるのがたまらないのか、至福の表情で頰を撫《な》でている。

「あんたはほんとに果報者《かほうもの》よ。あの手この手で粉をかけてくる大勢の宦官《かんがん》を袖《そで》にして、あんたを選んであげたんだから。せいぜいありがたがってあたしを大事になさいよ。さもないと、死んでからと言わずいつだって乗りかえるわよ。あたしの色香にくらくらする宦官は多いの。相手には事欠かないんだから、油断してると――」

奇幽は繡墩《こしかけ》から身を乗り出し、手巾《しゅきん》で巧燕の口もとを拭《ぬぐ》った。

「口もとをたれまみれにした大飯食らいの女にくらくらする騾馬《らば》なんざ、俺以外にはいないぞ。おまえこそ、俺を大事にしておくんだな。おまえの好物はみんな俺の手料理だってことを忘れるなよ」

「なによ、あんたも乗りかえるつもりだっていうの？」

「乗りかえはしないが、俺の機嫌をそこねたら料理は作ってやらない」

「卑劣漢《ひれつかん》！　料理を人質にとるなんて血も涙もないわね」

二つ目の豆腐団子を頰張りつつ、巧燕がこちらを睨《にら》んだ。奇幽は声をあげて笑い、まて貝と韮《にら》の炒《いた》めものをよそって彼女の前に置く。

「俺の機嫌をとれば、おまえはうまい料理をたらふく食える。悪くない取引だろう」

「あんたのご機嫌なんか知ったことじゃないけど、料理はいただくわ」

いそいそと皿をひきよせ、つややかな飴《あめ》色の身をひと口で食べる。胡麻油《ごまあぶら》で香りづけした身のやわらかさが舌にしみるらしく、とろけるように頰をゆるめた。

「どうだ、俺のありがたみがわかったか？」

さあね、と雑な返事をして、巧燕はぱくぱく食べていく。彼女の幸せそうな横顔を眺めるのが奇幽にとっての至福なのだ。

――夫婦団欒《だんらん》の楽しみを、殿下にもふたたび味わっていただきたいのだが。

月娥が秋霆を口説き落としてくれるよう祈るしかない。


亭《あずまや》の屋根の下で、月娥はその音が聞こえるのを待っていた。深呼吸をくりかえして聴覚を研《と》ぎ澄ませば、回廊《かいろう》をわたる人の足音が静かに近づいてくるのがわかる。

おぼろにかすんだ夜空では脆弱《ぜいじゃく》な月が痩《や》せ細った身体をさらしていた。ときおり、思い出したようにたおやかな風が流れる。亭に寄り添うように立つ李《すもも》の木が雪片に似た花びらを散らすのを見るともなしに見ていると、ほどなくして秋霆が亭に入ってきた。月娥は万福礼《ばんぷくれい》で迎え、彼に勧められて席につく。

話し出すまでにしばし時間を要する。このときのために用意した言葉を探した。

「結論から言います」

秋霆の向かい側で居住まいを正し、月娥は意を決して口を切った。

「馮妃《ふうひ》さまのお話をうかがっても、私の気持ちに変わりはありません」

ここ数日、夜となく昼となく考えていた。翼護《よくご》を襲った惨劇《さんげき》、素蘭の絶望と不義、そして悲惨な死。それらにふりまわされて消耗《しょうもう》してきた秋霆の苦悩。

「あなたが背負っているものが重いことはわかります。たくさんおつらい思いをなさったことも。でも、私は殿下をお慕《した》いしています」

「……申し訳ないが、そなたの気持ちには」

「こたえられないとおっしゃるのでしょう。そのお気持ちも理解していますわ」

正直に言えば、恋情にこたえてもらえないのはつらい。彼にも自分が想っているように自分を想ってほしい。そんな身勝手なことを考えてしまう。

――殿下の御心は殿下のものだわ。私のものじゃない。

秋霆は愛するわが子を喪《うしな》い、苦難をともに乗り越えるはずの妻に拒絶された。目をかけていた弟にも恩をあだで返された。生まれながらに罪を背負わされてきた彼にとって、ふたりの背信はあらたな罪状とも言うべき代物だった。

自分のせいで最悪の結果を招いてしまったと、秋霆は己を責めさいなむ。それはちがうと他人が言うのはたやすいが、気休めにもならないだろう。また、彼が因業《いんごう》な生まれであることはまぎれもない事実である。蔡《さい》家を怨望《えんぼう》する者がむごたらしく翼護を殺《あや》め、その惨劇が素蘭の不貞と佩良《はいりょう》の不悌《ふてい》をもたらした。すべての禍《わざわい》は秋霆が蔡家の血をひいていることに端を発する。五体を流れる罪人一族の血が彼を呪詛《じゅそ》しているのだ。

できることなら、彼の心を蝕《むしば》む巫蠱《ふこ》の毒をやわらげてあげたい。慕わしい人に苦しみのなかで生きてほしくない。しかし、その切なる想いは月娥のひとりよがりだ。彼が望まないのに、親王妃として整斗王府にとどまりつづけるわけにはいかない。彼ができないと言っているのに、妻として愛してほしいと求めてはいけない。

これ以上、彼に負担をかけないようにしなければ。月娥にできることは、それだけだ。

「離縁は拒《こば》みません。そのときが来れば、私は王府を去ります。……でも」

声が震えているような気がして、一呼吸置く。

「再嫁先は探さないでください。私は殿下以外のかたに嫁ぎたくありませんの。再婚はせず、采霞廟《さいかびょう》に戻って道姑《どうこ》として暮らします」

「そなたがそれでよければ私はかまわぬが……その若さで結婚をあきらめなくても」

「もともと私、結婚にむいていないのですわ。こんな痣《あざ》がありますから。もし子を持つことになって、その子にもおなじ痣が出てしまったら、かわいそうですもの」

思えば結婚自体が無謀《むぼう》だった。秋霆への恋情で胸がいっぱいで、彼と結ばれたら半金烏《はんきんう》に似た痣が子に受け継がれてしまうかもしれないということに考えがおよばなかった。

「殿下と結ばれなかったことも結果的にはよかったのかも。……いいえ、はじめからこうなるさだめだったのでしょうね。私が殿下に恋をしたことが間違いだったのですわ」

「……孫妃」

「暗くなってしまってごめんなさい。くよくよしてしまうところが私の悪い癖で」

つとめて笑顔を作り、あかるい声にきりかえた。

「たとえ過ちでも殿下に恋をしたことは事実です。いまさらなかったことにはできません。ですから、思い出にしますわ」

「思い出？」

「決めたんです。殿下に嫁ぎ、かたちだけでも親王妃としてあつかわれたことを記憶にとどめて生きていくと。……ただ、これには殿下の御力添えが不可欠なのですが」

「そなたには迷惑をかけてばかりいる。埋め合わせに、できる限りのことをしたい」

　では、と思い切って顔をあげる。

「離縁するまで、私を妻のようにあつかってくださいませんか？　あくまで『ように』です。食事をしたり、散歩したり、どこかへ出かけたり……ふつうの夫婦がするようなことを私も経験してみたくて。殿下の妻になったような気分を味わいたいんです」

　秋霆と夫婦のように過ごしたという思い出が欲しい。それは幼稚な真似事《まねごと》にすぎないが、これから道観《どうかん》で過ごす長い年月の友になってくれるはずだ。

「もちろん、寝間にはおいでにならなくてけっこうですわ。そのようなこと、殿下にはご負担でしょうから……。真似事でいいんです。殿下の重荷にならない程度で……お時間に余裕のあるときにでも、すこしだけお付き合いいただければ……」

　それすらも秋霆にとっては快《こころよ》いものではあるまい。彼はもう、女人とかかわりたくもないのだろう。月娥とともできる限り距離を置きたいのだろう。彼の胸中は十分察していながら、こんなことを臆面もなく頼んでしまう。わがままな自分にいやけがさすけれども、希《こいねが》わずにはいられなかった。十年越しの初恋がはかなく散り、未来が余生になってしまったいまとなっては、彼と夫婦として過ごした思い出だけが生きるよすがだ。

「夫婦のように、か」

いつの間にかうつむいていた月娥の上に、ひとりごとめいた声音《こわね》が降った。

「それくらいのことなら私にもできそうだ」

色よい返事に胸が熱くなる。

「よかった……。じゃあ、明日からお願いします」

「明日から？　今夜からじゃないのか？」

「えっ、今夜から、ですか？」

思わず訊きかえすと、秋霆は笑みまじりに卓上をさし示した。

「茶道具がそろっているので、てっきり茶を淹《い》れてくれるのかと」

「あっ、そうだわ！　お茶をさしあげてからお話をしようと思って用意していたのに、うっかりしていました。でも、いまからでは遅いですわね。もう話はすみましたし……」

「夫婦なら、話すべきことがあってもなくても、ともに茶を飲むのではないか？」

淡い月影を背にした秋霆がやさしく微笑《ほほえ》んでいる。そのまなざしはかつて素蘭にむけられていたものとおなじではない。今夜の月が昨夜の月とは別物であるように。

十年前、月娥はここにいなかった。秋霆が厄難に遭《あ》わなければ、月娥はあいかわらず采霞廟の片隅で彼の姿を垣間見《かいまみ》るだけだった。歳月が互いの立場を変え、かりそめの縁を結ばせた。数奇なめぐりあわせに翻弄《ほんろう》されてばかりだが、二度とふたたびやってこないこの一瞬を大切にしたい。

そうですね、と笑みをかえし、月娥は湯銚《ゆわかし》の水を入れかえるよう巧燕に頼んだ。長く湯銚に入れておいた水は味がにぶるからだ。王府で茶に用いる水は毎朝、水売りから買った新鮮な山水。捨てるのはもったいないので、あとで使うことにする。

水を待つあいだに茶炉《こんろ》で火を熾《おこ》す。湯を沸かすには堅い木炭がよいとされる。煙のにおいが移ってしまうと湯が使えなくなるため、しっかり焼いて煙を払う。炭が真っ赤になったところで、折よく巧燕が戻ってきた。あたらしい水が入った湯銚をかけ、風取り口を炉《ろ》扇《せん》であおぐ。風を送って火力をあおり、手をやすめないことが肝要《かんよう》だ。

湯銚から松風の音が聞こえてきたらふたを開け、湯加減を見る。小さな気泡が生じ、湯にさざ波が立ったら頃合い。湯銚を茶炉からあげ、茶杯に熱湯を注ぐ。茶杯があたたまったら、磁器《じき》の盂《ふかばち》に湯を捨てる。

茶葉の入れかたにはおもに三つの方法がある。まずは下投《かとう》。これは先に茶葉を入れてから湯を注ぐもの。次は中投《ちゅうとう》。少量の湯を注いでから茶葉を入れ、さらに湯を足すことをいう。上投《じょうとう》は湯を先に入れて茶葉をあとから入れるもの。浮きやすい茶葉は下投、沈みやすい茶葉は上投が適している。今晩、用意した茶葉は草茶の一種で、繊細だが上投では沈みにくいので、中投で淹れる。

「どうぞ」

茶葉がほどけて沈み、飲みごろになるのを待って、蓋碗《がいわん》をさしだす。なお、いつ飲みごろになるのかは、気候や茶器の種類、茶葉の状態などに影響されるので一概《いちがい》にはいえない。何度も茶を淹れてみて経験を積み、感覚を研《と》ぎ澄まして程合いを見るしかない。

秋霆は蓋碗を受けとり、ふたを開けた。立ちのぼる湯気を存分に味わったあとで、やわらかな薄柳色の茶湯をひと口飲む。

「よい香りだ」

梧《ご》代の茶に近いといわれる草茶は味が短く、淡い。洗練された風味の龍頂茶《りゅうちょうちゃ》や聖妙香《せいみょうこう》とちがって素朴《そぼく》な味わいで、ふしぎな郷愁《きょうしゅう》を感じさせる。高価な銘茶《めいちゃ》よりも朴訥《ぼくとつ》な草茶のほうが秋霆の口に合うのではないかと思ったが、はたして気に入ってくれたようだ。

――これで満足しなければならないわ。

道姑時代は彼と親密な時間を持つこともできなかった。こうして秋霆のそばにいられるだけでも奇跡だ。これ以上を望んではいけない。もし望んでしまったら、ここからすこしでも手をのばしたら、彼はいまよりももっと、月娥から遠ざかってしまうだろう。

第二煎　赦されざる者たち

九陽城《きゅうようじょう》には九千九百九十九間《けん》半もの部屋があるが、皇上《みかど》が朝寝する場所は二か所しかない。自身の寝殿《しんでん》と恒春宮《こうしゅんきゅう》がそれだ。天子の寝殿は後宮内だけでも仙嘉殿《せんかでん》、金烏殿《きんうでん》など複数あるが、嘉明《かめい》元年以降、どれも朝寝のために使われたことはない。

今上《きんじょう》・高礼駿《こうれいしゅん》が暁《あかつき》を迎える場所はもっぱら恒春宮だった。

「二兄の強情さには恐れ入る」

粧花紗《しょうかしゃ》で仕立てられた夏物の龍袍《りゅうほう》に袖《そで》をとおしながら、礼駿は短く息をついた。

例のごとく恒春宮で迎えた朝。すでに朝餉《あさげ》をすませ、着替えの最中である。今日は御門《ぎょもん》聴政《ちょうせい》が行われないので、皇后・汪梨艶《おうりえん》と朝のひと時をゆっくり過ごすことができた。

「孫妃《そんひ》のことですか？」

梨艶が首もとの盤釦《ぼたん》をとめてくれる。彼女はまだ夜着姿のままで化粧《けしょう》もしていない。結婚当初は見苦しいからと言って素顔を見せてくれなかったが、いまでは寝化粧を落とした顔を見せてくれる。その変化がどれほど夫を得意にさせているか、彼女は知るまい。

「褐騎《かつき》の報告によれば、いまだに床入《とこい》りしていないらしい。それどころか、李《り》皇貴太妃の病が癒《い》えたら離縁すると孫妃に話しているとか」

「困りましたね。整斗王《せいとおう》にとって前へ進むよい機会ですのに」

「孫妃が気に入らないわけではなさそうなので、そこは安堵《あんど》している。ともに過ごすうちに二兄のかたくなな心がほぐれて、打ち解けるのではないか」

そうなってほしいと願っている。秋霆《しゅうてい》は立て続けに奇禍《きか》に見舞われた。いまもってその傷は癒えていない。だが、いつまでも悲しみにひたっていてはいけない。どんな手ひどい裏切りに遭っても、欠くべからざるものを喪失しても、絶望の淵に引きずりこまれても、人は前に進まなければならないのだ。天命が尽きる、その瞬間まで。

「整斗王は真面目《まじめ》なかたですから、時間がかかるでしょう」

梨艶は礼駿の革帯《かくたい》に香嚢《かおりぶくろ》をさげた。結婚後に変わったこともあれば、結婚前から変わらないこともある。そのうちのひとつが梨艶の裁縫《さいほう》の腕前だ。

暇さえあれば針と糸を持って稽古《けいこ》しているにもかかわらず、いっこうに上達のきざしがない。魔除けの虎を縫《ぬ》い取ったらしいこの香嚢の刺繍《ししゅう》もかなりいびつなかたちをしており、当人が猛虎だと言い張る模様は鞠《まり》を転がして遊ぶ子猫にしか見えない。はじめて見たとき、「どこに虎がいるんだ?」とからかったところ、梨艶はすっかりへそを曲げてしまった。礼駿に贈るために作っていたと知ったので受け取ろうとしたが、「こんな粗末なものはさしあげられません」と突っぱねられた。手に入らないとなると欲しくなるのが性分である。なんとかなだめすかして手に入れてからは、肌身離さず持ち歩いている。

「おふたりの仲を深めるため、ひとつ策があるのですが……」

梨艶に耳打ちされ、礼駿は眉《まゆ》をひらいた。ついで意地悪く口の端をあげる。

「余《よ》の皇后は悪知恵が働《えんう》くな。かくも一石二鳥の策を思いつくとは」

「実は、私ではなく、嫣雨の献策なのです」

「嫣雨が？」

「はい。整斗王と孫妃のためにもなるし、永恩《えいおん》長公主と懐和侯《かいわこう》のためにもなるからと」

「なるほど。おまえの女官は権謀家《けんぼうか》だな」

「権謀家なんて人聞きが悪いです。知恵者とおっしゃってください」

「知恵者ではすむまい。これほどの神算鬼謀《しんさんきぼう》をくわだてるからには」

ふたりで笑い合っていると、中年の婦人が寝間に入ってきた。臙脂《えんじ》色の短衫《たんさん》に橄欖《かんらん》色の馬面裙《ばめんくん》を合わせ、金線で編んだ鬏髻《しゅうけい》にいくつもの簪《かんざし》をさした装いは上級女官のもの。梨艶に献策したという、皇后付き首席女官の寒《かん》嫣雨だ。

「聞いたぞ。おまえが梨艶に妙案を授けたそうだな」

妙案というほどでは、と嫣雨がしっとりとした目をふせた。

「皇后さまが整斗王ご夫妻のことでお悩みのご様子でしたので、無い知恵を絞りました。

うまくいけばよいのですが」

「主上《しゅじょう》」

「成功すれば褒美《ほうび》をやろう。ただし失敗したら、罰を受けてもらうぞ」

梨艶が非難がましく龍袍の袖を引っ張る。礼駿は微笑んで愛妻の手を握った。

「罰は『もっと良い策を出すこと』だ。これくらいなら、わが皇后の機嫌をそこねずにすむだろう。なにせ、嫣雨はおまえのお気に入りだからな。おいそれとは罰せられない」

梨艶を太子妃に迎える際、側仕《そばづか》えの選出には慎重を期した。生家の権勢がない彼女の足もとを盤石にするために、有能な配下が入用だったのだ。

首席宦官《かんがん》は早々に決まったが、首席女官選びは難航した。目をつけていた李太后付きの上級女官が親族の不幸に遭い、急遽帰郷《きゆうきよ》することになったからだ。ほかの候補者は経験豊富だが旧弊《きゆうへい》で峻厳《しゆんげん》すぎるか、人当たりはよいが経験不足で頼りないかのどちらかで、太子妃の寝食を管理させるには心もとなかった。条件を満たしているのは老齢の者しかおらず先行きが不安に思われて難渋していたときに、嫡母《ちゃくぼ》である尹《いん》皇后――現在は尹太后――が自身の側仕えであった嫣雨を推薦した。嫣雨は中級女官だったが、温順な人柄ながらも目《め》端《はし》がきき、主に忠実なので尹皇后に重用されていた。

候補に名があがらなかったのはまだ三十路《みそじ》を越えたばかりと上級女官の位につくにはいくぶん若かったせいだが、しばらく仕えさせてみると梨艶が気に入ったので、太子妃付き首席女官に抜擢《ばってき》した。その選択はまちがっていなかったようだ。嫣雨はふれこみどおりの才腕をふるい、後ろ盾のない皇后を陰《いん》に陽《よう》に支えている。

「主上は私の大切なものを重んじてくださいますが、私のいちばん大切なものはないがしろになさいますね」

「いちばん大切なものとはなんだ？」

「主上ご自身です。政務に励《はげ》まれるのもほどほどになさってください。昨夜のように遅くまで書房《しょさい》にこもっていらっしゃってはお身体に毒です」

「そうだな。疲労困憊《こんぱい》して夫のつとめを果たせなくなったら落胆《らくたん》させてしまう」

「自覚なさっているのなら、政務は早く切りあげてくださらなくては。妃嬪侍妾《ひひんじしょう》は首を長くして御来駕《ごらいが》をお待ち申しあげております。夜伽《よとぎ》に指名されて身ごしらえをしたのに、結局主上は後宮にお出ましにならないなんて酷《こく》です。空喜《そらよろこ》びで彼女たちを疲弊させてはなりません。主上が経国済民《けいこくさいみん》に肺肝《はいかん》を砕いていらっしゃることは重々承知しておりますが、御身をお慕《した》いする妃嬪侍妾のこともどうかお忘れなきよう――」

「余が言いたかったのは、『恒春宮の寝床でつとめを果たせなくなったら、おまえをがっかりさせてしまう』ということだったんだが？」

「私を？　まあ……」

礼駿の領《えり》をととのえる手をとめ、梨艶が頬《ほお》を赤らめた。

「……私のことはお気になさらず。もう十分に満たされておりますから」

「遠慮《えんりよ》深いおまえのことだ、実際は物足りないのをこらえているんじゃないのか？　不満や要望があるのなら、率直《そつちよく》に言ってくれ。妻を満足させるのは夫の責務だからな」

口づけしようとすると、白い手のひらに阻《はば》まれた。

「御出御《ごしゆつぎよ》のお時間です」

「その前に愛妻の唇を味わわせてはくれないのか？」

だめです、と梨艶は思いのほか強く言いかえした。

「きりがありませんから」

「たしかに。唇だけではすまなくなるな」

「……心当たりがおありなら、早くお出ましになってください。主上をお引きとめしてしまっては、私が群臣《ぐんしん》からそしりを受けます」

「案ずるな。おまえをそしる者は八つ裂きにしてやる」

「戯言《ざれごと》であってもかようなことをおっしゃってはいけません。起居注《ききよちゆう》に記されれば、嘉明帝は群臣より皇后を重んじたと後世の人びとに批判されます」

「批判になっていないな、それは。事実を述べただけだ」

細い手首をつかんで唇を奪おうと試みたときだ。嫣雨の声が割って入った。

「失太監《しつたいかん》が套間《つぎのま》でお待ちです。どうかお早く」

「待たせておけ。余は皇后と別れを惜しむのに忙しい」

「では追いかえしておきます。主上は御出御なさいませんと」

「出ていかないとは言っていないぞ。もうすこし時間がかかると……」

「夜となく昼となく国事に御心を砕いていらっしゃるのですから、一日くらい骨休めをなさってもよいはずですわ。わずらわしい政務はわたくしの夫にお任せになり、主上は皇后さまとおふたりでごゆるりとお過ごしくださいませ。ひさしぶりに芝居をお聴きになってはいかがですか？　鐘鼓司《しょうこし》といえば昔は猿芝居と笑われておりましたが、昨今では役者たちも切磋琢磨《せっさたくま》し、練達の域に達しようとしております。これも皇后さま直々のご指導の賜物《たまもの》でしょう。さっそく芝居の席をもうけ、彼らの腕前をごらんにいれますわ。演目はなんにいたしましょうか？　不肖《ふしょう》ながらわたくしがおすすめしたいのは――」

「降参だ、寒老太《ろうたい》。邪蒙《じゃもう》にはすぐに行くと伝えよ」

礼駿は微苦笑をこぼし、手をふった。嫣雨は万福礼《ばんぷくれい》をして套間にさがる。

「うまくやりこめられてしまったな。おまえの女官は油断ならぬ」

嫣雨の夫は全宦官の頂点に立つ司礼監掌印太監《しれいかんしょういんたいかん》・棘灰塵《きょくかいじん》である。

奏状《そうじょう》は内閣《ないかく》をとおして皇上のもとに届けられるが、皇上が政務をとる暁和殿《ぎょうわでん》に届く前にいったん司礼監に送られることになっている。ありていに言えば司礼監の検閲《けんえつ》を受けるわけで、烏黒《うこく》の蟒服《ぼうふく》をひるがえして皇宮を闊歩《かっぽ》する鴉軍《あぐん》（司令監に籍を置く三監《さんかん》）の権力を裏付ける悪《あ》しき慣習だ。この悪弊《あくへい》を生み出した人物が名高き睿宗《えいそう》皇帝だと知ったとき、礼駿は意外に思った。崇成《すうせい》、義昌《ぎしょう》年間に君臨し、そのあいだをつなげた永乾《えいけん》年間、豊始《ほうし》年間、紹景《しょうけい》年間にも太上皇《たいじょうこう》として威光を放った英主《えいしゅ》がなぜ宦官の専権への道筋を作ったのかと憤《いきどお》りもしたが、みずからも政《まつりごと》にかかわるようになり、睿宗皇帝の叡慮《えいりょ》を理解した。

とにかく奏状が多すぎるのだ。仁啓《じんけい》帝が丞相府《じょうしょうふ》を廃止してから、それまで丞相が処理していた政務も皇帝が一手に引き受けることになった。四海《しかい》の諸問題を美辞麗句《びじれいく》で書きつづった膨大《ぼうだい》な文書が来る日も来る日も雨あられと天子ひとりに降り注ぐ。その数、決裁を必要とするものだけで一日平均三百通。定例の報告書をふくめれば五、六百に迫る。万乗《ばんじょう》の君《きみ》とて人間なのだから、全部を処理しようとすればとても身がもたない。

皇上の負担を軽減するため、光順《こうじゅん》帝は内閣《ないかく》を設置した。翰林院《かんりんいん》から俊才を選び、彼らを大学士と称して内閣に置き、奏状を精査させて皇帝に代わり裁決の原案を作らせた。これが内閣大学士である。彼らは当初、正五品の官品に甘んじていたが、やがて六部尚書《りくぶしょうしょ》や侍《じ》郎《ろう》を兼任することが慣例となった。かくて内閣は政策決定を左右する機関として大きな権力を持つようになる。この情勢に睿宗皇帝は危機感を抱いた。

仁啓帝が丞相府を廃したのは大権をおびやかしかねない丞相を介さず、皇帝自身が万機《ばんき》を総攬《そうらん》するため。内閣が丞相府と同様の職掌《しょくしょう》を担《にな》い、皇威《みいつ》をそこなうのでは仁啓帝の改革が無に帰してしまう。大権を守るには内閣に対抗する機関が必要だ。睿宗皇帝は宦官二十四衙門《がもん》の首《おびと》として皇宮の諸事をつかさどる司礼監にその役目を与えた。司礼監が内閣より提出された文書を浄書《じょうしょ》し、内容に疑義をさしはさみ、異論を上奏することを許されているのは、彼らが内閣に掣肘《せいちゅう》をくわえる道具だからなのだ。

この仕組みは諸刃《もろは》の剣《つるぎ》である。強権を持つ司礼監にしてみれば、皇帝を廟堂《びょうどう》から遠ざけ、政を壟断《ろうだん》することなど嚢中《のうちゅう》の物を探るようなもの。内閣の頭をおさえるのに用いた道具が大権を削《そ》ぎ、皇上を玉座に据えた傀儡《にんぎょう》にしてしまう可能性もあるのだ。むろん英邁《えいまい》な睿宗皇帝は内閣と司礼監の均衡を保ち、つねにどちらかでどちらかを制御した。あとを襲った父帝も九分どおり睿宗皇帝にならった。つづく礼駿も両者のつりあいをとることに腐心している。外廷《がいてい》の内閣と内廷《ないてい》の司礼監。その両輪が国を動かしているのだから、いずれかの勢いが他方を圧倒してしまえば、大凱《だいがい》という名の軒車《くるま》は大きくかしいでしまう。それらの事情をふまえて、嫣雨は礼駿に懶惰《らんだ》をすすめたのだ。梨艶と過ごす時間を作るため、彼女の夫である棘太監に政務を代行させてはどうかと言ったのだ。司礼監の増長を警戒する礼駿には絶対にできないことだとわかっているからこそ。

「だから言ったでしょう。嫣雨は知恵者ですって」

梨艶がくすりと笑う。その一瞬の隙をついて、礼駿は愛妻の唇を奪った。

「知恵者どころじゃない。後宮随一《ずいいち》の権謀家だ」

養済院《ようせいいん》の子どもたちに月娥《げつが》を紹介すると、案にたがわず誤解された。

「師傅《しふ》のあたらしい奥さん？」

ちがう、と秋霆は苦笑まじりに首を横にふった。

「衛所官《えいしよかん》時代にお世話になった上官のご令嬢だ。茶菓にくわしいので、茶の淹《い》れかたや菓子の作りかたを教えてくださる」

北辺《ほくへん》防衛の任についていた元衛所官――それが養済院を訪ねるときに使う偽の経歴だ。戦場で膝を負傷したため退官し、現在は武芸の師範として暮らしていることになっており、子どもたちは親しみをこめて師傅と呼んでくれる。

「私もお供してはいけませんか？」

ふたりで共有するようになった茶の時間、秋霆がなにげなく養済院の話をしたところ、月娥はいたく興味を持って自分も同行したいと言った。景景への接しかたを見ても彼女が子ども好きであることは察しがついていたので、連れていくことにした。

彼女も整斗王妃と名乗るわけにはいかない。ふたりで話し合って、元上官の娘というかりそめの身分をこしらえた。妻として紹介しなかったのは、来年以降、離縁したのちに彼女が養済院を訪ねた際、事情を説明するのに手数がかかるためだ。

「お茶と甜点心《おかし》のことなら、なんでも質問してね」

月娥が笑顔をむけると、緑陰《りよくいん》に集まった少年少女はわれがちに身を乗り出した。

「婚礼はいつ？　明日？　明後日？」

「みんなで祝いに行こうぜ」

「衣装を見たい！　紅蓋頭《こうがいとう》って花嫁さんが自分で刺繍《ししゅう》するんだよね！」

「なれそめを聞かせてよ。どこで出会ったの？」

興奮気味の声が飛び交う。子どもたちは彼女が秋霆の再婚相手だと勘違いしたらしい。

「残念ながら、私たちはそういう仲じゃないんだ」

「じゃあ、どういう仲なの？」

友だちよ、と高らかに答えたのは月娥だった。

「お父さま同士が仲良くしているから知り合ったの。ときどき一緒にお茶を飲んで、甜点心を食べて、おしゃべりする仲。それだけよ」

「つまり恋人ってことだ！」

恋人じゃないわ、と月娥は言ったが、子どもたちは恋人恋人とはやし立てる。

「男の人と女の人が友だちになることもあるのよ。あなたたちだってそうでしょ。恋人じゃなくても、男の子が女の子とお茶を飲んだり、女の子が男の子とおしゃべりしたりするわよね？　それとおなじことなの」

「全然ちがうわよ。あたしたちは子どもだけど、おねえさんたちは大人だもん」

「おれ、知ってるぞ！　大人の関係は子どもよりずっとフクザツなんだろ？」

今度は複雑複雑と言いはやす。困り果てて互いに顔を見合わせたときだ。ちんまりとした鼻に雀斑《そばかす》を散らした少女が月娥の袖《そで》を引っ張った。

「みんなはわかってないみたいだけど、わたしにはわかっちゃったわ。でも、だれにも言わないから安心して。ここだけの秘密にしてあげる」

「秘密って……なにを？」

「決まってるじゃない。ふたりが〝道ならぬ仲〟だってことよ」

「道ならぬ仲？　え……私たちが？」

「しっ！　大きな声で話したらみんなに聞こえるわ」

「なになに？　ミチナラヌナカってなんのことだよ？」

短褐《たんかつ》を泥まみれにした少年が割って入る。やあねえ、と少女たちが合唱した。

「そんなことも知らないの？　不義密通《ふぎみっつう》のことよ。結婚してる女の人が旦那《だんな》さん以外の男の人と仲良くすることをそう呼ぶの」

「えっ⁉　おねえさん、結婚してるのかよ⁉」

「してるわよ。見たところ、二十歳《はたち》を二つか三つ越えてるもの。未婚の娘みたいに上半分だけ結いあげて、残りは背中におろしているけど、よく見れば髪に結い癖がついてるわ。おねえさんがふだんは髪をきっちり結いあげてる証拠よ。結婚した女の人は髪を全部結いあげるでしょ？　おねえさんに夫がいるのはまちがいないわよ」

生意気そうな団栗眼《どんぐりまなこ》の少女が心得顔で断言すると、子どもたちはいっせいに騒ぎ出した。

どこでおぼえたのか、浮気だ、不貞《ふてい》だ、間男《まおとこ》だといかがわしい単語を吐く。

「ご期待にそえなくて悪いけど、私には夫なんかいないわよ」

「嘘だあ！」

「ほんとにいないの。結い癖がついているのは、家では髪を全部結いあげてるからね。中途半端におろしておくと、お茶を淹れたり、甜点心を作ったりするとき邪魔なのよ」

「おねえさん、年いくつ？」

二十五よ、と月娥があっさり答えると、子どもたちは「二十五！」とくりかえした。

「離縁されたの？　それとも旦那さんが死んじゃった？」

「どっちもはずれ。最初から旦那さんなんかいないの」

「結婚したことないの？　二十五歳なのに？」

「つまり行き遅れってことだ！」

「どうして結婚しないの？　相手が見つからないの？」

「変ねー。おねえさんくらいきれいな女の人なら、縁談には困らないはずだわ。二十五まで未婚でいるなんて、よっぽどのことよ」

「柳《りゅう》おばさんが言ってたぜ。行き遅れてる美人はすげー性悪なんだって」

失礼ね、と月娥は少年の肩を小突いた。小突かれたほうはなぜか照れ笑いしている。なお、柳おばさんというのは養済院の老婢《ろうひ》、柳夫人のことだ。

「縁談が来ないほど貧乏なのかも。嫁荷《よめに》を用意できないんじゃないかな」

「お父さんが衛所官ならお金持ちでしょ。嫁荷の心配はいらないわよ。男嫌いなんだと思うわ。一生結婚しないってかたく誓ってるのよ」

「貧乏でも男嫌いでもないわ。お嫁には行くつもりよ。だけど、相手はだれでもいいってわけじゃないの。理想の殿方《とのがた》じゃないとね。縁談はいっぱい来るけど、片っ端《かたっぱし》から突っぱねてるわ。どれもこれも私の条件に合わないのよ」

「条件ってどんな？」

「第一に、惚《ほ》れ惚《ぼ》れするような美男子であること。背が高くて、肩幅がひろくて、身体つきが逞《たくま》しい人がいいわ。きれいな顔立ちで、眉《まゆ》は凜々《りり》しくて、瞳は涼しげで、鼻筋がとおっていて、引き締まった顎《あご》の持ち主。もちろん、見た目だけじゃだめよ。礼儀《れいぎ》正しくて、真面目《まじめ》で、乱暴なところがなくて、知的で、気品があって。それでいて謙虚で、威張らず、だれにでも親切な人ね。そうそう、これを忘れてはいけないわ。誠実であること。女好きであちこちふらふらする殿方は絶対いや。浮気なんか許さないから。ほかの女人に目移りしないで、私だけをずっと大切にしてくれる殿方に嫁ぎたいわ」

高望みねえ、と少女たちは大人びた口をきいた。

「おねえさんの条件はきびしすぎるけど、理想どおりの人もいるわよ」

「どこに？」

月娥がきょろきょろすると、「そこよ」と少女たちが秋霆を指さす。

「師傅は背が高いし、顔立ちはととのってるし、みんなにやさしいし、全然えらぶってないし、色めいた噂《うわさ》は聞かないわ。おねえさんの注文にぴったりの花婿じゃない？」

そうねえ、月娥はちらと秋霆に視線を投げた。

「外見と人柄は文句なしなんだけど、お金持ちじゃないところがちょっとねー……」

「おねえさんの家は金持ちなんだろ。だったら、嫁ぎ先の財産なんかあてにしなくてもいいんじゃねえのかよ」

「うちはせいぜい小金持ちよ。私は大金持ちの妻になりたいの。うんと贅沢《ぜいたく》な生活がしたいから。宮殿みたいな豪邸で、大勢の婢僕《めしつかい》にかしずかれて、毎日ごちそうを食べて暮らすのが少女時代からの夢なのよ。武芸の師範じゃ、どんなに働いても大富豪にはなれないわ。外見も人柄も私の好みだけど、お金持ちじゃないから、私の花婿としては落第ね」

ああ、と子どもたちは合点《がてん》がいったと言いたげにうなずく。

「行き遅れになるわけだ。そんなこと言ってるんじゃあ」

「理想が高すぎるわよ」

「美形で性格がよくて浮気しない男なんかほとんどいないのに、大金持ちじゃなきゃいやだなんてなあ。その調子じゃ、花婿を探してるうちにばあさんになっちまうぜ」

「柳おばさんが言ってたわよ。結婚には妥協《だきょう》が必要だって」

「師傅で手を打ちなよ。ここらが譲歩《じょうほ》のしどころだぜ」

お似合いだと冷やかす子どもたちに、月娥は首を横にふってみせた。

「結婚は一生を決める重大事なのよ。妥協なんかできないわ。ほんとうに好きな人と結ばれなきゃ、幸せにはなれないもの。考えてもごらんなさい。あなたたちだって、大人になって結婚相手を決めるとき、だれでもいいとは思わないでしょ？　くじ引きで決めようと思う？　目をつぶって適当に指さした人と結婚する？　ありえないわ。みんな、こだわりがあるはずよ。生涯をともにする相手はこういう人がいいっていう条件がね」

あなたたちの結婚相手の条件はなに、と月娥が問いかけると、わっと声があがった。

「あたしは役者みたいな美男子なら、お金持ちじゃなくてもいいわ」

「魚料理が上手《じょうず》な女の人がいいな。おれ、釣りが得意だから」

「力持ち！　わたしを担いでいろんなところに連れていってくれるの」

「おれは美人がいいけど、おねえさんみたいな注文の多い女はごめんだぜ」

子どもたちは思い思いの希望を語る。月娥がときどき口を出してうまい具合に混ぜかえすので、おしゃべりの種は尽きず、緑陰には笑い声が満ちた。

――素蘭《そらん》は乱暴な子ばかりで怖いと言っていたが。

一度、素蘭を養済院に連れてきたことがある。どこかあどけないところがあり、少女らしさを感じさせる素蘭なら子どもたちと仲良くなるだろうと期待していたが、いざ紹介してみると、矢継《やつ》ぎ早《ばや》に質問を浴びせる活発な子どもたちに気おされたのか、興奮気味につめよられて当惑したのか、素蘭は目を白黒させて秋霆の背に隠れ、涙目になっていた。帰り際、もうここへは来たくないと言ったため、二度と連れてきていない。

素蘭の先例があったので、多少は心配していたが、杞憂《きゆう》だったようだ。予想以上に早く月娥は子どもたちと親しくなってしまった。

――よき母になるだろう。

しかるべき男に嫁げば、彼女はよき妻となり、よき母となるだろう。離縁後、采霞廟《さいかびょう》に戻るのは惜しいほどだ。さりとてそれが彼女の希望なら、いたしかたない。秋霆をひたむきに慕《した》ってくれている月娥に、ほかの男との再婚を無理強《むりじ》いするのは非道だ。

――もし、私が罪人の血をひいていなければ。

秋霆が廃妃蔡《さい》氏の子でなかったなら……月娥が寄せてくれる好意を素直に受け入れられただろうか。彼女と結ばれ、よき夫になれただろうか。

そんなことを考えてしまった自分にあきれる。

秋霆が廃妃蔡氏の子でなければ、翼護《よくご》は死なずにすんだ。素蘭も悲惨《ひさん》な末路をたどらずにすんだ。その幸せな未来に、月娥と結ばれる道は存在しない。

「素直で可愛《かわい》い子たちばかりですわね」

帰りの軒車《くるま》のなかで、月娥は笑顔を見せた。上気した頬《ほお》のせいか、上半分だけを結いあげた未婚女性の髪型のせいか、小花模様が散った筒袖《つつそで》の襦裙《じゆくん》姿のせいか、今日の彼女は可憐《かれん》な印象が強く、親王妃というより良家の令嬢のように見えた。

「みな、そなたに興味津々《しんしん》だったな。私は蚊帳《かや》の外だった」

「初対面だったので、物珍しかったんでしょう。殿下だって、はじめて養済院をお訪ねになったときは質問攻めにされたのではありませんか」

「衛所官時代のことを根掘り葉掘り訊かれたよ。こう尋ねられたらこう答えようと、ある程度用意していたんだが、ぼろが出そうになって何度も冷や汗をかいた」

しどろもどろになる秋霆が目に浮かんだのか、月娥は小さく肩を揺らした。

「子どもたちはすっかり信じているようですわ。殿下は嘘がお上手なんですね」

「師兄《しけい》……衛所官をつとめている知己のおかげだ。経験談を聞かせてもらったから」

汪皇后の異母兄、平林衛右所正千戸《へいりんえいうしよせいせんこ》・汪成達《せいたつ》を秋霆は師兄と呼んでいる。交誼《こうぎ》のはじまりは十六年前。ある雨の日、秋霆は市井《しせい》で刃傷沙汰《にんじようざた》に遭遇《そうぐう》した。騒ぎを聞いて現場に急行したが、止めに入る前に騒動はおさまってしまった。腰刀《ようとう》をふりまわして暴れる大男が雷に打たれた巨木のごとく倒れたからだ。倒れこむ大男からすかさず腰刀を奪いとったのは、傘の柄で大男に当て身を食らわせた青年だった。青年は捕吏《ほり》が駆けつけるまで暴漢をとりおさえていたが、身柄をひきわたすと傘をさして立ち去った。

その背中を追いかけたのは、青年の身のこなしが目に焼きついたからだ。武人だと直感した。それも生兵法《なまびょうほう》ではなく、実戦を経験している者の動きだと。武芸を指南してくれないかと頼みこむ秋霆に、青年は怪訝《けげん》そうな視線を投げた。見知らぬ少年にいきなり声をかけられたのだから当然の反応だろう。それでも秋霆の熱心さに根負けしたのか、後日、武芸の稽古《けいこ》をつけてくれた。成達から学ぶ武術は実戦に即したもので、書物から得た知識とは比べ物にならない刺激があり、戦場に出たことがない秋霆を驚かせた。

「身分を隠して師弟の契《ちぎ》りを結ばれたんですか？」

「いいや、隠しているのは気がひけたから早々に打ち明けたよ」

「汪千戸は驚かれたでしょう」

「それがまったく驚かなかったんだ。最初から察していたと」

秋霆の身分を知っても成達は気おくれしないばかりか、初対面のときから貴人であろうと察していたと話した。

「近づきになっておいて損はなかろうと判じた。官界の北端に身を置く者にとっては、縁故ほど頼みになるものはないから」

欲得ずくの善意だったのだと腹蔵《ふくぞう》なく語る成達に、かえって好感を抱いた。飾り立てた誠意よりも、むきだしの打算のほうがはるかに貴《とうと》いものだ。

「あんなことを言っていたが、師兄に頼みごとをされたのは一度きりだ」

十一年前、当時皇太子であった高礼駿《れいしゅん》の東宮選妃《とうぐうせんひ》に異母妹を送りこみたいと相談された。東宮妃妾《ひしょう》の序列を決める東宮選妃は多分に政治的な要素をふくんでいる。一親王の身で下手《へ》にくちばしを容《い》れれば、邪《よこしま》なたくらみがあると勘繰《かんぐ》られ、東廠《とうしょう》に目をつけられかねない。いささかためらったが、清廉《せいれん》な成達が平身低頭して切願しているのにむげに断るわけにもいかない。また、成達の人となりを見れば、彼が気にかけている異母妹の人柄も察せられる。秋霆は師兄のために一肌脱ごうと決心し、父帝に掛け合った。

「もとより私の口ぞえなど必要なかったようだ。蚩頭《しとう》との戦《いくさ》で師兄が華々しい武功をあげたので、父皇は汪家の令嬢を東宮選妃に参加させるようお命じになったんだ。あとで師兄から武勇伝を聞いて、心底うらやましく思ったよ。己の才略で祖国に貢献するのは、さぞや誇らしいだろうな。私には一生経験できないことだから……」

軒車ががたりと揺れ、言葉が途切れた。

「すまない。退屈な話だったな」

「いいえ、退屈しませんわ。殿下のお声を聞くのは好きですから」

恥ずかしそうに微笑《ほほえ》むや否や、月娥は表情を強張《こわば》らせた。

「ご、ごめんなさい。他意はないんです。殿下を困らせるつもりはなくて……」

わかっている、と答えたものの、つづく台詞《せりふ》が出てこない。

「ところで……例の件はどうしようか？」

沈黙の軋《きし》り音に耐えかねて、秋霆は話頭を転じた。例の件とは先日、月娥と連れだって参内《さんだい》したおり、尹太后に頼まれた仕事のことだ。

「夏瑶《かよう》と懐和侯《かいわこう》の仲をとりもってほしいの」

ふたりに茶をすすめたあとで、尹太后は申し訳なさそうに切り出した。

「もうじき婚礼だというのに、夏瑶ったら懐和侯と打ちとける様子がないの。それどころか、嫁ぎたくないといまだに駄々をこねているのよ。婚礼まで日がないのに、これでは心配だわ。せっかく太上皇《たいじょうこう》さまが夏瑶の幸せのためにととのえてくださった縁談だもの。ふたりには仲睦《なかむつ》まじい夫婦になってほしいの。あなたたちのようにね」

夏瑶の養母である尹太后に頼まれてしまっては、尽力しないわけにはいかない。

「私とて夏瑶の幸福を願っているから、ふたりの仲がうまくいってほしいが……どうすればよいのかさっぱり見当もつかない。彼らはあまりに反目しすぎている。極力、顔を合わせないばかりか、たまに会ったときはかならず口争いになる」

忠飛《ちゅうひ》がおとなしい性格なら夏瑶がひとりでぶつぶつ文句を言っているだけですむのだが、忠飛もいちいち反駁《はんばく》して口論に発展するので、場をとりなすのにも一苦労だ。

「おふたりが仲違いなさるような出来事があったんですか？」

「さあ、どうだろうな。私が知る限り、初対面からずっとあの調子だ」

いったいなにがそうさせるのか、会うたびに角突《つのつ》き合わせている。

「まず、おふたりのお気持ちを尋ねてみませんか。私は永恩長公主《えいおんちょうこうしゅ》に話をうかがいますから、殿下は懐和侯とお話しなさってください。同性のほうが話しやすいでしょう」

そうだな、とうなずいたとき、軒車がとまった。秋霆は先におりて、外から月娥に手を貸す。月娥はその手につかまって踏み台をおりてくる。あわてたのか、最後の段を踏み外して転びそうになったので、秋霆はとっさに彼女を抱きとめた。

「大丈夫か？」

はい、と答えた月娥は耳まで赤くなっていた。

――私が高秋霆でなければ。

詮無《せんな》いこととわかっていながら、考えてしまう。月娥と歩む未来があったなら、と。


秋霆に会うため、永恩長公主・高夏瑶はたびたび整斗王府《せいとおうふ》にやってくる。

「殿下は来客中ですので、こちらでお待ちください」

月娥は夏瑶を内院《なかにわ》の亭《あずまや》に案内した。茶は柑橘《かんきつ》の香りを放つ青茶、淡月疎星《たんげつそせい》。茶請けには緑豆餡《りょくとうあん》の冷やしもちと枇杷《びわ》かんを用意した。

「あなた、秋霆兄さまと仲良くしてるんですってね」

青花蓮華文《せいかれんかもん》の蓋碗《がいわん》を置き、夏瑶はつんけんと言った。

「ふたりで養済院《ようせいいん》に行ったって聞いたわよ。だれでも連れていってもらえるわけじゃないから、よほど気に入られてるのね。だけど、調子に乗らないでよ」

　忠告しておくわ、と夏瑶はまなじりをつりあげて冷やしもちを頬張った。

「秋霆兄さまを悲しませたら、わたくしが赦《ゆる》さないわよ。馮妃《ふうひ》はひどかったわ。密通して秋霆兄さまに恥をかかせるなんて最低最悪。しかも相手が佩良《はいりょう》兄さまだなんて信じられない。どこまで恥知らずなのよ？　あの人の無分別《むふんべつ》のせいで秋霆兄さまがどれほど苦しんだか。死んじゃった人を悪く言ってはだめって母后《ははうえ》には叱られるけど、死んだからって生前の悪行が消えてなくなるわけじゃないわ。わたくしはいまでもあの人のことが大嫌い。黄泉路《よみじ》をくだって行けるものなら、ぶん殴《なぐ》りに行きたいくらいよ」

　緑豆餡がくっついた唇を憎々しげにゆがめ、月娥を睨《にら》みつける。

「そういうわけだから、いい？　あなたが馮妃みたいなことをしたら、わたくしがあなたを処罰するわ。覚悟しておくのね！」

　喧嘩腰《けんかごし》で言い放つ夏瑶に、月娥は苦笑をかえした。

「私は馮妃さまとはちがいます」

「ふん、どうかしらね。似たようなものかもしれないわ」

「いいえ、ほんとうにちがうんです。私は、じきに離縁される身ですから」

「……は？　離縁される？　どういうことよ？」

　月娥はかいつまんで事情を話した。

「なによ、それ。あなたを娶《めと》ったのは李皇貴太妃《りこうきたいひ》の病を治す縁起直しのためで、秋霆兄さまはあなたと添い遂《と》げる意志がないってこと？」

そんなの馬鹿げてるわ、と夏瑶は息巻いた。

「床入《とこい》りもせずに離縁するなんて変よ。秋霆兄さまは一生独り身を貫くつもりなの？」

「おそらくは。それが殿下のご希望なら、そのようになさるのが最善の道なのでしょう」

「最善なわけがないでしょ！　秋霆兄さまには実子がいないのよ。景景は可愛《かわい》いけど、秋霆兄さまはご自身の血をひく御子もお持ちにならなくちゃ。景景にだって弟妹がいたほうがいいんだし、継室《けいしつ》になったあなたが子を産むべきなのよ」

「殿下がお望みにならないことはできませんわ」

「主上がおっしゃっていたわ。秋霆兄さまをお慕《した》いしている女人だから、あなたを継室に選んだって。秋霆兄さまにその気がないとしても、あなたまであっさり離縁を受け入れることないじゃない。秋霆兄さまのことが好きなんでしょ？　だったら、もっと努力すべきだわ。秋霆兄さまがその気になるよう、策を講じようとは思わないの？　たとえばそう……うんとめかしこんで閨《ねや》に押しかけるとか。堅物《かたぶつ》の秋霆兄さまだって殿方《とのがた》にはちがいないわ。あなたは美人だし、言い寄られて悪い気はしないはずよ。いきなり夜這《よば》いするのが憚《はばか》られるなら、ふたりで過ごす時間を増やして、親しくなることからはじめればいいわ。毎日顔を合わせていれば、そのうち――」

「私も嫁いだ当初はそう思っていましたわ」

月娥は茶湯から立ちのぼるすがすがしい香りで肺腑《はいふ》を満たした。

「初夜では指一本ふれてくださらなくて……殿下は私がお気に召さないんだわと胸が痛くなりました。でも、思い直して自分を励《はげ》ましたんです。おそばにいて、おなじ時間を過ごせば、しだいに殿下の御心がやわらいで、私に情けをかけてくださるかもしれないと……。身勝手な期待でしたわ。殿下のご苦衷《くちゆう》を思いやりもせずに」

目をふせ、茶杯《ゆのみ》のなかに自分を映す。

「殿下から馮妃さまのことをうかがって、自分のあさはかさを思い知りました。ようやく気づいたのですわ。私の恋心は殿下をわずらわせるものでしかなく、かえってご心労の種になるだけだと……。ですから、近いうちに釆霞廟《さいかびよう》に戻ることにしましたの。殿下は私に良縁を用意するとおっしゃいましたが、私は再縁など望みません。殿下にお仕えすることが叶わないなら、ふたたび釆霞廟の山門をくぐって道姑《どうこ》に戻ります。ひとりの道姑として、遠くから殿下のお幸せを祈るつもりです」

「そんなのだめよ！　秋霆兄さまのことが本気で好きなら王府に残るべきだわ。だって変じゃない。せっかく好きな人と結婚できたのに、彼のそばを離れるなんて……！」

椅子《いす》から身を乗り出す夏瑶に、月娥はすっと視線をむけた。

「長公主さまは恋をしたことがありますか？」

「えっ……」

「恋をなさったことがないなら、私の気持ちはおわかりにはならないでしょうね」

「馬鹿にしないで！　子どもじゃないんだから、わたくしだって恋したことはあるわ」

「まあ、お相手は？」

「……さあ、忘れたわ」

「忘れてしまうのなら、それほど深刻な恋ではなかったのですね」

「深刻な恋よ！　あんなに胸がときめいたのは生まれてはじめてだったわ！」

夏瑶は頬《ほお》に朱をのぼらせたが、たちまちしおれるようにうなだれた。

「でも……その人はわたくしのこと好きじゃないの。ううん、『好きじゃない』ってのはひかえめすぎる言いかただわ。ほんとうは嫌いなのよ」

「どうしてですか？　長公主さまはそんなに可憐《かれん》でいらっしゃるのに」

「わたくしの生まれのことよ。宦官《かんがん》の娘ってことが気に入らないみたいなの」

「そう言われたのですか？」

「面と向かって言う度胸はないでしょうよ。なにせ、わたくしは『長公主』だもの。あの人がわたくしのことを陰でこそこそ話してるのを、たまたま聞いちゃったの」

彼は「宦官の娘なんかと結婚したくない」と言っていたという。

「結婚……？　ということは、お相手は懐和侯《かいわこう》ですか？」

図星だったらしく、夏瑶は柘榴《ざくろ》の花のように真っ赤になった。

「長公主さまは懐和侯をお慕いしていらっしゃるのですね」

「し、慕ってなんかないわ。恋をしたってのは、昔のこと。見た目が素敵だから、ついどきどきしただけ。もう忘れたわ。いまはなんとも思ってないの」

「もうじきご婚礼なのに？」

「婚礼なんか、いまからでも逃げたいくらいよ。とんだ災難だわ。わたくしのことを嫌いな殿方に嫁がなきゃいけないなんて」

ささくれ立った感情を胃の腑に押しこめるように、夏瑶は冷やしもちにかぶりついた。

秋霆、月娥、景景《けいけい》の三人でかこむ夕餉《ゆうげ》の席は蓮池《はすいけ》に面した水榭《すいしゃ》にもうけられた。申《さる》の刻下がりに降った驟雨《しゅうう》のおかげで、園林《ていえん》には心地よい涼しさが満ちている。あえかな夜風が軒《のき》のつるし飾りをささやくようにそっと揺らし、蓮の葉に残った雨粒は月のしずくを弾いて真珠《しんじゅ》の輝きを放つ。

魚介をふんだんに使った南方料理に舌鼓《したつづみ》を打ちながら、秋霆は月娥の話を聞いていた。

「長公主さまは懐和侯に嫌われていると思っていらっしゃいます」

夏瑶はひそかに忠飛を慕っているが、忠飛が夏瑶を嫌っているので、意地を張って結婚に乗り気でないふりをしているらしい。

「懐和侯の様子はいかがでしたか？」

「取りつく島もない。先が思いやられる」

月娥が夏瑶の相手をしていた時刻、秋霆は忠飛から話を聞いていた。

「夏瑶とは会っているのか？」

武芸の稽古《けいこ》のあとで秋霆がさりげなく切り出すと、忠飛はとげとげしい口調で答えた。

「なぜ会う必要があるんです」

「許婚《いいなずけ》だろう」

「なればこそ、会う必要などありませんよ。華燭《かしょく》の典《てん》をすませれば、毎日いやというほど顔を合わせることになるんですから」

忠飛はきりりとした眉《まゆ》に不快感をにじませたが、本来はさほど角立った青年ではなく、どちらかといえば朴訥《ぼくとつ》で好ましい人物だ。武門の総領息子ゆえ、言動には武張ったところがあるものの、だれかれかまわず敵意をむき出しにするほど軽率《けいそつ》ではない。七色の世辞を吐く舌は持ち合わせていないとはいえ、女人への礼儀《れいぎ》はわきまえており、生まれついての秀麗《しゅうれい》な眉目《びもく》もあいまって、女官たちのあいだでも評判は悪くないほうだ。

申し分のない好青年なのだが、なぜか夏瑶のことになるとつっけんどんになる。

「それほど不服か、夏瑶の降嫁《こうか》は」

「太上皇さまより賜《たまわ》った縁談ですから、不服など申せません」

「殊勝《しゅしょう》なことを言うわりには、会うたびに不平不満を聞かされている気がするが」

「懸念《けねん》を抱いているだけです。結婚すれば長公主さまのわがままにふりまわされて苦労することが目に見えているので」

「夏瑶はわがままだが、素直な娘だ。夫として、おまえが導いてやればよかろう」

「俺には荷が重すぎます。長公主さまには女人の慎《つつし》みというものがまるきりない。婦徳《ふとく》をそなえておらず、兄妹の別も守らない。俺の手には負えませんよ」

「兄妹の別も守らない？　そんなことはないと思うが」

「殿下はお気づきにならないんですか？　長公主さまは殿下にべったりじゃないですか。妙齢の女人が兄に抱きついたり、腕にしがみついたりするのは無分別ですよ。幼子ではないのですから、年相応に慎《つつし》みのある言動を心掛けるべきです」

　非難がましい視線を寄越す忠飛に、秋霆は苦笑をかえした。

「たしかに夏瑶はうかつなところがあるな。それは私からも言って聞かせている。だが、無分別と言い捨てるのは乱暴だぞ。夏瑶は兄として私を慕ってくれているだけだ。兄に甘える妹など、天下にはごまんといるだろう。気にしすぎだ」

「おふたりに他意がなくとも、殿下と長公主さまに血縁がないことは事実です。未婚の令嬢が夫でもない男にまとわりついていたら、世間の人は眉をひそめますよ。ましてや殿下にはは主上より賜ったご嫡室《ちゃくしつ》がいらっしゃるのですから、なおさら奇妙に見えます。長公主さまも同様です。婚礼をひかえた年ごろの娘ならば、あらぬ疑いをかけられぬよう、身を慎むべきです。どれほど仲がよくとも兄とは距離を置くのが婦道《ふどう》というものですよ」

かどかどしい言いかたではあるが、道理はとおっている。

「どうやらおまえは夏瑶の至らない点にたいそうくわしいようだ。兄の私から見ても、夏瑶は女訓書《じょくんしょ》どおりの完璧《かんぺき》な淑女《しゅくじょ》ではない。どちらかといえば、その逆だろうな。ただ、至らない点があるのはおまえもおなじではないか？　おまえは品行方正な好青年だが、夏瑶には過剰《かじょう》なほどに手厳しい。その狭量さは美点とは言えぬぞ」

反駁《はんばく》しようと口をひらきかけた忠飛を、秋霆は目で制した。

「夫婦とは互いに歩み寄るものだ。おまえが夏瑶に歩み寄れば、夏瑶もおまえに歩み寄るだろう。婚礼をあげる前から相手の短所をあげつらうのではなく、もっと長い目で見てはどうか。いまは気に入らない点も、ともに暮らしていくうちに受け入れられるようになるかもしれぬ。寛容になって、譲歩《じょうほ》してみては？」

「譲歩しすぎたために、取りかえしのつかない結果を招くこともあるでしょう。俺は妻の下僕になるつもりはないんです。長公主さまを嫡室にお迎えしても、夫として――」

言いかけて、忠飛は口をつぐんだ。秋霆を揶揄《やゆ》するような物言いに気づいたのだろう。

「……失言でした、殿下《こうべ》。どうかご海容《かいよう》ください」

しかつめらしく首を垂れる忠飛に、秋霆は「かまわぬ」と苦く笑ってみせた。

――妻の下僕、か。

秋霆は素蘭に譲歩しすぎたのかもしれない。彼女の夫ではなく、下僕になりさがってしまったのかもしれない。だから彼女は秋霆から離れていってしまったのかもしれない。

「私もしばしば三弟に仙人だの堅人だのとからかわれるのだが、忠飛はそれに輪をかけた難物だ。じゃじゃ馬娘の夏瑶とは水と油かもしれぬな」

「そうでしょうか。お話をうかがっていると、懐和侯と長公主さまは似た者同士のような印象を受けますわ」

月娥は景景のために蛤《はまぐり》の汁物をよそいながら異論をとなえた。給仕のために奇幽《きゆう》と巧燕《こうえん》がひかえているが、月娥は手ずから景景に料理をとりわけてやっている。景景も世話を焼かれるのがうれしいらしく、彼女がとりわけてくれた料理から手をつけている。

「懐和侯が殿下と長公主さまの仲睦《なかむつ》まじさに不快感を示されたのは、兄妹の別が云々ということではなく、単純に懐和侯がおふたりに仲よくしてほしくないからでは？」

「許婚が血のつながらない兄と親密にしていれば不快に思うだろうな」

「いいえ、血がつながっているかどうかは問題じゃないんです。懐和侯は長公主さまに好意を抱いていらっしゃるから、長公主さまが自分以外の殿方と親しくお付き合いなさることに苛立《いらだ》ってしまうのではないでしょうか」

「好意を抱いている？　忠飛が、夏瑶に？」

意表をつかれて問いかえすと、月娥は自信たっぷりにうなずいた。

「長公主さまのご降嫁は太上皇さまのご聖慮《せいりょ》でしょう？　ご聖慮に歯向かうなんて、何人《なんぴと》たりともできませんわ。長公主さまの人となりが気に食わなくても、謹厳実直《きんげんじっちょく》を絵に描いたような懐和侯が勅命に不服を申し立てるはずがありません。不用意な発言をすれば逆鱗《げきりん》にふれ、宰《さい》家が震怒《しんど》をこうむることもありうるのですから、長公主さまに対してどれほど不満があろうと口をつぐむほうが賢明です。それなのに、懐和侯は殿下と長公主さまの親密さを強い調子で非難なさっています。これは利害得失の計算もできないほど心乱れている証《あかし》ですわ。長公主さまをお慕いするがゆえにおふたりの関係に疑念を持ち、恨み言を吐かずにはいられない。けれど、『長公主さまと親しくなさっている殿下が妬ましい』と本音をこぼすのは憚られるので、兄妹の別だの婦道だのと分別らしいことをおっしゃって動揺をごまかしていらっしゃるのでしょう」

「なるほど、筋がとおっているな」

秋霆は酒杯を置き、昼間の忠飛とのやりとりをつぶさに思いかえしてみた。

「言われてみれば、忠飛は言葉で夏瑤を批判しつつ、態度では私になにかふくむところがありそうな様子だった。夏瑤が勝手気ままになったのは私が甘やかしたせいだと責めているのだろうと解釈したが、あれはやきもちだったのか」

夏瑤に対するかどかどしい言動が恋心の裏返しだとすれば、得心がいく。

「ふたりは端《はな》から想いが通じているということか？　互いに口にしないだけで」

「ええ、きっとそうですわ。お互いに相手は自分のことを好きではないと思いこんでいるのではないでしょうか。自分は相手のことをすごく好きなのに、相手が自分を好きになってくれないからふてくされて、ついつい冷たくあしらってしまうのでしょう」

「そういうものだろうか」

ええ、と月娥は花がほころぶように笑う。

「好きな相手の前で本心とは正反対のつれない態度をとってしまう人はいます。景景だってそうですもの」

「景景？」

「そうでしょう、景景。ほんとうは私のことが好きなのに素直になるのが恥ずかしいから、つんけんしてしまうのよね？」

月娥が笑みを向けると、鯧《まながつお》のから揚げを食べていた景景が顔を赤らめた。

「かんちがいするな！　わたしは月娥のことが、す、好きなわけじゃない！　ただ……きらいじゃないというだけだぞ！」

「母妃《ははうえ》を字《あざな》で呼ぶとは何事だ。無礼だぞ」

「よいのですわ。嫁いできて日も浅い私のことを『母妃』と呼ぶのは抵抗があるでしょうから。『孫妃』というのもよそよそしくてなんとなく自分のような気がしないので、月娥って呼んでねと先日話したんです」

ね、と景景に微笑《ほほえ》みかける。

「私たち、友だちになったのよね」

景景はこそばゆそうにうなずき、おずおずと秋霆を見やった。

「父王、月娥と友だちになってはだめですか……？」

「孫妃がよいと言うならかまわぬ」

秋霆が視線をやわらげると、いとけないおもてがぱっと華やぐ。

「知らなかったな。顔を真っ赤にするほど、景景が孫妃を好きだったとは」

「ま、真っ赤になんかなっていませんっ……」

「なっているわよ。ほら、頬《ほ》っぺたにたれをいっぱいつけているじゃない」

月娥は景景の頬についていた梅醤《うめみそ》だれを手巾《しゅきん》で拭《ぬぐ》ってやった。景景は気恥ずかしさをごまかすためか、むっとした表情をする。それでも月娥が冬瓜《とうがん》の蒸し物を勧めれば喜んで箸《はし》をつける。彼女にかまってもらえてご満悦の体《てい》だ。

——景景には女親が必要だ。

月娥が母親代わりになってくれれば、景景は女親のぬくもりを知り、心豊かに成長できるだろう。ふと、景景の母親として彼女を王府にとどめることはできないだろうかと思ってしまい、手前勝手な考えに良心がうずいた。月娥の気持ちにこたえられないのなら、彼女を解放しなければならない。夫になれないのに景景の母親役をつとめてほしいと願うのは虫がよすぎる。月娥には月娥の人生がある。秋霆の都合で彼女を王府に縛りつけておくことは断じて許されない。

「まあ、また降ってきましたわ」

雨粒がぱらぱらと蓮《はす》の葉に落ちはじめた。真珠《しんじゅ》をばらまくような小気味よい音色はしだいに勢いを増し、ざあっと篠突《しのつ》く雨になる。

「私たちは雨と縁が深いらしい。そなたといるときにはよく雨が降る」

「いやなことをおっしゃいますのね。まるで私のせいで雨が降るみたい」

「きっとそなたのせいだ」

秋霆は銀の執壺《しっこ》をかたむけて、月娥の杯に酒をそそいだ。

「そなたがいなくなったせいで広寒宮《こうかんきゅう》の奴婢《ぬひ》たちが泣いているんだろう」

「広寒宮？　なんのことですか？」

「知らないの？　月の女神、嫦娥《じょうが》さまの宮殿だよ」

「それは知ってるわ。でも、どうして私のせいで広寒宮の奴婢たちが泣くのかしら？」

「父王はこうおっしゃってるんだよ。月娥は嫦娥さまみたいにきれいだって」

景景が言うと、月娥は目をまるくした。言葉を探して視線をさまよわせる。

「あっ、月娥が赤くなった！」

「……な、なにを言うの。赤くなってないわよ」

「なってるよ！　父王、月娥の顔、赤いですよね？」

「こ、これはお酒のせいですわ。私、お酒に弱くて」

月娥はごまかすように酒杯に口をつけた。あわてすぎたのか、むせてしまう。大丈夫かと問えば、大丈夫ですと言い張って箸を持つ。ところがそれは景景の箸だ。月娥はすぐに気づいてかえしたが、今度は景景の皿をとってしまう。

「父王！　月娥にお酒を飲ませないでください。落ちついて食事もできません」

皿をとりかえしてぶつくさ文句を言う景景に笑って、秋霆は酒杯を干した。

――何年ぶりだろうか。かくもなごやかに食事をするのは。

もし自分に月娥の夫たる資格があれば、と口惜しく思わずにはいられない。彼女を愛することができれば、あたたかい日々を過ごすことができただろうに。


夏の雨が明黄色《にちりんいろ》の甍《いらか》を間断なく打擲《ちょうちゃく》する。

墨染《すみぞめ》の油紙傘《ゆしがさ》をさし、うなり声のような雨音を聞きながら、皇帝付き次席宦官《かんがん》・独囚蝿《どくしゅうよう》は永遠のようにつづく紅牆《こうしょう》の路《みち》を歩いていた。八つで浄身《じょうしん》させられてから二十年。ほぼ毎日見てきたのに、いまだに慣れないのがこの紅牆である。目を射る紅蓮《ぐれん》が地獄の業火を思わせるせいか、ここを歩くたびに亡者たちの息遣いのようなものを感じる。

　雨だれに閉ざされた視界のむこうから、派手な女持ちの油紙傘が近づいてくる。それが囚蠅の同類であることは、彼がまとう紅緋《べにひ》の蟒服《ぼうふく》を見ればわかる。皇后付き次席宦官・同《どう》淫芥《いんかい》。ひと回りほど年上の兄弟子は、ほがらかな月夜に恋人のもとへ忍んでいくご機嫌な密夫さながらのおどけた調子で口笛を吹いている。

　仕える主はちがうが、どちらも位は内監《ないかん》だ。しかしそれは表向きの身分。裏の身分ではふたりとも東廠督主《とうしょうとくしゅ》・葬太監《そうたいかん》に仕えている。褐騎《かっき》――東廠が皇宮内外に潜伏させている密偵はみな、督主の走狗《そうく》だからだ。

　すれちがいざま、ふたりはどちらからともなく立ちどまった。

「どうだ、そっちは。動きはあったか」

「いえ、なにも」

　淫芥の問いに、囚蠅はそっけなく答えた。互いに視線は向けない。暗い雨だれの帳《とばり》を見やったまま、幾たびも口にした台詞《せりふ》をくりかえす。

「ふだんどおりです。不審な動きはありません」

「ほんとかあ？　あの女をかばって見て見ぬふりしてるんじゃねえだろうな」

「してません。第一、そんなことをしてもなんの利益もありませんから」

「だといいがな。おまえがあの女の監視についてからもう五年だ。そろそろ尻尾《しっぽ》をつかんでもいい頃合いだぜ」

「つかむ尻尾がなければ、どうしようもないでしょう」

囚蠅は葬督主の命令で極秘任務についている。内容は潜在的反逆者の監視。その対象は後宮内の道観《どうかん》、玉梅観《ぎょくまいかん》に仕える道姑《どうこ》、宰曼鈴《さいまんれい》である。

宰曼鈴は義国公《ぎこくこう》・宰鼎臣《さいていしん》の嫡女で、懐和侯《かいわこう》・宰忠飛《ちゅうひ》の異母姉にあたる。年齢は二十《はたち》歳。雨に打たれた鈴なりの花のようなしっとりとした美姫《びき》だ。とうに良家に嫁いで子を産んでいるはずの彼女が独り身のまま道姑として暮らしている理由は、その血筋にある。曼鈴の母親は賞月の変《しょうげつのへん》の首謀者《しゅぼうしゃ》、高徽婕《きしょう》なのだ。

宣祐《せんゆう》二十九年に起こった怨天教徒《えんてんきょうと》による九陽城《きゅうようじょう》襲撃事件、賞月の変。王朝転覆《てんぷく》を狙う邪教徒の騒擾《そうじょう》と思われた本件の裏には、皇帝弑逆《しいぎゃく》のために彼らを手引きし、己が手足のように操った皇族の存在があった。宣祐帝の皇三女にして今上の同母姉であった廃公主・高徽婕は、怨天教徒が引き起こした混乱に乗じて父帝を亡き者にしようとしていた。達成しかけた奸計《かんけい》はすんでのところで暴かれ、陰謀《いんぼう》に関与した者たちはことごとく厳罰に処された。かくて九陽城には平穏が戻ったが、事件の爪痕は随所《ずいしょ》に残った。

その最たるものが宰曼鈴だ。当時、十歳だった彼女は少女らしい無垢《むく》な心で母親の潔白を信じ、幾度となく高徽婕の助命を嘆願した。むろん少女の懇願《こんがん》は聞き入れられず、高徽婕は凌遅《りょうち》に処されることになった。結果的に高徽婕は獄死したので刑場には引っ立てられなかったものの、曼鈴は母に極刑を言いわたした宣祐帝、および高徽婕の罪を白日のもとにさらした今上を怨まずにはいられなかった。前者は母方の祖父、後者は叔父《おじ》である。何事もなければ心強い味方であるはずの身内を憎まなければならなかった少女の煩悶《はんもん》はいかばかりであったろう。

賞月の変の三年後、曼鈴は入道《にゅうどう》した。母の件で皇家を怨み、反抗的な態度をとりつづけたせいで、父と衝突することが増え、実家に居づらくなったのだ。妻が犯した大罪の火の粉が宰家にふりかかることを恐れた宰鼎臣は、忍耐と沈黙によって嵐をやり過ごそうとした。高徽婕の捕縛《ほばく》にともなって鬼獄《きごく》に引きずりこまれ、八千種の拷問具《ごうもんぐ》の使い心地を味わったのだから、失いかけた命を守るために身をつつしむのは当然のことだ。

保身に走る父の姿は曼鈴を失望させた。曼鈴は父にも自分とおなじように母の無実を訴えてほしかったのだ。邪謀《じゃぼう》への関与を否定するので手いっぱいの宰鼎臣には、嫡女の傷心を気にかける余裕はなかった。親子の亀裂は曼鈴を孤立させる結果につながり、宰氏一門はいつまでも母親の潔白を訴えつづける娘を持て余すようになる。

このままでは曼鈴が亡妻の轍《てつ》を踏むかもしれないと恐れた宰鼎臣は、早々に娘を片づけようとした。良縁は見つからなかった。謀反人《むほんにん》の娘を娶《めと》る者など、いるはずもない。自分の引き受け先を探そうと奔走《ほんそう》する父を見て、曼鈴は出家を申し出た。宰鼎臣は心底から安堵《あんど》した。これで厄介払《やっかいばら》いができると言わんばかりに。

曼鈴はわずか十三で墨染の道服に袖《そで》をとおし、玉梅観の道姑となった。以来、質素な寝床で寝起きし、素菜を食べ、勤行《ごんぎょう》する毎日だ。囚蠅が見る限り、素行に憂慮《ゆうりょ》すべき点はない。少女時代の反抗的な言動はすっかり鳴りをひそめ、皇家への恨み言を口にすることもなく、慎《つつし》み深い道姑として静謐《せいひつ》な日々を過ごしている。

「とくだん不審でもありませんが、永恩長公主《えいおんちょうこうしゅ》がときおり訪ねてきます。宰道姑はにこやかに応対していますが、内心では歓迎していないようですね。永恩長公主を見送ったあとは決まってふさぎこんでいますので」

「無理もねえな。相手は賞月の変で太上皇を救った忠臣の娘、自分は太上皇を亡き者にしようとした罪人の娘だ。針の筵《むしろ》だろうぜ」

ところでさ、と淫芥《ふざん》はにやにやしながら囚蠅を肘で小突いた。

「どうだったんだ、巫山の夢は」

「は？」

「たっぷり楽しんだんだろ。くわしく話して聞かせろよ。さすがの俺も宰家の女には手をつけたことがねえからなあ、どんな味なのか気になってしょうがねえんだよ」

見飽きるほど見た兄弟子の下卑《げび》た顔面に、囚蠅は冷ややかな一瞥《いちべつ》を投げた。

「先輩が期待なさっているようなことはなにもありません」

「おいおい、冗談だろ。まだ口説《くど》いてねえのかよ」

「なぜ監視対象を口説かなければならないんですか」

「寝床であれこれ聞き出すために決まってるだろ。女の心を裸にするのは褥《しとね》の上がいちばんだからな」

「先輩はそうでしょうが、俺はちがいます」

「なにが『ちがいます』だよ。餓鬼《がき》じゃあるまいし、女のひとりやふたりモノにできねえでどうするんだ。任務ついでに柔肌《やわはだ》を楽しめるってのにもったいねえ。あ、そうだ。おまえが手をつけねえなら、俺がいただいちまおうかな」

「余計な手出しはやめてください。彼女は純真な道姑なんですよ。先輩のような色魔が近づいてきたら怖がってしまいます」

「色魔だからこそ使える手口ってのがあるんだぜ。俺の経験上、色に餓えてねえ道姑はいねえ。閨《ねや》の楽しみを教えこんでやれば、心の裏まで素っ裸にしてやれるぞ」

「そんなことをする必要はありません。彼女の心に裏なんてありませんから」

へえ、と淫芥は道化《どうけ》じみた表情で笑う。

「ずいぶんあの女の肩を持つじゃねえか。さては惚《ほ》れたな？」

「俺は任務を遂行《すいこう》しているだけですよ。私情ははさんでいません」

囚蝿は強く否定したが、淫芥はだらしない笑みで受け流した。

「木石漢《ぼくせきかん》のおまえが色の道に目覚めるのはけっこうなことだと褒めてやりたいところだが、相手が悪すぎる。道姑は道姑でも、宰家のご令嬢じゃなあ。退屈しのぎの遊びならかまわねえが、くれぐれも本気にはなるなよ。いくら俺ら三監《さんかん》でも、宰氏一門の娘を菜戸《つれあい》にはできねえぜ。深入りはしねえことだな」

杞憂《きゆう》ですよ、と囚蠅はきっぱり答えた。

「他人のことより、わが身を案じたらどうですか。例の案件、督主は乗り気じゃないんでしょう。手を引いたほうがよいのでは」

「督主はなんにだって乗り気じゃねえさ。石橋をぶっ叩きまくって渡るべきかどうかさんざん悩んだ挙句、渡らねえですましちまう御仁《ごじん》だからな」

葬督主は三監随一の小胆者《しょうたんもの》として知られている。いつ何時たりとも虎穴《こけつ》には近づかず、あらゆる危険にそなえ、うかつな行動はしない。ために大きな手柄を立てることはないが、大きな失態をしでかすこともない。要するに毒にも薬にもならない人物なのだが、その用心深さが功を奏して昇進をかさね、東廠の長にまでのぼりつめた。

「慎重であればこそ、保身のためなら冷酷《れいこく》になります。例の案件にかかわったせいで変事が起これば――いえ、実際にはまだなにも起こっていなくても、督主はご自身に累《るい》がおよぶ前に先輩を切り捨てますよ」

「だろうな。あの人は痕跡も残さずにやるぜ。そのうち急な病か不慮の事故でおっ死んじまうんじゃねえの、俺」

「他人事《ひとごと》みたいに言わないでくださいよ。もうすこし慎重に――」

「いまさら手を引くわけにはいかねえんだよ」

淫芥は眉間《みけん》に剣呑《けんのん》な翳《かげ》を刻んだ。

「やつの身辺を探れば探るほど怖気《おぞけ》がしてくる。いったいなにが目的なのか、見当がつくようでつかねえ。ひとつだけはっきりしてることは、放置しておけばかならず火種になるってことさ。それも九陽城の腸《はらわた》を焼き尽くすような火種にな。そんなやつの侵入を許しちまったなんざ、東廠の面目は丸つぶれだぜ。すでに遅きに失した感はあるが、いまならまだ間に合うはずだ。事は一刻を争う。命を惜しんでる暇はねえよ」

「俺にできることがあれば手伝いますよ」

「へーめずらしいこともあるもんだな。どういう風の吹きまわしだ？　ふだんは俺が仕事を頼んでも面倒くさそうに断るくせに」

「先輩が危ない橋を渡ろうとしているからです。首尾よく事実を暴いたとしても、あのかたの逆鱗《げきりん》にふれれば先輩は窮地《きゅうち》に陥《おちい》るんですよ。あまりにも無謀です」

淫芥の首が文字どおり飛ぶか否かは、真実のゆくえとはかかわりがない。すべてはあのかたの胸三寸。どういう結果になるのか、ふたをあけてみなければわからない。

「心配するなって。俺はうまくやる。おまえはおまえの仕事に集中しろ」

「ですが……」

「しくじったとしても最悪死ぬだけだ。もし俺がしくじったら、おまえが骸《むくろ》を埋葬してくれ。骸が残っていればの話だが」

「どうしてそこまで」

「我慢ならねえだけさ。薄汚え鼠《ねずみ》が禁城《きんじょう》をうろつくのが」

「先輩も師父《しふ》のようになるつもりなんですか」

賞月の変で身を挺《てい》して太上皇を凶刃からかばった易《えき》太監はふたりの師父だ。

「なってもいいな。しかし、俺には娘がいねえ。そこらで捨て子でも拾っておくか」

淫芥がわが身を死地に追いやってまで任務に励《はげ》む理由は、主たる汪《おう》皇后にある。幼少のころに喪《うしな》った妹の面影を汪皇后のなかに見ているのだ。彼女を守るための行動は、妹を守ってやれなかった過去への罪悪感を幾分かやわらげてくれるのだろう。

「酔狂《すいきょう》なかたですね、あなたは」

ため息まじりにつぶやいた言葉には隠しきれない憧憬《しょうけい》が混じっていた。

――俺にもそんなものがあれば。命を懸《か》けたくなるほど大切な、なにかが。

宦官《かんがん》になって間もないころは、その日一日を生きるのに必死だった。彭羅生《ほうらせい》の乱で横死《おうし》した家族を供養《くよう》するため、がむしゃらに命にしがみついた。

脇目もふらずに走りつづけて幾年かののち、ふと立ちどまって塵埃《じんあい》にまみれたわが身をふりかえってみれば、まとう衣は蟒服になっていた。褐騎としての地位も三監としての地位もそれなりに安定していた。これはある種の成功なのだろうが、達成感らしきものはない。総身には喪失感がこびりついている。位があがるにつれて生きることへの執着が薄れていった。自分はいったいなんのために生きているのかわからなくなった。漫然と命を燃やしている。空費していると言ってもいい。求めるものがない。少年時代に感じていた身を焼くような渇望《かつぼう》はどこかに消え去ってしまった。

空疎《くうそ》な憂《うれ》いにさいなまれるとき、囚蠅の脳裏に凛《りん》とした声が響く。

「わたくしは母の罪を償うことに一生を捧げるつもりです」

嫁ぐ気はないのか、と今上に尋ねられたとき、曼鈴は静やかな決意をこめてそう答えた。

囚蠅は彼女を憐《あわ》れに思うと同時に、めまいがするような羨望《せんぼう》を感じた。

贖罪《しょくざい》。命を燃やす理由としてはなかなか上等なものだ。なんの目的もなく、無為に寿命を目減りさせていくよりはずっといい。

「おまえもたまには酔狂になってみろよ。けっこう愉快なもんだぞ」

考えておきます、とぞんざいに応じ、囚蠅は傘《おわい》を持ちあげて夜空を見やった。

雨はやむ気配がない。禁城に染みついた汚穢を洗うにはまだ足りないというように。

「廟会《びょうかい》に行かない？」

夏瑶が誘ってきたのは十日ほど前のことだ。月娥手製の菓子が気に入ったらしく、夏瑶は以前にも増して頻繁《ひんぱん》に整斗王府《せいとおうふ》を訪ねてくるようになった。

「今月末、鏤氷観《ろうひょうかん》で廟会がひらかれるんですって。景景も連れて、みんなで行きましょうよ。四年ぶりの廟会だもの、きっと楽しいわよ」

秋霆に相談すると、養済院《ようせいいん》の子どもたちも連れていこうという話になったので、みなで出かけることにした。

「わたくしの姪《めい》よ」

廟会当日、夏瑶は客人をともなって王府の門をくぐった。

「血はつながってないし、わたくしより年上だけどね。叔母《おば》と姪というより、姉妹みたいに付き合ってるの。やさしいかただから、孫妃もすぐに仲良くなるわ」

潑剌《はつらつ》とした笑顔で紹介されたのは、二十歳《はたち》前後の見目麗《みめうるわ》しい女人だった。風にも耐えぬほどのほっそりとした肢体《したい》を勿忘草《わすれなぐさ》色の襦裙《じゅくん》でつつみ、上半分を結いあげた髪に絹花と金《きん》歩揺《ほよう》を飾っている。月光が凝《こ》ったような白い肌には繊細な柳葉《りゅうよう》の眉《まゆ》が映え、臙脂《べに》で染めた唇は薄い微笑のかたちを作っていた。

「宰曼鈴《さいまんれい》が王妃さまにごあいさつ申しあげます」

曼鈴は花が涼風に吹かれるような自然なしぐさで万福礼《ばんぷくれい》をする。天稟《てんぴん》の気品を感じさせる優雅な挙措《きょそ》に見惚《みと》れてしまい、月娥は答礼するのが遅れた。

「いけませんわ、王妃さま。わたくしのような一介の道姑《どうこ》に答礼は無用です」

「えっ、道姑……？　でも、そのお召し物は……」

「これは長公主《ちょうこうしゅ》さまにいただいたものですの。今日のような日に道服で出かけるのは味気ないからと。襦裙《じゅくん》にはひさしぶりに袖《そで》をとおしたので似合っていないでしょうが」

「なにを言うのよ、曼鈴姉さま。後宮一の目利《めき》きのわたくしが選んであげた襦裙だもの、似合わないはずないでしょ。とっても素敵だわ。道服よりずっといいわよ」

満足そうに曼鈴を眺める夏瑶のかたわらで、月娥はきょとんとした。

「……ほんとうに道姑でいらっしゃるのですか？　宰家のご令嬢が？」

宰氏一門は建国以来つづく世家《せいか》。家長は義国公《ぎこくこう》に封ぜられ、嫡男《ちゃくなん》は懐和侯《かいわこう》に封ぜられるのが慣例である。皇族に娘を嫁がせたことは過去に一度もないので、外戚《がいせき》ほど権勢をきわめた経験はないが、帝室の信頼は厚く、軍事の枢要《すうよう》をつかさどっている。たびたび降嫁《こうか》を賜《たまわ》り、皇家の血脈を濃く受け継いでいることからも準皇族と呼んでさしつかえない名族中の名族だ。恵まれた生まれゆえに宰家出身の道姑はすくなく、いたとしても年老いた寡婦《かふ》で、曼鈴ほど若い令嬢が道姑になった例は聞いたことがない。

「賞月《しょうげつ》の変《へん》をご存じでしょう」

「ええ……」

「あれはわたくしの母が起こした事件ですの」

絶句した月娥の前で、曼鈴はたおやかに微笑《ほほえ》んでいた。

「律令《りつりょう》に従うならば連座《れんざ》すべきですが、太上皇さまと主上のご恩情で助けていただきました。とはいえ、罪深い身の上であることに変わりはありません。母が犯した大罪を償うため、入道して玉梅観《ぎょくまいかん》に仕えているのですわ」

かえす言葉が見つからず、当惑する。北直隷《ほくちょくれい》の住人で賞月の変を知らない者はいない。関係者ではないのでとくべつな思い入れがあるわけではないが、公主が皇帝弑逆《しいぎゃく》をくわだてたという衝撃的な事実は遠雷のような不穏な残響を引きずっている。それは呪わしい前触れのように思われる。これから大凱《このくに》に襲い来る悲劇の胎動《たいどう》のような。

「もう曼鈴姉さまったら、初対面の人にまでそんな話をしなくてもいいでしょ」

「でも、黙っておくのは隠しているみたいで居心地が悪いわ」

「真面目《まじめ》すぎるのよ、曼鈴姉さまは。気にしないでね、孫妃。曼鈴姉さまったら、宰家の令嬢がなぜ道姑になってるのかって尋ねられるたびにこんな説明をするの。事情を聞かされたほうはみんな、いまの孫妃みたいに固まっちゃうわ。どう反応すればいいかわからないのね。だけど、無理して気を遣わないで。謀反人《むほんにん》の娘だからって身がまえず、ふつうに接してくれればいいの。曼鈴姉さまの母君は大罪を犯したけど、曼鈴姉さまご自身はよいかたよ。玉梅観の道姑たちにも好かれてるわ」

夏瑶は実の姉に甘えるように曼鈴の腕をつかんでいる。

「いい人なのに、出自のせいで引きこもりがちなの。今日も孫妃に迷惑だろうからって来るのを渋っていたんだけど、無理やり連れてきたわ。べつに気にしないわよね、孫妃？」

「ええ、もちろん。廟会は大勢で出かけたほうが楽しいです」

「ほらね、曼鈴姉さま。わたくしの言ったとおりでしょ。孫妃は細かいことにこだわらないの。お茶に関してはうるさいけどね。このあいだなんか、わたくしが主上から賜った茶葉を持ってきてあげたら、孫妃ったら急に顔色を変えて『保管の仕方が悪い』って怒ったのよ。紙でつつんでいたせいで香りが濁《にご》って……まあいいわ。おしゃべりのつづきは軒車《くるま》に乗ってからね。お忍び用の軒車を用意しておいたの。さあ、行きましょう」


鏤氷観《ろうひょうかん》は外城北部、紫洞山南麓《しどうざんなんろく》に位置する。

祀《まつ》られているのは、俗に雷祖《らいそ》と呼ばれる最高位の雷神・九天応元雷声普化天尊《きゅうてんおうげんらいせいふかてんそん》。災禍《さいか》や幸福、人の生死をつかさどるばかりでなく、人びとの苦悩をやわらげ、地獄に落ちた者にも救いの手をさしのべるといわれ、古くから民衆の畏敬《いけい》を集めている。六月二十四日は雷祖の誕辰《たんしん》なので、盛大な廟会《びょうかい》がひらかれるのだ。

未の初刻、軒車の窓から鏤氷観の甍《いらか》が見えはじめた。大通りは車馬でごった返しており、車輪は遅々として回らない。焦れた夏瑶が徒歩で行こうと言い出したので、月娥は先におりてふたりがおりるのを手伝った。外は肌を焼くような暑さだ。燃え盛る炎帝《えんてい》が石敷きの大路を焦がし、行きかう人びとを矢のような日ざしで責めさいなんでいる。三人は絹団扇《きぬうちわ》で暑気を払いつつ、鏤氷観にむかう人の流れに身を投じた。

緑琉璃瓦《りよくるりがわら》が葺《ふ》かれた牌楼《はいろう》のそばに秋霆の横顔が見えて、月娥は爪先立《つまさきだ》った。現地で合流する養済院の子どもたちをともなった遊山《ゆさん》なので、わざと出かける時間をずらしたのだ。待ち合わせの場所が山門前の牌楼だった。

「殿《でん》……秋霆さま！」

養済院の子どもたちの前では字《あざな》で呼んでくれと彼に頼まれていたのに、つい癖で「殿下」と声をかけそうになる。あわてて呼びなおすと、秋霆がこちらに気づいた。静かな目もとがふっとゆるみ、端整な面輪《おもわ》にあたたかい笑みがひろがる。

「月娥どの」

日ざしのなかに響いた声音《こわね》にどきりとする。彼に字を呼ばれるのははじめてではない。養済院では互いに字で呼び合うのだ。そろそろ慣れてもいいころなのに、いっこうに慣れない。おだやかな低い声で字を呼ばれるたび、胸が高鳴ってしまう。

――これくらい許されるはずだわ。

秋霆は月娥を妻として受け入れるつもりがない。その事実は歴然としていて、そこにはひとかけらの希望も生じる余地がない。なにもかもを承知のうえで演じるかりそめの関係。こしらえ物の睦《むつ》まじさに望みをたくすのは愚かなことだが、いまこの瞬間を楽しむことくらいは許されるはずだ。離縁されれば字を呼んでもらえない。否、顔を合わせる機会さえないだろう。亡き馮妃《ふうひ》を思い出させる場所に、秋霆が進んで足を運ぶはずはないのだから。

じきに会えなくなると思うと、彼と過ごす一瞬一瞬が黄金のようにきらめく。その輝きに心を躍らせるのは、愚行ではあっても罪ではあるまい。

「お待たせしてごめんなさい。大路が混んでいて……」

すれちがう人にぶつかられてふらつく。人込みの勢いにのまれそうになったとき、秋霆に腕をつかまれ、引き寄せられた。

「芋《いも》を洗うような混雑ぶりだな。六年前に来たときはここまでではなかったんだが」

「六年前もいらっしゃったんですか？」

「夏瑶にせがまれて毎年お供をさせられていた。あちこち連れまわされ、あれやこれやと買わされ、荷物持ちをさせられたうえ、日暮れ時になっても帰りたがらない夏瑶をなだめすかして下山する羽目になる。ここ四年は煌京《こうけい》の廟会が禁じられていたので災難に遭《あ》わずにすんで助かっていたんだが、また苦難の日々がはじまりそうだ」

「わたくしは秋霆兄さまのために誘ってあげてたのよ。秋霆兄さまったら、なかなか外出しないいんだもの。たまには外に出て思いっきり楽しまなく――」

夏瑶は断ち切られたように言葉をのみこんだ。秋霆の背後にいた青年を見たからだ。

「……なんであなたがここにいるのよ」

「俺がいると都合が悪いんですか？」

そっけなく言い放った青年は武人らしい頑健な長軀《ちょうく》に交領《こうりょう》の衫《ひとえ》をまとい、黒い大帽《たいぼう》をかぶっている。懐和侯《かいわこう》・宰忠飛《ちゅうひ》。今秋には夏瑶の駙馬《ふば》となる貴公子は虫の居所が悪そうな目つきで未来の花嫁を見やった。

「いつものことながらはしたない装いをなさっていますね」

「どこがよ？　ふつうの襦裙を着てるだけじゃない」

「帷帽《いぼう》をお召しになっていないではないですか。嫁入り前のご令嬢が帷帽もかぶらず、衆《しゅう》目《もく》におもてをさらすなどあってはならないことです」

「この暑さよ？　帷帽なんかかぶっていられないわよ。蒸し焼きになっちゃうわ」

「暑さが苦手でいらっしゃるなら、廟会になどお出ましにならなければよろしい」

余計なお世話よ、と夏瑶は噛《か》みつくように言いかえした。

「帷帽をかぶらなきゃいけないのはあなたのほうでしょ」

「俺は男ですから、おもてを隠す必要はありません」

「あるわよ。得意げに顔をさらして女人をたぶらかそうとでも思ってるんでしょうけど、わたくしの許婚《いいなずけ》を名乗るなら身をつつしんでほしいわ。浮気者は大嫌いよ」

「それはこちらの台詞《せりふ》です。この人込みのなかで愛嬌《あいきょう》をふりまいて、いったい何人の男を誘惑するつもりですか。ふしだらなふるまいはひかえていただきたい」

「なにが〝ふしだら〟よ。女たらしに言われたくないわ」

「お言葉ですが、俺は女たらしではありません」

「嘘つき！　わたくし、見たのよ。あなたが若い女官たちにちやほやされて鼻の下をのばしてたのを！　でれでれして、みっともないったらなかったわ」

「鼻の下をのばしたことなどないですよ」

「自覚がないならもっと悪いわ！　このすけこまし！」

夏瑶と忠飛は互いに一歩も譲《ゆず》らない。放っておけば口争いで一日が終わりそうだ。

「そうだわ、団茶《だんちゃ》のことを忘れていましたわ」

月娥はなおも言い争うふたりのあいだに割って入った。

「鏤氷観の団茶はおいしいと聞きますから、絶対に買わなくちゃと思っていましたの。私は子どもたちの世話で手が離せないので、夏瑶さまにお願いしてもよいかしら」

廟会では寺廟《じびょう》内で収穫された作物が売りに出される。作物のなかに茶がふくまれるのは北直隷ではめずらしい。茶は南方の嘉木《かぼく》。北地では生育しづらいが、一部の地域では細々と栽培されている。そのひとつが鏤氷観だ。鏤氷観は飛び地である漲山《ちょうざん》に茶畑を所有しており、梧《ご》代の製法で団茶を作っている。数がすくないので茶館の棚にはならばないが、古雅を好む通人のあいだでは古《いにしえ》の香りが楽しめるともっぱらの評判だ。なお、寺廟の茶は私茶と見なされない。その代わり、値段や販売量の上限が決められている。

「なんでわたくしを名指しするのよ。みんなで行けばいいじゃない」

「みんなで行っていては遅くなりますから、どなたかに先に行っていただくほうがよいですわ。でも、どうしましょう。鏤氷観の団茶はとっても重いので、おひとりでは心もとないですね。お供してくださるかたがいらっしゃれば……」

「忠飛を行かせよう。日ごろから身体を鍛えているから、荷物持ちにはもってこいだ」

「重いといってもお茶でしょ？　岩じゃあるまいし、わたくしひとりで十分だわ」

「いーえ、いけませんわ。ほんとうに重たいんですから。それこそ岩のようですわよ。こんな細腕ではとてもお持ちになれないでしょう」

「だったら俺が行ってきますよ。みなさまは先に進香《しんこう》をおすませになって――」

「おまえは根っからの武骨者だ、茶のことなどわからぬだろう。どうせ間違った茶を買ってくるに決まっている。夏瑶がついていって、見つくろってやらねば」

「わたくしだってお茶のことなんかよく知らな――」

「この人出ですもの、ぐずぐずしていては売り切れてしまいますわ。雷公殿《らいこうでん》の前で売っていますから、おふたりとも急いでください」

気乗りがしないふうの夏瑶と忠飛を早く早くと追い立てるように送り出す。

「ちょっと強引だったでしょうか」

「いや、あのふたりにはこれくらいでちょうどいい」

秋霆《てい》が笑うので、月娥も笑みをかえした。養済院の子どもたちの引率《いんそつ》を手伝わせるという体で忠飛を呼び出したのは、むろん夏瑶と鉢合わせさせるためだ。

「私たちも行こうか」

うなずいて歩きだす。養済院の子どもたちは待ちきれずに山門をくぐろうとしている。引率の下吏《かり》たちがいるので心配はないが、つかず離れずの距離で追いかける。

「景景は子どもたちと仲がよいですね」

「毎月、養済院に連れていくからな。子どもは邪気がない。生まれや育ちがどうであろうと、馬が合いさえすればたちまち親しくなる」

景景は元衛所官《えいしょかん》の子息らしい質素な衫姿で、養済院の少年少女にまじってはしゃいでいる。参道を埋め尽くす露店でいちいち立ちどまったり、道士たちが扮した雷祖とその眷属《けんぞく》の行列に目を輝かせたりする様子を見ていると、頬《ほお》がゆるんでしまう。

寄り道しがちな子どもたちを促して山門内の牌楼をくぐり、泉水を引いた池にかかる石橋をわたって霊官殿《れいかんでん》に詣《もう》でる。祀《まつ》られているのは雷部《らいぶ》二十四神のひとり、王《おう》霊官。道観の守り神とされ、山門の付近に配置されている。

正殿たる雷祖殿へとつづく参道にも露店がたちならび、炙《あぶ》り肉や干し肉、頭巾薔薇《ときんいばら》の粥《かゆ》、南方の桃李《とうり》、蓮《はす》の葉包子《まんじゅう》、冷やし粟団子、緑豆のぜんざい、薄荷《はっか》の飴《あめ》などが子どもたちを誘惑する。食べ物は進香のあとにしましょうと諭《さと》し、彼らを露店から引き離すのに苦労していたときだ。曼鈴があわただしげに声をかけてきた。

「知り合いを見かけたので、あいさつをしてまいります」

「曼鈴さまのお知り合いがお見えになっているのですか？　では、私もごあいさつを――」

「いえ、けっこうですわ。ひょっとしたら人違いかもしれませんから」

微笑《ほほえ》みを交えていたものの、拒絶する気配が感じられた。のちほど山門内の牌楼で落ち合う約束をして別れる。詮索《せんさく》するつもりはなかったが、なんとなく視線で曼鈴を追いかける。勿忘草《わすれなぐさ》色の細い背中はあっという間に人込みにまぎれてしまった。

――翠玉《すいぎょく》？

人込みのなかに翠玉の姿を見た。視界の端をちらと横切っただけなので確信はないが、華やかな化粧《けしょう》をほどこしたかんばせは翠玉のものだったように思う。ひとりではなく男連れで、いかにも親密そうに腕をからめて歩いていた。

――あたらしい恋人かしら。

翠玉は年中、恋人をとっかえひっかえしている。たびたび廟を抜け出して逢瀬《おうせ》を楽しむので老道姑《どうこ》たちが口を酸《す》っぱくして戒《いまし》めるが、馬耳東風《ばじとうふう》である。身持ちが悪い道姑だと眉《まゆ》をひそめる香客《こうきゃく》もすくなくないけれど、月娥は彼女を一方的に責める気になれない。

「生まれてはじめてできた恋人が詐欺師《さぎし》だったんだよ」

翠玉が入道して一年後。それまでかたくなに口を閉ざし、道姑たちと打ち解けなかった彼女が月娥相手にぽつりぽつりと自分の身の上について語りはじめた。

「十五のとき、うちの村に若い茶商が来たんだ。田舎《いなか》じゃ絶対にお目にかかれない惚れ惚《ほぼ》れするような美男子でさ、あたしはすっかりのぼせあがっちまった」

青年は裕福な茶商らしく洗練された身なりで、口が達者だった。村の娘たちはみな夢中になり、青年が花嫁を探していると言うとにわかに色めき立った。

「ほかの娘に先を越されたくなくて、あの手この手で取り入ったよ。そしたら向こうが口説《くど》いてきたんで、あたしは有頂天になった。妻にするって言われて、そのまま……。馬鹿だよね。あいつは単に遊びたかっただけ。ほかの娘にもおなじことしてたんだ」

青年は女人に対して不誠実であるだけでなく、茶商でさえなかった。

「茶引《ちゃいん》が偽物なら、銀子も偽物。あいつは偽造した茶引で茶農を騙し、贋金《にせがね》で茶を手に入れてとんずらするのが商売なのさ」

茶商に発行される茶の販売許可証を茶引という。茶引を持たない茶商との取引はかたく禁じられており、禁を破れば厳罰に処される。これが一茶園の失態であればまだよかったが、村じゅうの茶園が偽茶商と取引してしまったために大ごとになった。

「茶馬司《ちゃばし》に報告が行けば村全体が処罰される。村の顔役たちは内々におさめてもらえないかって州府《しゅうふ》の役人に頭をさげた。賄賂《わいろ》をたんと弾んでね」

役人に支払った賄賂のなかには、村の童女たちが幾人かふくまれていた。

「そいつは童女好きの変態親父《おやじ》でさ、七、八歳の子が好みなんだって。年端もいかない女の子たちが家畜みたいに荷馬車にほうりこまれて連れていかれたよ」

村は処罰をまぬかれたが、村人たちは偽茶商に騙された怨みを忘れられなかった。

「偽茶商を懲《こ》らしめたくても懲らしめられないもんだから、あいつと親しくしてたやつを懲らしめたのさ。つまり、あたしをね」

村の青年たちは集団で翠玉を辱《はずかし》めた。

「ほかの娘たちが口裏を合わせたんだ。自分たちはあの男が詐欺師だって知らなかったけど、田《でん》翠玉は最初から知ってた、あの男と共謀《きょうぼう》して村じゅうを騙したんだって」

娘たちは自分たちに火の粉がふりかからぬよう先手を打ったのだ。

「あたしだって知らなかったのに。ほんとうに金持ちの茶商だと思ったから、あたしを妻にしたいって言われて舞いあがったんだ。この人と結婚すれば父さんや母さんに楽な暮らしをさせてやれる、弟たちや妹たちの将来も安泰だって……」

父親がわからない子を身ごもり、翠玉は実家から追い出されてしまう。

「『おまえみたいなあばずれは俺の娘じゃない』だってさ。父さんもあたしが偽茶商と共犯だったと思ってたんだ。……父さんだけじゃないけど。家族みんながそう思ってた」

村から追放されて路頭に迷いながらも、子をおろそうとは考えなかった。

「最悪のかたちで身ごもった子だけど、両親から捨てられたあたしには唯一の家族だったからさ。でも、流れちまったんだよね。生まれるのを拒《こば》むみたいに。よっぽどいやだったたのかな。あたしみたいなあばずれの子に生まれるのが……」

慰めの言葉は出てこなかった。彼女の身に刻みつけられた傷が深すぎて。

「ろくな目には遭《あ》わなかったけど、まだあきらめてないんだ。あたしだけを大事にしてくれる男をいつか絶対見つけるよ。そのために煌京まで来たんだ。正直言って道姑なんか腰かけさ。道服を着たまま婆《ばあ》さんになるなんて死んでもいやだよ。あたしだってだれかに嫁いで、子を産んで、夫と添い遂《と》げたいんだ。煌京には閑州《かんしゅう》よりも大勢の男がいる。そのなかから最高の相手を見つけるんだ。あたしだけを愛してくれる男をね。できれば金持ちがいいけど、贅沢《ぜいたく》は言えないよね。あたしだって生娘《きむすめ》じゃないんだし、貧乏な男でもいいよ。あたしのこと、一途に想ってくれさえすれば――」

翠玉の願いは平凡すぎるほど平凡で、年ごろの娘ならだれだって夢見るものだ。さりながらその宿願を果たした女は天下にひと握りしかいない。

翠玉が彼女たちの一員になることを、月娥は心ひそかに願っている。

「月娥姉さま？」

本殿で進香をすませて露店を見てまわろうとしたとき、うしろから声をかけられた。

「朱桃《しゅとう》！」

ふりかえって思わず笑顔になる。あちらも桃のかんばせに晴れやかな笑みを浮かべ、踊るような足どりで歩みよってきた。孫家の四女、朱桃だ。遅れてやってくる青年は朱桃の許婚《いいなずけ》である平冬晨《へいとうしん》。ふたりで連れだって廟会に来ていたようだ。

「やっぱり月娥姉さまだわ！　さっき冬晨が似てる人を見かけたって言うから気になっていたのよ。ひさしぶりねー。二月ぶりかしら？　どうしてるのか心配してたのよ。実はね、今日、廟会に誘おうと思ってたんだけど、『王府に嫁いだんだからこういう場所には出てこられないでしょう』って母さまが言うから遠慮《えんりょ》してたの。来るつもりだったなら教えてくれればよかったのに。でも、大丈夫なの？　殿下には秘密にして来たんでしょう？　それとも殿下もいらっしゃってるの？」

「王府？　嫁いだ？」

養済院の子どもたちが不審がる。月娥はあわてて言いつくろった。

「『嫁いだ』じゃなくて『仕えてる』って言いたいのよ。私、王府にお仕えしているから」

「お茶を淹《い》れたり、甜点心《おかし》をつくったり。雑用よ」

「王府でなにしてるの？」

「へえ！　おねえさん、王府の女官なんだー！」

「どこの王府？　親王さま？　郡王《ぐんおう》さま？」

「王府では毎日宴《うたげ》がひらかれるってほんとう？　どんなごちそうが出るの？」

質問攻めにされておろおろしていると、秋霆が助け舟を出してくれた。

「みんな、ここで道草を食っていていいのか？　あちらで影戯《えいぎ》をやっているぞ」

「影戯！　楽しみにしてたんだ！」

「師傅《しふ》も行こう！」

子どもたちは秋霆の袖《そで》を引いて駆けていく。

「お忍びなのよ。話を合わせて」

怪訝《けげん》そうにしている朱桃に、月娥は小声で事情を説明した。

「え？　じゃあ、勝手に王府を抜け出してきたの？　まずいわよ。夫の目を盗んでほかの男の人と出かけるなんて……」

「べつに夫の目を盗んでなんかないわ。殿下もいらっしゃっているもの」

先ほどの男性が秋霆だと話すと、朱桃は目をまるくした。

「案外親しみやすそうね。堅物《かたぶつ》だって噂《うわさ》だからかたくるしい人なのかと思ってたわ」

「おやさしいかたよ。子どもたちにも親切なの」

「冬晨から聞いてるわよ。うまくいってるらしいじゃない。懐妊のきざしはまだないの？夫婦で廟会に出かけるくらいだもの、仲良くしてるんでしょ？」

まあね、と月娥は返答を濁《にご》した。

「朱桃こそ、どうなの？　冬晨と仲睦《なかむつ》まじいのはよいことだけど、ほどほどにしておきなさい。婚礼前に身ごもったら体裁《ていさい》が悪いわよ」

「体裁なんか気にしないわ。どうせ来春には夫婦になるんだもの」

朱桃はかたわらに立つ冬晨の腕に抱きついて、甘えるように許婚を見あげた。

「あたしはいつ結ばれてもいいと思ってる。今晩にでもね。だけど、冬晨がだめだって言うの。婚礼まではあたしの名節を守らないと、父さまに申し訳ないんだって。この人ったら真面目《まじめ》すぎるのよね。ほんとに石頭なの」

「それだけあなたのことを大切に想っているのよ。誠実な花婿だわ」

「誠実すぎてもどかしいくらいだわ。あたしのほうが我慢できなくなりそう」

はしたないわよ、と笑みをまじえてたしなめる。

「子どもたちと露店を見てまわるところなの。ふたりも一緒に行かない？」

「そうしたいのはやまやまだけど、遠慮しておくわ」

「どうして？　なにか用事が……ああ、なるほど。ふたりだけの甘い時間ですものね。邪魔はしないわ。ただし、約束して。人目のある場所で軽率《けいそつ》なふるまいはしないって」

「大丈夫よ、月娥姉さま。口づけは人気《ひとけ》のない場所でするから」

口づけなんて、と眉《まゆ》をひそめたが、朱桃は冬晨を引っ張って立ち去っていく。

「妹君はどうした？　一緒に店を見てまわらないのか」

人波にのまれてしまったふたりと入れ替わりに、秋霆が戻ってきた。

「許婚とふたりきりの時間を邪魔されたくないそうですわ。あの子、慎《つつし》みがなくて。許婚に夢中で周りのことなんておかまいなしなんですから」

「いいじゃないか。いずれ夫婦になる男女が仲睦まじいのはよきことだ」

ふたりでならんで歩く。色とりどりの天幕を張った露店では食べ物だけでなく、文房四宝《ぶんぼうしほう》や書画骨董《しょがこっとう》、異国の細工物なども売っている。

「まあ、可愛《かわい》い。この簪《かんざし》、茶の花に似ていますわ」

装身具をあつかう露店の前で月娥は立ちどまった。小さな椿《つばき》のような花をかたどった簪を手にとる。

「茶樹が痩《や》せてしまうから茶農は花をきらいますが、私は好きですわ。茶の花のひかえめでほんのりとやさしい香りは心なごみます。乾燥させて花茶として飲むこともできますよ。茶葉と混ぜて淹れても風味が……」

ひとりでしゃべりすぎたことに気づき、つづく言葉を打ち切る。

「……ごめんなさい。退屈な話ですわね」

「いや、退屈などしていない。そなたの声は心地よい」

そうだ、と秋霆は銭包《さいふ》をとりだした。

「気に入ったのなら買おうか」

「えっ、い、いえ、いいです。そんな、殿……秋霆さまに買っていただくなんて」

うろたえているうちに秋霆が支払いをすませてしまう。

「……あ、ありがとうございます！　一生の宝物にしますわ！」

「宝物といわれると恐縮するな。千金を払ったわけでもないのに」

さしてあげよう、と秋霆が手を出すので簪をわたす。いささか緊張して待っていると、ゆかしい香気が近づいてきた。秋霆はいつも墨《すみ》のにおいをまとっている。十年前のあの日、暴漢から助けられたときもそうだった。むせかえるような桂花《もくせい》の香りのなか、清涼な墨のにおいが怯《おび》える月娥をやさしくつつんでくれた。

「……似合いますか？」

「ああ、とてもよいな。そなたの髪に映える」

月娥ははにかんでうつむいた。養済院の子どもたちと会うときは行き遅れの令嬢ということになっているので、髪を全部結いあげずに半分垂らしている。まるで未婚の娘として秋霆と会っているみたいだ。周囲の人の目には恋人同士のように映っているだろうか。

――いつまでも殿下のおそばにいられたらいいのに。

妻としてあつかわれなくていい。名ばかりの王妃でいいから、秋霆のそばにいたいと願ってしまう。いや、王妃でなくてもよいのだ。女官でも婢女《はしため》でもかまわない。秋霆のそばにいられるなら、どんなかたちでも――。

「あー！　おねえさん、赤くなってる！」

「結婚相手は金持ちがいいんじゃなかったのかよ？」

「やあねえ、知らないの？　大人にとっては結婚と恋愛はべつなのよ」

「じゃ、遊びってこと？　ふしだらねえ」

いつの間にか戻ってきた養済院の子どもたちが口々に冷やかした。

「近ごろの若い男女は乱倫《らんりん》だって柳おばさんが言ってたけど、ほんとよねー。もうひとりのおねえさんも男の人と歩いてたもん。きっと〝好いひと〟よ」

「もうひとりのおねえさん？」

「ほら、勿忘草《わすれなぐさ》色の襦裙《じゆくん》を着てた美人のおねえさんよ。あっちのほうできれいな顔の男の人とならんで歩いてたの。親密そうに微笑《ほほえ》み合っていたから、絶対に恋人同士だわ」

訳知り顔の雀斑《そばかす》少女が人込みを指さしたが、曼鈴の姿は見つからない。

「ああ、よかった。捜しましたよ」

曼鈴の代わりに人波から出てきたのは玄雲道人《げんうんどうじん》・白遵光《はくじゆんこう》だった。

「夏瑶どのが転んでお怪我《けが》をなさったので、客庁《きやくま》でやすんでいただいています」

「妹が怪我を？」

おもてを強張《こわば》らせた秋霆に、遵光は薄日のような微笑を見せた。

「ご安心ください。足をひねっただけです。忠飛どのが抱えていらっしゃったので、医術の心得のある者に手当てさせました」

迷惑をかけて申し訳ないと秋霆はねんごろに詫《わ》びた。

「いいえ、お気になさらず。この人出ですから転んで怪我をする香客のかたが絶えないのです。やすんでいただくために客庁を開放しています。ところで、祝劇《しゅくげき》をごらんになりませんか。いま、道士たちが広場で支度《したく》をしておりまして、そろそろ上演なのですが」

神前に奉納される芝居を祝劇という。古聖の生涯や徳行をひろめ、民を啓蒙《けいもう》することが目的なので幾ぶん形式張ってはいるものの、道観ごとに工夫《くふう》が凝《こ》らされており、それぞれに見どころがある。鏤氷観では神仙を登場させるのが恒例だった。

「お芝居だって！　急がなきゃ！」

「いい席がなくなっちまうぜ！」

子どもたちはわれがちに駆け出す。月娥と秋霆は視線を交わし合って彼らを追いかけた。

宗人府《そうじんふ》はその名のとおり〝宗人〟すなわち皇族をつかさどる官署だ。封爵や王禄《おうろく》、婚姻、葬儀、出生などを記録し、玉牒《ぎょくちょう》を編纂《へんさん》することがおもな職掌《しょくしょう》だが、帝室内の訴訟《そしょう》や罪人の収監も管掌している。長官を宗人令《そうじんれい》といい、次官を左宗正《さそうせい》、右宗正《うそうせい》、左宗人《さそうじん》、右宗人《うそうじん》という。官品はすべて正一品で、親王ら主要な皇族がつとめる。

宣祐《せんゆう》年間末より、宗人令は松月王《しょうげつおう》・高仁徽《じんき》、右宗正は恵兆王《けいちょうおう》・高慶全《けいぜん》、左宗人は登原王《とうげんおう》・高鋒士《ほうし》、右宗人は充献王《じゅうけんおう》・高正望《せいぼう》が拝命しており、秋霆は左宗正の位についている。

重大事は東廠《とうしょう》や三法司《さんほうし》が、冠婚葬祭は礼部《れいぶ》が主管するので、宗人府に政道を左右する権限はない。

親王たちの役どころは天子の近親が皇家の管理にかかわっているという体面をととのえることで、月に数度の会合――これを王議《おうぎ》という――はそのためにひらかれる。

本日の議題は茶の密売に手を染めた普允郡王《ふいんぐんおう》の処罰について。慶全と正望は極刑を主張し、仁徽と秋霆はそれに難色を示した。

「犯した罪は重いが、極刑はきびしすぎるよ」

仁徽は慈悲《じひ》深い目で一同を見まわした。

「普允郡王が私茶《しちゃ》に手を出したのは困窮が原因だ。睿宗《えいそう》皇帝が王禄を大幅に減額なさってから、もともと禄高《ろくだか》がすくない下級王府は痛手をこうむっていたが、王禄を支給する武《ぶ》涼《りょう》王府が数年にわたって上前をはねていたせいで、普允郡王府の暮らしむきはさらに苦しくなった。なにせ規定の半額しか入ってこなかったんだ。衣冠をととのえることはおろか日々の食事にすら事欠くありさまで、病臥《びょうが》した郡王太妃の薬代のために調度《ちょうど》や奴婢《ぬひ》を手放したというじゃないか。違法な手段で生計を立てるに至った経緯には情状酌量《じょうじょうしゃくりょう》の余地があるよ。事情を斟酌《しんしゃく》して、王爵《おうしゃく》を剝奪《はくだつ》したのち幽閉するのが妥当《だとう》ではないかな」

「奪爵《だっしゃく》して幽閉だと？　そんなぬるい罰ですむかよ」

吐き捨てるように言ったのは、足を投げ出して椅子《いす》に腰かけている慶全だった。

「茶の密売の主犯は極刑に処すと律令《りつりょう》がさだめてるんだ。私茶で利益を得たやつを郡王だからってんで減刑したんじゃ民に示しがつかねえぜ。〝千金《せんきん》の子は市に死せず〟なんて黴《かび》臭《くさ》い原則はもう通用しねえんだよ。今日日、不逞《ふてい》皇族どもの横暴が目に余る。連中に搾取《さくしゅ》され、虐《しいた》げられてきた民が王府を襲撃する事件が涓西《けんせい》で起こったばかりだろ。こんな時勢だからこそ、身内の罪は身内できっちり裁かなきゃならない。茶禁を犯した普允郡王は見せしめのためにも市中で処刑すべきだ。さらしものになった同族の屍《しかばね》を目《ま》の当たりにすれば、やりたい放題のクズ皇族どももすこしは身をつつしむようになるだろうぜ」

「見せしめなら武涼王世子《せいし》だけで十分だろう」

秋霆は事件の顚末《てんまつ》をまとめた文書に目を落とした。

武涼王は普允郡王の王禄をくすねるだけでは飽きたらず、普允郡王が私茶にかかわっていると知るや、密売を告発すると脅して利益を横取りしていた。たびかさなる酷虐《こくぎゃく》に耐えかねた普允郡王は怨天教《えんてんきょう》に帰依《きえ》するようになり、怨天教の道士に武涼王の呪殺を依頼する。その後、武涼王が頓死《とんし》し、世子が「父王は普允郡王に呪詛《じゅそ》されて死んだ」と訴え出た。捕縛《ほばく》された普允郡王があっさり自白したので事件は落着したかに見えたが、のちに武涼王殺しは世子の犯行だと判明した。世子は武涼王の愛妾《あいしょう》を寝取ったことで父王に怨まれ、廃嫡《はいちゃく》すると宣言されていた。廃嫡を避けるため、世子は策をろうして父王を殺害し、武涼王を怨んでいた普允郡王に罪をなすりつけようとしたのだ。

親殺しは十悪《じゅうあく》のひとつ、悪逆《あくぎゃく》にあたる。凱は礼教《れいきょう》の国ゆえ、悪逆の罰は凌遅《りょうち》とさだめられており、いかなる事情があろうとも減刑されることはない。

「父王を殺しているから、武涼王世子は凌遅で決まりだ。これで宗室の綱紀粛正《こうきしゆくせい》には十分な役割を果たすだろう。そのうえに武涼王に虐げられていた普允郡王まで凌遅に処すのは残酷すぎるのではないか」

「残酷すぎる？　とんでもない」

殺気立った口ぶりで言い放ったのは横着そうに頰杖《ほおづえ》をついた正望だった。正望は父帝の皇五子で、齢《よわい》は二十九。名門許《きょ》家出身の母妃は権高な気性ゆえ寵愛されなかった。ために正望は玉座から遠い存在だったが、苛立《いらだ》たしげに指先で玉案《つくえ》を叩いているのは野心を満たせなかったからではなく、食欲を満たせなかったせいだ。

正望は病的なほど甘味を好み、四六時中、甜点心《おかし》を食べている。今日も席につくなり持参した団子を食べようとしたので、秋霆がすかさず没収した。公務中は菓子を食べるなとまっとうな助言をしたのだが、正望は不平らしく口をゆがめている。

「普允郡王は怨天教に入信したんですよ。朝廷が禁圧の対象にしているあの邪教にですよ？　怨天教団は数々の破壊活動を行い、四年前にも煌京《こうけい》で爆破事件を起こしています。普允郡王がそんな連中とかかわりを持った事実は重く受けとめなければなりません。宣祐年間には半金烏《はんきんう》を所持していたというだけで多くの民が凌遅に処されました。嘉明《かめい》年間に入って禁圧の手がゆるめられたとはいえ、宗室から邪教徒を出してしまったことは皇家の一員であるわれわれにとっても恥だ。同様の過ちをくりかえさないという自戒をこめて厳正に処罰すべきです。やむを得ぬ事情があったなどと憐憫《れんびん》を垂れ流して甘い罰でお茶を濁《にご》したら、ただでさえ乱脈をきわめている帝室がいっそう乱れてしまいますよ」

「一理あるとは思うが、怨天教への帰依を防ぐという意味では酷刑は用をなさぬぞ。なにも凌遅に限った話ではないが、残虐《ざんぎゃく》な刑罰は禍根を残す。むごたらしく処刑された罪人の親族や朋友は恩情を示してくれなかった役人や朝廷を憎むだろう。ひとたび生まれた怨憎の種はたやすく消えはしない。日の当たらぬ陰鬱《いんうつ》な場所でひっそりと、しかし確実に成長していく。むろん、ひとつひとつは小さな怨みだろう。それ自体は取るに足らない。だが、積もり積もれば大きな力となる。ひとしずくの雨粒がやがて車軸を流すような豪雨となるように。怨天教は万民の怨心を貪《むさぼ》って勢力を伸ばしてきた。人びとの腸《はらわた》を焼く憎しみこそが愚にもつかない淫祀《いんし》邪教に国を脅《おびや》かすほどの神通力を持たせてしまうのだ。怨天教を弱らせるためにわれわれがすべきことは、峻烈《しゅんれつ》な刑罰を科すことではない。仇《あだ》を恩で報い、人心を慰撫《いぶ》することだ」

二弟の言うとおりだよ、と仁徽が秋霆に賛同した。

「酷刑は行われないに越したことはない。親殺しのような人倫にもとる重罪はやむを得ないけれども、それ以外の罪人には可能な限り情けをかけるべきだよ」

「そうだな！　実にもっともだ！」

鋒士が熊のような手で玉案を叩いた。鋒士は父帝の皇四子。癖のない白金の髪と碧玉《へきぎょく》の瞳は北狄《ほくてき》・鬼淵《きえん》の王女である母妃から受け継いだものだ。子どものころからがっしりした身体つきで、口の悪い慶全に「岩から生まれた白熊」とからかわれるほどだったが、三十《みそ》路《じ》になってからは歴戦の武将さながらの貫禄《かんろく》もそなわってきた。幾たびか北辺の戦地へ赴《おもむ》き、胡兵《こへい》と干戈《かんか》を交えた経験が鍛えあげた筋肉の鎧に重みを与えたのだろう。

「大兄と二兄の言うとおり、普允郡王は奪爵のうえ幽閉で決まりだな！」

「勝手に結論を出すなよ。俺と五弟は極刑にすべきだって言ってるだろうが」

「じゃあ極刑だ！　それで決まりだな！」

「極刑は冷酷すぎる。寛大な判決にすべきだ」

「やっぱり奪爵して幽閉だな！」

「そんな手ぬるい刑じゃ綱紀を正せません。凌遅一択ですよ」

「凌遅一択だな！　よし、これが宗人府の最終決定だ！」

「おい、白熊。さっきから意見をころころ変えてるが、おまえはどっちなんだよ？」

慶全に睨《にら》まれ、鋒士は「うーん」と首をひねった。

「俺はどっちでもいいぞ。早くすませて帰りたいだけだ」

「人の生き死にがかかっているんだ。もうすこし真剣な態度で議論に参加しろ」

「こっちだって人の命がかかってるんだぞ、二兄。王妃が産み月なんだ。今日にも生まれるかもしれない、こうしているあいだにも産気づいているかもしれないと思うと、居ても立っても居られなくなる！　頼むから早く採決して散会にしてくれ！」

鋒士が早く早くと急《せ》かしたが、王議は紛糾《ふんきゅう》した。なお、どれほど激論を戦わせたとしても、宗人府は皇家を代表して見解を申し述べるだけだ。最終的に普允郡王に科す刑罰を決めるのは、万機《ばんき》を総攬《そうらん》し、親裁《しんさい》する今上である。

ようやく意見がまとまり散会したときには、宗人府の回廊《かいろう》が落陽に塗りつぶされていた。

「整斗王殿下、お待ちください」

弾けた柘榴《ざくろ》のような色彩に目を射られて顔をしかめていると、うしろから呼びとめられた。ふりかえれば、山羊鬚《やぎひげ》の老官僚がおぼつかない足取りで追いかけてくる。

宗人府の下僚らとともに王議の場にひかえて記録をとっていた経歴司《けいれきし》の馮来超《ふうらいちょう》だ。秋霆にとっては岳父《がくふ》にあたる。否、岳父だったと言わねばなるまい。彼の娘である素蘭はとうに鬼籍に入ってしまったのだから。とはいえ、あの不幸な事件のあとも来超とは付き合いをつづけている。景景は好々爺然とした祖父になついており、来超も愛娘《まなむすめ》の忘れ形見を目に入れても痛くないほど可愛《かわい》がっている。

「来年には王妃さまを離縁なさるとうかがいましたが、事実でしょうか？」

残陽に染められた山羊鬚を不安げに揺らしながら、来超が秋霆をふりあおいだ。

「だれが岳父どのにそんな話をしたんだ」

「王妃さまにうかがいました」

孫妃が、と秋霆が眉《まゆ》をひそめると、来超はあわてたふうに首を横にふった。

「誤解なさらないでください。王妃さまが吹聴《ふいちょう》していらっしゃるわけではないのです。僭《せん》越《えつ》ながら私が強くお尋ねしたので……」

先日、例によって景景に会うために王府を訪ねた来超は月娥が巧燕と話しているところに出くわした。その際、「来年、離縁されて采霞廟《さいかびょう》に戻ったら」と月娥が口にしていたので、いったいどういうことなのかと問いつめたという。

「王妃さまがおっしゃるには、離縁は殿下のご意向だと……」

「ああ、そうだ。年が改まったら、できるだけ早く孫妃を離縁するつもりでいる」

「それほどに王妃さまがお気に召しませぬか？」

「いいや、孫妃にはなんの不満もない」

「では、なぜ」

「私には妻を持つ資格がないのだ。そばに置いておけば、彼女を不幸にしてしまう」

「王妃さまは殿下を慕《した》っていらっしゃるのではございませんか」

「だからこそ離縁しなければならない。王府に置いておけば、彼女に気を持たせることになる。私は孫妃の気持ちにこたえられないのだから、下手《へた》な期待はさせぬほうがよい。彼女の希望どおり、采霞廟に戻してやるつもりだ。離縁までに気が変わって、嫁ぎたいと言うならよき相手を探してやろうと思っている。この婚姻で孫妃には迷惑をかけた。彼女の幸福を願うことで、すこしでも償いができればよいのだが……」

望むものはないかと月娥に尋ねてみたところ、彼女は困ったように微笑《ほほえ》んで「なにも望みません」と言った。銀子も宝飾品も衣装も調度も欲しがらない。ならば孫家の商いに口利《くちき》きをしようかと提案したが、「そういうことは父が好みません」と断られた。

月娥が望むのは妻として秋霆に愛されることなのだ。しかし、それだけは叶えてやれない。秋霆が一度死んで生まれ変わらない限り。

「夫婦の縁は時間をかけて築いていくものです。いまは愛せないと思っていても、ともに過ごすうちに心が変わっていくかもしれません」

「こればかりは、変わりはしない。私の生まれと同様に」

「因業《いんごう》な生まれをともに乗り越えていくのも夫婦であればこそではございませんか」

「孫妃に素蘭とおなじ苦しみを背負わせたくない」

「王妃さまでは耐えられないとお考えで？」

「どんな女人も耐えられぬだろう」

肉塊《にくかい》と化した血まみれの翼護《よくご》を抱き、声を限りに泣き叫ぶ素蘭の姿が頭をよぎる。またあんなことが起こったらと考えた瞬間、記憶のなかの素蘭の顔が月娥のそれにすりかわった。われ知らず身震いする。夏の夕風を雪まじりの夜風と錯覚《さっかく》するほどに。

――不幸は人の心をねじ曲げてしまう。

月娥が秋霆をひたむきに慕ってくれているのは、正視に耐えないあの悲劇を彼女が経験していないからだ。素蘭が味わった衝撃を、恐怖を、絶望を、月娥は知らないからだ。

——知らないままでいてほしい。

おぞましい禍事《まがごと》の味など、知ってほしくない。彼女の心が八つ裂きにされ、血だまりのなかでもがき苦しむさまを見たくない。かるがゆえに月娥を秋霆から遠ざけなければならないのだ。彼女を守るためだ。彼女の無垢《むく》な心と、平穏な未来を守るために——。

「耐えられぬのは、殿下ご自身ではございませんか？」

老いた喉《のど》から発せられた静謐《せいひつ》な声音《こわね》が秋霆の不穏な思考をさえぎった。

「王妃さまが耐えられないことを心配なさっているのではなく、ご自身が耐えられないことを恐れていらっしゃるのでは」

「……私は」

動揺がつづく言葉を打ち消した。

「恐れつつしむ心は美徳とはいえ、臆病になりすぎては好機を逃しますよ」

えらそうに諫言《かんげん》できる立場ではございませんが、と来超は目もとに深い皺《しわ》を刻む。

「私も逃してしまいましたので……素蘭をひきとめる機会を。もっとしっかり叱っていれば踏みとどまってくれたかもしれないと、悔やんでも悔やみきれません。娘が人倫にもとる行いをしていたのだから、言葉を選ばず叱責《しっせき》すべきだったのです。頰《ほお》を張ってでも罪の道から連れ戻すべきだったのです。されど私は、臆病風に吹かれていました。素蘭が……母親のようになるのではないかと恐れて……腕ずくで娘の過ちを正すことに二の足を踏んでしまった」

素蘭の母——来超の亡妻・鄒氏《すうし》は素蘭を産んで間もなく気鬱の病にかかり、治療のかいなく自死したという。来超はその事実を素蘭に隠しとおし、鄒氏は病死したと伝えていた。母親の自死という痛ましい過去から愛する娘の心を守ろうとしたのだ。

鄒氏が命を絶つ前、来超は彼女と口論した。気鬱の病にかかってから鄒氏は疑い深くなり、来超が早晩、妾《めかけ》を迎えると思いこんでいた。連日のように恨み言を吐かれ、そのたびに来超は妾など持たないと言ったが、鄒氏はかたくなに信じなかった。

ある日、忌《い》まわしい習慣のように鄒氏は来超を責めた。来超の帰りが遅いことを訝《いぶか》り、よその女に会ってきたにちがいないと決めつけた。

来超はたまりかねて激怒し、鄒氏に罵声《ばせい》を放った。帰りが遅いのはよそに女ができたからではなかった。上官の失態の尻ぬぐいをさせられ、激務に追われていたからだった。心身ともに疲れ果てており、病に侵された愛妻を気遣う余裕がなかった。

「つい口走ってしまったのです。おまえのような病身の女は離縁して、あたらしい妻を娶《めと》るつもりだと……」

素蘭と佩良《はいりょう》の心中事件のあと、来超は沈鬱な面持《おもも》ちで秋霆に打ち明け話をした。

郤氏が縊死《いし》したのは、口論の翌朝のことだった。遺書には、いままで迷惑をかけたことへの詫《わ》びと、後妻を迎えて幸福に暮らしてほしいということが記されていた。

来超は継室《けいしつ》を娶らなかった。素蘭を喪《うしな》ったいまもやもめ暮らしをつづけている。

「古傷がうずいて立ち往生《おうじょう》する気持ちはわかります。恥ずかしながらこの老いぼれもそうでしたから。ですが、痛みをともなうとしても恐れてはいけないことがあるのです」

「恐れてはいけないこと？」

夕映えに目を細めつつ、来超は重くうなずいた。

「前に進むことです」


皇城《こうじょう》は東安門《とうあんもん》外の北に東廠《とうしょう》は府寺《やくしょ》をかまえている。鴉軍《あぐん》がまとう蟒服《ぼうふく》のような烏羽《からすば》色の甍《いらか》を葺《ふ》いた建物は傲岸《ごうがん》な顎《あご》のように反りかえった屋根を夏闌《なつたけなわ》の日輪にさらしながら岳秀を迎え入れた。いくつもの門《もん》と遊廊《わたりろうか》をとおって向かった先は、司礼監秉筆太監《しれいかんへいひつたいかん》の筆頭にして東廠の長たる督主《とくしゅ》・葬刑哭《そうけいこく》の官房《しつむしつ》だ。

督主付きの掌家《しょうか》に取り次ぎを頼んで待つことしばし。

「やっと来たか。待ちくたびれたぞ」

待ちくたびれたことなど一度もなさそうな冷めた顔で、葬督主は入室してきた岳秀を見やった。玉案《つくえ》にひろげられているのは東廠が処理する膨大《ぼうだい》な文書ではなく、彩り豊かな料理をつめた折詰である。昼餉《ひるげ》の時刻はとうに過ぎているから間食だろうか。鴉軍一食い意地が張っている葬督主は空腹を感じたときが食事時になるので、口に物を入れずに配下と会うことのほうがめずらしい。もっとも岳秀は葬督主の配下ではないが。実情はどうであれ、自分のなかに東廠に仕えている意識はない。

「さて、報告を聞こうか」

葬督主は箸を置かずに問うた。報告を聞くのにいちいち食事を中断しないのもいつものことである。

「殿下のご様子は変わりありません。平生どおりご公務に励《はげ》んでいらっしゃいます」

「聞き飽きた話だな」

「事実とは退屈なものかと」

罪人の母を持つがゆえに、秋霆は東廠の監視対象である。昼夜を分かたず褐騎《かっき》に見張られているが、それとはべつに岳秀にも主の動静を言上するつとめが課されていた。主を敬愛してやまない岳秀としては甚だ不本意だが、褐騎があらぬ報告をするかもしれないので、主の様子を正確に伝えるため、定期的に葬督主を訪ねている。

「忠義立てもほどほどにしておかぬと身を亡ぼすぞ」

「事実を述べる者が亡ぶのなら、大凱《このくに》の命脈はとうに尽きておりましょう」

「不敬《ふけい》きわまりない発言だ。それだけで投獄《とうごく》に値する」

「拷問《ごうもん》でもなんでも付き合いますが、お話しすることはありません」

「みな、そう言うのだ。鬼獄《きごく》の門をくぐる前は」

「試しに投獄なさってはいかがで？　私を捕らえる正当な理由があるのなら」

「督主を挑発する行為は『正当な理由』となりうるな」

「でしょうね。主上が御身にご不審を抱かれない限りは」

　葬督主は獲物を食いそこねた蛇のような目でぎろりと岳秀を睨《にら》んだが、たちまち興味をなくして折詰に視線を落とした。

「よかろう。では、もうひとつの案件について申せ」

　ぼろを出さないかとかまをかけたのだ。これもおさだまりの手順なので慣れている。手柄を立てることが生きがいの司礼監掌印《しょういん》太監・棘灰塵《きょくかいじん》とちがって、葬督主は病的な事なかれ主義である。わけもなく岳秀を捕らえて今上に目をつけられる愚は犯さない。

「殿下と王妃さまのご尽力により、永恩長公主《えいおんちょうこうしゅ》と懐和侯《かいわこう》は想いを通わせました」

「あのふたりは犬猿の仲だろう。いったいどうやって仲を取り持ったんだ？」

「茶で」

「惚《ほ》れ薬《くすり》でも盛ったのか」

「近くで見ていましたが、薬のたぐいは入れていなかったようです」

「茶を飲んだら永恩長公主と懐和侯が相思相愛になったというのか？」

葬督主がいぶかしそうに箸《はし》を止めたので、岳秀は「はい」とそっけなくうなずいた。

古式ゆかしい求婚の風習に「下茶《かちゃ》」というものがある。これは婚約を意味し、男から贈られた茶を女人が飲むと結婚を承諾《しょうだく》したと見なされる。建国間もないころは宗室でも行われていたが、当世では形骸化《けいがいか》しており、聘礼《へいれい》のなかに茶がくわえられるだけだ。しかし本来は男が手ずから茶を淹《い》れて、意中の女人にふるまうものだという。

下茶を月下老人《げっかろうじん》にして夏瑶と忠飛の仲をとりもってはどうかと月娥が提案したのは、半月ほど前のことである。

「お茶の淹れかたをご説明しますので、殿下が懐和侯にお教えになってください」

月娥が秋霆に茶の淹れかたを教えたのち、秋霆が忠飛にそれを伝授するという計画だと聞き、秋霆は「最初からそなたが教えたほうが早いだろう」と言った。

「それでは私が懐和侯と何度かお会いすることになり、長公主さまにあらぬ疑いを抱かれてしまいますわ。ただでさえ険悪なおふたりに波風を立てたくありません」

たしかに月娥と忠飛がこそこそ会っていれば、夏瑶が変な誤解をしてますますふたりの関係がこじれそうだと秋霆は納得し、月娥の献策を受け入れた。

「そういうわけで永恩長公主と懐和侯は想いを通わせたのです」

「どういうわけだ？　端折《はしょ》らずに順を追って説明しろ」

面倒なので簡単に片づけてしまおうとしたが、思いのほか興味津々《しんしん》の葬督主に細大《さいだい》もらさず報告せよと命じられ、しぶしぶ事の次第を順序だてて話す。

「懐和侯が茶を淹れて永恩長公主にさしだすと、永恩長公主はいかにも億劫《おっくう》そうに茶を飲みました。すると、懐和侯が『俺が淹れた茶をお飲みになったということは、俺の妻になってくださるということですね』と言いましたので、永恩長公主は苛立《いらだ》った様子で『どういう意味よ？』と問いかえしました。懐和侯は『これは下茶ですよ』と答えました。永恩長公主は『なによそれ、聞いたことないわ』と言いました。懐和侯は真面目腐《まじめくさ》った面持ちで『俺も整斗王殿下にうかがってはじめて知りましたが、古い時代の婚俗《こんぞく》で……」

「おい待て。この調子で延々とつづけるつもりじゃないだろうな？」

「〝細大もらさず〟がご希望《はぶ》であれば」

「……わかった。枝葉は省いてよいから、要点だけを述べよ」

「端的に申せば、おふたりは初対面のころから互いを慕《した》っていたのです。ただ、永恩長公主は懐和侯が『宦官《かんがん》の娘を嫡室《ちゃくしつ》にするのはいやだ』とぼやいていたのを小耳にはさんでいたのでつむじを曲げており、懐和侯は永恩長公主が『あんなえらそうな顔つきの男はいやだ』と愚痴《ぐち》をこぼしていたのを人づてに聞いたせいでへそを曲げていたわけです」

　ふたりは鏡に映したようにおなじことをしていたのだ。互いに一目惚れし、縁談に胸をときめかせながら、互いの陰口に傷ついて本心とは正反対の態度をとっていた。

「茶を飲んだら素直に本心を打ち明けたのか？」

「いえ、正確にはひと悶着《もんちゃく》ありました」

忠飛が下茶の説明をすると、夏瑶は毛を逆立てた猫のように怒り出した。

「あなたはわたくしを娶りたくないんでしょ。わたくしが宦官の娘だから嫡室にしたくないんでしょ。だったら下茶なんか持ってこないで。勅命には逆らえないから結婚はするけど、進んであなたに嫁ぐわけじゃないわ。自分のことを好きじゃない男に喜んで嫁ぐほど馬鹿じゃないのよ。あなたがわたくしを嫌う限り、わたくしもあなたのことなんか嫌いだわ。喜んで嫁いでほしいなら、あなたがわたくしを好きになりなさいよ。無理だってわかってるけど。由緒《ゆいしょ》正しい宰家の御曹司《おんぞうし》が騾馬《らば》の娘なんか好きになるわけないって」

甲高《かんだか》い罵声がいつの間にか涙まじりの声音になっていた。

「生まれのことで嫌うなんてひどいわ！　生まれなんてどうしようもないじゃない。どうせ嫌うなら、わがままとか品がないとか食い意地が張ってるとか、そういうことで嫌いなさいよ。それならわたくしだって努力するわ。あなた好みの淑やかな娘になれるよう、がんばるわよ。でも、出自のせいで嫌いだって言われたら、なにもできないわ！　いまさら本物の長公主にはなれないんだもの！　わたくしはこれまでもこれからも宦官の娘なのよ！　そのことを嘲《あざけ》る人は大勢いるけど、わたくしは父さんのことが好きだわ。父さんはわたくしをほんとうの娘みたいに大事にしてくれた。父さんがわたくしを拾って育ててくれたから、今日まで生きてこられたの。宦官の娘である自分がいやだとは思わない。どんなにあなたに嫌われたって、それは変わらないわ。だから……」

泣き顔を見られたくなかったのか、夏瑶は席を立って亭《あずまや》から駆け出した。

「長公主さまだってひどいじゃないですか。見てくれのことで俺を嫌うなど」

忠飛は夏瑶を追いかけ、その手をつかんだ。

「生まれと同様に容姿だってどうしようもないんです。俺の人となりがお気に召さないというなら、長公主さまに好かれる男になれるよう努力しますよ。ですが、俺の顔かたちが気に入らないと言われたら、対処のしようがありません。俺がえらそうな面構《つらがま》えをしていると長公主さまはおっしゃいますが、生まれたときからこういう顔貌《がんぼう》なんですから仕方ないじゃないですか。俺はこれまでもこれからもこんな顔ですよ。あなたにどれほど嫌われても、両親から賜《たまわ》った姿かたちを恥じることはありません。長公主さまが一目で心奪われるような容貌《ようぼう》に生まれたかったと思ったことがないと言えば嘘になりますが……」

「馬鹿ね！　あなた、ほんっとに大馬鹿者よ！」

夏瑶は忠飛の手をふりはらって叫んだ。

「わたくしはあなたに一目惚れしたの！　だからこんなにも苦しいのよ！」

顛末《てんまつ》を語り終えるころ、葬督主は折詰を空《から》にしていた。

「ひとつ指摘したいのだが」

「なんでしょうか」

「台詞《せりふ》を棒読みするな。盛りあがる場面なのだから情感をこめて語れ」

「あいにく私は役者でも講釈師でもありませんので」

「褐騎のなかには臨場感のある語り口で報告するやつもいるぞ」

「では、その褐騎をお使いになればよいでしょう。私は王府の使い走りにすぎませんので、褐騎の真似事《まねごと》などできません」

岳秀のつとめは秋霆の監視だけなのだ。夏瑶と忠飛の様子を探る任務はあくまで葬督主の私的な用命であった。

「永恩長公主には幸福な結婚をしていただかねば。それが易太監《えきたいかん》の悲願であろうから」

易太監に窮地《きゅうち》を救ってもらったことがあるという葬督主は律義者《りちぎもの》らしく旧恩を忘れず、恩人の愛娘《まなむすめ》である夏瑶の行く末をおりにふれて案じていた。

「おまえも褐騎にならぬか」

葬督主は掌家が淹れた茶をちびちび飲んだ。来る日も来る日も豪勢な折詰をぺろりと平らげるわりに肉付きの悪い長軀《ちょうく》を大儀《たいぎ》そうに椅子《いす》の背にもたせかける。

「褐騎として一定の成果をあげれば、東廠に席を用意してやってもよいぞ」

「私は王府勤めで精いっぱいです。立身出世を志《こころざ》す才幹も気概《きがい》もありません」

「惜しいことだな。おまえなら司礼監の幹部も夢ではなかろうに」

「買いかぶりすぎです。私は王府の下僕で終わる駑馬ですよ」

「気が変わったらいつでも志願せよ。使えるやつは歓迎する」

岳秀がきっぱり断ると、葬督主はあっさり引き下がる。もとより熱心に勧誘しているわけではない。これは退屈なあいさつの一種。気のない呪いのようなものだ。

「褐騎の件はおまえの勝手だが、騾馬の先達《せんだつ》として言わせてもらえば菜戸《つれあい》は持つべきだぞ。いつまでも死んだ女に義理立てせずともよかろう。過去は捨てて、さっさと再出発することだ。未練がましいところまで主の真似をせずに」

葬督主は言下に信箋《びんせん》をひろげた。書いているのは東廠の機密――ではなく、愛妻宛の文だ。何事にも消極的ゆえ女人との交渉を持たなかった葬督主は四十の坂を越えてからようやく妻帯した。相手は老舗《しにせ》妓楼《ぎろう》の厨娘《ちゅうじょう》だというから、食道楽もここに極まれりである。毎日、届けられる折詰は菜戸の手製で、食べ終わると事細かに感想を書いて送るのが結婚から八年経ったいまもつづく葬督主の日課だ。

「私が相手を紹介してやってもよいが？」

「けっこうです」

督主が薦めてくる女はもれなく褐騎。密偵の隠れ蓑《みの》として利用されるのはごめんだ。

「私からの報告は以上です。ほかにお話がなければ失礼いたします。そろそろ王議《おうぎ》が終わるころですので、宗人府《そうじんふ》に殿下をお迎えにあがらなければ」

葬督主は無言で返事をした。愛妻への文をしたためるので忙しいようだ。岳秀は一礼して退室する。遊廊《わたりろうか》に出るなり、飛び散った西日のかけらに目を射られた。

——孫月娥が殿下の御心をときほぐしてくれればよいのだが。

秋霆が月娥に茶の淹れかたを教わる場面を観察していたが、主があのようなやわらかい表情をしていたのは久方ぶりだと思う。婚礼から間もないころの秋霆は月娥を拒絶しているふうだったけれど、彼女とおなじ時間を過ごすうちに主をかたくなにしている古傷の痛みがやわらいできたのだろうか、近ごろでは月娥のそばでとてもくつろいだ顔つきをしている。素蘭の死後……いや、素蘭の不貞が発覚したときから凍りついていた雰囲気《ふんいき》がすこしずつとけていくのを感じる。このまま月娥が主をあかるいほうへ導いてくれればいいと願わずにはいられない。駙馬にも報恩の心はある。恩人には幸福になってほしいのだ。心から彼を愛してくれる女人と平穏に暮らしてほしい。

愛する妻と共白髪《ともしらが》まで添い遂《と》げる。それはかつて岳秀自身が胸に抱き、ついに叶えることができなかった夢だ。

なにげなく顔をあげると、前方からやってくる黒衣の集団が視界に入った。彼らがひとしなみに男の肉体を失っていることは、烏黒《うこく》の官服に縫《ぬ》い取られた蟒蛇《うわばみ》と頭にいただく三山帽《さんざんぼう》が証明している。肩をそびやかして先頭を行く四十がらみの宦官は司礼監秉筆太監・泥梟盗《でいきょうとう》。秉筆太監は司礼監太監の次席にあたり、通常四、五名いる。そのうちの筆頭は督主となるが、それ以外は掌印太監とともに奏状《そうじょう》の検閲《けんえつ》を行う。皇上《みかど》が見そなわすより早く上奏文に目をとおし、内閣の見解に異論をとなえることができる立場なのだから、その勢威たるや廟堂《びょうどう》に居並ぶ大官たちをしのぐほどである。

なかんずく梟盗は棘太監の愛弟子で、次期督主の座にもっとも近い秉筆太監と噂《うわさ》されているせいか、わがもの顔で東廠を闊歩《かっぽ》する姿は血刀めいた覇気《はき》を放ち、どちらかといえば貧相な面立《おもだ》ちで風采《ふうさい》のあがらない葬督主より、よほど督主らしく見えた。

「泥太監にごあいさついたします」

岳秀は脇によけて揖礼《ゆうれい》した。位はどちらも太監なので同格だが、司礼監秉筆太監と親王付き首席宦官では権能が雲泥《うんでい》の差だ。こちらが道を譲《ゆず》るのが礼儀《れいぎ》である。

「かしこまるなよ、左龍《さりゅう》。俺たちは竹馬の友じゃねえか」

梟盗は権高な舌で岳秀の幼名を呼んだ。竹馬の友というのは誇張ではない。岳秀と梟盗は范東《はんとう》を荒らしまわった土匪《どひ》の息子だ。父親同士が義兄弟だったので従兄弟《いとこ》のように育った。童子のころから父に従って官府や富豪を襲い、掠奪《りゃくだつ》の片棒を担ぎ、土匪として生きるすべを骨身に刻んできたが、欲望に忠実な暮らしは唐突に終わった。十二のとき、范東の土匪の多くが官軍に討伐《とうばつ》されたのだ。岳秀らの一味も例外ではなく、父や兄たちはことごとく処刑され、岳秀と梟盗は腐刑《ふけい》を受けさせられて皇宮に送られた。

おなじ師父に仕え、おなじように学び、おなじように失敗し、おなじように折檻《せっかん》され、おなじように成長してきたはずなのに、いつから道が違ったのだろうか。いまや互いの心は天と地ほどにへだたり、仇《かたき》同士になってしまった。

「私は一介の驃馬ですから、泥太監のような高位のかたを敬《うやま》うのは当然です」

「いやに卑下《ひげ》するんだな。謙遜《けんそん》も度が過ぎるといやみだぜ。おまえだってその気になりさえすればいつでもこっちに来られるくせに」

梟盗はなれなれしく岳秀の肩をつかみ、耳もとに口を寄せた。

「いつまでも王府の走り使いなんかやってねえで、古巣に戻ってこいよ。なんだったら俺が口をきいてやろうか。旧友のためなら一肌脱ぐぞ」

「おそれながら、私には王府勤めが性《しょう》に合っておりますので」

梟盗が口利《くちき》きするつもりなどないことは百も承知だ。梟盗も岳秀が出世を望まないことを承知のうえで白々しくこんなことを口にする。

四十年来の腐れ縁だ。互いのことは反吐《へど》が出るほど知り尽くしている。

「一肌脱ぐといえば、例の件は考えてくれたか」

梟盗はさも心苦しそうに眉《まゆ》をくもらせる。

「おまえの義妹《いもうと》をだめにしちまったことは、心底すまないと思っているんだ。埋め合わせにべつの女を手配してやるから、どんな女がいいか希望を言ってくれ」

心底すまないと思っている。それが赤心から生じた言葉ではないことは、旧友の双眸《そうぼう》から放たれる陰険なまなざしがありありと物語っていた。

「ひとりじゃ足りねえか？　だったら十人でも二十人でも、おまえが欲しがるだけ用意してやるよ。あの女そっくりの女を見つけてきてやってもいいぞ」

「ご厚意には感謝いたしますが、私は菜戸《つれあい》を持つ余裕がありませんので」

「菜戸にしろって言ってるんじゃねえよ。遊ぶだけ遊んで、遊び尽くしたらとりかえればいいじゃねえか。女なんてものはそこらに掃《は》いて捨てるほどいるんだ。使っても使っても使いきれねえくらいにさ。まあ、どれもこれも似たようなもんだから、すぐに飽きが来ちまうのが難点だがな。そういや、あの女もそうだったなあ。どこにでもいるつまらねえ女だった。おまえが入れこむほどの代物《しろもの》じゃなかったぜ」

　急いでいますので、と岳秀は深々と揖礼して立ち去ろうとする。

「被害者面《づら》するなよ」

　嘲《あざけ》りもあらわな声が毒矢のように背中に突き刺さった。

「あの女を見捨てたのは――左龍、おまえだろ？」


　翼護の忌日《きにち》である六月三十日には王府にて翼護の追善供養《ついぜんくよう》をする。毎年、儀式をとりしきってくれている鏤氷観《ろうひょうかん》の石梁真人《せきりょうしんじん》が折悪《おりあ》しく臥《ふ》せっているので、今年は真人の弟子のなかでも徳望が高い玄雲道人《げんうんどうじん》・白遵光《はくじゅんこう》を招いた。内院《なかにわ》に祭壇をもうけて供物《くもつ》をそなえ、香を焚《た》き、経《きょう》をあげる。礼法上、親が子を祀《まつ》ることは許されないので、夭折《ようせつ》した子の供養は祀り手のない孤魂野鬼《こんやき》を救済する普度《ふど》の形式で行う。

儀式はつつがなく進行し、紙製の冥器《めいき》を焼いて亡きいとし子の冥福《めいふく》を祈った。

「殿下？」

立ちのぼる煙を見ていた秋霆はその声で目を覚ましたような心地がした。ふりかえると、夜着姿の月娥が心配そうな顔をして立っていた。

普度の儀式はとうに終わり、時刻は深更《しんこう》にさしかかっている。喰いちぎられたような月が中天にあっても、視界は墨《すみ》を流したように暗い。夜陰のむこうにぼうっと浮かびあがる月娥の姿はなにかしら清浄なものを感じさせ、千万《ちよろず》の枝のごとく複雑にからみあった梁《うつばり》越しにふりあおぐ月のように見えた。

「紙銭《しせん》を焚いていらっしゃるんですか」

「ああ、昼間の分だけでは足りないような気がして」

どこか言い訳じみた口調に自嘲《じちょう》の笑みをこぼす。だれに対する弁明だというのだろう。月娥か、素蘭か、翼護か、骨の髄《ずい》まで罪業に染まっている己自身か。

「そなたはまだやすんでいなかったのか？」

「眠れなかったんです。目がさえてしまって」

月娥は秋霆のとなりにしゃがみこんだ。紙銭をとり、銀盤のなかで赤々と燃える火にくべる。見る間に炎を孕《はら》んだ槐《えんじゅ》染めの紙片が煙となって夜空にすいこまれていった。

ふたりして無言で紙銭を焚いた。紙銭を手にとる音がくべられたそれを食らう火の息遣いとかさなりあって、重苦しいしじまの錦を織りあげていく。

「ときおり夢に翼護が出てくる」

こぼすつもりはなかった言葉が口をついて出た。

「夢のなかで翼護は七つになっている。私は翼護を抱きあげようとするが、翼護に拒《こば》まれてしまう。翼護は私を睨《にら》んでいる。そしてこう言うんだ。なぜ守ることもできないのに子を持ったのかと、生まれながらの罪人が世間並みに人の親になろうとしたのかと……」

返答に窮《きゅう》して立ち尽くす秋霆の前に、あの乳母が音もなくあらわれる。

「乳母は私に見せつけるように刃物をふるい、翼護の腹を裂き、腕を切り落とす。私は止めようとするのだが、なぜか乳母にふれることもできない。無力な私を嘲笑《あざわら》い、乳母はさらに刃物をふりおろす。次の瞬間……翼護の亡骸《なきがら》が地面に横たわっている」

小さな喉笛《のどぶえ》は切り裂かれ、ほとんど皮一枚でつながっているにすぎない。

「変わり果てた翼護のそばにひざまずき、私は途方に暮れている。もはや息はないと一瞥《いちべつ》しただけでわかるのに、大声で太医《たいい》を呼ぶ。呪言《じゅごん》のように、太医太医と……そうすればなにもかもが元どおりになるかのように」

耳をつんざく己が叫喚《きょうかん》は知らぬ間に女のものとすりかわっている。

「はたとわれにかえると、血まみれの赤子を抱いた素蘭が泣き叫んでいる。その声は人のものとも思われない。ひとつだけだ、聞きとれる言葉は……」

あなたのせいだわ、と素蘭は言うのだ。

「私は答えられない。なぜなら、それは事実だから。私が翼護を殺したも同然だ。私が素蘭の心を殺したんだ。望んではいけないものを望んでしまった。そのせいで、わが子も、妻も、不幸にした。過去に戻ることができるなら素蘭を娶《めと》るなと自分に忠告したい。素蘭だけでなく、だれも娶ってはいけない。おまえは人並みの幸福を望んではいけない、求めること自体が罪なのだと」

悔悟《かいご》の沼が四肢《しし》をのみこんで身じろぎできない。

「どれほど渇仰《かつごう》しても過去には戻れぬ。やりなおしはきかない。時間は前に流れていくだけだ。罪は罪として残っていく。私は一生をかけて償わなければならない。翼護と、素蘭に対する罪を、償わなければ……」

六年前から秋霆の余生がはじまった。懺悔《ざんげ》に費《つい》やすための日々が。

「こんなことを言うべきではないかもしれぬが……どうすればいいか判然としない。どうすれば償いになるのか、見当もつかぬ。紙銭など焚いても意味はないのかもしれない。九泉《きゅうせん》にいる翼護はすこしも救われないのかもしれぬ。もっとべつのやりかたを探すべきなんだろう。もっと意味のある方法を……必死で考えをめぐらせているが、なにも思いつかない。妻子を殺めた罪人のくせに、私は自分に科せられた刑罰すらもわからないんだ」

紙銭を燃やす炎が不安げにゆらゆらと揺れる。

「どうすればよいのだろう……どうすれば、翼護は、素蘭は救われるのか。どうすれば、ほんのわずかでも、彼らの怨みがやわらぐのだろうか……」

「いまのままでいいと思います」

静やかな声音《こわね》が薄闇をやさしく震わせた。

「おふたりのことを忘れず、心から悼《いた》むことが償いになるのではないでしょうか」

「……そんなことでいいのだろうか」

「人の心から生じた怨みは人の心によって癒《いや》されるはずです」

うなだれる秋霆の顔を、月娥がそっとのぞきこんできた。

「おふたりの怨みを癒すことも大切ですが、ご自身の怨みも癒さなければなりませんわ」

「……私はだれも怨んでいないよ。怨む資格もない」

「いいえ、殿下はご自身を怨んでいらっしゃいます。おふたりを守れなかった、救えなかったとご自分を責めさいなんでいらっしゃいますわ。なればこそ、ご自身の怨みをやわらげることをお忘れになってはいけません。おふたりの怨みも重いでしょうが、殿下のそれも重さは変わらないはずです。けっして軽んじないでください。強すぎる怨みは心を壊してしまいます。罪を償いたいとお思いならなおさら、ご自身を壊してはいけません」

炎の色を映した瞳がまっすぐに秋霆をとらえている。

「心が健康でなければ、おふたりを追福《ついふく》することもできなくなりますわ。おふたりのより良い来世を願うなら、殿下は祈りつづけなければならない。祈ることができる環境に身を置かなければならないはずです。ご自身への怨みをつのらせすぎないようにしてください。あなたの心を守り、先立ってしまわれたおふたりの冥福を祈りつづけるために」

音が消えた。炎の吐息も風のささやきも――鼓動以外はなにもかも。

「……翼護は通常の赤子よりも小さく生まれた」

抱きあげたときに感じた翼護の重さがいまもこの腕に残っている。

「産婆《さんば》が言うには、しだいに大きくなるということだったが、このまま成長しないのではないかとずいぶん気をもんだものだ。日に何度も様子を見に行っては『いつになったら大きくなるんだ』と太医を問いつめたこともある。だが、朝な夕な見ていたせいで変化に気づかなかっただけだった。翼護はちゃんと成長していた。毎日すこしずつ」

蒸したての包子《まんじゅう》のような頬《ほお》、愛《いと》おしさが詰まった丸いっこい手足。

「抱きかたが下手《へた》だったんだろうな、私が抱くと決まって大泣きしたんだ。火がついたようにに。仕方がないので、揺《ゆ》り籠《かご》をのぞきこむくらいで我慢していた。抱きあげさえしなければ、翼護は機嫌がよかったからな。私の顔を見るとよく笑った。指を握ってくれることもあった。小さな、やわらかい、あたたかい手で……」

いったいどういう仕組みで動くのかふしぎで仕方ないほど、いたいけな手だった。

「あの小さな身体に、乳母の殺意が降り注いだ。どんなに痛かっただろうか、苦しかっただろうか、恐ろしかっただろうか……。大声で泣いただろう。助けを呼んだだろう。父を、母を呼んだだろう。声を限りに叫んだのに、だれも助けてくれなかった。罪のない小さな身体に、雨のように降り注ぐいわれのない怨憎の刃を、なすすべもなく、受けるしかなかった。できることなら、代わってやりたかった。私が、翼護の代わりに……。翼護は小さすぎた。あれほどの憎しみにさらされるには、あまりにも……」

紙銭を炎にくべたあとで手を握りしめる。強く握りしめていないとばらばらに飛び散ってしまいそうだ。己自身への怨みからわき起こる震えのせいで。

「あなたもです、殿下」

痛みをともなって震える秋霆の手に、たおやかな手のひらがかさねられた。

「あなたにとっても、いわれのない怨憎です」

寄り添ってくれるぬくもりがなにかを壊す。気づいたときには視界が涙で濡れていた。ひとたびあふれ出したものはとめられず、片手で顔を覆《おお》う。はじめて味わう衝動だった。翼護の死に直面したときは愕然《がくぜん》とするばかりで泣くこともできなかった。素蘭を喪《うしな》ったときは罪悪感に押しつぶされて嗚咽《おえつ》さえも出なかった。

「……私には、なんの資格もない。悲しむ資格も、怨む資格も……」

「資格は必要ありませんわ」

あたたかい手のひらが骨を軋《きし》ませるほどのわななきを鎮めてくれる。

「悲しみや怨みは雨や風のようなものです。雨に降る資格がないと言いますか？　風に吹く資格がないと言いますか？　そんなことを言ったらおかしいでしょう。だってそれ自体が生じるべくして生じたものなのですから。そうする資格がないと拒むのではなく、受け入れなければなりませんわ。ありのままの感情を――それがどんなかたちであれ――認めてあげなくては。そして待つんです。忍耐強く」

「……嵐が過ぎ去るのを？」

「雨風にさらされたままでは凍えてしまいます。だから冷たい雨や横殴《よこなぐ》りの風から身を守れる場所に避難してください。そこで息をひそめてやり過ごすんです。どれほど強力な嵐でも永遠につづくことはありません。勢いはかならず衰えます。雨はやみ、風は凪《な》ぐものです。そのときを待てばよいのですわ」

「……そんな場所が、私にあるのだろうか」

月娥は答えない。ただ、こちらを見ている。おだやかな瞳をやさしく細めて。

どうして、と言えなかった。なぜこんなにも、とは言えなかった。尋ねるまでもないことではないか。彼女は秋霆を愛してくれているのだ。この罪深くみじめな男を。

気づけば、秋霆は月娥を抱きすくめていた。それはすがるような抱擁《ほうよう》だった。溺《おぼ》れる人が水面にさしだされた手を無我夢中でつかむような。

第三煎　虚虚実実

月洞門《くりぬきもん》をくぐったところで月娥《げつが》は小さくため息をもらした。

「緊張しましたか？」

気遣わしげに声をかけられて笑顔を取り戻す。となりを歩いているのは穣土王太妃《じょうどおうたいひ》・孟《もう》静萱《せいけん》。ふたりで汪《おう》皇后のご機嫌うかがいをしてきた帰りだ。

「いいえ、以前ほどは。皇后さまはおやさしいかたですから」

はじめて謁見《えっけん》したときは緊張のあまり作法《さほう》をまちがえてしまったが、温柔敦厚《おんじゅうとんこう》な汪皇后に励《はげ》まされてそつなくあいさつをこなせるようになってきた。

「ただ、すこし荷が重いような気がするんです。茶宴《さえん》の趣向を考えるのは」

皇后主催の茶宴に興をそえてくれないか、と汪皇后に相談された。

「先月、皇宮に雷が落ちたでしょう。あれで後宮の一角が全焼してしまったの。幸い、死傷者は出なかったけれど、妃嬪侍妾《ひひんじしょう》が不吉だと騒いでいるのよ。落雷で後宮の殿舎《でんしゃ》が炎上するのはひさしぶりだったせいね。女官たちや宦官《かんがん》たちも浮足立って、これは災厄《さいやく》の予兆だと不穏な噂《うわさ》をささやき合っているわ」

有史以来、災害は天譴《てんけん》――天の譴責《けんせき》と見なされてきた。人の世に重大な過ちが生じると玉帝《ぎょくてい》が怒りをつのらせ、天変地異を引き起こすのだと。なかんずく落雷で皇宮の建物が焼失することは不祥《ふしょう》とされ、亡国のきざしとさえいわれた。

「不安は疫病《えきびょう》に似ているわ。早い段階で適切な処置をしなければ際限なくひろがってしまう。いまはまだ後宮だけですんでいるけれど、内廷《ないてい》の動揺が外廷《がいてい》に波及して、悪い影響をおよぼすことも考えられるわ。そうなる前に手を打ちたいのよ」

後宮にはびこる剣呑《けんのん》な空気を払拭《ふっしょく》するため、盛大な茶宴をもよおすという。

「妃嬪侍妾だけでなく皇族夫人も招くつもりよ。大勢で楽しみたいの。落雷のことなんて忘れてしまうくらいにね」

汪皇后は大輪《たいりん》の牡丹《ぼたん》さながらの微笑を月娥にむけた。

「場を盛りあげるのになにかよい工夫《くふう》はないかしら？　茶菓にくわしいあなたから提案してもらえるとありがたいわ」

次回の参内では具体的な案を持ってきてほしいと言われた。皇后直々の依頼を断ることなどできない。恐縮しつつも引き受けるしかなかった。

「下手な案を出してお叱りを受けないかと心配で……」

「皇后さまは寛容なかたですわ。お怒りになることなんてめったにありません」

「めったに……ということは、お怒りになることもあるのですね？」

「危明華《きめいか》が憂《う》さ晴らしのために奴婢《ぬひ》をむごたらしく罰して死に至らしめた際には、たいへんお怒りになりました」

妃嬪の位階は十二妃《じゅうにひ》と上下九嬪《きゅうひん》にわけられている。危氏は当初、十二妃の第九位・順妃《じゅんぴ》に封じられていたが、腹立ちまぎれに婢女《はしため》を酷虐《こくぎゃく》して死なせたことで汪皇后の勘気をこうむり、上九嬪の最下位・明華にまで降格されたそうだ。

「後宮の事情にうといのでわからないのですが……それはきびしい処分なのでしょうか？」

「半年間の夜伽《よとぎ》も禁じられましたから、峻厳《しゅんげん》といっていいほどですわ。皇后さまは側仕《そばづか》えを虐遇《ぎゃくぐう》してはならないと厳命なさいました。以来、妃嬪侍妾の奴婢が過酷な罰を受けることはなくなったそうですわ」

汪皇后自身が実家では下婢《げじょ》の身分だったので、奴婢をいたわる気持ちが強いのだろう。

「皇后さまのご期待にそうことができればよいのですが……妃嬪侍妾がどのようなお茶を好まれるのかも存じませんし……」

「わたくしがお手伝いいたしましょうか」

静萱がしっとりとした目もとに笑みを刻んだ。

「わたくしは一親王太妃にすぎませんが、後宮の内情は多少、耳にしております。お役に立てるかもしれません」

ありがとうございます、と月娥は微笑をかえす。

「穣土王太妃さまにご助言いただけるなら心強いですわ」

「あの、もしよろしければ〝穣土王太妃〟という呼称はやめていただけませんか？」

静萱はやや言いにくそうにつづけた。

「人前では身分にかなった言動をしなければなりませんが、わたくしたちは同い年ですし、ふたりきりのときはもっと気楽にお付き合いできないかしら。たとえばそう……朋友みたいに。朋友というのはくだけた会話をするものと聞いていますわ。お互いに肩の力を抜いておしゃべりできたらうれしいのですが……」

もごもごと言いよどむ様子ははにかみ屋の少女のようで微笑《ほほえ》ましい。

「じゃあ、身位ではなくて字《あざな》で呼び合いましょう。私のことは月娥と呼んでください……じゃなくて、呼んでね。あなたのことは静萱と呼んでもいいかしら？」

ええ、と静萱は気恥ずかしそうにうなずく。

「字で呼ばれるなんてひさしぶりだわ。ちょっとくすぐったいけど、こちらのほうがずっといいわね。〝穣土王太妃〟と呼ばれても自分のような気がしなくて」

「わかるわ。いまだに慣れないの。整斗王府に嫁いで間もないころなんて自分が呼ばれてることに全然気づかなくて、巧燕《こうえん》に袖《そで》を引っ張られていたわ」

ふたりで笑い合いながら恒春門《こうしゅんもん》を出る。おしゃべりを途切れさせたくなくて、轎子《きょうし》には乗らずに歩くことにした。

打ち解けて話してみると、貞淑《ていしゅく》そうな容姿から受ける印象以上に親しみやすい相手だということが伝わってきた。孟家はいまでこそ中流官族《かんぞく》だが、永乾《えいけん》年間には六部尚書《りくぶしょうしょ》を輩出した門地である。一茶商の養女にすぎない月娥を眼下に見てもふしぎではないのに、氏素《うじす》性《じょう》のへだたりなど存在しないかのように対等に接してくれる。好感を抱かずにはいられなかった。そして同時に疑問も。

――どうして先代の穣土王は馮妃《ふうひ》と私通したのかしら。

月娥から見ても静萱は魅力的な婦人だ。四徳をかねそなえながら気取ったところがなく、おだやかで心やさしい。静萱のような嫡妻《ちゃくさい》がいてもなお、先代の穣土王が兄嫁と不義の関係になってしまったのはなにゆえであろうか。皆目見当もつかない。

小宮門《しょうきゅうもん》をくぐろうとしたときだ。あわただしく駆けてきた童宦《どうかん》が月娥にぶつかりそうになった。衣服の山を抱えていたため、前方が見えなかったのだろう。童宦はとっさに進み出た奇幽《きゆう》にぶつかって尻もちをついた。とたん、抱えていた衣服が地面に散らばってしまう。昼過ぎに降った小雨のせいで方塼《れんが》敷きの地面はところどころ濡れている。童宦はあわてふためいて衣服を拾った。

「無礼者！　穣土王太妃さまと整斗王妃さまにお詫《わ》びするのが先であろうが」

奇幽が叱りつけると、童宦は雷に打たれたように平伏した。

「も、申し訳ございません！　お赦《ゆる》しください！」

まだ六つか七つの童子だ。童宦のなかでも下位の者であろう。粗末な砂色の袍《ほう》をまとい、すりきれた頭巾をかぶっている。小さな肩が可哀想《かわいそう》なほど震えていた。

「あなたは大丈夫？　怪我《けが》は？」

月娥がしゃがみこむと、童宦は叱責《しっせき》されたようにびくっとした。

「怪我をしたなら手当てをしなきゃ」

「い、いえ……け、怪我はしていません」

「そう？　どこかすりむいてない？」

童宦は必死で首を横にふる。

「急いでいたのに邪魔をしてしまったわね」

怖がらせないようにやさしく微笑みかけ、地面に散らばった衣服を拾い集める。

「王妃さま、そのような汚らわしいものにお手をふれてはなりません」

「汚らわしい？　ただの衣よ」

「それは宦官の官服です。この者は浣衣局《かんいきょく》の下働きですよ」

浣衣局は宦官の衣服を洗う官署。恭桶《べんき》洗いなどの過酷な仕事を課せられるので、罪を犯した宮女や女官、宦官が懲罰《ちょうばつ》として浣衣局送りにされることもあるという。

「洗濯した官服を届けにいく途中なんでしょう」

「そうだったの。幼いのにたいへんなお役目をこなしているのね。まあ、困ったわ。地面に落ちたから濡れてしまったみたい。乾かさないといけないわね」

「捨て置いてくださってけっこうです。それはこの者の仕事ですから」

　奇幽は切って捨てるような口ぶりで言う。

「私のせいで落としてしまったのよ。せめて届け先に事情を説明するくらいは」

「だ、大丈夫です。ありがとうございます、王妃さま」

　童宦はぺこりと頭を下げ、大急ぎで官服を拾う。奇幽が立ち去るよう促すと、逃げるように駆けていった。

「あの子、手が傷だらけだったわ。師父につらくあたられているんじゃないかしら」

「ふつうのことですよ。童宦はきびしくしつけられます。仕事の手順は言うにおよばず、ささいな言葉遣いや動作に不調法があればたちまち罰を食らいます。宦官の作法を身体におぼえさせるためです」

　日ごろから仮借《かしゃく》ない体罰を受けていることは、童宦の怯《おび》えぶりから察せられた。

「あの者の師父は上等な指導者とは言えませんね。貴人の御前で失態を演じておきながら、謝罪より官服を拾うほうを優先するようでは先が思いやられますよ」

「仕方ないわよ。あんなに幼いんだもの」

「幼さは言い訳になりません。おなじ年ごろでも要領のよい者は如才《じよさい》なくふるまいます」

「あなたは宦官なのに宦官に冷たいのね」

非難がましい言いかたをしてしまった。ふだんは穏健な奇幽であればこそ、先ほどの童宦には過剰《かじよう》なくらい手厳しい気がしたのだ。

「宦官だからこそ同類には干渉はしないんですよ」

奇幽は童宦が駆け去った方向に一瞥《いちべつ》さえ投げない。

「騾馬《らば》の身で生きていくには、他人に頼ることをおぼえてはいけないんです」

反駁《はんばく》できず、月娥は童宦が残していった足跡を見おろした。

――景景とそう変わらない年ごろなのに。

一方は王府で大切に育てられ、一方は浣衣局で苦役に従事させられる。生まれる場所がちがえば、人生はこれほどまでに隔《へだ》たってしまうのだ。

紹景《しようけい》年間までは、秋になると皇上《みかど》は皇族や群臣を連れて素王山《そおうざん》へ紅葉《もみじ》狩りに出かけていた。錦繍《きんしゆう》の景色のなか鹿狩りが行われ、夜には盛大な宴《うたげ》がもよおされたと聞くが、重祚《ちようそ》した睿宗《えいそう》皇帝が冗費《じようひ》節減のため廃止したので、狩装束《かりしようぞく》の宮廷人たちが列をなして外城《がいじよう》の門を出ていく光景は見られなくなった。

宮廷行事としては姿を消してしまった紅葉狩りだが、秋霆《しゆうてい》は毎年、景景を連れて素王山へ出かけている。素王山にある離宮は皇族や外戚《がいせき》なら許可をとれば宿泊できる。もっとも費用はこちらで賄《まかな》わねばならないが、たまの贅沢《ぜいたく》として許容できる範囲内だ。

「重くないか？」

帰りの軒車《くるま》のなかで、景景《けいけい》は月娥に抱かれたまま寝ていた。

「いえ、大丈夫です」

月娥は微笑ましそうに景景の寝顔を見ている。

「疲れたんでしょうね。はしゃいでいましたから」

景景は紅葉に大はしゃぎで、側仕《そばづか》えを息切れさせるほど駆けまわっていた。

「そなたも景景に負けてはいなかったぞ」

秋霆は景景と一緒になって楓林《ふうりん》を探索していた月娥を思い出して笑みをこぼした。

「あまりに景色がすばらしいので、つい浮かれてしまいました。はしたなかったですね」

「そんなことはない。景景も喜んでいたし、そなたの笑顔をたくさん見ることができて、私もうれしかった」

秋霆が微笑みかけると、月娥は恥ずかしそうにうつむく。おだやかなひと時だ。彼女と過ごす時間はひどく心地よい。来年もまた行こう、と言いかけて口をつぐむ。思い出してしまった。来年も月娥が王府にいるかどうかはわからないのだと。

――いや、いないはずだ。来年のいまごろには、もう。

年が明けたら采霞廟《さいかびょう》に帰さなくてはならない。妻として愛せもしないのにずるずるとそばに置いておくのは、月娥を飼い殺しにすることだ。

——愛せないのだろうか、ほんとうに。

あくまで友人として付き合っているつもりだが、ふとしたときに考えてしまう。もし、月娥が名実ともにわが妻であったなら……と。

ふたりが本物の夫婦として睦《むつ》まじく暮らし、いつの日か、あたらしい家族が増えたとしたら……。そこで思考は止まってしまう。ふたりのあいだに子が生まれたとして、その子が無事に成長できるという確信が持てない。翼護《よくご》のような目に遭《あ》うかもしれない。秋霆の子としてこの世に生を享《う》ける限り、悲運に襲われる可能性は消えないのだ。

——たしかに、馮経歴司《ふうけいれきし》の言うとおりだ。

秋霆は月娥を愛せないと思っているのではない。むしろ彼女に惹《ひ》かれている。秋霆が恐れているのは、彼女と結ばれて子をもうけたあと、翼護の悲劇がくりかえされないかということだ。さらに言えば、もし危惧《きぐ》が現実のものとなったとき、自分はそれを乗り越えられるだろうかということだ。いまもなお、夜ごと悪夢にうなされるありさまで。

「あなたにとってもいわれのない怨憎です」

月娥の言葉が心にわだかまったものを溶かしてくれた。解き放たれたような気がした。生まれた瞬間に背負わされたすべての罪から。

――なればこそ、彼女をひきとめるわけにはいかない。

月娥を素蘭とおなじ目には遭わせてはいけない。高秋霆という罪業《ざいごう》にまみれた男を赦してくれるほど慈悲《じひ》深い女人だからこそ、不幸にしてはならない。どれほど親しく付き合っても節度は保たなければ。一線を越えてしまうことがないように。

軒車が揺れた。景景の身体が前に倒れそうになったので、秋霆と月娥はほぼ同時に支えた。ふたりの手がふれあう。視線が交わり、互いに言葉を探す。

けれどなにも言わず、逃げるように目をそらした。

――私は、過ちをくりかえそうとしている。

月娥を手放したくないと思ってしまった。彼女を名実ともに妻にしたいと思ってしまった。そうすれば、この身に巣くった虚《うろ》がなくなりそうで。

皇城北部にそびえる太康山《たいこうざん》は九陽城《きゅうようじょう》建築の際に出た瓦礫《がれき》や残土を積みあげて造られた人工の山だ。さながら翠色《すいしょく》の囲屏《びょうぶ》のごとく九陽城の背後を守る太康山の北東側に、宦官《かんがん》二十四衙門《がもん》の首《おびと》たる司礼監《しれいかん》は所在していた。

昼間は烏黒《うこく》の蟒服《ぼうふく》をまとった宦官たちが忙しく出入りしている門も、日暮れ時を過ぎるとかたく閉ざされる。

皇后付き首席女官・寒嫣雨《かんえんう》がその門扉《もんぴ》の前に立ったのは、戌《いぬ》の正刻のことだった。門衛は嫣雨の顔を見るなり用向きを問いもせず一礼して開門する。司礼監掌印太監《しょういんたいかん》・棘灰塵《きょくかいじん》の菜戸《つれあい》が訪ねてきたのだから当然のことだ。嫣雨は見咎《みとが》められることもなく、ときおりすれちがう三監《さんかん》に揖礼《ゆうれい》され、夫の官房に入《しつむしつ》った。

「ずいぶん遅かったな」

書類の山に埋もれて書き物をしていた灰塵が筆を置いてこちらに視線を投げた。見るからに癇癖《かんぺき》の強そうな顔貌《がんぼう》は華甲《かんれき》にさしかかってもなお、若かりしころの端麗《たんれい》さを思うさま残している。

「ごめんなさい。途中で忘れ物をしたものですから」

嫣雨は食盒《じゅうばこ》を円卓に置いた。ふたを開けて皿をとりだす。栗と白菜の炒《いた》め煮、鶏肉の巻き揚げ、鮃《ひらめ》の蒸し物、梨と牛肉の羹《あつもの》……どれも嫣雨の手料理だ。毎晩ではないが、葬督主《そうとくしゅ》に負けず劣らずの健啖家《けんたんか》である夫のためにかなりの頻度《ひんど》で夜食を作っている。

「待ちくたびれて飢え死にするところだった」

「それなら煩掌家《はんしょうか》にお命じになってなにか作らせればよかったのに」

「あいつの料理は味が濃すぎる。やはりおまえの手料理でなくてはな」

灰塵は億劫《おっくう》そうに席を立った。書類がうずたかく積みあげられた玉案《つくえ》から離れ、こちらに来て繍墩《こしかけ》に座る。嫣雨が料理を取り分けてやると、待ちかねたと言いたげに喉《のど》を鳴らして食べはじめた。厳格で人遣いが荒く、配下たちからは閻羅王《えんらおう》のように恐れられている灰塵だが、嫣雨の前では腹ぺこの夫であることのほうが多い。

「すまぬな」

ひとしきり飢えを満たしたあとで、灰塵は嫣雨が淹《い》れた茶を飲んだ。

「今夜こそは邸でおまえとゆっくり過ごすつもりだったんだが……」

「仕方ありませんわ。仕事が立てこんでいらっしゃるんですから」

「東廠《とうしょう》が厄介事《やっかいごと》を持ちこんでくるせいだ。晟稜《せいりょう》であらたに怨天教《えんてんきょう》の道観が見つかったらしい。捕らえられた信徒のなかに皇族が交じっているというから、また大ごとになる。まったく、迷惑きわまりない。こちらは憂国《ゆうこく》の勅《ちょく》で手いっぱいだというのに」

国内有数の穀倉地帯たる晟稜地方で起こった彭羅生《ほうらせい》の乱から二十年。苛烈《かれつ》な禁圧でかの地の怨天教団は一掃されたはずだが、いつの間にか息をふきかえしていたようだ。

一方で廟堂《びょうどう》にも大きな動きがあった。今上が軍の綱紀粛正《こうきしゅくせい》に乗り出し、衛所官《えいしょかん》の犯罪を徹底的に取り締まるよう勅を発したのだ。

近年、衛所官が軍士《ぐんし》を酷虐《こくぎゃく》する事件が相次いでいる。虐《しいた》げられた軍士が堪りかねて逃亡するので欠員を補充する必要が生じるのだが、衛所官の多くは兵役に耐えられない老人や病人で頭数をそろえてごまかしたり、欠員を埋めないまま補充されたと偽ったりする。はなはだしい場合は故意に軍士を虐待して脱走するよう仕向け、逃亡軍士の月糧《げつりょう》を詐取《さしゅ》するというから、軍紀の乱れは目を覆《おお》うばかりだ。

内部からの腐敗と兵力不足による軍の弱体化を憂《うれ》えた今上は、各地の都指揮使司《としきしし》、提刑按察使司《ていけいあんさつしし》等に衛所官の賢否を調査、報告するよう命じた。衛所官としてその任にふさわしくない者を排除することで、軍内部の引き締めを図ろうというのである。

勅書のなかで「国を憂える」という文言が多用されているので、大官たちはこの勅諭を憂国の勅と名づけた。これにより奏状が激増し、司礼監の官房のいたるところに文書の山が築かれた。全宦官の頂点に立つ灰塵も激務に忙殺されている。

「怨天教の件は東廠にお任せになったら？　葬督主がうまく処理してくれるでしょう」

「だめだだめだ。あいつは手ぬるい。波風を立てまいとするあまり無用の情けをかける。淫祀《いんし》に洗脳された鼠《ねずみ》どもを皆殺しにしてこそ天下泰平が保たれるというに、肝心《かんじん》かなめのところで詰めが甘い。あいつに任せると邪教徒たちを取り逃がす羽目になってしまう。つくづく日向水《ひなたみず》のようなやつだ。およそ督主に似つかわしい騾馬《らば》ではないな」

「でしたら、より督主にふさわしいかたを推薦なさればよいのでは？　たとえば泥《でい》太監はどうかしら。あなたの薫陶《くんとう》を受けて有能な秉筆《へいひつ》太監として才腕をふるっていますわ」

「梟盗《きょうとう》か。あいつは私も買っているが、主上《しゅじょう》の御意に召さない。私に似て冷血すぎるのが好ましくないそうだ。主上は怨天教の禁圧をゆるめていらっしゃるから、葬刑哭《けいこく》のような生ぬるいやつのほうが好都合なのだろう」

東廠幹部の人事権は皇上《みかど》が握っている。司礼監掌印太監の強権をもってしても督主の首をすげかえることは容易ではない。

「葬督主がしっかり働いてくれることを期待しますわ。妹妹《まいまい》の忌日《きにち》にまであなたを仕事に奪われては困りますもの」

「大丈夫だ、それはなんとかする。忌日にはおまえとふたりで芳雪《ほうせつ》を供養《くよう》してやりたい」

灰塵の実妹・胡《こ》芳雪は四年前に亡くなっている。北辺の寒村に生まれ、貧農の子として育った灰塵は幼いころに夷狄《いてき》と官軍の戦闘にまきこまれて芳雪以外の親族を喪《うしな》った。寄る辺のない子どもが生きのびようとすれば苦難の道を歩まざるを得ない。灰塵は妹ともども奴婢《ぬひ》に身を落として王府に仕えた。むろん腐刑《ふけい》を受けたのである。

王府勤めの童宦《どうかん》として働いている際、中央から派遣されてきた三監に才質を見出《みいだ》され、灰塵は皇宮に送られた。のちに芳雪を煌京《こうけい》に呼び寄せ、兄妹そろって宮仕えをするようになって幾星霜《いくせいそう》。陰に陽に助け合って生きてきたが、予期せぬ不幸が睦まじい同胞《はらから》のきずなを断ち切った。鴬水観《おうすいかん》の爆破事件のおり、芳雪は女官仲間と連れ立って廟会《びょうかい》に出かけていたのだ。この事件で灰塵は最愛の妹を喪い、深い悲しみに暮れた。

「妹妹のお供え物に甜点心《おかし》を作りますわ」

「あいつはおまえが作った蒸し菓子が大好物だった。きっと喜ぶだろう」

感傷的なため息をもらし、灰塵は「そうだ」と席を立った。玉案に戻り、抽斗《ひきだし》をごそごそとあさって荷包《きんちゃく》を取り出す。

「ようやく完成した。どうだ、いい出来だろう」

「あらまあ、あなたが刺繍《ししゅう》を？」

灰塵がさしだした細長い荷包には赤い塊《かたまり》のようなものが縫《ぬ》いとられていた。いつだったか、灰塵が裁縫を教えてほしいというので教えたことがある。もともと物覚えはいいほうなのですぐに要領をつかんだが、刺繍だけはどうもうまくいかないようだ。

「いささか不格好だが……これがなんだかわかるか？」

「そうですわね、この赤い部分がふっくらしていますから紅梅でしょう」

「よくわかったな。弟子たちに見せたら、臓物だの死骸《しがい》だのと言われたぞ」

「ひと目でわかりましたわ。だってわたくしはあなたの妻ですもの。夫が一針一針、丁寧《ていねい》に刺してくれた模様を見誤るはずがないでしょう」

「気に入ったか？」

ええ、と嫣雨がうなずくと、灰塵は照れくさそうに片笑んだ。

「おまえの荷包が古くなっているようだったから、取りかえ時だと思ったのだ。真新しい荷包のほうが兄君の形見も居心地がいいだろう」

嫣雨は古びた荷包を腰帯からはずした。ややくたびれた口から一朶《いちだ》の梅花をかたどった銅製の簪《かんざし》を取り出し、夫から贈られた荷包に入れなおす。

「ちょうどよいですわ。ありがとうございます、あなた」

「礼など言うな。おまえにはいつも世話をかけているからな、感謝の気持ちだ」

灰塵ははにかみながら繍墩《こしかけ》に座り、食事を再開する。嫣雨は夫の茶杯《ゆのみ》に湯を注ぎ足し、あたらしい荷包を腰帯に結びつけた。

後宮女官には似つかわしくない、流行遅れの粗末な簪。その細工を懸命にほどこしていた人が世を去ってから、どれだけの歳月が流れたのだろう。


「そなたのおかげで皇后さまの茶宴は大成功だったそうだな」

銀製の碾《てん》で茶をすりながら、秋霆が切り出した。

「夏瑶に聞いたぞ。茶宴は大盛りあがりで、妃嬪や皇族夫人たちも満足していたとか。母妃もたいそう褒めていらっしゃった。久方ぶりにみなで楽しいひと時を過ごすことができたので、落雷以来、後宮に漂っていた不穏な雰囲気《ふんいき》が一気に吹き飛んだと」

「皇后さまのご人徳のおかげですわ。私はすこしお手伝いをしただけですもの」

月娥がさんざん頭を悩ませ、静萱《せいけん》に助言をもらいながらひねり出した茶宴の趣向は、客人たちに茶菓をふるまうだけではなく、彼女たちをできる限り参加させるというものだった。その仕掛けのひとつが茶百戯《ちゃひゃくぎ》である。

茶百戯は澄代《ちょうだい》にもてはやされた風雅《ふうが》な遊びで、茶末に湯を注いで茶筅《ちゃせん》で泡立て、茶湯の表面に茶杓《ちゃしゃく》で鳥獣や草花を描く点茶《てんちゃ》の一種。水や茶葉の良し悪《あ》しを品評する闘茶《とうちゃ》ほど複雑な知識を必要としないので、こつさえつかめばだれでも楽しめる。汪皇后の狙いは団欒《だんらん》であって角逐《かくちく》ではない。茶に通暁《つうぎょう》している者のみが注目を浴び、それ以外の者は引き立て役に徹する事態は避けたかった。ゆえにあえて今人《こんじん》には馴染《なじ》みのない茶百戯に興じることにしたのだ。

月娥はみなの前で茶を点《た》て、茶湯のおもてに菊花を描いてみせた。妃嬪侍妾や皇族夫人らは興味を抱いてくれたようで、月娥が教えたように不慣れな手つきで茶筅を動かし、茶杓で思い思いの模様を描き、互いに品評し合った。また汪皇后や尹太后、李皇貴太妃をはじめとした太妃《たいひ》太嬪《たいひん》にも見てもらい、それぞれ気に入った模様の描き手に褒美《ほうび》を下賜《かし》してもらった。すでに賛辞を受けた者には褒美を与えないよう事前に頼んでいたので、栄誉を独占する者はいなかった。

茶百戯で緊張がときほぐされたせいか、馴染み深い龍頂茶《りゅうちょうちゃ》が出されてからも会話は弾み、秋の味覚をふんだんに使った甜点心《おかし》も手伝って終始なごやかな茶宴となった。

「謙遜《けんそん》するな。そなたの発案が茶宴を盛りあげたんだ。皇后さまからもお褒めの言葉をいただいたのだから、大いに誇ってよい」

秋霆に微笑《ほほえ》みかけられると、杭《くい》を打ちこまれたように月娥の胸はうずく。彼のそばにいるだけで無邪気にときめいて、彼の笑顔を見るだけで一日じゅうあたたかい気持ちになっていたのが嘘のように、いまでは甘い情感より苦い想いのほうが強い。

——いつまでも殿下のご厚意に甘えてはいられないわ。

約束どおり、秋霆は月娥を妻のようにあつかってくれる。彼のまなざしがやさしすぎて、勘違いしそうになるほどだ。ひょっとしたら秋霆はそのうち月娥をほんとうの妻にしてくれるのではないか、ふたりは名実ともに夫婦になれるのではないかと。

もちろん、それは月娥の願望が作り出した錯覚《さっかく》だ。秋霆は信義を守っているにすぎず、彼の心はいまも変わらず馮妃《ふうひ》の残像を抱いている。

その証拠に、秋霆は月娥との距離をこれ以上つめようとしない。彼がもし月娥に惹《ひ》かれているなら、ふたりの関係は多少なりとも発展するはずだ。内院《なかにわ》を散策しているときに秋霆が月娥の肩を抱き寄せたり、時間を忘れて見つめ合ったり、ごく自然な流れで口づけを交わしたり……というようなことがあってもいいはずだ。しかし、そんなことは起こらない。予兆さえ感じられない。秋霆の目に映る月娥はかりそめの王妃でしかないということだ。

来年には王府を去らなければならない。秋霆は月娥をほんとうの妻にしてくれないのだから、そうするしかない。せめてもの慰みに離縁されるまで夫婦のように生活してみたいと思っていたが、実際に夫婦の真似事《まねごと》をしてみると、喜びばかりではないと気づいた。恋しい男性の妻になった気分はしょせん紛《まが》い物の感情でしかない。恋情を燃やしているのは月娥だけで、秋霆はおなじ気持ちを共有してくれないのだという現実を思いかえすとき、刃物のようなせつなさがこの身を千々《ちぢ》に引き裂く。秋霆が微笑みかけてくれても素直に喜べない。彼の親切や胸にしみる言葉がかえって月娥を息苦しくさせる。秋霆は自分の夫になってくれないのだ、彼はいつまでも馮妃の夫なのだと思い知らされてしまう。

潮時なのだろう。来たる離縁にそなえて、距離を置かなければならないのだろう。甘い夢を見過ぎてはいけない。溺《おぼ》れてはいけない。いつか夢はさめるのだ。夢の終わりが来たときに絶望にさいなまれぬよう、心の準備をしておかなければ。

「……殿下、これは提案なのですが」

茶筅で茶を点てながら、月娥はつづく言葉を探した。

「私たち……ふたりきりで会う回数を減らしませんか?」

「減らす? なぜ?」

秋霆は見るからに危なっかしい手つきで茶筅を動かしている。点茶の手順はひととおり教えたが、茶を点てる際の力加減をつかみかねているようだ。

「来年には私たちは夫婦ではなくなりますわ。お互いに以前の自分に戻ります。私は道姑《どうこ》に、殿下は独り身に……。そのことを考えたら、いまの暮らしをあらためたほうがよいのではないかしら、と思いましたの。別れたあと、元の生活に戻りやすいように」

声が震えそうになり、急ごしらえの笑みでごまかす。

「このまま毎日顔を合わせていたら、それがあたりまえになってしまうでしょう? あまり馴染みすぎるとお互いのためにならないのではないかと……離縁したあとで物さびしくなってしまいますから……」

もし秋霆が離縁しても友として親交を持とうと言ってくれたら、月娥はあいまいな微笑を浮かべて「ええ」と答えるだろう。胸のうちではかたく決めているのに。道姑に戻ったら二度と秋霆には会わないと。会えばつらくなるだけだ。何食わぬ顔で友を名乗ることができるほど月娥の心は強靭《きょうじん》ではない。耐えられるはずがない。苦しみに押しつぶされるに決まっている。自分の弱さをいやというほど痛感しながら、秋霆とのささやかなつながりを断ち切ることができないのだ。そこには一筋の光明さえ存在しないのに。

「ごめんなさい。殿下は私のわがままに付き合ってくださっているのに、今度は距離を置きたいなんて身勝手なことを……」

「いや、そなたの言うことはもっともだ」

秋霆は茶を点てる手をとめずに答えた。いささかのためらいもなく。

「離縁にそなえて、今後はふたりきりで会う回数を減らそう」

淡白な返答が月娥の胸裏《きょうり》に暗い翳《かげ》を落とした。

——馬鹿みたいね。ひきとめてくださるかも……なんて。

一緒に過ごしていても、打ち解けたように思っても、秋霆とは夫婦にはなれない。彼は月娥を妻として求めない。ふたりの関係はこれ以上のものにならない。

わかりきっていたことなのに、どうしてこんなにも胸が軋《きし》り音をあげるのだろう。

煌京《こうけい》の夜をあでやかに彩る紅灯《こうとう》の巷《ちまた》、曲酔《きょくすい》。天下随一《ずいいち》の享楽の都は今宵《こよい》も脂粉《しふん》のにおいをふりまき、いつ果てるとも知れぬ宴に溺れている。

東廠督主《とうしょうとくしゅ》・葬刑哭《そうけいこく》は老舗《しにせ》妓楼《ぎろう》・香英楼《こうえいろう》の門前で軒車《くるま》からおりた。香英楼はかの豊始帝《ほうしてい》が親王時代から足しげく通っていたことで知られているが、刑哭の目当ては豊始帝を虜《とりこ》にしたという名妓・柳青艶《りゅうせいえん》のような美妓《びぎ》ではない。

厚化粧《あつげしょう》の仮母《おかみ》に耳障りな猫撫《ねこな》で声《ごえ》で迎えられ、奥の間にとおされる。そこは楼《みせ》いちばんの売れっ妓《こ》の部屋だが、彼女は大官の宴に呼ばれており留守である。もとより承知のうえだ。刑哭はいそいそと繍墩《こしかけ》に座り、下婢《げじょ》が運んできた酒肴《しゅこう》に手をつけた。

高等な妓楼は自前の厨房《ちゅうぼう》をかまえ、腕利《うでき》きの厨師《ちゅうし》を雇って嫖客《ひょうかく》をもてなす。そこらの酒楼よりも満足のいく味であることが多いので、刑哭は好んで曲酔に通っている。なにを隠そう、菜戸《つれあい》と出会ったのもこの花柳の巷だった。香英楼の厨娘《ちゅうじょう》である彼女が作り出す美食に惚《ほ》れこみ、のちには彼女自身にも惚れこんで求婚した。ここは夫婦の縁が結ばれた場所ということになるが、愛妻とのなれそめに想いを馳《は》せるために通いつめているわけではない。菜戸の料理を味わうために足を運んでいるのだ。

彼女は刑哭に嫁いだあとも厨娘として働いている。できれば勤めを辞めて邸にこもっていてほしいが、仕事をつづけることが彼女に提示された結婚の条件だったのでやむを得ない。際限なくわいてくる公務を適当なところで切りあげて、愛妻の手料理に舌鼓《したつづみ》を打つくらいで満足している。要するにこの時間は日々の繁忙《はんぼう》から逃れられる貴重なひと時なのだが、あいにく今夜はまだ面倒な仕事が残っていた。

「うわ、蟹《かに》だ！　感激だなあ。俺の好物を用意して待っていてくださるなんて」

へらへらと笑いながらあらわれたのは、皇后付き次席宦官《かんがん》・同淫芥《どういんかい》だった。

「すみませんねえ、気を遣ってもらっちゃって。じゃ、ご厚意に甘えて遠慮《えんりょ》なく」

淫芥は座れと命じられる前に座り、蒸し蟹に手をのばす。刑哭はその手を払いのけた。

「これは私の蟹だ」

「えー？　俺のはどこにあるんで？」

「ない」

「ひどいじゃないですか。一仕事終えてきたばかりで腹ぺこなのに」

「食べたければ自分で注文しろ。ただし、値段は私の五倍だぞ」

「五倍⁉　なんでまたそんな高値に」

「私の菜戸に作らせるのだから、そのくらい支払ってしかるべきであろう」

「作らせるって言ったって蟹を蒸すだけじゃないですか」

「『蒸すだけ』だと？　馬鹿め、蒸し蟹には百の技法があるのだ。蟹の種類や雌雄《しゆう》、季節によって変わってくる。下手《へた》なやりかたで蒸せば蟹の滋味《じみ》がそこなわれて――」

「はいはいわかりましたー。蟹はあきらめますから、そっちの料理をくださいよ」

淫芥が豚肉の炒《いた》め煮に手をのばしてきたので、刑哭はその皿を手前に引き寄せた。

「報告が先だ」

「報告したら食わせてもらえるんで？」

「前向きに検討《けんとう》しよう」

「つねづね思ってるんですけどね、『検討』を『否』の代替表現として使うのやめてもらえませんか？　否なら否とはっきり言ったほうがまだ親切ってもんで――」

「料理はわけてやらぬが、すみやかに報告せよ」

「ちぇっ。なんで俺の上官はそろいもそろって吝嗇《けち》なんだろ」

淫芥はいかにもやる気がなさそうに懐《ふところ》から筆と墨盒《ぼくごう》を出した。雑な手跡で紙片に文章を書いて刑哭にわたす。機密性の高い案件を報告させる際は、口頭ではなく書面でやりとりする決まりだ。なお、文書は刑哭の眼前で記させ、内容を確認したのち焼き捨てる。

「……たしかなのか？」

刑哭は燭台《しょくだい》の明かりで文書を読み、片眉《かたまゆ》をあげた。

「たしかな筋から手に入れた話ですよ」

「証拠は」

「もうすぐそろいます」

淫芥は億劫《おっくう》そうに頬杖《ほおづえ》をついて答える。懈怠《けたい》の権化《ごんげ》のようなこの横着な褐騎《かつき》は東廠の走狗《いぬ》のなかでも群を抜いて有能だ。彼が確実だと明言するのなら間違いはないだろう。平生ならば小安を得るところだが、今回ばかりはそうもいかない。

――藪蛇《やぶへび》になるにちがいない。

淫芥が〝本件〟を調べていると報告してきたとき、刑哭は捜査の打ち切りを命じた。余計なことをして東廠を……自分を巻き添えにされては困ると。意外にも淫芥はあっさり引き下がったが、それは見せかけの態度にすぎず、暗々裏《あんあんり》に捜査をつづけていた。刑哭は再度、強固に反対したものの、最終的にはしぶしぶ認めることになった。淫芥が上官の意向を無視して掘り起こしてきた事実は、このまま闇に葬《ほうむ》り去るにはあまりに重大すぎた。藪蛇になるとわかっていても、内偵を進めざるを得なかった。

――まったく、督主とは損な役回りだ。

なりたくてなったわけではない。司礼監秉筆太監《へいひつたいかん》に昇進した時点で自分の栄達はここまでだろうと思った。不満はなかった。出世しすぎたのではないかと胸騒ぎをおぼえたくらいだ。悪い予感は的中した。先代督主の頓死《とんし》を受け、今上は新督主に刑哭を指名した。これは打診ではない。勅命だ。後任に愛弟子を推していた棘《きょく》太監の刺すような視線を感じつつも、拝命するしかなかった。

刑哭は保身を第一の信条としている。仕事は米塩《べいえん》の資《し》を稼《かせ》ぐ手段にすぎない。俸禄《ほうろく》分の役目を果たせば十分。身の丈に合わぬ野心を抱かず、頭角をあらわさず、他人とは波風を立てず、長い物には進んでまかれて、何事も穏便にすませるのがもっとも賢い生きかただ。世人《せじん》は侮蔑《ぶべつ》もあらわに言う、それは敗者の処世術だと。かまうものか。だれに笑われようが蔑《さげす》まれようが信念を変えるつもりはない。これは教訓だ。食うや食わずの生活を強《し》いられた少年時代の刑哭に亡き父が授けてくれた、唯一無二の遺産なのだ。

父はしがない小商人《こあきんど》だった。商才もないくせに身の程知らずの大望を抱き、いつか豪商になって官位を買うとうそぶいていた。夜郎自大《やろうじだい》の病は悪化の一途をたどり、いかがわしい儲《もう》け話に飛びついて家産を使いつぶし、性懲《しょうこ》りもなく借金をかさねた。借金取りに追われて逃げ隠れするかと思えば、貧苦にあえぐ妻子が骨身を削って稼いだわずかな銭を安酒に換え、無様な酔態をさらして四隣《しりん》の笑いものになる始末。

どこかで目を覚まして一からやりなおすことができればまだよかったのだが、努力や忍耐というものを知らない父は手っ取り早く商売の足がかりにしようとしてとある大官に取り入った。これが命取りとなった。かねてから東廠が目をつけていた悪徳官僚に賄賂《わいろ》を贈ったことで疑獄《ぎごく》事件にまきこまれ、父は錦衣衛《きんいえい》に引っ立てられて獄死した。連座《れんざ》により一家は離散、刑哭は宮刑《きゅうけい》を受けて宦官になった。

父のみじめな死がもたらしたのは、分不相応な成功を求めてはならないという戒《いまし》めだった。与えられるもので満足しなければならない。自分の手が届く範囲にあるもので満たされるすべを身につけなければならない。渇《かつ》しないことだ。幻想に惑わされないことだ。栄光の道を駆けのぼろうとしないなら、蹴躓《けつまず》いて転落することもないのだから。

現状維持。それこそが濁世《じょくせ》を生き抜く知恵だと信じ、今日まで命をつないできた刑哭にとっていちばん厄介《やっかい》な配下が淫芥だった。

淫芥は亡き易《えき》太監の弟子である。十七で褐騎になり、当時督主をつとめていた棘太監の下で暗躍し、数々のうしろ暗い功績をあげた。軽佻浮薄《けいちょうふはく》が衣を着たようなやつだが、世故に長《た》け、才略に富んでおり、異様なまでに鼻がきく。褐騎としてはこの上ない人材ではあるけれども、石橋を叩いて渡ってきた刑哭には理解できない悪癖を持っている。

度しがたい命知らずなのだ。わざわざ好き好んで危ない橋を渡ろうとする。ひとつまちがえば身の破滅だと知りながら、当人はぎりぎりの綱渡りを楽しんでいる。

もとより褐騎は危険と隣り合わせだ。敵方に正体を見破られれば拷問《ごうもん》され、殺される。運よく窮地《きゅうち》を脱したとしても、任務が失敗すれば厳罰に処される。それはほとんど死を意味するが、絶命する前に筆舌《ひつぜつ》に尽くしがたい残虐《ざんぎゃく》な仕打ちを受けることもある。

命の保証はない。どれほど用心深く行動しても非業の死を遂《と》げる者があとを絶たない。にもかかわらず、淫芥にはわが命を惜しむそぶりがない。

――まるで死にたがっているみたいだ。

たいていの宦官は己を騾馬《らば》と蔑みながら、いざというときには死にものぐるいで生きながらえようとする。腐臭を放つ欠けた身体でこの世にしがみつくのだ。それが正常な反応だろう。騾馬に限らず、だれだって死に直面すれば死にたくないと希《こいねが》う。その先にあるものが生き地獄だとしても、死の恐怖から逃れるために生を渇望《かつぼう》する。

ゆえに淫芥は異端なのだ。命の捨て場所を探しているようなところがある。死病に侵された人が朽《く》ちゆく身体を終《つい》の寝床に横たえようとするかのごとく。

「これが事実なら大変な騒ぎになるぞ」

「そりゃそうでしょうよ。あの事件の黒幕が実は――」

私が言いたいのは、と刑哭は淫芥の軽薄な声をさえぎった。

「あのかたがすでにあちら側に寝返っているかもしれないということだ。万一そうなっていたら、われわれはそろって骸《むくろ》をさらす羽目になるんだぞ」

「ですねえ。どうやって殺されるかな、俺たち。毒殺はやだなあ。絞殺《こうさつ》も刺殺も趣味じゃねえんだよなあ。美女が殺《や》ってくれるってんなら、話はべつだけど」

「おまえがどんな死にかたをしようが知ったことではないが、私を道連れにするな」

「冷たいこと言わないでくださいよ。俺が失敗すりゃあ督主も終わりだ。おなじ船に乗った者同士、仲良く黄泉路《よみじ》を渡りましょうよ」

断る、と刑哭はすげなく突っぱねた。

「やりかけた仕事は完璧《かんぺき》に仕上げろ。私の忠告にそむいて勝手に進めた案件だ。失敗は許さぬ。手をつけたからにはかならず成果を出せ。さもなくば――」

「俺を消すってんでしょ？　御身に火の粉がふりかかる前に」

空腹をごまかすためか、淫芥は煙管《きせる》をくわえた。

「かまいませんよ。俺は督主の走狗ですから。この命は端《はな》からあなたのものだ。煮るなり焼くなりお好きにどうぞ」

「……捨て鉢な生きかたもけっこうだが、おまえはそろそろ身を固めたほうがよいな。だれもみなよりどころが必要だ。四十の坂を越える前に菜戸を迎えてすこしは落ちつけ」

「この稼業《かぎょう》には菜戸なんざわずらわしいだけですって」

「同業者と連れ添えばよかろう。ほら、おまえが可愛《かわい》がっている女官がいるだろう。爪香《そうこう》琴《きん》といったか。あれと所帯を持ってはどうだ。褐騎同士なら心安かろう」

かんべんしてくださいよ、と淫芥は心底不快そうに顔をしかめた。

「あの女にはほとほと参ってるんですから。手を切る方法を教えてほしいくらいだってのに、月下翁《げっかおう》の真似事《まねごと》なんかされたんじゃ、ますます捨て鉢になっちまう」

「悪くない相手だと思うが。器量はよいし、料理の腕もよい」

「お気に召したんならさしあげますよ」

「けっこうだ。菜戸なら間に合っている」

「『驃馬は蓄妾《ちくしょう》すべからず』なんて禁令はありませんぜ」

「禁令があろうとなかろうと関係ない。私が愛する女はひとりだけだ」

お熱いことで、と淫芥は笑みまじりに紫煙《しえん》を吐く。

「ご心配にはおよびません。俺も雛《ひよっこ》じゃない。この二十年、走狗として場数を踏んできたつもりだ。鼠《ねずみ》はかならず仕留めますよ。督主に飛び火する前に」

「言質《げんち》は取ったぞ。頼むから私の寿命を縮めてくれるな」

ふたりの命運を握っている紙片を火鉢にほうり、刑哭はふたたび箸《はし》を手にとった。

「まだ死ぬわけにはいかぬのだ。この世の滋味を味わい尽くすまでは」


冬の先触れのような夕風に蟒服《ぼうふく》の裾《すそ》を乱されながら、囚蝿《しゅうよう》は玉梅観《ぎょくまいかん》の門をくぐった。梧《ご》桐《とう》の落ち葉がまだらに染める参道をとおり、庭院《にわ》を横切って曼鈴《まんれい》の道房《へや》がある西廂房《にししょうぼう》へ赴《おもむ》く。途中で顔なじみの年若い婢女《はしため》を見かけたので、取り次ぎを頼んだ。

「宰道姑《さいどうこ》は誦経《ずきょう》中です」

団子のような丸顔の婢女が迷惑そうな目つきでこちらを見た。嫌われるようなことをしたおぼえはないが、なぜか敵視されているらしく、毎回邪険な態度で迎えられる。

「この時間に？　めずらしいな。ふだんは書見なさっているころだが」

「道観に仕えるかたが誦経にいそしむのはめずらしいことではありません」

そうだな、と囚蠅が苦笑すると、婢女は「ご用件は？」と畳《たた》みかけるように尋ねた。

「こちらはいつもどおりだ」

「またですか。ついこないだもいらっしゃったのに」

「仕方ない。お役目だからな」

「お役目にかこつけて宰道姑をどうこうしようという魂胆《こんたん》じゃないでしょうね？」

「どうこう、とは？」

「経典に書いてありますよ。道姑を誘惑した男は地獄に落ちるって」

「私は男ではない」

「似たようなものでしょ。きれいな顔で甘い言葉をささやいたら女なんかいちころだと思ってるんでしょうけど、宰道姑のような貞潔《ていけつ》なご婦人にその手は効きませんからね。言い寄っても無駄ですよ。ご自身が地獄に落ちるだけです」

きっと睨《にら》みつけられ、ようやく自分が婢女に疎《うと》んじられている理由がわかった。

「お役目を果たすまでは帰るわけにはいかない。待たせてもらおう」

「客庁《きゃくま》は清掃中です」

「紅葉が見事だ。庭院を散策しながら待つとしよう。誦経がすみしだい、宰道姑にはそのように伝えてくれ」

婢女の背中を見送り、囚蠅は鋪地《ほち》に彩られた小径《こみち》を歩いた。寒々とした風が横ざまに吹き抜け、不言色《いわぬいろ》の梢《こずえ》をうらさびしげにざわめかせる。

――主上はほんとうに宰曼鈴《まんれい》を嫁がせるおつもりなのだろうか。

囚蠅の役目は今上が用意した縁談について彼女の意向を尋ねることだ。今上は幾度となく曼鈴に結婚を勧めている。ふしぎなのはこれが勅命《ちょくめい》ではないという点である。だれそれに嫁げという詔《みことのり》が下れば、曼鈴とて拒《こば》むことはできない。違勅《いちょく》はすなわち反逆。その報いは親族にまでおよぶ。どれほど意に染まなくても従うしかない。

是が非でも曼鈴を嫁がせたければ、勅を発するべきなのだ。しかし、今上はあくまで縁談を持ちかけるだけである。曼鈴が拒否すれば、それ以上、強要しない。姪《めい》の意志を尊重しているのだと好意的に解釈することもできる。無理に嫁がせるのではなく、彼女自身が望むまで気長に待っているのだと。一方で、大罪人の娘に対する警戒心も強く感じられる。潜在的な脅威《きょうい》は目の届く範囲内に置くほうが安全だ。曼鈴を監視しつづけたければ、後宮で飼い殺しにするのが得策だろう。

今上の真意は奈辺《なへん》にあるのか。日夜、御前に侍っている囚蠅にも判然としない。

「独内監《どくないかん》」

玲瓏《れいろう》たる声が囚蠅の背中を打つ。ふりかえれば、月洞門《くりぬきもん》のほうから曼鈴が駆けてくるところだった。墨染《すみぞめ》の衣をひるがえし、彼女らしくもなくあわてている。

「申し訳ございません、こんなところでお待たせして――」

小さな足が鋪地《ほち》のくぼみに引っ掛かり、細い身体が前方にかたむく。囚蠅はすかさず駆け寄って彼女を抱きとめた。白檀《びゃくだん》の香りが舞いあがり、衣越しにやわらかな肢体《したい》を感じる。その無垢《むく》な感触が囚蠅を戸惑わせた。反射的に身体を離す。

「大丈夫ですか」

「……ごめんなさい。うっかりしていましたわ。ここの鋪地はくぼんでいて転びやすいのです。急いでいたので、つい忘れていました」

視線をふせたまま、曼鈴は口早に答えた。

「誦経の邪魔をしてしまいましたね」

「いえ、ちょうど終えるところでしたから。客庁にお通ししますわ」

「おかまいなく。宰道姑のご意向をうかがったら帰りますので」

「……また縁談ですか」

「こたびのお相手は天明府府尹《てんめいふふいん》・比文清《ひぶんせい》どののご嫡男《ちゃくなん》で、翰林院庶吉士《かんりんいんしょきつし》の――」

けっこうですわ、と曼鈴は囚蠅の声をさえぎった。

「お話をうかがうまでもなく、わたくしの心は決まっています」

「やはりお受けにはならないと？」

「皇恩《こうおん》には感謝していますが……わたくしのような罪深い女が人の妻になるなんて、考えるだけでも恐れ多いことですわ」

「あなたはお若い。一生、道姑として生きていくと決めてしまうのは早すぎます」

「遅すぎるくらいでしょう。わたくしは生まれ落ちたときから罪人の子でした。襁褓《むつき》にくるまれているころから道観に入るべきだったのです」

「母君の罪はあなたのものではないでしょう」

曼鈴は力なく首を横にふり、銀朱色の空を見あげた。

「わたくしは蝶よ花よと育てられました。母から受け継いだ身位のおかげで何不自由なく暮らしてきたのです。母の富を享受したのなら、母の罪障も引き受けねばなりません」

「幸せをあきらめることが罪滅ぼしになると？」

いわれのない罪に人生をゆがめられた曼鈴が不憫《ふびん》でならない。

彼女にだって幸福を求める資格があるはずだ。母の罪業《ざいごう》を背負いながらも自分の幸せを見つけることくらい許されてしかるべきだ。どうして未来をあきらめなければならないのだろうか。血の呪いに囚われなければならないのだろうか。

「……実を言えば、恐ろしいのです」

「世間に非難されることが？」

曼鈴はふたたび首を横にふった。

「わたくしが恐れているのは己の心ですわ」

「あなたの？」

「だれかに嫁ぎ、幸せになる道もあるかもしれません。けれど、死ぬまで幸福でいられるでしょうか？　夫に愛されなかったり、裏切られたり、子を授かることができなかったり……なにかがうまくいかなくなったとき、わたくしは自分の生まれにその原因があると思いこみ、怨みをつのらせるかもしれない。巷間《こうかん》を騒がせている怨天教徒のように、怨みを晴らそうとしてだれかを攻撃するかもしれない。……わたくしのなかには母の……王朝に弓を引いた謀反人《むほんにん》の血が流れています。その血がわたくしを亡き母とおなじ道に引きずりこもうとする瞬間が、いつかやって来るはずですわ。岐路《きろ》に立たされたとき、罪の血脈に抗《あらが》うことができるかどうか……自信がないのです」

　吹きつける木枯《こが》らしが墨染の袖《そで》をかき乱した。

「ですから、なにも望みたくありません。殿方《とのがた》に嫁ぎ、夫に愛され、子宝に恵まれるなんて分不相応な願いは抱きたくないのです。願いは怨みにつながります。信じれば裏切られることがありますし、得ることがあれば失うこともあります。母とおなじ過ちを犯す機会は数限りなく存在しているのです。わたくしはそれらから逃げなければなりません。これ以上、罪をかさねないために。いま背負っているものだけでも背負いきれないほどなのですから……。わたくしにはこの道しかないのですわ。世間から身を隠して、だれの妻にもだれの母にもならず、ひっそりと生きていく……そんなことをしてもなんの償いにもなりませんが、すくなくともさらなる罪過を防ぐことはできます」

どうか、と曼鈴はかすれた声でつづけた。

「主上にはわたくしが皇恩に拝謝していたとお伝えください。せっかく御心を砕いていただいたのに、ご期待にそえず申し訳ないと……。本来ならば拝謁《はいえつ》してお礼を申しあげるべきですが、わたくしのような者が御前にまかり越すことは憚《はばか》られますので……」

懸命に微笑《ほほえ》もうとする頰《ほお》がいたわしい。慰めの言葉ひとつ口にできず、囚蠅は残陽が描き出す翳《かげ》のなかに立ち尽くしていた。

──ああ、そうか……だから俺も。

降ってわいたように腹に落ちた。なぜ自分がかくも空疎《くうそ》なのか。うつろな憂《うれ》いが満身に巣くっているのか。上官や同輩や配下が菜戸《つれあい》を迎え、義妹《こいびと》を持つのを横目に見ながら、いまだにだれとも縁を結ぼうとしないのは、なにゆえなのか。

怖いからだ。世間並みのものを求めることが。臆しているのだ。罪人の子のくせに思いあがるなと、どこかから罵声《ばせい》が飛んできそうで。

親の罪業を背負っているという点では、囚蠅も曼鈴の同類だ。

彭羅生《ほうらせい》の乱のおり、父はいち早く賊軍に下った。金榜《きんぼう》に名を掛け、朝廷に仕えた身であったにもかかわらず、邪教への改宗を迫る賊兵の足もとに這《は》いつくばって無様に命乞いした。逆賊に命じられるまま皇上《みかど》に罵詈雑言《ばりぞうごん》を吐き、皇家をこきおろした。凱室《がいしつ》の禄《ろく》を食《は》みながら、恥知らずにも忘恩《ぼうおん》の徒《と》になりさがったのだ。これが不義不忠でなければなんであろうか。万死に値する罪でなければなんだというのか。

恩盗人《おんぬすびと》らしく父は非業の死を遂げたが、その罪悪は囚蠅に焼き印のような禍々《まがまが》しい痕跡を残した。どれほど父を蔑《さげす》んでも、口汚く罵《ののし》っても、父が囚蠅の骨肉であるという事実は揺るがない。囚蠅の身体にも裏切り者の血が流れている。たとえ男の肉体を失おうとも血の色は死ぬまで変わらない。それは呪詛《じゅそ》に似ていた。永遠に祓《はら》われることのない蠱毒《こどく》がいまもなお囚蠅を責めさいなむ。おまえは不忠者の子なのだ、人並みの幸福を求めてはいけない、望むことは罪をかさねる行為にひとしいのだと。

かるがゆえに手をのばすことができない。世人があたりまえのように得ているものを得られない。これは不幸なのだろうか。悲嘆にくれるべきなのだろうか。わからない。望めないことに慣れすぎて感覚が鈍っている。痛みは感じない。救われたいとは思わない。いまさら希《こいねが》ったところでなにかが変わるとも思えない。自分はこのうつろな身体を引きずって生きていくのだろう。それでもいい。どうせ男としては死んだのだ。菜戸を迎えても夫婦の真似事《まねごと》ができるだけ。子をなせないから賊軍に滅ぼされた実家を再興することも叶わない。囚蠅に前途はない。なにもない。死にぞこないの命以外は。

だが、曼鈴はちがう。道服に袖をとおしても女の身体を失ったわけではない。いまからでも間に合うはずだ。ひとりの女人として生きられるはずだ。あきらめてほしくない。救われてほしい。囚蠅とはべつの道を歩んでほしい。未来を見てほしいのだ。囚蠅が見られない夢を見て、それを現実のものにしてほしいのだ。

なぜかくも曼鈴の幸福を願ってしまうのかわからないが、願わずにはいられない。

「だれか……いればいいのですが」

秋風に声を引きちぎられ、囚蝿は胸底からわき起こる感情を言葉にしようとした。

「あなたが岐路に立たされたときに、あなたの袖をつかんで引きとめてくれる人が」

もし──この身が騾馬《らば》でなかったら、自分はその役目を買って出ただろうか。

「ええ、わたくしもそう思いますわ」

曼鈴は憂わしい唇をせつなげにやわらげた。

「そんなかたが、いてくださればと……」

木枯らしが落ち葉をまきあげて駆け抜けていく。梢がさざめき、不言色《いわぬいろ》の葉が散り落ちる。秋が奏でる感傷的な音楽に、ふたりして耳をかたむけた。

「ここは冷えますわ。客庁にいらっしゃいませんか。お茶を淹《い》れますから」

深入りするなと言っていた淫芥《いんかい》の顔がちらついた。彼女はあくまで監視対象。そして宰家の令嬢だ。私的な関係を持ってはいけない。うかつに踏みこめば深手を負うことになる。この先には進まないほうがいい。

淫芥なら如才《じょさい》なくかわすだろう。葬督主《そうとくしゅ》なら粛々《しゅくしゅく》と退くだろう。囚蝿もそうすべきだ。兄弟子や上官のように賢い選択をすべきだ。言えばいいのだ。「せっかくのご厚意ですが、すぐに戻らなければなりませんので」と。台詞《せりふ》は決まっているのに、どういうわけか舌が動かない。迷っている。否、言い訳を探しているのだ。曼鈴に対してではない。己自身に対して、必死で弁解しようとしている。

逡巡《しゅんじゅん》する囚蠅の前で、曼鈴は「ごめんなさい」とうなだれた。

「お忙しいかたを引きとめてはいけませんわね。では、お見送りしますわ」

月洞門に向かって小径を歩き出す。その儚《はかな》げな後ろ姿を呼びとめてしまった。

「……ご厚意に甘えて」

火を見るよりもあきらかだ。これが過ちであることは。

「一杯だけいただきます」

秋が息休めしたようなうららかな午後、久方ぶりに冬晨《とうしん》が月娥を訪ねてきた。内院《なかにわ》の亭《あずまや》に案内し、茶菓をふるまって両親や弟妹の近況を聞く。

みな元気でいるらしく安堵《あんど》する。わけても朱桃《しゅとう》は来春の婚礼に向けてますます浮き立っており、祝宴に出る料理の菜単《こんだて》に口を出したり、正庁《おおひろま》の飾りつけに一風変わった趣向を取り入れたりと、待ち遠しい華燭《かしょく》の典の支度《したく》に余念がないようだ。踊り出さんばかりにうきうきと動き回る朱桃の姿が目に浮かび、微笑ましさに頬がゆるむ。

――私はふたりの婚礼に出席できるかしら。

その時期に離縁されているかどうかがわからないので、なんとも言えない。もし采霞《さいか》廟《びょう》に戻っていたら、出席は見合わせたほうがよいだろう。真新しい夫婦の門出を祝福するめでたい席に不縁になったばかりの姉が顔を出すのは験が悪い。

――殿下にお願いすれば、離縁を延期してくださるかもしれないけれど……。

妹の婚礼に出席したいのでそのころまでは王妃としてあつかってほしいと秋霆に頼めば聞き入れてくれるだろうが、彼の善意につけこんで王府に居座るようで気が咎《とが》める。年が明けたらできるだけ早く離縁したほうがいい。妻として望まれていないのに、いつまでも王妃の座にしがみついているわけにはいかない。月娥が王府にいれば秋霆の負担になる。愛情はなくても、彼は月娥を形式的な妻としてあつかわなければならないのだ。これ以上、秋霆をわずらわせたくない。彼と景景の平穏な暮らしをかき乱したくない。月娥がいない生活こそが、秋霆にとっての幸福なのだから。

「お顔色がすぐれませんね。体調をくずしていらっしゃるのですか？」

知らず知らずのうちにうつむいていたせいか、冬晨が心配そうに問うた。

「いいえ、とても元気よ」

「そうおっしゃるわりに青い顔をしていらっしゃるような……」

「まあ、そう？　おしろいをつけすぎたのかしら」

笑ってごまかしたが、冬晨は怪訝《けげん》そうな面持《おもも》ちをくずさない。

「かねてから気になっていたのですが……無理をなさっていませんか？」

「無理って？」

「王府に嫁がれてから、月娥お嬢さまの笑顔が陰っているようにお見受けします。どこかぎこちなくて、なにかをこらえているみたいで……。もし悩んでいらっしゃることがあれば話してください。月娥お嬢さまのために微力を尽くします」

考えすぎよ、と微笑んで、月娥は冬晨の茶杯《ゆのみ》に湯を注ぎ足した。

「悩みなんかないわ。私は幸せよ」

「幸せなのになぜ憂《うれ》い顔を？」

冬晨は急《せ》くように円卓から身を乗り出した。

「殿下に手ひどくあつかわれているのですか？　怒鳴られたり、殴《なぐ》られたり……」

「まさか。前にも言ったでしょ。殿下はとってもおやさしいかたなの。女人に乱暴なことはなさらないわ」

「だったらなぜ……ひょっとして、愛されていないのですか？　月娥お嬢さまを差し置いて、殿下がよそに女を囲っているとか」

「変な想像をしないで。殿下は誠実なかたよ。妾室をお迎えになりたいなら、私にそうおっしゃるわ。包み隠さずにね」

ああ、そうだ。秋霆は誠実すぎるのだ。亡妻を思いきれず、月娥を愛することができないと率直《そっちょく》に打ちあけてくれた。彼は嘘をつけない。女を騙せないのだ。だから月娥に好意を抱いているふりをしない。戯《たわむ》れに抱き寄せることもない。愛せないから夫婦の契《ちぎ》りは結ばない。月娥と添い遂げるつもりがないから、一夜限りの関係も持たない。

——一度きりでも共寝していたら、満足できたかしら。

恋情がなくても男は女と同衾《どうきん》できるのだと翠玉《すいぎょく》が話していた。秋霆だって、その気になれば月娥と枕を交わすことくらいできるはずなのだ。愛情深い行為でなくても一夜きりの夢を見られたら、月娥は秋霆に愛されたような気分にひたり、その甘い記憶を胸に王府を去ることができただろうか。

——無理だわ。偽物では満足できなくて、いっそう苦しむでしょうね……。

王府に嫁いでから、日を追うごとに自分が欲張りになっていくのを感じる。道姑《どうこ》としてひそやかな想いに身を焦がしていたころは、秋霆の姿を垣間見《かいまみ》るだけで胸がいっぱいになっていたのに。毎日顔を合わせ、言葉を交わしても、まだ足りないと思ってしまう。もっと近づきたい。手を握ってほしい。肩を抱いてほしい。愛《いと》しいとささやいてほしい。飢渇《きかつ》のような願いがとめどなくあふれてくる。息ができなくなるほどに。

「……月娥お嬢さま」

われにもなく涙を流していたらしい。冬晨が心配そうに眉《まゆ》をくもらせている。

「目にごみが入ったみたい。ちょっと席を外すわね。目を洗ってくるから——」

「私ならあなたを泣かせはしません」

月娥が席を立つと、冬晨も立ちあがった。

「私があなたの夫だったら、あなただけを一途に愛します」

そうね、と月娥はうつむいたまま微笑する。

「朱桃がうらやましいわ。あなたの妻になれば夫の愛情をひとりじめできるんですもの」

愛しい人に愛されることを、夢見ない女がいるだろうか。

「ちがいます、そういうことじゃないんです」

急《せ》きこんだふうに言い、冬晨は一歩前へ出た。

「私はあなたをお慕《した》いしています」

「ええ、知ってるわ。幼いころから兄のように私の面倒を見てくれて――」

「『兄のように』とは言われたくありません。私はあなたを妹のように思ったことはない」

また一歩、冬晨が歩み寄る。質朴《しつぼく》そうな彼の顔はいつになく強張《こわば》っていた。

「私はあなたを愛しているんです。ひとりの女人として」

思考が停止した。かえすべき言葉を探して、月娥は視線をさまよわせる。

「……な、なにを言っているの。あなたは朱桃の許婚《いいなずけ》でしょう。朱桃はあんなにあなたを慕っているわ。小さいころからずっと――」

「私もそうです。子どものころからずっと月娥お嬢さまをお慕いしていました」

何度も打ちあけようとしましたが、と冬晨は熱っぽくつづけた。

「いまのいままで言えませんでした。言えるはずがなかったんです。あなたは主家のご令嬢で、私は一介の奴僕《げなん》にすぎなかったのですから……」

思いもよらない告白に月娥はうろたえた。身分は異なるが、冬晨とは幼なじみのように育った。父の手伝いをしながらともに茶について学び、知識や技術を競い合った。遊び相手になってくれることもあったし、相談相手になってくれることもあった。

だれにでも親切で礼儀《れいぎ》正しく、真面目《まじめ》だが大らかな冬晨は月娥にとって心安く頼りになる存在で、そばにいればいつも居心地の良さを感じた。

好きか嫌いかで言えば、むろん前者だ。さりながらそれは六つ年上の兄を慕う気持ちと同義で、異性として意識したことはない。

「痣《あざ》のせいで孫家に居づらくなり、あなたが入道するとおっしゃったときは必死で止めました。そのうち時勢が変われば縁談も期待できるはずだ、決断を急ぐことはないと言って説得しようとしましたが、ほんとうに伝えたかったのは『私が娶《めと》ります』ということでした。痣のことなど気にしないから、私の妻になってほしいと……」

孫家の奴僕という身分が足かせになって本心を伝えられなかったと冬晨は語った。

「大番頭の使い走りをするようになり、働きぶりを老爺《だんなさま》に認めていただいて、すこしずつ重要な仕事を任されるようになってから、この胸に希望が芽生《めば》えました。いつか茶商として独り立ちしたら、あなたに求婚できるのではないかという望みが」

夢は打ち砕かれた。月娥は秋霆に恋してしまったのだ。

「あなたから整斗王への恋心を打ちあけられ、目の前が真っ暗になりました。あなたにとって私は男ではないのだと思い知らされて……」

失望を握りつぶすように、冬晨はこぶしを握りしめた。

「最初のうちはまだ期待していたんです。時間が経つにつれて整斗王への想いは薄れていくのではないかと。整斗王は亡き馮妃を寵愛なさっており、妾室をお持ちになる気配はありませんでしたから……あなたの初恋は成就《じょうじゅ》しないだろうと勝手ながら予想していました。しかし、あなたは整斗王府に嫁ぐことになった。しかも継室《けいしつ》として。その一報を知らせてくださったときのあなたの顔が目に焼きついています。花がほころぶように微笑《ほほえ》んでいらっしゃった。あの笑顔を見たとき、私は決意しました。恋情を断ち切り、遠くからあなたの幸せを祈ろうと。想いを打ちあけてあなたを困惑させることなく、単なる幼なじみとして遠くから見守っていこうとかたく誓ったのです。……それなのに」

冬晨はさらに距離をつめた。

「初恋の人である整斗王に嫁いだのに、あなたは幸せそうに見えない。幸福な新妻を装っていらっしゃるが、無理をしていらっしゃるのがわかります。整斗王はあなたを愛していないんでしょう。すくなくともあなたが望むようには」

「……冬晨」

「いったいだれなんですか？　あなたから整斗王を奪った女は。ひたむきに自分を慕ってくれるあなたに背を向けて、整斗王はだれを寵愛しているんですか？」

「……殿下には事情があるのよ。どうしようもないことなの」

「どんな理由であれ、あなたを愛さないことは正当化できません。あなたは愛されるべきだ。愛されるに値する女人なのですから」

　気づけば、冬晨はすぐそばまで来ていた。

「どうか、あなたを愛さない男のために涙を流さないでください」

　月娥は呆然《ぼうぜん》と立ち尽くした。貪るようにこちらを見つめる冬晨の瞳のなかに見つけてしまったからだ。けっして自分を愛さない人を恋う者が燃やす、虚しい情熱を。

　それは月娥が毎日欠かさず見ているものだ。菱花鏡《りょうかきょう》をのぞくときに。


「殿下、お茶を取りかえましょうか」

　岳秀の声が降り、秋霆は自分が物思いにふけっていたことを悟った。

「いや、このままでよい」

　青花釉裏紅《せいかゆうりこう》の蓋碗《がいわん》を手にとる。ふたを開けると、冷めた龍頂茶《りゅうちょうちゃ》の茶湯が顔を見せた。冷えてしまっているとはいえ、下賜品《かしひん》の茶葉で淹《い》れた茶だ。美味にはちがいないはずなのだが、秋霆はその滋味《じみ》を味わえなかった。あたかも存在しないかのように。

——孫妃が淹れてくれた茶だったら……。

月娥とはいまでも毎日顔を合わせている。景景が三人で食卓を囲むのを好むからだ。しかし彼女と約束したとおり、ふたりきりで会う頻度《ひんど》は減らした。最後にふたりで茶を飲んだのは五日も前のことだ。その翌日だった。あの現場を見てしまったのは。

——平冬晨《へいとうしん》という男、孫妃の幼なじみだと聞いていたが。

冬晨は月娥の養父・孫報徳《ほうとく》の右腕で、四妹の朱桃《しゅとう》と婚約している。じきに月娥の義弟になる男だ。ときおり様子を見に王府を訪《おとな》うのも道理であろう。だからあの日も冬晨が訪ねてきたと聞いて、とくだん気にとめなかった。

内院《なかにわ》に行ったのは偶然だ。書見に疲れたので、秋風にあたろうと思った。道すがら月娥に出くわすことを期待していなかったと言えば嘘になる。夕餉《ゆうげ》の時刻には会えるのだが、なんとなく待ちきれなかった。会って話すべきことがあるわけではない。前日にはふたりきりで茶を飲んでいるから、しばらくは会うことをひかえなければならないのに、彼女の顔を見たいという奇妙な衝動に駆られて、月娥が冬晨を迎えているという亭《あずまや》のそばまで行った。

冬晨が王府に来てからだいぶ時間が経っていた。そろそろ彼は帰るだろう。月娥は冬晨を見送るため、大門まで足を運ぶだろう。そこにたまたま居合わせた体《てい》で一緒に冬晨の見送りに出れば、帰りに月娥とならんで小径《こみち》を歩くことになるだろう。おぼろげにそんな心づもりでいたから、亭で抱き合っているふたりを見たときは愕然《がくぜん》とした。雷に打たれたかのごとく一瞬にしてなにもかもが吹き飛んだ。信じられなかった。眼前の現実が受け入れられなかった。これは過去の傷痕が見せる不快な幻ではないかとさえ思った。

秋霆は逃げるようにその場を離れた。それ以上、見ていることさえ苦痛だったのだ。爾来《じらい》、月娥と過ごす時間が心休まるものではなくなってしまった。

彼女の声が、言葉が、笑顔が、錆《さ》びついた金具のような耳障りな軋《きし》りをあげる。陽だまりのようなあたたかさをたたえた瞳をまともに見ることができない。いつものように微笑みかけることができない。

底知れぬ不安が押し寄せてくるのだ。それは月娥に対するものではなく、己自身に感じる情動だった。われにもなく彼女を難詰《なんきつ》したくなってしまう。冬晨とはどういう関係なのか、いったいどういうつもりであんな真似《まね》をしていたのかと。夫婦でもない男女が抱き合うなど不道徳ではないかと責めつけたくなってしまう。

愚かなことだ。夫になる資格のない男が妻にできない女人に貞潔《ていけつ》を求めるなんて。

「僭越《せんえつ》ながら申しあげますが、王妃さまをお叱りになるべきです。王府内で男と抱き合うなど破廉恥《はれんち》きわまりない。王妃としてあるまじき醜行《しゅうこう》です」

おなじく現場に居合わせた岳秀はわが事のように痛憤《つうふん》している。

「そう目くじらを立てることでもあるまい。王妃といっても、かたちだけなのだから」

「形式上でも王妃は王妃です。立場に見合ったふるまいを心掛けていただかねばなりません。殿下の体面を保つことも王妃のつとめなのに、恥知らずな……」

岳秀の憤《いきどお》りは彼自身の経験に起因したものだ。十数年前、岳秀はさる女官と婚約していた。彼女の良き夫となるべく、彼は婚礼の支度《したく》を進めていたが、待ちに待った華燭の前夜に女官の不貞《ふてい》を知り、婚約を破棄した。浮気相手が旧友の泥棠盗《でいきょうとう》だったことで、岳秀は二世を誓った義妹《こいびと》だけでなく、兄弟のように育った朋輩《ほうばい》まで失った。

「それにあの平冬晨なる男は不誠実ではありませんか。王妃さまの妹君と婚約しているにもかかわらず、ぬけぬけと王妃さまに言い寄るとは。厚顔無恥《こうがんむち》にもほどがあります」

「……たしかに、不品行にはちがいないが」

冬晨とは何度かあいさつをしているが、悪印象は持たなかった。むしろ寡黙《かもく》で善良そうな男だと好感を抱いた。あれは誤りだったのだろうか。

──なんにせよ、不実な男だ。

月娥と恋仲になるのなら朱桃とは破談にしなければならないし、約束どおり朱桃と結婚するのなら月娥とは節度を守った付き合いをすべきだ。どっちつかずの態度は双方を不幸にしてしまうのに、いったいどういうつもりなのか。

冬晨の真意をはかりかねる。真摯《しんし》な気持ちならまだしも、浮気の虫にそそのかされて月娥に言い寄っているのだとしたら、断固として許すわけにはいかない。

　冬晨に警戒したほうがよいと月娥に告げるべきだろうか。しかし、どうやって話を持ちかければよいのか。そもそもいかなる立場で苦言を呈するというのか。彼女のひたむきな恋情を拒絶した男がどんな顔をして助言するつもりなのか。

　離縁の決心は揺らいでいないはずなのに、月娥が距離を置こうとしているのに気づいて思いのほか動揺した。彼女がいなくなった日常を想像すると、うそさびしさに襲われた。大切なものを失うような気さえした。ふしぎだ。昨年は月娥がそばにいなかった。一昨年も、その前も。景景《けいけい》とふたりの日常に戻るだけのことだ。これは喪失ではない。歓迎すべきことだ。安堵《あんど》すべきことだ。月娥の幸せを願って送り出せば肩の荷がおりるはずではないか。なぜかくも彼女を手放すことに抵抗を感じるのか。冬晨と親密な様子を見て、なぜ打ちのめされたのか。なぜ月娥に裏切られたかのように胸が痛んだのか。

「王妃さまはやけに遅いですね。そろそろお帰りになる時刻ですが」

　月娥は穣土王府《じょうどおうふ》を訪ねている。汪《おう》皇后主催の茶会がきっかけで月娥と静萱《せいけん》は交誼《こうぎ》を結んだ。同年であることも手伝ってたびたび互いを訪ねている。今日は昼餉《ひるげ》のあとですぐに出かけた。夕刻には帰ると言っていたが、格子窓《こうしまど》に斜陽がさしてもまだ戻らない。

「婦人たちのことだ、話に花が咲いて時間を忘れているのだろう」

　それならよいのですが、と岳秀は忌《い》ま忌《い》ましそうに眉間《みけん》に皺《しわ》を刻む。

「穣土王府を訪ねると殿下を謀《たばか》り、平冬晨と密会しているのかもしれません」

「……私を謀る必要はなかろう。私には孫妃が男と会うのをとめる理由はないのだから」

もしかしたら冬晨は秋霆に拒《こば》まれて傷ついた月娥を慰めたのかもしれない。そうしてふたりは心通わせ、夫婦になる約束をしたのかもしれない。

月娥を妻に迎える前に冬晨は朱桃との関係を清算しなければならないし、そのせいで姉妹の仲がこじれる恐れはあるが、好き合っている者同士が結ばれるのはごく自然なことだ。冬晨が見かけどおりの好人物なら、秋霆はふたりの恋路を応援すべきだろう。それが正しい。人として踏み行うべき道だ。頭では納得しているのに、心はいまだ決めかねている。これは過ちだとなにかがささやくのだ。冬晨に月娥をゆだねてはならない――否、彼女を手放してはならないと。

「父王！」

落日が侵食する書房《しょさい》に景景がひょっこりあらわれ、秋霆は思わず立ちあがった。

「孫妃が帰ったのか？」

「いいえ。月娥ではなくて、穣土王太妃がいらっしゃっています」

「穣土王太妃？」

「父王にお会いしたいそうです。なんだかあわてていらっしゃるご様子でした」

火急の用らしい。妙な胸騒ぎがして、秋霆は客庁《きゃくま》へ駆けこんだ。静萱は椅子《いす》に腰かけもせず、せわしなく室内を行ったり来たりしていた。秋霆の顔を見るなりあわただしく万福《ばんぷく》礼《れい》をして、急き立てられたように問う。

「世子さまから整斗王妃はお戻りになっていないとうかがいましたが、まことですか？」

「ああ、そうだが」

「なんてこと……やはりなにかあったのだわ」

「どういうことだ？　孫妃は穣土王府を訪ねていたんだろう？」

「ええ、お見えになりましたわ。でも、中の初刻《さる》ごろにお帰りになりましたの。お見送りしてしばらくしてからお土産《みやげ》を渡しそびれたことに気づいたので、宦官《かんがん》に命じて追いかけさせました。その者が道中で流血の痕を見つけたそうで……」

「流血だと？　孫妃が怪我《けが》をしたのか？」

わかりません、と静萱は青白い頬《ほお》をわななかせた。

「血だまりの周辺を捜してみたらしいのですが、軒車《くるま》の残骸《ざんがい》や……亡骸《なきがら》は見つからなかったと……。孫妃のお姿もなく、地面にこれが落ちていたと申しておりました」

静萱が震える手でさしだしたのは茶の花の簪《かんざし》だった。忘れもしない、廟会《びょうかい》で月娥のために買い求めたものだ。廟会以来、月娥は毎日のようにこの簪をさしていた。今朝、遊廊《わたりろうか》で出くわしたときも豊かな髻《たぶさ》に愛らしい茶の花が咲いていたのをおぼえている。

「孫妃の身になにか物騒なことが起こったのではないかと恐ろしくなって、安否を確認しようと参りましたの。杞憂《きゆう》であればよかったのですが……」

最後まで聞かず、秋霆はきびすをかえした。

「殿下！　どちらへ？」

「現場を見に行く」

「御自らお出ましにならなくともよいかと。配下に様子を見に行かせましょう」

「人任せにはできぬ。自分の目でたしかめなければ」

引きとめようとした岳秀を押しのけて客庁を出る。

――また失ってしまうのか。

月娥と約束したのに。来年には釆霞廟に帰すと。誓いを守らねばならない。なんとしても彼女を無事に釆霞廟まで送り届けなければ。それがせめてもの罪滅ぼしだ。

夜の帳《とばり》がおりると、九陽城《きゅうようじょう》の東西南北を守る四つの門はかたく閉ざされる。閉門後は翌朝まで門扉《もんぴ》がひらかれることはない。ただし、何事にも例外はあり、宮城《きゅうじょう》の東に位置する東華門《とうかもん》は夜更けでもときおり開門される。基本的には緊急事態が発生した際、司礼監《しれいかん》や東《とう》廠《しょう》の宦官が皇上《みかど》の御前にはせ参じるためだが、昨今は宮禁《きゅうきん》の弛緩《しかん》がはなはだしく、有事でもないのに門扉が口をひらくことがままあるという。

開門されるのは、もっぱら中門である。中門は東華門を構成する三つの門のうちのひとつ。御成り道なので皇帝専用だが、内閣大学士《ないかくだいがくし》と一部の三監《さんかん》も通行を許されている。それ以外の文武官および宦官は右側の東門、皇族は左側の西門をとおる決まりだ。

戌の正刻を過ぎるころ、秋霆は東華門西門の前で門衛に詰め寄っていた。

「頼むから門を開けてくれ。主上に申しあげねばならないことがあるのだ」

「宮禁により夜間の開門は禁じられております。明朝あらためておいでください」

開門を求める秋霆に、門衛はにべもない返事をした。

「朝まで待てぬのだ。事は一刻を争う」

「規則ですからやむをえません。おひきとりを」

「規則は重々承知のうえだ。だれであろうと従わねばならぬことはわかっているが、急を要する事態なのだ。わが王妃の命がかかっている」

事情を話して頼みこんだが、門衛は「宮禁を破るわけにはいかない」の一点張りだ。

「東華門は三監を夜間に通行させているだろう。三監に融通《ゆうずう》をきかせるなら、皇族に便宜《べんぎ》を図ってくれてもよいのではないか」

「時と場合によっては、ご事情をくんで開門することもございます」

「ではそうしてくれ。主上にお目通りしなければ孫妃を助けられないかもしれないのだ」

「それほどまでにお困りなら、とくべつに上役に掛け合いますが……」

門衛は由《よし》ありげに言葉尻を濁《にご》す。その下卑《げび》た視線に秋霆が不快感をもよおしたとき、岳秀が進み出て銀子をわたした。門衛はにやつきながら受けとり、しばし待つよう言い置いて門扉のむこうにいる同僚となにやらこそこそと話す。

「あさましい。こともあろうに宮門の門衛が賄賂《わいろ》を要求するとは」

よくあることです、と岳秀は冷めた顔で応じた。

「今日日、どこの門でも袖《そで》の下をわたさないと便宜を図ってはくれません」

「腐敗しているな」

吐き捨てるように言った瞬間、やりきれない苦みを感じた。賄賂が横行しているのは宮門だけではない。後宮でも外廷《がいてい》でも市井《しせい》でもおなじことだ。銀子さえ積めばどんな無理もとおる。不徳義がはびこる濁世《じょくせ》では馬鹿正直に規則を守る者のほうがすくない。

――私も同類だ。

門衛を買収して開門させようとしているのだからおなじ穴の狢《むじな》だ。薄ら笑いを浮かべる贓吏《ぞうり》たちを非難できるほど清廉潔白ではない。

門衛は同僚と話をすませたようだが、七十二の鋲《びょう》が打たれた門扉は沈黙したまま動かない。開門はまだかと問い詰めようとしたとき、一台の軒車《くるま》が龍影河《りゅうえいが》にかかる石橋を渡ってきた。御者は東華門の門前で馬をとめ、御者台からおりて轅《ながえ》の下に踏み台を置く。車内から出てきた人物の顔を見るなり、門衛は小走りで駆け寄った。

「お早いお帰りで。花の閨《ねや》に一泊なさるのではなかったので？」

「仕事で出かけたんだぞ。妓楼《ぎろう》でのんびりしてる暇はねえよ」

「そうでしょうとも。同太監はご多忙でいらっしゃいますから」

「その手の胡麻《ごま》すりは宦官の専門だ。俺らのお株を奪うつもりかい」

「滅相《めっそう》もない。同内監はじきに昇進なさるでしょうから、いまのうちから太監《たいかん》とお呼びするのに慣れておこうと思いまして」

「太鼓《たいこ》持《も》ちが堂《どう》に入《い》ってるな。おまえ、宦官に向いてるぜ。ちょいと浄身《じょうしん》して来いよ。俺が直々に仕込んでやる」

もったいないお話で、と門衛は猫なで声で追従笑《ついしょうわら》いをする。

「私は無能ですから同公公《こうこう》のお役には立てないでしょう。こうして門を守るのがせいぜいですよ。ああ、いつもどおり輿《こし》は用意してあります。ただいま開門いたしま——」

「おや、そこにいらっしゃるのは整斗王《せいとおう》殿下じゃないですか？」

門衛に尻尾をふられている人物が秋霆に気づいて揖礼《ゆうれい》した。

「こんな時間にこんなところでなにをなさってるんで？」

のんきそうに蟒服《ぼうふく》の袖をひらひらさせながら問うたのは、皇后付き次席宦官・同淫芥《どういんかい》だった。秋霆が事情を打ちあけると、淫芥はふむふむとうなずいた。

「門衛《こいつ》はあてになりませんよ。とんだぐうたら者でして、銀子をくれてやったってたいして働きはしません。どうせ上役に相談するというのも口から出まかせです」

「そなたにはずいぶん慇懃《いんぎん》だが」

「いろいろと貸しがあるんでね。ま、持ちつ持たれつってやつですよ。じゃ、行きましょうか。俺と一緒ならとおしてくれますので。──おい早くしろよ。急ぎだ」

ただいま、と威勢よく答えて門衛は中門を開けさせた。秋霆が頼みこんでも沈黙していた朱塗りの門扉があっさりと口をひらく。門扉のむこうでは輿と担ぎ手の宦官たちが待ちかまえていた。淫芥に「どうぞ」と勧められたが、歩いたほうが早いので断る。

「宮城を離れていたのは皇后さまのお使いか？」

「ええ、まあ。皇后さまのご母堂《ぼどう》のお見舞いに汪府《おうふ》まで行ってきました」

汪皇后は病身の嫡母《ちゃくぼ》を案じて薬を届けさせたらしい。

「汪府は皇城《こうじょう》からさほど離れていないだろう。帰りが遅すぎるのではないか」

「あ、そういうことは訊かないでください。野暮ですよ」

秋霆のとなりを歩きながら、淫芥はへらへら笑う。仕事をなまけるのが生きがいのような宦官だから、見舞いの帰りに馴染《なじ》みの妓女と逢瀬《おうせ》を楽しんできたのだろう。

「しかし面妖ですねえ。整斗王妃がさらわれるなんて。気を悪くしないでいただきたいんですがね、正直言って整斗王妃をさらっても意味がないでしょう」

「孫妃は魅力的な婦人だ。男ならだれでも連れ去りたいと思うだろう」

「そりゃあ天女のような美人ですがね。見目麗《みめうるわ》しいご婦人ならそこらじゅうにいますよ。

あと腐れなく遊びたければそっちを連れていくでしょう。いくら好みだからって親王妃なんて厄介《やっかい》な相手をさらいますかね。あとあと面倒なことになるってわかってるのに」

「それはそうだが……」

月娥の足取りが途絶えた現場近くの林で護衛たちの亡骸《なきがら》を見つけた。遺体には無数の矢が刺さっていた。不意をつかれたようだ。

現場から戻るなり、秋霆は天明府府尹《てんめいふふいん》・比文清《ひぶんせい》に会い、月娥を捜してほしいと頼んだ。比府尹は迅速《じんそく》に対応し、整斗王府の軒車の残骸をべつの場所で見つけた。

「軒車は燃やされていた……か。しかも御者の死体は見つからなかったんですね？　ってことは、御者は賊の一味で決まりでしょう」

月娥の供をしていた奇幽《きゆう》と巧燕《こうえん》は襲撃現場付近をとおる水路で見つかった。軒車が襲われたとき、怪我をして水路に落ちたそうだ。ふたりによれば、賊は十数名いたという。

「数月前に雇い入れた者だ。岳秀が身元を調べたから、不審な点はなかったはずだが」

「申し訳ございません、殿下。私の手抜かりで……取り返しのつかない事態に」

責任を感じている岳秀がいかつい肩をすぼめてうなだれる。

「鉄太監が身元を洗ってもなにも出なかったとなると、賊はかなり用意周到だったんでしょうねえ。そこまでして整斗王妃をさらいたかったわけだ」

「孫妃はこの春にもさらわれている。もしかしたら同一人物のしわざかもしれない」

話しこんでいるうちに垂裳門《すいしょうもん》まで到着した。垂裳門は官僚たちが働く外朝《がいちょう》と、天子が政務を執る中朝《ちゅうちょう》をへだてている。

「主上はもう後宮に入っていらっしゃるだろうな」

夜伽《よとぎ》の最中に押しかけても、寛仁大度《かんじんたいど》な礼駿なら謁見《えっけん》に応じてくれるはずだ。門前払いせずに話を聞いてくれるだろう。それはありがたいが、予定外の時刻に親王が後宮に入るとなると手続きが煩雑だ。ひょっとしたら礼駿はわざわざ中朝まで出てきてくれるかもしれないが、どんなに輿を急かしても距離があるので時間がかかる。そのあいだにも月娥の身によからぬことが起こっているのではないかと思うと、平静ではいられない。

「いえいえ、まだ暁和殿《ぎょうわでん》にいらっしゃいますよ。憂国《ゆうこく》の勅《ちょく》のおかげで奏状《そうじょう》が太康山《たいこうざん》並みに積みあがっていましてね、遅くまで書房《しょさい》にこもっていらっしゃるんです」

淫芥に取り次ぎを頼み、八十一の鋲が打たれた門扉の外で待つ。しばらくしてふたたび門扉がひらいた。淫芥に促されて垂裳門をくぐり、駆け足で紅牆《こうしょう》の路《みち》を行く。

豪奢《ごうしゃ》な迷路の先にある明黄色《にちりんいろ》の甍《いらか》をふいた壮麗《そうれい》な建物は、中朝の心臓部たる暁和殿。皇上は日中、ここで奏状を決裁するのだが、勤勉な礼駿は日が暮れてからも書房で朱筆を握っているという。軍の病巣を切り落とす政策が若き玉体を酷使《こくし》しているのだ。寸暇《すんか》を惜しんで治国に励《はげ》む弟をわずらわせるのは心苦しいが、月娥を助けるには天恩を頼るよりほかに道がない。

「主上、皇后さま。整斗王・高奕倹《こうえきけん》が拝謁《はいえつ》いたします」

秋霆は書房に入るなり、壇上《だんじょう》に置かれた玉案《つくえ》で奏状を読んでいる礼駿とそのかたわらにいる汪皇后にむかって揖礼した。

夕刻を過ぎても礼駿が政務にいそしむときは、汪皇后が暁和殿に夜食を持ってくる。淫芥によれば、最近はほとんど毎日だという。規則により暁和殿に入ることが許されている身分とはいえ、皇后が銀凰門《ぎんおうもん》をくぐって中朝に出てくることは本来なら頻繁《ひんぱん》には起こらない。礼駿はそれほどに汪皇后を寵愛しているのだ。彼女以外の美姫が色褪《いろあ》せた背景になってしまうくらいに。

「公《おおやけ》の場じゃありませんから、かたくるしいあいさつはけっこうですよ、二兄。状況は聞きました。比府尹が外城《がいじょう》西部で軒車の残骸《ざんがい》を発見したとか。その後の足取りは？」

「まったくわからぬのだ。忽然《こつぜん》と消えてしまったかのようで……」

軒車ごと月娥をさらい、外城西部まで来てべつの乗り物に彼女を移したのだろうと比府尹は判じたが、軒車に乗せたのか船に乗せたのかも判然としない。馬で運んだのかもしれないし、荷車で連れ去ったのかもしれない。わかっているのは目下、彼女の亡骸《なきがら》は見つかっていないこと、釆霞廟と孫家でもなにも見つからなかったことくらいだ。

月娥は生きている。きっと生きているはずだ。どんな目に遭《あ》わされているのか、考えたくもない。とにかく殺されていないという事実だけが頼みの綱だ。

「比府尹は尽力してくれているが、これ以上の足取りはつかめそうにない。このままでは手遅れになるかもしれない。一刻も早く孫妃の居所を捜し当てなければ……」

　そのために東廠の協力を仰《あお》ぎたい、と秋霆は焦燥《しょうそう》に身を焼かれながらつづけた。

「非常識であることはわかっている。東廠は天子の走狗《そうく》。一親王にすぎない私に協力を要請する権限などない。しかし、褐騎《かっき》を自在に操る東廠なら、それと知らぬままになんらかの手掛かりをつかんでいる可能性がある。褐騎のだれかが、孫妃が連れ去られた現場付近で不審な者を見かけたかもしれない。あるいは孫妃を乗せた軒車や船を見た者がいるかも。なんでもいい、どんなささいなことでもいいから手掛かりが欲しい。関連がありそうな報告が東廠にあがっていないか、調べてくれないか」

　頼む、と秋霆はくずおれるようにひざまずいた。

「法をまげる罰は受けるつもりだ。孫妃が見つかりさえすればそれでいい。私自身はどうなってもかまわない。孫妃が無事に戻りさえすれば……だからどうか」

「やめてください、二兄。他人じゃないんですから」

　壇上からおりてきた礼駿が秋霆の手をとって立ちあがらせた。

「二兄の一大事だ、もちろん協力しますよ」

　邪蒙《じゃもう》、と礼駿は皇帝付き首席宦官《かんがん》の失《しつ》太監を呼んだ。

「葬督主《そうとくしゅ》を連れてこい」

「すでに帰宅しているころだと思いますが」

「呼び出せ。緊急事態だと」

御意《ぎょい》、とおもてをふせ、失太監が書房を出ていく。配下に命令を伝えに行くのだろう。

「感謝する。ほんとうにありがたい……」

「礼をおっしゃるのは早いですよ」

秋霆が深く頭をさげると、礼駿は苦い表情を浮かべた。

「うまく解決するとは限りません。もう間に合わないかもしれない。賊の目的が不明ですが、もし孫妃に危害をくわえるつもりなら、そのための時間は十分にあったことになります。……最悪の結果にそなえてください」

最悪の結果という言葉が秋霆の胸に不穏な轟《とどろ》きをもたらす。

――無事でいてくれ、どうか。

祈ることしかできないのが腹立たしい。


「孫妃はひたいに奇妙な痣《あざ》がありますね？」

葬督主は気だるそうに文書をめくった。遅い夕餉《ゆうげ》の最中に呼び出されたせいか、陰気そうな面貌《めんぼう》は疲労感で暗く濁《にご》っている。

「半金烏《はんきんう》に似た痣のことか？　あれは単なる痣だ。怨天教《えんてんきょう》とは関係ない」

われにもなく強く否定した。

「東廠が怨天教徒の摘発に力を入れていることは知っているが、痣ごときで孫妃が邪教徒と関係していると早合点《はやがてん》されては困る。整斗王府に嫁ぐまで彼女は信心深い道姑《どうこ》だったし、王妃になってからも正しい教えを信仰していた。淫祀《いんし》とは縁もゆかりも――」

存じております、と葬督主は秋霆の声をさえぎった。

「孫妃の身辺を調査したのは私ですから。潔白を疑ってはいません」

「ではなぜ痣の話を？」

「淫祀邪教の信徒は病的なほど迷信深いものです。胡人《こじん》の生き胆《ぎも》を邪神に捧げれば他人を呪殺できるとか、新鮮な髑髏《どくろ》を枕もとに置くと富貴を得られるとか、妊婦の腹を裂いて取り出した嬰児《えいじ》を食べれば不老不死になるとか……われわれの理解の範疇《はんちゅう》を超えたおぞましい厭勝《まじない》を妄信しており、目的を達成するためにはどんな犠牲《ぎせい》も厭《いと》いません。わが子を悪鬼に食わせて寿命をのばそうとする者もいるくらいで――」

「急かすようで悪いが、結論から言ってくれないか」

「申し訳ありません。話が迂遠《うえん》でしたね。要するに邪教集団には独特の迷信があり、彼らは自分たちが信じる奇怪な伝説のために事件を起こすということです」

「痣にまつわる邪教の迷信があるのか？」

「怨天教では身体に半金烏のような痣を持つ女人を聖明天尊《せいめいてんそん》の花嫁と呼んで尊《とうと》ぶそうです。

孫妃がさらわれたのはそれが原因かもしれません」

怨天教と聞いて胸が悪くなる。翼護《よくご》を惨殺《ざんさつ》した乳母も怨天教徒だった。

「花嫁として尊ぶのなら、危害をくわえる恐れはないんだな？」

「いえ、そういうわけでは……。半金烏の痣を持つ女人には曰《いわ》くがあるのです」

「曰く？」

「天上世界で彼女は聖明天尊の花嫁でしたが、聖明天尊と対立していた神が彼女をさらいました。彼女は貞操《ていそう》を汚されることを恐れ、みずから下界へ――われわれが暮らす人の世に落ちたのです。しかし、塵埃《じんあい》にまみれた下界へ落ちたことで死んでしまいます。聖明天尊はいたく悲しみ、彼女が人間に生まれ変わるよう手配しました。よって怨天教徒は聖明天尊への忠誠の証《あかし》として半金烏の痣を持つ女人を探し出し……」

「どうするんだ？」

葬督主は言いにくそうに目をそらした。

「天に嫁がせます」

「天に嫁がせる？　そんなことが、どうやって……」

血の気が引いていくのが自分でもわかった。

下界に落ちた花嫁を玉京《ぎょっけい》に帰すのだ。彼女の命を奪うことで。

三監《さんかん》の大半が内城《ないじょう》に居をかまえている。その多くが皇族や高官の邸に比肩するほどの金《きん》殿玉楼《でんぎょくろう》で、禁苑《きんえん》さながらの壮麗《そうれい》な園林《ていえん》を誇るものさえある。

淫芥《いんかい》が内城東部にかまえる住処《すみか》もご多分にもれず豪邸だ。なんでもここは崇成《すうせい》年間から義昌《ぎしょう》年間まで司礼監掌印太監《しれいかんしょういんたいかん》をつとめた大宦官の住まいだったそうで、彼を寵愛していた孝哲《こうてつ》皇后がお忍びで訪ねてくることもあったという。もっとも淫芥がこの邸を買ったのは位人臣《くらいじんしん》をきわめた先達《せんだつ》にあやかりたかったからでも、麗々しい外構えに心惹かれたからでもない。皇城《こうじょう》の東門たる東安門《とうあんもん》に近いからである。

秋霆を暁和殿《ぎょうわでん》に送り届けてから一個時辰《にじかん》が過ぎるころ、淫芥は自邸の門前に立った。明日は休沐《きゅうもく》なので、汪皇后の許可をとって帰宅したのだ。

「お帰りなさいませ、老爺《だんなさま》」

小柄な老僕が大門《もん》を開けて淫芥を出迎えた。宦官の邸に仕えているのはたいてい宦官だ。わざわざ男の奴僕《げなん》を雇い、責めさいなんで嗜虐心《しぎゃくしん》を満たす物好きもいるが、淫芥はそこまで暇を持て余してはいないので、足腰が弱って皇宮では働けなくなった白髪頭の老騾馬《おいぼれ》を邸に置き、適当に使っている。

「留守中なにもなかっただろうな?」

「はあ……それが」

老僕が申し訳なさそうに言葉を濁すので、淫芥は舌打ちした。

「またあいつか。迷惑なやつだ」

「そう邪険になさらずとも。老爺の身のまわりのお世話をしてくださるのですから」

「それが迷惑なんだよ。おまえもあいつをなかに入れるな。追いかえせ」

「追いかえすなんてとても。じきに太太《おくさま》になるおかたに無礼を働くわけには」

「だからいつも言ってるだろうが。あいつを娶《めと》る気はないって」

「あれほど器量も気立てもよいご婦人をどうしてかたくなに拒絶なさるのか、私にはわかりかねます。そろそろ所帯をお持ちになってもよい頃合いですのに」

「そろそろも糞《くそ》もねえの。俺は気楽な独り身で生きていくって決めてるんだよ」

「またそんなことをおっしゃる。われわれ騾馬にも妻は必要ですぞ。世間の男のように子孫は残せずとも慰めにはなります。私にも若いころは想いを寄せた宮女がおりましたが、なにしろ風采《ふうさい》のあがらない騾馬でしたから岡惚《おかぼ》れで終わりました。あのとき彼女をふりむかせることができていればと、この年になっても口惜しいやら悲しいやら。それにくらべて老爺ときたら、娶る相手には困らないくせにいつまでも気楽な独り身でいたいなどとへそ曲がりなことをおっしゃって。意固地《いこじ》になって損をするのはご自身なのですぞ」

老僕の小言を聞き流しながら内院《なかにわ》をとおりぬけ、正房《おもや》に入る。世人《せじん》の邸では正房の中央で祖先の霊を祀《まつ》るが、淫芥には祀るべき祖先がないのでがらんどうだ。思えばこの邸には空室が多い。おもに使っているのは居室《いま》と書房《しょさい》、臥室《しんしつ》くらいである。

「遅かったわね。どこをほっつき歩いてたの」

居室に入ると、夜着姿の女が待ちかまえていた。

「毎度のことだが勝手にあがりこむなよ。菜戸《つれあい》を気取りやがっていい迷惑だぜ」

「勘違いしないでよね。菜戸を気取ってるわけじゃないから。私の家より、ここのほうが皇宮から近くて都合がいいから宿として使ってるだけよ」

「他人の家を宿代わりに使うな」

「宿賃が欲しければ払ってあげるわよ。三監のくせにさもしいわね」

「皇宮に近いって理由で騾馬の部屋にあがりこんでる女に言われたくねえよ」

「うだうだ文句を言ってる暇があったら、夜食でも食べたら？　ずぼらなあなたのことだから、どうせ夕餉だってまともなもの食べてないんでしょ？」

ふてぶてしく言い放った女は姓を爪《そう》、名を嬉児《きじ》、字《あざな》は香琴《こうきん》という。表向きは敬事房《けいじぼう》勤めの女官、裏の顔は褐騎《かっき》だ。もともとはとある官族の家婢《かひ》だったが、十年前、主家の令嬢が東宮選妃のために入宮した際、婢女《はしため》として随行《ずいこう》した。

性悪の主に虐《しいた》げられて復讐心を燃やしていた彼女を褐騎の道に誘ったのは淫芥だ。深い怨みに染まった彼女の瞳は、他人の秘密を食らう天子の走狗《いぬ》の素質を十分に感じさせた。当時の督主《とくしゅ》であった棘《きょく》太監の許可を得て内偵の技術を仕込むかたわら手を付けたのは、淫芥にとっては骨身に染みついた習慣のひとつにすぎなかった。女を寝床で手なずけておいて損はない。また香琴自身にも有益だ。色香を使いこなすことができれば、女にしかできない方法で活躍できる。

それだけの関係だ。長続きはしないはずだったが、なぜかいまもずるずるとつかず離れずの距離を保っている。淫芥が彼女に誠実だったことはない。香琴と同衾《どうきん》した翌日によその女の寝床にもぐりこんだことは数えきれないほどあるが、うしろめたさを感じた記憶はない。そもそも香琴とはなんの口約束もしていないので、不実とも言えまい。

香琴は香琴で、淫芥の遊び癖を茶化すことはあっても、くどくどしく恨み言を吐いて淫芥をげんなりさせることはなかった。淫芥がいくらほかの女の残り香をまとっていようと、香琴はどこか正妻然として意に介さないのだった。

——妙な女だ。

顔にはかつての主につけられた火傷《やけど》の痕があるものの、侍妾《じしょう》に選ばれてもいいくらいの麗質《れいしつ》をそなえている。出会った当初は主に化粧《けしょう》を禁じられていたせいで生々しい傷痕が目についたが、淫芥が化粧上手《じょうず》な女官を紹介してやってからは火傷の痕をうまく隠すことをおぼえ、宦官たちが色めき立つ婀娜《あだ》めいた美婦になった。当人がその気になりさえすれば三監の菜戸どころか、高官の妾室におさまることもできるだろう。ほかにあてがないわけでもないのだから、淫芥との腐れ縁に執着する理由はないはずだ。

にもかかわらず香琴はしげしげと邸を訪ねてきて、菜戸よろしく淫芥の世話を焼く。手料理をふるまい、衣服をつくろい、寝支度《ねじたく》をととのえてやれば、そのうち淫芥が情にほだされて結婚に踏み切るとでも思っているのだろうか。女の甘い幻想を打ち砕くのが趣味というわけではないが、淫芥は浄身《じょうしん》したときから一生独り身でとおすとかたく決めている。妻とは人並みの駙馬が持つものだ。淫芥のような人でなしにその資格はない。

「こんなところに入り浸ってると、また弟にとっちめられるぞ」

食欲に負けて食卓につく。手前に置かれた器《うつわ》のふたをとると、賽《さい》の目《め》切りにされた琥珀《こはく》色の豚肉がほのかな湯気をまとい、得意げに姿を見せた。晟稜《せいりょう》産の緑酒《りょくしゅ》で煮こんだのだろう。ひと口食べれば、独特の高貴な香ばしさに舌がとろける。

「弟は姉にたてつくほど礼儀《れいぎ》知らずじゃないわ。ぶつぶつ小言をもらすのがせいぜいよ。駙馬と情を通じるのは汚らわしいとか恥辱《ちじょく》だとか。潔癖《けっぺき》なのよね、あの子。十八にもなって女の肌を知らないせいだわ。でも、なにを言われても右から左に聞き流してるわ。私は私、弟は弟。同胞《はらから》だってべつの人間だもの。考えかたがちがうのはふつうのことよ」

香琴は青磁《せいじ》の碗《わん》に蟹肉《かににく》と豆腐の汁物をよそい、こちらにさしだす。受け取ると、まだあたたかかった。淫芥が帰宅する時刻を予測して調理したのだろう。

「すこしは気にしろって。弟が科挙《かきょ》に及第したときのことを考えてみろよ。おまえのせいで周りの連中に陰口を叩かれるんだぜ。運よく状元《じょうげん》になったって、姉が駙馬と寝たおかげだ、あいつは姉貴を売って状元の位を買ったんだって言われるんだぞ」

「好きに言わせておけばいいのよ。陰口を叩かれたくらいで心が折れるなら、弟の志《こころざし》はその程度ということだわ。真実、才徳があるなら青史《せいし》に残る立派な功績を立てて、誹謗《ひぼう》するしか能のない鈍物《どんぶつ》どもを黙らせるでしょう」

「ひでえ姉。弟が不憫《ふびん》だよ」

香琴は主家の奴僕だった弟の身分を買い取り、ふたりで暮らしている。弟は進士《しんし》及第を目指して国子監《こくしかん》で勉学に励んでいるが――年若い書生にありがちなことに――大の宦官嫌いだ。姉が淫芥と親しくしているのを快《こころよ》く思っていない。

「弟を信頼しているのよ。大の男だもの、中傷されたってくじけやしないわ。自分の力で道を切りひらいていくはずよ。ほうっておくのが姉としてのやさしさなの」

「そのやさしさとやらを俺にも発揮してほしいもんだね」

甜梅醬煮《あまうめみそ》の卵を口にほうりこみ、淫芥は香琴に視線を投げた。

「なあに？　食べさせてほしいの？　子どもみたいに？」

「ほうっておいてくれって言ってんだよ、お節介女《せっかいおんな》」

「恩知らずね。私が監督してあげないとまともな食事もできないくせに」

「飯なんざ、腹がふくれさえすればなんでもいいだろ」

「滋養《じよう》のあるものを食べないと身体を壊すわ」

香琴はしきりに莧菜《ひゆな》の炒《いた》め物を勧めてくる。

「あなたの悪い癖は自分を粗末にあつかうこと。五つ六つの童子ならともかく、いい年をした大人のすることじゃないわ。年相応に身をつつしむことをおぼえなさい」

「身をつつしむべきはおまえだろ。頼まれもしねえのに、のこのこ驃馬の慰み物になりにくる病気をなんとかしろよ」

「そっちこそ、うぬぼれもたいがいにして」

莧菜を箸《はし》でひとつかみして淫芥の口に突っこみ、香琴は勝気そうに鼻先で笑う。

「私はね、あなたの慰み物になったことなんか一度もないの。これからだって、なるつもりは毛頭ないわ。爪香琴は同淫芥程度の驃馬にもてあそばれるほどか弱い女じゃないのよ。私は自分の意志であなたに身を任せた。それを後悔したことはないわ。必要があればいつだって寝るけど、私はなにも失わない。失うのはあなたのほう」

「俺には失うものなんかねえぜ」

「あるじゃない。その一文にもならない思いあがりが。自分は俗悪な驃馬で、女たちを毒牙にかけているというみじめたらしい驕《おご》り。自分を貶《おとし》めて悦《えつ》に入《い》る幼稚な傲慢《ごうまん》さ。私と寝るたびに、あなたはそれらをすこしずつ削りとられていくのよ」

淫芥は無言で咀嚼《そしゃく》した。生姜《しょうが》の辛味がきいた莧菜は案外うまい。

「わけわかんねえが、ひとつだけわかったことがある」

「なによ？」

「おまえ、怖え女だな」

いまごろ気づいたの、と香琴は臙脂《べに》をささない唇に艶《つや》っぽい笑みを刷《は》く。

「私に手を出したのが運の尽きよ。あきらめるのね」

しつこい女、と顔をしかめて、香琴が淹《い》れた潭影茶《たんえいちゃ》を飲む。

「うえ、なんだこれ。濃すぎるんじゃねえの」

「濃く淹れてあげたのよ。胃の腑《ふ》がすっきりするように」

「茶より酒のほうがすっきりするんだがなあ」

「だめよ。あなた、酔うと調子はずれな歌を歌い出すでしょ。あれを聞くと耳が馬鹿になるわ。安眠できないから、寝る前にお酒はあげない」

「おまえの都合じゃねえかよ。ここは俺の家なんだぞ」

「私がいないときに飲めばいいじゃない。私がいるときは禁酒よ」

「あーあ、なんだろうな。自分の家で酒も飲めねえとは。俺、呪われてるのかな」

「怨まれることばかりしてるからよ。自業自得《じごうじとく》。ほら、くだらない話をしてないでさっさと食べなさい。料理が冷めるでしょ。自分で食べないなら無理やり食べさせるわよ」

「わかったわかった。自分で食うからほうっておいてくれよ。おまえに食わされたんじゃ、どんどん食い物を口につめこまれて窒息《ちっそく》させられちまう」

「いいわね、それ。私の手料理で窒息できるなんて最高に贅沢《ぜいたく》な死にかたよ」

悪意のある笑顔で料理を勧めてくる香琴に手を焼きながら胃の腑を満たしていく。心まで満たされる気がするのは悪い兆候だ。どこかで手を引かなければならない。深みにはまる前に引きかえさなければ。この関係に安住することは許されないのだから。

対象が寝入るのを待って私は動き出した。茶に眠り薬を混ぜておいたので、当分目覚めないだろう。——否、永遠に夢のなかだ。

部屋に油をまいて火種をほうりなげると、炎はまたたく間に肥《こ》え太り、視界が紅蓮《ぐれん》に染まる。なにもかもが燃えていく。主の身辺を嗅《か》ぎまわっていた褐騎《かっき》も、集められた証拠の数々も。そして主の秘密は守られる。明日からは何事もなかったかのように退屈な日常がつづいていくだろう。主が大凱《このくに》の眼前に姿をあらわす、その瞬間まで。

「捜査に進展がありしだい連絡いたしますので、殿下は王府でお待ちください」

葬督主はあくまで丁重に秋霆を追いかえした。帰る気にはなれなかったが、東廠《とうしょう》が動いているときに秋霆ができることはない。邪魔をしないよう王府に戻ることにした。

「やけに騒がしいな」

軒車《くるま》に乗ったまま東安門《とうあんもん》から出ると、飛び交う怒号が車内にまで響いてきた。秋霆は軒車を止め、窓かけをあげて外を見やった。

街路で騒いでいるのは中城兵馬司《ちゅうじょうへいばし》の火兵《かへい》たちだ。中城兵馬司は煌京《こうけい》城内の捕盗《ほとう》や火禁《かきん》をつかさどる五城《ごじょう》兵馬司のひとつ。職務上、巡邏《じゅんら》していることが多いので彼らの姿は見慣れているが、緊迫した状況だとひと目でわかった。どこかで火事が発生したらしい。水桶や麻搭《ひたたき》、鉄猫《とびぐち》などの火消し道具を担ぎ、地面を蹴って駆けていく。

「振鷺坊《しんろぼう》のほうで火の手があがっているようです」

同乗している岳秀が東の方角を指さす。そこだけ焼け焦げたように夜空があかるい。

「孫妃の件と関連があるだろうか?」

「振鷺坊は三監《さんかん》の居住区ですから、関係ないでしょう」

「孫妃をさらったのが怨天教徒の三監だったら……」

「もしそうだとしても、自分の邸に連れこむことはないのでは。足がつきますから」

「いや、ありえないとは言い切れまい。様子を見に行こう」

振鷺坊へ行くよう御者に命じようとすると、「いけません」と岳秀が口をはさんだ。

「火事の現場は混乱していますので、たいへん危険です」

「そうか。軒車のまま乗りこんでは救火《きゅうか》作業の妨げになるな。では、徒歩で行こう」

殿下、と呼びとめる声を黙殺して軒車からおりる。

「あっ！　見つけたぜ！　殿下だ！」

火兵の群れに逆らってこちらに駆けてくる二人組がいた。ひとりは左腕がなく、もうひとりは頭巾で顔を覆《おお》っている。采霞廟《さいかびょう》から月娥をさらった男たちだ。月娥の希望どおり整斗王府で奴僕《げなん》として働かせている。なにしろ私茶の運搬や女人の連れ去りにかかわった者たちなので、はじめのうちこそ秋霆は警戒していたが、鄙人《ひなびと》らしい素朴《そぼく》な人柄やまめまめしい働きぶりのせいか、いつしか不信感が好感にすりかわっていた。

「殿下！　ようやっと思い出しましたぜ！」

「なにを？」

「なにをって、あいつですよ。王妃さまをさらうよう俺たちに頼んできたやつ！」

だよな、と隻腕《せきわん》の男は頭巾の男の肩を叩く。

「あの人の手下でした。まちがいねえ」

頭巾の男は大きくうなずき、しゃがれた声で言った。

「待ってくれ。いったいなんの話だ？　おまえたちが孫妃をさらったのか？　また？」

「いやいやいや、ちがいますって。俺たちがさらったのは一回だけ。なんとかっていう廟の裏山から連れ出したのが最初で最後ですぜ。今回は俺たちじゃねえ」

「では、だれが？」

「そりゃ知らねえですけど、俺たちに王妃さまをさらってくれって頼んできたやつならわかりますぜ。頭巾をかぶってやがったんで人相はよく見えなかったが、十八《じゅうはち》が声をおぼえてたんですよ。こいつ、耳が異様にいいんでね。一回聞いた声色は忘れやしねえんだ。それで、あの人が整斗王府に来たときになんか妙だと感づいたらしいんで。ただ、耳はいいんだが、生来ぼーっとしてるもんだから今日になってやっとこ、王妃さまをさらうよう頼んできたやつの声とあいつの声がおんなじだって思い出したってわけで」

十八と呼ばれた頭巾の男はばつが悪そうに肩をすぼめた。

「すみません、殿下。もっと早く思い出してりゃあ、王妃さまは……」

「謝罪はよいから『あいつ』というのがだれなのか教えてくれ。今回の事件にもそいつがかかわっている恐れがある」

十八の返答を聞き、秋霆は目を見ひらいた。それは剣呑《けんのん》な可能性を示唆《しさ》していた。思いもよらない場所に邪教徒がひそんでいるかもしれないと。

目覚めたときには、月娥は窓のない部屋にいた。

――ここはどこなの。

簡素な牀榻《しんだい》の上だ。起きあがろうとすると、頭がずきずき痛んだ。全身が沼につかっているかのようにだるい。

――あの薬のせいだわ。

穣土《じょうど》王府から帰る道すがら軒車《くるま》が襲撃された。護衛が殺され、奇幽と巧燕も襲われた。ふたりがどうなったのかはわからない。御者は賊の仲間だった。月娥は逃げ出そうとしたが、縛られて動けなくなった。賊は軒車ごと月娥を連れ去った。

　意識が遠のいたのは妙な薬を飲まされてからだ。どこかで軒車からおろされ、べつの軒車に乗せられたところまではかろうじておぼえている。その後は記憶にない。身体を縛《いまし》めていた縄はほどかれているが、薬の作用が残っているのか、手足がしびれている。衣服の乱れがないことにひとまず安堵《あんど》した。貞操《ていそう》は失っていないようだ。いまのところは。

　半身を起こそうとして苦労していると、室内にだれかが入ってくる気配がした。全身に緊張が走る。武器になりそうなものを捜すがなにもない。髻《たぶさ》にさしていた簪《かんざし》もなくなっている。襲撃された際に落としたのだろうか。

　とにかく逃げなければ。どこへ？　薄暗くて部屋の内装も見てとれない。やみくもに駆け出しても状況は悪化するだけだ。まずは賊の出方を見るべきだろう。なんのためにこんなことをしたのか。月娥をどうするつもりなのか。それがわかれば、血路をひらくことができるかもしれない。賊を油断させ、逃げる隙《すき》を作るべきだ。下手《へた》に動かないほうが得策だと判断して、月娥は震える手で長裙《ちょうくん》を握りしめた。足音とともに手燭《てしょく》の明かりが近づいてくる。不気味な暗がりを押しのけるようにして、一歩ずつこちらへ。

「なんだ、起きてたの」

　暗がりににじんだ光のむこうでだれかが言った。女だ。背丈は月娥とおなじくらいで、喪服《もふく》のような白い襖裙《おうくん》を着ている。ぶっきらぼうな声は耳になじんだもので――。

「……翠玉？」

燭火《しょっか》に照らされた朋友の顔を見るや否や、緊張の糸がほどける。

「よかった、あなただったのね。でも、どうしてここに……翠玉もさらわれたの？　大丈夫？　乱暴されなかった？　怪我《けが》してない？」

心配になってそばに寄ると、翠玉は冷めた目でこちらを見おろした。

「勝手に仲間にしないでほしいんだけど。さらわれたのはあんた。あたしじゃない」

「え？　どういうこと？」

「まだわかんないの？　にぶいね。さすが甘やかされて育ったお嬢さんはおめでたいわ。自分のまわりにいる人間はみんな自分の味方だと信じてるんだから」

翠玉は嘲《あざけ》りもあらわに鼻を鳴らした。

「采霞廟《さいかびょう》でさらわれたときさ、おかしいと思わなかった？　ふたりで裏山に入ったのになんであんただけ連れ去られたのか」

「翠玉は先に帰ったじゃない。用事を思い出したって……」

「そういう手はずだったからね。あの現場にあたしがいたら、あんたがいなくなったことに気づいて騒ぐはずだろ。あんたを捜しもせずに黙って自分の部屋に戻ってたことがばれたら真っ先に疑われる。だから先に帰ったんだよ。そうすればあんたがいないことに道姑《どうこ》たちが気づくのを遅らせられるし、あたしは疑われずにすむ」

あんたの夕餉《ゆうげ》に眠り薬を盛ったんだ、と翠玉は手柄顔で言い放った。

「鴛鴦草《えんおうそう》なんてありもしない草を探してるとき、あんた急に眠くなっただろ。夕餉に盛った薬が効く頃合いを見計らって、あたしが裏山に連れ出したからさ。計画どおりに事は運んだ。眠りこけたあんたを男たちが剝船《はしけ》に乗せて水門にむかうところまでは。なのにあいつらがどじを踏んだ。覇涼《はりょう》であんたをひきわたす予定だったのに、煌京《こうけい》を出る前に整斗王に追いつかれちまった。あたしの苦労が水の泡だよ」

信じられない。あの事件に翠玉がかかわっていたなんて。

「あんたを欲しがったやつの正体が知りたい？　怨天教徒だよ。あんたのひたいにある変な痣《あざ》、あれをありがたがる連中がいるのさ」

「……どうして」

声がかすれた。首を絞《し》められたみたいに。

「どうしてあなたが……そんなことをするの？」

「あんたのことが大嫌いだから」

翠玉は憎々しげに顔をゆがめた。

「前からいい子ぶっててぃやな女だと思ってたけど、整斗王府に嫁いでからますます鼻につくようになったね。整斗王に愛してもらえないって不幸のどん底に落ちたみたいに嘆いてさ、馬っ鹿じゃないの。愛されないからなに？　道姑の身分から王妃になれたんだろ？

それだけで十分すぎるほど幸せじゃないか。贅沢《ぜいたく》な暮らしをして、婢僕《めしつかい》にかしずかれて、王妃さま王妃さまって呼ばれてどんなわがままも言えるわけでしょ。自分がどれだけ恵まれてるかわかんないの？　なのに、あんたは整斗王が同衾《どうきん》してくれないだのなんだの大げさに悲しんでみせて、同情されようとしてた。ほんと反吐《へど》が出るよ。あんたみたいな幸せなくせに不幸ぶってる甘ったれた女には」

月娥を連れ去る手助けをしてほしいと怨天教徒に頼まれ、二つ返事で引き受けたという。

「思いかえしても腹が立つね。運び屋の男どもがしくじらなければ、あんたはもうとっくに死んでたのに。すかっとしたかったよ。あんたのみじめな死に顔を見て」

毒牙のような言葉が月娥の心をずたずたに引き裂く。気づかなかった。翠玉が自分への悪意を育てていたことに。親友だと思っていた。なんでも相談できる気の置けない相手だと。互いが互いの幸せを祈るようなあたたかい関係だと信じて疑わなかったのに。

「……翠玉は怨天教徒だったの？　いつから？」

「いつだっていいだろ。怨天教はあたしに居場所をくれた。怨んでもいいって言ってくれたんだ。妙善道女《みょうぜんどうじょ》は怨みを持つなって言うけど、そんなのきれいごとだ。怨みは一生消えない。毎日すこしずつ成長していく。時間が経てば経つほど強くなるんだ」

「私はあなたに怨まれるようなことをしたおぼえはないわ」

「だろうね。あんたにあたしの気持ちなんかわかるわけない」

「私が翠玉の気持ちを傷つけるようなことをしたなら謝るわ。殿下のことは……いやみや当てこすりで話したわけじゃないの。ほんとうに悩んでいたから……」

それがくだらないって言ってんだよ、と翠玉は怒声を放つ。

「あんた、いい目を見すぎだって自分で思わない？　捨て子のくせに金持ちの養父母に拾われ、いじめられもせず大事に育てられたんだろ。道姑になってからもみんなに好かれて可愛《かわい》がられてきた。十年前ならず者に襲われたけど、間一髪《かんいっぱつ》のところで助けられて傷物にもされなかった。おまけに今度は好きな男に嫁いでさ。あんた、運がよすぎるんだよ。なんであんたはそんなにいい思いをするわけ？　あたしが襲われたときはだれも助けてくれなかったのに。あたしが身ごもったときは家族すらも見捨てたのに。あたしを娶《めと》ってくれる男はいないのに。なんでよ？　なんであんたばっかりうまくいくの？」

射貫《いぬ》かんばかりに月娥を睨《にら》む瞳には、敵意以外のものを見つけられない。

「でも、いいことってのはつづかないもんさ。さんざんあんたを助けてくれた福運も尽きちまったみたいだね。あんたはこれから殺されるんだ。聖明天尊《せいめいてんそん》に嫁ぐために」

「嫁ぐ？　なんのことか……」

「あんたには半金烏《はんきんう》の痣がある。だからあんたは聖明天尊に嫁がなきゃいけない。つまり、死んで天に昇るってこと。どうやって殺されるかわかる？　焚刑《ひあぶり》にされるんだよ」

「……意味がわからないわ。聖明天尊の花嫁なんて、私には関係ない。私は整斗王妃なのよ。殿下の妻なの。かたちだけだとしても、王妃なのだから……」

「現世での身分や夫の有無は関係ない。半金烏の痣を持って生まれた時点で、おまえは聖明天尊に嫁ぐさだめだったのだ」

薄墨《うすずみ》色の視界を打ち震わせるように男の声が響いた。手燭が照らす闇のなかから人影がぬっとあらわれる。人好きのする温顔、おっとりとした微笑。女人ふうの優美な痩身《そうしん》に白い道服をまとったその人物を、月娥はよく見知っていた。


「その者には以前、怨天教徒の疑いがかかったことがあります」

秋霆が奴僕《げなん》たちの話を伝えると、葬督主《そうとくしゅ》は気だるげな面輪《おもわ》に険しい表情を刻んだ。

「六年前、とある書院《しょいん》で半金烏が見つかりました。それも大量に。くわしい鞫訊《とりしらべ》の結果、学生のほとんどが怨天教徒であることがわかりました。そのなかに……」

「玄雲道人《げんうんどうじん》の弟子がいたのか」

奴僕たちに月娥の拉致《らち》を依頼したのは、玄雲道人・白遵光《はくじゅんこう》の弟子だ。

「いえ、彼の兄がいたのです。彼自身は当時から鏤氷観《ろうひょうかん》に仕えていました」

怨天教徒の弟だったので嫌疑をかけられたのだという。

「身辺を調査し、当人を尋問しましたが、不審な点は見当たらなかったので放免しました。宣祐《せんゆう》年間なら兄と同罪と見なされ、処刑されていたでしょうが、主上が践祚《せんそ》なさってから怨天教の禁圧《きんあつ》がゆるやかになったので、われわれ東廠《とうしょう》の方針も変わり……」

　歯切れが悪くなったのは、見逃したことを悔やんでいるせいだろう。

「鏤氷観は調べなかったのか？」

「捜査の手は入りましたが、なにも出ませんでした。すくなくとも鏤氷観のなかでは。ただ、鏤氷観は天明府《てんめいふ》内外にいくつか飛び地を持っています。それらはおおむね菜園をそなえた小廟《しょうびょう》ですが、茶や薬草の栽培を隠れ蓑《みの》にして阿芙蓉《あふよう》を育て、教団の収入源とする例も報告されていますので、飛び地にも監視の目を光らせ、定期的に報告を――」

　掌家《しょうか》があわただしく官房《しつむしつ》に入ってきたため、葬督主は言葉を切った。掌家はまず秋霆にあいさつし、上官たる葬督主に揖礼《ゆうれい》する。

「……督主、褐騎《かっき》から急報が」

　掌家に耳打ちされ、葬督主はさっと顔色を変えた。

「覇涼《はりょう》の漲山《ちょうざん》に怨天教徒と思《おぼ》しき者たちが集まっているそうです」

「漲山といえば、鏤氷観の飛び地のひとつだな？　いつだったか孫妃が言っていた。鏤氷観は漲山に茶畑を持っていると……。待ってくれ、覇涼だと？　それは――」

　月娥が最初にさらわれたとき、玄雲道人の弟子に雇われた奴僕たちが彼女を連れていこうとしたのも覇涼だった。そこで月娥の身柄をひきわたす約束をしていたのだ。

「邪教徒が集まるのはたいていい儀式を行うときです。邪神を祀《まつ》る儀式によって教団内部の結束を強めるのです」

葬督主は逃げるように目をふせた。

「怨天教団が聖明天尊《せいめいてんそん》に捧げるために孫妃を手に入れたのなら、彼らは時を移さずに儀式を行うでしょう。連中もこちらが捜索していることには感づいています。奪いかえされる前に目的を達成しようとするはずで……」

即座にきびすをかえした秋霆を、葬督主が呼びとめた。

「錦衣衛《きんいえい》にお供をさせます。くれぐれも危険なことはなさらないでください。御身の安全に気を配るようにと、主上より仰《おお》せつかっておりますので」

聞き終えるより早く秋霆は駆け出していた。


「……玄雲道人《げんうんどうじん》……」

いまごろは鏤氷観《ろうひょうかん》にて夜の勤行《ごんぎょう》をしているはずの玄雲道人・白遵光《はくじゅんこう》。月娥が心から信頼する高名な道士が作り物めいた笑みを浮かべてこちらを見おろしていた。

「あんたをさらうよう命じたのはこのかたなんだよ」

翠玉は牝猫《めすねこ》のごとく遵光にしなだれかかった。

「最初に話を持ってきたのは労《ろう》道士だけど。あんたも顔見知りでしょ？　玄雲道人の弟子のなかでいちばん美形なあの人。あんたには黙ってたけど、二年前からずっと仲良くしてたんだ。労道士から玄雲道人が半金烏の痣を持つ道姑《どうこ》を探してるって聞いてさ、あんたを紹介したの。ほら、あんたはいつもひたいに前髪をおろして痣を隠してるでしょ？　采霞廟に聖明天尊の花嫁がいるらしいって調べはついてたけど、それがだれなのかはわからなかったらしいんだ。あたしが教えてあげなかったら、いまも探してたかもね」

「どうして玄雲道人が私を……？」

「おまえを玉京《ぎょくけい》に嫁がせるためだ、馨如《けいじょ》よ」

遵光は月娥の名を呼んだ。字《あざな》ではなく。月娥は反射的に遵光を睨みつけた。

「あなたに侮辱《ぶじょく》されるいわれはありませんわ」

名は霊魂をあらわすと言われている。名を呼ぶことはその人の霊魂を呼びつけて手中に置くことになり、きわめて非礼とされる。名を呼んでよいのは親や主君など目上の者に限られ、それ以外の者に名を呼ばれればたいていの人は気分を害する。

「侮辱などしていないぞ。親情をこめてそう呼んだのだ」

「なにが親情ですか。親族でもないのに」

親族だとも、と遵光は彼らしくもなく尊大な口ぶりで言う。

「私はおまえの実の父だからな」

どういう意味なのかわからない。彼の真意を読みとろうと、月娥は遵光を見かえした。

「なにをおっしゃっているの？　私は捨て子です。実の両親なんて……」

「おまえの母親は私に断りもなくおまえを捨てた。いや、殺そうとしたのだ。一昼夜におよぶ難産のあと、あの女は生まれたばかりのおまえを見て卒倒したらしい。ひたいにある半金烏に似た痣に恐れおののいたのだ。手もとに置いておけば邪教徒と見なされ、東廠《とうしょう》に連行されるかもしれぬからな。後顧《こうこ》の憂《うれ》いを断つため、おまえを殺して亡骸《なきがら》を始末するよう侍女《じじょ》に命じた。しかし、ここで計算違いが起こってしまった。無慈悲《むじひ》な主とちがって侍女は慈悲心を持ち合わせていたのだ。女主人に赤子を――おまえを始末するよう命じられたものの殺すに忍びず、茶商・孫報徳《ほうとく》の邸の門前に置き去りにした。仁者《じんしゃ》として知られる孫報徳ならおまえを大事に育てるだろうと踏んだそうだ」

　絶句した。生母に見捨てられたことに、ではない。半金烏の痣のせいで捨てられたのだろうと予測はしていた。月娥を驚愕《きょうがく》させたのは、実父が遵光であるということだ。

「……私の母は玄雲道人の妻だったのですか？」

「私の妻ではない。許閣老《きょかくろう》の前妻だ。淫蕩《いんとう》な女だった。夫の目を盗んでうしろ暗い色恋にふけり、かわるがわる間男《まおとこ》を閨に招き入れていた」

　二十数年前、遵光は内閣大学士《ないかくだいがくし》三輔《さんほ》・許閣老――当時は翰林官《かんりんかん》であった――の前妻、程《てい》氏《し》と密通した。その結果、生まれたのが月娥だという。

「私は……不義の子なのですか？」

「ああ、そうだとも。おまえは淫女の娘なのだ」

嘘だわ、と月娥は力いっぱい言いかえした。

「鬼話《でたらめ》をおっしゃらないでください。私があなたの娘で、しかも不義の子だなんて……」

「おまえが眠っているうちに滴血《てきけつ》の法《ほう》でたしかめた。おまえはまちがいなく私の娘だ」

水を張った器に親と子の血を垂らせばきれいに混ざり合う。これが滴血の法と呼ばれるもので、血縁の有無を調べるときに用いられる。はっとして両手を見ると、左手の人差し指に刃物で傷つけられた痕があった。ほんの小さな傷痕だが、たしかに存在する。血を調べたというのは事実らしい。さりとて、その結果はどうだろうか。月娥が自分の目で見たわけではない。遵光が出まかせを言っているのかもしれない。

「疑うならもう一度、滴血の法を試してみてもよいぞ。私としてはおまえが信じようと信じまいとかまわぬがな。事実は事実だ。受け入れるか否かは問題ではない」

傲然《ごうぜん》と明言する遵光を見ていると、ほんとうかもしれないという不安が胸に満ちた。冷静に考えてみればありえない話ではない。養父母は月娥の実の両親を捜したが見つからなかったと話していた。半金烏の痣のせいで実の両親が出てこられないのだろうと思っていたが、不義の子であれば筋がとおる。事が露見する前に始末したことになっていたのなら、生母ですら月娥は死んだと思っていたのだから名乗り出るはずがない。

——私が、不義の子だったなんて……。

信じたくない。自分が姦通《かんつう》の証《あかし》だったなど。生まれながらに罪を背負っているなど。この身体に流れる血には邪淫《じゃいん》の臭気が染みついているなど。

「あの姦婦《かんぷ》め、まったく余計なことをしてくれた」

愕然《がくぜん》とする月娥の眼前で遵光は恨めしそうに舌打ちした。

「半金烏の痣を持つ赤子が生まれたのならこちらにわたせばよかったのに。赤子の居場所を尋ねたら、もう始末したと言ったのだ。おかげで私もおまえは死んだと思っていた」

ところが七年前、と遵光はやや上ずった声でつづけた。

「おまえの噂《うわさ》を聞いた。煌京《こうけい》の小廟に半金烏のような痣を持つ道姑がいると。小廟という小廟を捜しまわったぞ。采霞廟でおまえを見つけたのはつい最近のことだ。来歴を調べてわが娘だと確信した。なにもかもが符合したのだ。すぐにでも手に入れようとしたが、整斗王が采霞廟に置いた用心棒のせいで、なかなか手が出せなかった」

十年前、月娥がならず者に襲われた事件のあと、秋霆は采霞廟に用心棒を置くよう妙善《みょうぜん》道女《どうじょ》に薦めた。采霞廟の懐《ふところ》事情はきびしくて警備まで手が回らなかったが、彼が香火銭《こうかせん》を余分におさめてくれたので、用心棒を雇うことができた。

「そのうえ、おまえは勅命《ちょくめい》で整斗王府に嫁いだ。なんとはた迷惑な天子だろう！　あとすこしで手が届くというときに私の獲物を横からかっさらうとは」

強引に奪うこともできたが、遵光は事を荒立てないため、息をひそめていたのだ。

「王府からおまえを連れ去れば東廠や錦衣衛《きんいえい》が出しゃばってくる。時機を待つしかなかった。おまえが采霞廟に里帰りしたときにかたをつけるつもりだったが、不測の事態が起こって失敗した。ここまでこぎつけるのに難儀《なんぎ》したぞ」

遵光が牀榻《しんだい》に近づいてくる。逃げようとしたが、混乱と恐怖で四肢《しし》が強張《こわば》っていて動けない。ほかにどうすることもできず身をすくめていると、遵光に胸ぐらをつかまれた。

「やっと手に入れた」

物のように月娥を引き寄せ、前髪を払ってひたいをあらわにする。

「これこそが聖明天尊の花嫁の証だ……！　誇らしく思うぞ、馨如。おまえを玉京に嫁がせれば、教団での私の地位は安泰だ。近いうちに彭《ほう》姓を賜《たまわ》り、ゆくゆくは教主《きょうしゅ》の御名を継承して教団の頂《いただき》に立つことになるだろう。わが身を踏み台にして父を高みに押しあげるとはたいした孝女《こうじょ》だ。おまえを産んだ姦婦もすこしは役に立ったな」

「……その人は……私の母は、どうなったのですか？」

「あいつか？　あれはとうの昔に死んでいる。なにを思いあがったか、私の正体を東廠に密告すると騒ぎ出したものでな」

「まさか……あなたが……」

「表向きは自害だ。不貞《ふてい》の罪に耐えかねてという筋書きで。許閣老も清々したのだろう。密通の事実はふせたまま病死として片づけ、さっさと後妻を娶《めと》った」

殺したのだ。姦通とはいえ子まで生《な》した女人を。お気に入りの磁器《じき》を愛《め》でるかのようになれなれしく月娥のひたいにふれる、この手で。

「……禽獣《けだもの》！　なんて残忍なの⁉」

月娥は渾身《こんしん》の力で遵光の手をふりはらった。

「孝行娘のわりに礼儀《れいぎ》は知らぬようだな。父親にむかって暴言を吐くとは」

「あなたなんか父親じゃないわ！」

「おまえが認めずとも私はおまえの父親だ。これは歴然とした事実なのだ。おまえが聖明天尊の花嫁になるために生まれたのと同様に」

「私は怨天教を信じていません！　あなたたちの神に嫁ぐなんて――」

「あんたの信心も意思もどうでもいいんだよ」

翠玉の甲高《かんだか》い声が月娥の言葉を断ち切る。

「泣こうがわめこうがあんたは聖明天尊に捧げられるんだ。見てみな、自分の恰好《かっこう》を。きれいな婚礼衣装を着てるじゃないか。支度《したく》はとっくにすんでるんだよ」

自分の身体を見おろし、月娥は息をのんだ。身にまとっているのは出かける際に着た長《ちょう》襖《おう》ではなく、五彩の刺繍《ししゅう》がほどこされた深紅の花嫁衣装だった。

「さあ、そろそろ婚儀がはじまるぞ。みなが広場で待っている」

とろけるような笑みをにじませ、遵光は芝居がかった動作で翠玉をふりかえった。

「わが娘に紅蓋頭《こうがいとう》をかぶせてやれ。花嫁の月のかんばせは隠されていなければならぬ。初夜の床《とこ》で花婿とふたりきりになるまではな」

月娥は牀榻から飛び出した。無我夢中で出口に向かおうとしたが、暗がりにひそんでいた大柄な女たちに捕らえられて後ろ手に縛られてしまう。

「だめじゃないか、月娥。花嫁は淑《しと》やかにしてなくちゃ」

翠玉が踊るような足どりで近づいてくる。底抜けにあかるい笑顔を浮かべて。

「また花婿に嫌われちまうよ」

紅蓋頭をかぶせられ、視界が真っ赤に染まる。業火につつまれたかのように。


東の空が白みはじめていた。

――頼むから間に合ってくれ……！

錦衣衛の武官たちとともに、秋霆は山道を馬で駆けのぼっていた。刃物じみた向かい風と激しい鞍上《あんじょう》の揺れに耐えながら、ひたすらに疾駆しつづける。

覇涼県《はりょうけん》南部に位置する漲山《ちょうざん》。いましも砕け散ろうとする巨浪のような山の頂《いただき》に目指す場所はある。

残月をいただく明け空が錦繍《きんしゅう》の山並みにまばらな光を落としていた。朝と夜が交わる瞬間の張りつめた風が頬《ほお》を切るように吹きつけてくる。山林の空気は清浄すぎていっそ不吉だった。神気さえ漂うこの霊峰《れいほう》に生贄《いけにえ》を求める邪神が根城をかまえているとは、にわかには信じがたい。なにかの間違いであってほしいと思う。悪夢であってくれとさえ。月娥にはなにも起こっておらず、彼女はいまごろ自室でやすんでいるのだと。

しかし現実は、矢のように秋霆を急《せ》かす。

——もう儀式がはじまっているのか。

吹きつける寒風にかすかな煙のにおいが混じっている。視線をあげれば、山頂付近で白い帯のような一筋の煙がたなびいているのが見えた。

「聖明天尊《せいめいてんそん》の婚礼には炎が用いられます」

葬督主《そうとくしゅ》が言っていた。邪教徒たちは半金烏《はんきんう》の痣《あざ》を持つ女人を焚刑《ひあぶり》にして、聖明天尊がおわすという玉京《ぎょつけい》に嫁がせるのだと。

身体じゅうの血が逆流する。一切の音が、風が、振動が消えた。なにも感じない。感じられない。月娥を失うかもしれないという恐れがすべてをかき消してしまう。

——失うわけにはいかない。

失ってしまったらと考えるだけで四肢が引き裂かれるような心地がする。

彼女を取り戻さなければ。無事に王府まで連れ帰らなければ。そしてまた、ふたりで茶を飲みたい。たわいのない話をして、おなじ時間を過ごしたい。それが生涯つづけば、どんなに幸福であろうか。月娥が名実ともに秋霆の妻になってくれたら。

願わずにはいられない。たとえそれが罪深い行為だとしても。

紅蓮《ぐれん》の視界が涙でにじんでいる。早鐘を打つ心の臓はいまにも肌を突き破って外に飛び出してしまいそうだ。声を限りに叫ぼうにも、恐怖で引きつれた喉《のど》からは嗚咽《おえつ》しか出てこない。壊れたように膝が震え、腰が砕け落ちそうだったが、身体は地面に突き立てられた杭《くい》に縛りつけられ、自分の意思とは関係なく立たされている。

——嘘でしょう、こんなところで死ぬなんて。

歯の根が合わないほど震えながら、月娥は必死でもがいていた。縄目をゆるめようと試《し》行錯誤《こうさくご》しているが、手首から上を動かすことさえおぼつかない。絶望が冷気のように足もとから這《は》いあがってくる。逃げられない。全身の力をふり絞《しぼ》っても。受け入れるしかないのだ。これから自分に襲いかかろうとする、おぞましいさだめを。

周囲では不気味な呪言をとなえる声が響いている。怨天教徒が言う〝婚礼〟がはじまったらしい。月娥の足もとには枯れ枝がびっしりと積みあげられている。油のにおいがするから、油をしみこませた布も置かれているのかもしれない。じきに種火が投げこまれて、それらがわっと燃えあがるのだろう。炎は月娥がまとう婚礼衣装に燃え移り、やがて月娥自身をのみこんでいくのだろう。生きながら焼かれる苦しみがどれほどのものか、想像もつかない。わかっているのは、もう二度と秋霆に会えないということだけ。

——せめて最後に一度、会えたらいいのに。

話せなくてもいい。ふれてもらえなくてもいい。姿を見るだけでもいい。最後に一度だけ会うことができたら……そう考えて、ふと思いなおした。

もし月娥のこんな姿を見たら、秋霆は胸を痛めるだろう。翼護《よくご》や素蘭《そらん》を喪《うしな》ったときのことを思い出すだろう。彼にはこれ以上、苦しみを抱えてほしくない。だから、会えないままでいいのだ。彼に惨痛《さんつう》を残さないためにも、月娥はひとりで死ななければ。

——この顚末《てんまつ》がお耳に入らなければいいけれど。

おそらく無理だろう。早晩、東廠《とうしょう》がここを嗅《か》ぎつける。月娥がなにをされたか、秋霆に報告するはずだ。彼は嘆き悲しむだろう。自責の念さえ抱くかもしれない。月娥の死に責任を感じ、暗澹《あんたん》たる思いに囚われるかもしれない。きっとそうなってしまう。彼は道義心が強すぎるのだ。できればうしろめたく思わないでほしい。助けられたかもしれないと思い悩まないでほしい。気に病まないでほしい。月娥《わたし》のことは早く忘れてほしい。

かたちだけとはいえ王妃としてそばにいたのに、秋霆が抱える傷をすこしも癒《いや》すことができなかった。それどころか彼をわずらわせることしかしなかった。横死《おうし》してなお、彼に負担をかけたくない。秋霆には幸せに暮らしてほしいのだ。月娥にはできなかったが、ほかのだれかなら彼の傷を癒すことができるかもしれない。そうなってくれればいい。だれかが彼を苦患《くげん》の淵から救い出してくれれば——。

呪言が途絶え、種火が投げこまれる。積みあげられた枯れ枝がわっと燃えあがり、紅蓋《こうがい》頭《とう》のむこうで火影《ほかげ》が蠢《うごめ》く。その禍々《まがまが》しい色に目を刺され、月娥はまぶたを閉じた。

いよいよ死が近づいてきた。月娥は恋しい人と結ばれることなく黄泉路《よみじ》を下るのだ。それを不幸だと嘆くのはたやすいが、そんなことをして怨みの沼に心を沈めるより、よい思い出を数えながら息絶えるほうがいい。秋霆とは結ばれなかったけれど、彼に嫁ぐことはできた。形式だけとはいえ嫡室《ちゃくしつ》に迎えられた。秋霆は月娥にやさしくしてくれ――。

「……孫妃！」

そうだ、孫妃と呼んでくれた。本音を言えば字《あざな》を呼んでほしかったが、孫妃と親しげに呼んでもらえるだけでも十分に――。

煙を吸いこんでしまい、月娥は激しく咳《せ》きこんだ。息苦しくなり、意識が遠のく。

「孫妃！」

あたかも秋霆がそばにいるみたいに、彼の声が耳もとでこだまする。

――幸せだわ。最期に殿下の声を聞けるなんて。

幻だということはわかっている。それでも胸がいっぱいになった。秋霆がここに駆けつけてくれて、月娥を救い出してくれたらと思うだけで。

炎に向かって駆け出したとき、秋霆はなにも考えていなかった。全部吹き飛んでしまったのだ。腰刀《ようとう》をふりかざして広場に突入した錦衣衛《きんいえい》の武官たちも、彼らに追われて逃げ惑う怨天教徒たちも、すべて。いましも焼かれようとする花嫁を見た瞬間に。

「殿下！　危険です！」

引きとめようとする岳秀の手をふり払って炎のなかに飛びこむ。襲い来る猛火には目もくれず、杭にくくりつけられた花嫁に駆け寄った。細い身体を縛《いまし》めている縄を短刀で切り、彼女を抱えて火中から飛び出す。直後、水の壁がふたりに襲いかかった。どこからか水をくんできた岳秀とその配下が桶《おけ》の中身をぶちまけたのだ。

「ご無事ですか、殿下」

「ああ、私は平気だ。しかし、孫妃は……」

大捕り物の喧騒《けんそう》から離れた場所に行き、花嫁をおろす。紅蓋頭を外すと、月娥の花顔があらわれた。息はあるようだが、ぐったりしていて反応がない。

「孫妃、孫妃」

しきりに呼びかけても、月娥はまぶたをかたく閉ざしたままだ。

「目を開けてくれ……頼む」

哀願するように幾度も呼びかける。夜陰を引き裂く曙光《しょこう》が彼女の頰を暁《あかつき》の色に染めたせいで、血色がいいのかどうかもわからない。

薬を飲まされたのだろうか。毒を盛られたのだろうか。二度と目を覚まさないのだろうか。もっと早く駆けつけていればと、棘のような悔恨《かいこん》が胸を刺す。

また間に合わなかった。今度こそ失敗してはならなかったのに――。

「……殿下？」

かすかな声が響く。秋霆は絶望の重みに耐えかねて閉じかけていたまぶたを開けた。月娥の顔をのぞきこむと、彼女は長い夢から覚めたあとのようにぼんやりとしていた。

「孫妃！　目を覚ましたんだな？　怪我《けが》は？　どこか痛むところはないか？」

いいえ、と月娥はふしぎな微笑をまじえて首を横にふる。

「私、夢を見ているんですね」

「夢？」

「幸せだわ。殿下が助けに来てくださる夢を見られるなんて……」

「夢ではない」

秋霆は月娥の頰《ほお》にそっと手のひらをあてがった。そこはたしかにあたたかい。彼女は生きている。いまこの瞬間も、呼吸をして、脈打っているのだ。

「これは現実だ、孫妃」

月娥が無事だった。それだけで生きかえったような心地だ。

「では、ほんとうに殿下が？　どうして私の居場所がおわかりになったのです？」

「それは東廠が……いや、くわしい話はあとにしよう。安全な場所に避難して――」

「まあ、たいへんだわ！　殿下、お召し物が濡れています！　お召し物だけでなく、御髪《おぐし》も……もしかして雨が降っているんですか？　いけない、お身体が冷えてしまいますわ。どこか雨宿りできる場所に行きましょう」

月娥はがばと起きあがった。そのまま立ちあがろうとしたが、長時間、身体を縛られていたために手足が萎《な》えているのか、体勢をくずしてふらついた。

「雨宿りはしなくていい」

危なげなく彼女を抱きとめ、秋霆は嚙《か》みしめるようにまぶたを閉じる。

「そなたを抱いていれば、十分あたたかい」

月娥を失いたくない。その強い想いが満身にみなぎっていた。

「なんの用だ」

囚蠅《しゅうよう》が東廠督主《とくしゅ》の官房《しつむしつ》に駆けこんだとき、玉案《つくえ》に向かって書き物をしていたその人物は顔もあげずに問うた。

司礼監秉筆太監《しれいかんへいひつたいかん》・泥梟盗《でいきょうとう》。司礼監の官房で政務をとっているはずの彼がわがもの顔で督主の席を陣取っているのは、この部屋の主である葬督主が整斗王妃・孫月娥連れ去り事件の事後処理のために遠出しているからだ。

葬《そう》督主の不在中、その席を空《から》にしておくわけにはいかないので、司礼監掌印《しょういん》太監・棘《きょく》太監が子飼いの部下である梟盗を督主代理に任命した。

もっとも梟盗は単なる助《すけ》っ人《と》ではない。これは司礼監の内紛《ないふん》だ。今回の事件を機に、棘太監は葬督主を追い落とす腹積もりなのだろう。葬督主の失策をあげつらうために、梟盗はせっせと文書をあらためているのだ。

「見てのとおり、俺は忙しいんだ。葬刑哭《けいこく》のように褐騎《かっき》の報告をのんびり聞いてやる暇はない。火急の用でなければ明日にしろ」

「褐騎として参上したのではありませんが、火急の用です」

囚蠅はあいさつもそこそこに口を切った。

「宰道姑《さいどうこ》が連行されたとうかがいましたが、事実ですか」

「鞫訊中《とりしらべ》だ」

「いったいなんの罪状で？」

「おまえの兄弟子、同淫芥《どういんかい》の殺害容疑」

「ありえません。あのかたが同内監《ないかん》を殺《あや》めるなど」

月娥連れ去り事件当夜、皇后付き次席宦官《かんがん》・同淫芥の邸から火の手があがった。中城兵馬司《ちゅうじょうへいばし》が現場に駆けつけて火消しを行ったが、邸は全焼し、焼け跡からふたり分の遺体が見つかった。ひとりは宦官、ひとりは女。損傷が激しく容貌《ようぼう》は原形をとどめていなかったが、衣服や持ち物などから、宦官は家主たる淫芥自身、女は淫芥の情婦であった敬《けい》事房《じぼう》勤めの女官・爪香琴《そうこうきん》と断定された。また、失火ではなく、放火であることもあきらかになった。室内には油をまいた形跡があり、淫芥と香琴が折りかさなるようにして床に倒れていたからだ。邸に仕えていた老僕が真っ先に疑われた。彼の遺体だけ見つからず、現場付近にも姿がなかった。東廠は煌京《こうけい》じゅうで検問を行い、老僕を捕縛《ほばく》した。老僕は拷問《ごうもん》にかけられ、曼鈴《まんれい》に命じられて淫芥を始末したと語った。

「宰曼鈴は賞月《しょうげつ》の変《へん》の首謀者《しゅぼうしゃ》であった母親が獄死したことを怨んでいる。太上皇《たいじょうこう》さまの、あるいは主上の命令で暗殺されたと思いこんでいるようだ。宿怨を晴らすため、怨天教に入信した。邪教徒と結託し、太上皇さまと主上を弑《しい》する謀略をくわだてていたらしい。好機が到来するまで玉梅観《ぎょくまいかん》で息をひそめているつもりだったが、同淫芥に目をつけられ、怨天教との関係を嗅《か》ぎつけられた。やつはなんらかの確証を握っていたようだな。事が露見する前に先手を打ち、証拠ともども同淫芥の口を封じたというわけだ」

「宰道姑がそのように自供したのですか？」

「いや、老僕が白状した。やつも怨天教徒だ。宰曼鈴とは教団で知り合い、大凱《だいがい》への怨みを持つ者同士、手を結んだらしい。そのうち宰曼鈴当人も自白するだろうが――」

ありえない、と囚蠅は声高に梟盗の言葉をさえぎった。

「私はずっと宰道姑を監視していたんです。不審な動きは一切ありませんでした」

「監視の目が甘かったんだろう。聞けば、おまえはあの女と忍び会う仲らしいな。恋しい女にせがまれて手心をくわえたんじゃないのか？」

「邪推しないでいただきたい。私と宰道姑は顔見知り以上の関係ではありませんし、私は褐騎として自分の役目を忠実に果たしています」

それは重畳《ちょうじょう》、と梟盗は驕慢《きょうまん》な冷笑を放つ。

「おまえが〝忠実な褐騎〟か否かは早晩わかる。宰曼鈴が独《どく》囚蝿と共謀《きょうぼう》していたと白状すれば、晴れておまえも鬼獄《きごく》入りだ」

かっとなって言いかえさなかったのは、兄弟子のおかげだ。淫芥は激しやすい囚蝿を案じて「負けたくなければ挑発には乗るな」と事あるごとに助言してくれた。

――白状すれば、じゃない。白状させるつもりだ。

鬼獄には八千種の拷問具がそろっており、獄中で行われる尋問に肉体的な苦痛をともなわないものはない。梟盗は曼鈴を拷問して自白を強要するだけでなく、共犯者として囚蝿の名をあげさせようと画策しているのだ。

「まあ、あくまで仮定の話だが。おまえが賢く立ちまわれば避けられる事態だ」

「泥太監の走狗《いぬ》になれば見逃してくださると？」

「督主と呼んでもかまわぬぞ。じきにそうなるからな」

囚蝿を脅して服従させ、葬督主の粗探《あらさが》しに利用したいのだろう。

「仕える相手は慎重に選べ。葬刑哭に忠義を尽くしても先はないぞ。棘太監は――」

「ご忠告には感謝しますが、まずは私のつとめを果たさせてください」

「つとめ？　なんだ、それは」

「宰道姑の鞫訊に私も立ち会います」

「自分の立場を忘れているらしいな。褐騎は単なる走狗だぞ。東廠に籍を置いていても役職は持っていない。罪人を取り調べる権限など、あるはずもない」

存じています、と囚蠅は冷めた視線をかえす。

「ですから、はじめに申しました。『褐騎として参上したわけではありません』と」

囚蠅が袖口《そでぐち》から明黄色《にちりんいろ》の巻子《かんす》を出すと、梟盗は苦虫《にがむし》を嚙みつぶしたような顔をした。

「宰道姑入獄の一報が天聴《てんちょう》に達し、主上は御心を痛めていらっしゃいます。重罪の嫌疑をかけられていても、あのかたは主上の姪御《めいご》であらせられますから憂慮《ゆうりょ》なさるのも当然かと。状況を確認するため、主上は私を遣わされました。宰道姑がお怪我をなさっている場合は治療を受けさせよと仰《おお》せになりましたので、太医を同行させております。お疑いなら、ここで聖旨《せいし》を読みあげますが……」

けっこうだ、といかにもうっとうしそうに梟盗が片手をふる。

「先刻も言ったが、俺は多忙だ。走狗の前でひざまずいている暇はない」

予想どおりの反応だ。聖旨が読みあげられる際には、だれであろうと膝を折らなければならない。増上慢《ぞうじょうまん》を絵に描いたような梟盗が格下の囚蠅の前で進んでひざまずくはずはない。そう推断したからこそ、別件の聖旨を見せたのだ。

「では、鬼獄への立ち入りをご許可いただけるのですね？」

「さっさと行け。目障りだ」

丁重に揖礼《ゆうれい》したのち、囚蠅は官房を出た。

――どうか持ちこたえていてくれ。

〝自白〟を拒《こば》んでいるうちは、曼鈴は生きていられる。間断なく襲い来る苦痛に耐えかねて拷問官が望むとおりの供述をすれば、一巻の終わりだ。


夜の底を歩きながら、私はちらと月をふりあおいだ。晩秋らしい感傷にひたるためではなく、時刻を確認するためだ。あまり遅くなっては同僚に不審がられてしまう。用事を片づけて早く持ち場に戻らなければ。

紅牆《こうしょう》の路《みち》には等間隔に路灯《ろとう》がならんでいる。そのうちの一台の前で立ちどまり、玻璃《はり》の戸を開けた。火袋の隅に置かれていた文を取り出し、灯燭《とうしょく》の明かりで目をとおす。

記されているのは、恋文と思《おぼ》しき甘ったるい文章。万が一、他人に見つかった際に事が露見することを避けるため、仲間内の連絡は暗号で取り合うことになっている。

『恒春宮《こうしゅんきゅう》の茶房』

暗号を読み解くなり、私は眉根《まゆね》を寄せた。

――あの騾馬《らば》め、そんなところにも隠していたのか。

自分が横死《おうし》した場合にそなえるためか、淫芥《いんかい》は私に関する調書をいくつかにわけて保管していた。自邸以外に馴染《なじ》みの妓女や道姑、女官の部屋にも複写を隠しており、それらをいちいち回収し、処分する必要が生じた。淫芥の素行からあたりをつけてひととおり捜索したが、一抹《いちまつ》の不安が拭《ぬぐ》えなかったので、ほかに隠し場所がないかどうか、東廠《とうしょう》にもぐりこんでいる仲間に調べさせた。その結果がこれだ。思いもよらなかった。まさか主君の住まいである恒春宮の、それも茶房に隠していたとは。なんと大胆不敵《だいたんふてき》なやつだ。

私は文を灯燭で燃やし、きびすをかえした。

――あれが東廠にわたれば厄介《やっかい》なことになる。

複写の存在は葬刑哭《そうけいこく》の耳にも入っているはず。東廠が見つけ出すより早く手に入れなければならない。淫芥亡きあと、臆病者の刑哭がどこまで本件を追及するかは不明だが、私の正体を暴く文書が敵方にわたるのは好ましいことではない。

われにもなくあわてていたせいだろうか。小宮門《しょうきゅうもん》を出たところでだれかにぶつかった。衝撃でよろめいたものの、なんとか踏みとどまる。

見れば、小柄な宦官が尻もちをついていた。宦官はあわてふためいてひれ伏し、ひたいを地面に打ちつけて謝罪する。灰色の袍《ほう》を着ているから浄軍《じょうぐん》の驟馬だ。

――あの人も浄軍だった。

平伏する宦官の姿が記憶のなかの懐かしい人とかさなった。あの人もいつも灰色の官服を着ていた。それ以外に衣服を持っていなかったのだ。糞尿《ふんにょう》のにおいが染みついた襤褸《ぼろ》が彼の一張羅《いっちょうら》で、同輩たちからは蔑《さげす》みをこめて「牛糞《ぎゅうふん》」と呼ばれていた。

「べつになんとも思わねえなあ。俺が臭えのはほんとうのことだからなあ」

侮辱《ぶじょく》されて悔しくないのかと問う私の前で、あの人はのんきそうに目を細めた。あきれるほどお人好しだった。罵《ののし》られても、足蹴《あしげ》にされても、裏切られても、なにもかもを奪われても、だれも怨まなかった。むごたらしい死が彼に襲いかかる、その瞬間でさえ。

高潔すぎたのだ、あの人は。汚穢《おわい》の淵に沈んだ現世《うつしよ》を生きるには。

——感傷にひたっている場合ではない。文書を処分しなければ。

宦官を捨て置いて立ち去る。急ぎ足で恒春宮に向かい、茶房に入った。茶棚を丹念に調べていると、ふだん使わない茶壺《きゅうす》に小箱が入っていた。鍵がかかっているが、針金を使えばたやすく開けられる。わずかな月光を頼りに文面を読み、息をのんだ。

——ここまでつかんでいたのか。

文書には私の経歴だけでなく、教団が集会所として使っている寺廟《じびょう》や酒楼《しゅろう》の名が記されていた。これらはまだ東廠に見つかっていない場所だ。否、見つかっていない場所だったと言わねばなるまい。淫芥が嗅ぎつけていたのなら、東廠にも筒抜《つつぬ》けになっている可能性がある。私は即座に茶房をあとにした。ふたたび恒春門を出る。

——教団に警告しなければ。

先ほどとはべつの路を歩き、べつの路灯の火袋に文を仕込む。もうじき夜警の宦官に扮した仲間がここをとおる。これから五日間、皇宮から出られない私に代わって、教団に注意を促してくれるはずだ。ひとまず息をついて来た道を引きかえす。

なにげなく帯にふれ、そこから垂れているはずの荷包《きんちゃく》がないことに気づいた。うしろを見てみるが、なにも落ちていない。路灯まで駆け戻ってみたものの、落とし物はなかった。恒春門までの道のりを駆け足でたどっている途中で、はたと立ちどまる。

浄軍の宦官とぶつかったときに落としたのではないだろうか。あわてていたせいで周囲を確認しなかった。急いでぶつかった場所へ行く。小宮門を出て付近を捜す。腰をかがめて地面を見まわしていると、暗がりに荷包が落ちているのを見つけた。なかば安堵《あんど》しながら拾いあげ、表情が凍りつく。入っていない。そこにあるはずの物が。

「捜し物ですか?」

背後からかけられた声には聞きおぼえがあった。軽薄そうなその響きは——。

「……おまえは」

ふりかえると、月色の帳《とばり》のむこうに長身の宦官が立っていた。身にまとう蟒服《ぼうふく》の色は内監の位を示す紅緋《べにひ》。皇后付き次席宦官・同淫芥——邸ごと猛火に焼かれて死んだはずの驃馬は女好きのする容貌《ようぼう》に如何様師《いかさまし》のような笑みを浮かべて私を見おろしていた。

「その節はどうも、寒老太《かんろうたい》」

淫芥は蟒服の袖をひらひらさせながら笑う。

「断っておきますが、幽鬼じゃありませんよ。このとおり生きてます。からくりは単純、あんたの手下が邸に火をつけたあとで他人の死体と入れかわったんですよ。あ、そういえばあの爺《じい》さんがあんたの手下だってことは前々から知ってましたぜ。というより知ってたからそばに置いてたんですが。やつを見張っていれば、あんたの動きを楽に予測できるんでね。しかしひどいなあ。邸ごと焼いちまうなんざ、あんまりじゃないですか？　あの邸、けっこう値が張ったのに。全部燃えちまって、こっちは宿無しになっちまいましたよ。まあ、あんたの首に縄をかける代償とすれば、安いもんですけど」

小宮門の門扉《もんぴ》が勢いよく閉ざされる。その音に気を取られているあいだに、錦衣衛《きんいえい》の武官たちが私の周りを取り囲んでいた。

「……こういうことなら、先ほどの文はあなたが用意した偽物なんでしょう」

「察しのいいことで」

恒春宮の茶房に隠されていた文書も偽物なのだろう。

「ここで私にぶつかってきた浄軍の宦官もあなたの手下だったというわけね」

「あれは手下じゃありません。あんたが俺と一緒に焼き殺そうとした女ですよ」

路灯の陰から灰色の袍《ほう》を着た小柄な宦官が出てくる。化粧《けしょう》っ気のない顔に刻みつけられた痛々しい火傷《やけど》の痕は、淫芥の情婦、爪香琴《そうこうきん》のものだ。

──なぜ気づかなかった。

宦官に扮した女人に騙されるとは、われながらうかつだった。平生なら絶対にまちがえないのに。よほど度を失っていたらしい。人の出入りが多い恒春宮の茶房に調書が隠されていると聞き、一刻も早く回収しなければと気が急《せ》いていたのだ。

「寒老太……いや、破思英《はしえい》と呼ぶべきだな」

武官たちが私の身体に縄をかけるのを眺めながら、淫芥はこちらに歩いてくる。

「寒嫣雨《えんう》という名は別人のものだ。あんたは本物の寒嫣雨を殺し、その名を奪って当人になりすました。本姓は破、名は冉《ぜん》、字《あざな》は思英。親子三代、怨天教徒だ。あんたは一族の出《しゅっ》世頭《せがしら》で、持ち前の才略と色香を使いこなして教団幹部をたらしこみ、位階を駆けあがってきた。いまや翹望《ぎょうぼう》と呼ばれる幹部の末席にいる。おなじく翹望の白遵光《はくじゅんこう》とは過去に慇懃《いんぎん》を通じており、やつの息子をふたり産んだ」

十四年前、と淫芥は俗悪な歌を口ずさむようにつづけた。

「東廠の内情を探るため、当時督主をつとめていた棘太監《たいかん》に近づき、まんまと菜戸《つれあい》の座におさまった。教団の潜伏場所に東廠が踏みこむ前に、仲間に警告して逃がしていたな。督主が代替わりしてからも東廠にもぐりこませた手下を使い、同様のことをした。敵ながらたいしたもんだよ。天下の東廠から機密を盗むなんざ、並みの女にできることじゃねえ。ただ、東廠にも有能な褐騎《かつき》がいる。棘太監の妹、胡芳雪《こほうせつ》がそうだった。芳雪はあんたの秘密に感づいた。あんたと寒嫣雨は別人じゃねえかってな。さぞ焦っただろうな？　ほかのやつが……俺みたいなやつが注進しても棘太監は聞き流すだろうが、芳雪は棘太監の同胞《はらから》だ。血は水よりも濃い。芳雪があんたの疑惑を報告すれば、棘太監はあんたを疑いはじめる。可愛《かわい》がってる女とはいえ、しょせんは他人だ。いったん疑念が生じれば、正体が暴かれるのは時間の問題。だから先手を打ったんだろ？　四年前、鴬水観《おうすいかん》で」

私は沈黙で答えた。

「あの爆破事件は単なる邪教徒の破壊活動じゃない。目的は芳雪の殺害だった。彼女だけを殺せば棘太監に怪しまれちまう。どんなに自然死を装ってもどこかで足がつく。しかし、爆破事件にまきこまれた体《てい》で始末すれば、偶然が生んだ悲劇として片づけられる。あんたは芳雪ひとりを殺すために、二百人の無関係なやつらを巻き添えにしたんだ」

鬼女め、と淫芥は唾《つば》を吐くように言い捨てた。

「芳雪の口を封じて安堵したんだろうが、抜かったたな。あんたに目をつけてたのは芳雪だけじゃない。俺も前々からうさんくせえと思ってたよ。鴬水観の事件後、芳雪が残した密書を見つけて確信した。俺があんたから嗅ぎ取ったにおいは溝鼠《どぶねずみ》が放つ悪臭だとな」

私の胸ぐらをつかみ、低く声を落とす。

「あんたは芳雪と二百人の犠牲者《ぎせいしゃ》の仇《かたき》だ。粗相《そそう》のないよう、丁重にお連れするぜ。八千種の拷問具《ごうもんぐ》が罪人を待ちかまえる、鬼獄《きごく》へ」

「ご招待ありがとう。わざわざ出迎えに来てくれるなんて感激だわ。けれど、無駄骨に終わるわよ。拷問で口を割る者を九陽城に送りこむほど、教団は愚かじゃないの」

だろうな、と淫芥は興味をなくしたように胸ぐらから手を離した。

「俺の見立てじゃ、あんたは拷問に慣れてる。餓鬼《がき》のころから訓練を受けてきたんだろう。腕の一本や二本、切り落とされても口は割らねえだろうな。しかし、肉体を痛めつけるだけが拷問じゃねえよ。たとえばそいつが大事にしてるものを使うって手もあるぜ」

淫芥が懐《ふところ》から取り出したそれを見て、「かえせ！」と叫びそうになった。

「この簪《かんざし》、兄の形見なんだって？　でも妙だな、寒嫣雨には兄がいたが、破思英には姉しかいなかったはずだ。いったいだれなんだい？　こいつをあんたにくれたのは」

一朶《いちだ》の梅花をかたどった銅製の簪――だれにもふれられたくない記憶の残滓《ざんし》。

「俺は、なにものにも呪われたくねえんだ」

あの人の言葉を幾たび反芻《はんすう》しただろう。

――私は、呪われている。

この血肉は骨の髄《ずい》まで怨憎に染まっている。いまさら止められない。引きかえそうにも退路はない。ほかの道はない。前進するしかないのだ。修羅《しゅら》の道を。

「月娥！　もう起きていて大丈夫なのか？」

屏風《ついたて》の陰から飛び出してきた景景が心配そうに幼い眉《まゆ》をくもらせた。

「ええ、大丈夫よ」

「ほんとうか？　無理してるんじゃないのか？」

「してないわよ。もともとたいした怪我《けが》はしてなかったの。三日三晩、安静にしていたから、すっかりよくなったわ」

月娥は蓋碗《がいわん》を箱にしまいながら景景に笑顔を向けた。

怨天教の小廟《しょうびょう》から助け出されたあと、その日のうちに整斗王府に帰り、太医《たいい》の診察を受けた。診察の必要はないほど軽傷だったのだが、秋霆に強く薦《すす》められて太医に見てもらうことになったのだ。太医は手足にかすり傷があり、やや衰弱しているが、手当てをして休養をとれば元どおりになると言った。

「元気になったのに、どうして茶器の手入れをしてるんだ？」

「え？」

「以前も具合が悪いときに夜通し茶器の手入れをしていたぞ。月娥は元気がないとわけもなく茶器にさわる癖があるんだ。ほんとうはまだよくなってないんじゃないか？」

心底から案じてくれているらしい景景に、月娥は苦笑をかえした。

「手入れをしているわけじゃないの。荷造りをしているのよ」

「荷造り？　どこかへ出かけるのか？」

どう説明すればいいのだろう。一日も早く王府を去らなければならない理由を。

――ここにいれば、つらくなるだけだわ。

この三日間、秋霆は数刻おきに月娥の様子を見に来た。そのたびにあたたかい言葉をかけてくれ、細やかに月娥をいたわってくれた。彼のまなざしがあまりにやさしすぎるから、勘違いしそうになった。秋霆は自分に愛情を感じてくれていると。年が明けても離縁せず、月娥をそばに置いてくれると。そして遠からずほんとうの妻にしてくれると。

われながらなんて愚かなのか。秋霆は道義心《どうぎしん》から月娥に情けをかけてくれているだけだ。月娥が災難に遭《あ》ったのは自分のせいだと罪悪感に駆られているのだろう。そこに男女の情はない。月娥が求めるものはなにもないのだ。

それでも彼に会うたびに胸が高鳴ってしまう。今度こそ決定的な言葉を聞けるのではないかと虚しい期待を抱いてしまう。けれど結局、願いは儚《はかな》く散っていく。夢のなかのように秋霆は月娥を抱き寄せてくれないし、愛《いと》しいとささやいてくれることもない。それは当然のことなのに、勝手に落胆《らくたん》してしまう。裏切られたような気さえする。

――年が明けるまで待ってはいられない。すぐに出ていかなければ手遅れになるわ。

ふと思ってしまうのだ。なぜ秋霆は月娥を愛してくれないのかと。こんなにも想っているのだから、すこしくらい愛情を感じてくれてもいいのにと。これが憎悪の萌芽《ほうが》であることは疑いようがない。月娥は秋霆を怨もうとしている。彼が自分を愛してくれないから憎みはじめている。身勝手な悪意だ。逆恨み以外のなにものでもない。

だからもう、ここにはいられない。秋霆のそばにいれば、彼を怨んでしまう。いまはまだ胸裏《きょうり》で毒の芽を育てているだけだとしても、それはやがて隠しきれないほど生長し、なんらかのかたちで表に出てくるだろう。ひとりよがりな怒りをぶつけ、秋霆を当惑させてしまうかもしれない。意趣返しとばかりに彼の心を傷つける行動をしてしまうかもしれない。拒絶された恋慕《れんぼ》が鋭い害意になって秋霆を苦しめる……そんな未来が目前に迫っているのではないかと思うと、恐ろしさで身がすくんでしまう。

――これ以上、殿下にはつらい思いをしてほしくない。

秋霆は十分すぎるほど苦しんできた。生まれながらに背負わされた罪、無惨《むざん》に殺されたわが子、愛妻と異母弟の不義密通と情死……彼の心はいまでも血を流しているのに、自分のさもしい情動で追いつめたくない。ゆえに一日も早く彼から離れなければならない。怨みつらみではなく、快《こころよ》い思い出だけを残して。

「荷造りが終わったら内院《なかにわ》に出られるか？」

景景が月娥のおもてを下からのぞきこんできた。

「父王《ちちうえ》が亭《あずまや》で月娥を待っていらっしゃる。ふたりきりで話したいことがあるんだって」

そう、と返事をする。話の内容は尋ねるまでもない。

――とうとうこの日が来たんだわ。

離縁を切り出されるのだと察しがついた。衝撃は受けない。前々から決まっていたことだ。早いほうがいい。面と向かって引導をわたされれば、かえってさっぱりするはず。

月娥は茶器を片づけ、席を立った。化粧直《けしょうなお》しをしようかと思ったが、その必要はないと思いなおす。あでやかな臙脂《べに》をさしたところで、秋霆は翻意《ほんい》しない。月娥の唇など見もしないだろう。彼にとっては興味のないものだから。

巧燕に景景の世話を頼んで部屋を出る。回廊《かいろう》から内院におり、鋪地《ほち》を踏みしめて小径《こみち》を進んでいく。春のような日和《ひより》だ。やわらかい風が頬《ほお》を撫《な》で、ちらほらと咲いた季節はずれの桜桃の花を揺らしている。木漏《こも》れ日《び》が目に染みて、月娥は立ちどまった。

――涙を見せてはいけないわ。殿下が御心を痛められるから……。

離縁を切り出すことを秋霆は心苦しく思っているだろう。なおさら負い目を感じさせることになるから、絶対に泣いてはいけない。どんなに胸が張り裂けそうでも。

こぼれかけた涙を手巾《しゅきん》で拭《ぬぐ》い、月娥は無理やり笑顔を作った。唇に笑みのかたちを残したまま、ふたたび歩き出す。

曲がりくねった小径の先に八角形の屋根をいただく亭が見えてきた。亭の入り口には天《てん》青色《せいしょく》の道袍《どうほう》をまとった秋霆がひどく落ちつかない様子で立っている。

「孫妃」

こちらに気づいた秋霆が口もとをほころばせるから、視界が粉々に砕け散りそうになった。かろうじて笑顔を保ち、「殿下にごあいさつを」と万福礼《ばんぷくれい》する。

「呼び出してすまない。体調がよくなったようだから、ふたりきりで話せないかと思ったんだが……具合はどうだ？」

「ええ、私はもう平気です。殿下はいかがですか？　お怪我の具合は……」

炎のなかから月娥を救出する際、秋霆は手に火傷《やけど》を負った。太医は軽傷だと言っており、当人も大事無いと言っているが、包帯を巻いた手が月娥の目には痛々しく映る。

「もう痛みはない」

「ご無理をなさっているのではありませんか？」

「もともとたいした怪我ではなかった。岳秀が大げさに騒いで包帯など巻くから、かえって心配させてしまったな」

「ごめんなさい、私のせいでお怪我を……」

「そなたのせいではない」

ゆくりなくも強く否定して、秋霆は視線で月娥を貫いた。

「張山《ちょうざん》での一件は災難としか言いようがない。そなたが責任を感じるようなことはなにもない。玄雲道人《げんうんどうじん》と田道姑《でんどうこ》は己の意思で己の末路を選んだのだ」

白遵光《はくじゅんこう》は錦衣衛《きんいえい》に捕らえられ、鬼獄《きごく》にて鞫訊《とりしらべ》を受けている。拷問に耐えて生きのびたなら、極刑に処されるだろう。翠玉は追っ手から逃げようとして足を滑らせ、崖《がけ》から転落した。亡骸《なきがら》は見つかったが、人のかたちをとどめていなかったという。

──結局、私はふたりのことをなにも知らなかったんだわ……。

知っていたからといってどうにもならなかっただろう。ふたりを破滅の道から引き戻す力など、月娥にはない。それでもなにかしら、できることはあったのではないかと思う。もし彼らの本心に気づいていれば、進んで黄泉路をたどろうとする彼らの袖《そで》を引いて、その足取りを鈍らせることができたかもしれない。それがかならずしもよい結果につながるとは限らないとしても、なにも知らぬまま傍観《ぼうかん》するよりは──。

「彼らがそなたになにを言ったにせよ、全部戯言《ざれごと》だ。忘れなさい。そなたが罪悪感に囚われなければならない理由はない。彼らの結末がそなたの未来に影を落とすことはあってはならない。そなたは彼らとはべつの道を歩まねばならぬのだ」

慰めてくれる秋霆の言葉が痛みを孕《はら》んで響いた。彼はその徳性ゆえに月娥を気遣ってくれているだけだ。たとえるなら往来で行き迷っている人を道案内してやるようなもの。秋霆にとって月娥はとおりすがりの他人にすぎず、彼の親切にとくべつな意味はない。

──知らなかったわ。怨みを殺すことがこんなにも苦しいなんて。

怨天教に帰依《きえ》した人びとの心情がすこしわかるような気がする。どうして自分を女人として見てくれないのかと、素蘭にそうしたように夫として愛してくれないのかと、らちもない恨み言を吐きそうになる。そんなことをしても彼の心が手に入るわけではないのに、いっそう距離がひらくだけなのに、怨みを抱かずにはいられない。

「私は……大丈夫ですわ」

引き裂かれたように痛む心を隠そうとして、月娥は微笑を浮かべた。

「いまはまだ気持ちの整理がついていませんが、時間が経てば落ちついてふりかえることができるようになるでしょう。そのときを待つことにします」

そうか、と秋霆は応じた。それきり押し黙ってしまう。無理もない。予告していたことはいえ、離縁を切り出すのは気が咎《とが》めるのだろう。

「殿下が心苦しくお思いになることではありませんわ」

秋霆の負担を軽くしようとして、思い切ってこちらから口を切る。

「こうなることは決まっていたのですから。私も以前から承知していましたし……」

「なんの話だ？」

「離縁のことですわ。私が王府に嫁いでもうすぐ一年ですから、頃合いでしょうね。できるだけ早く、王府を出ていきます。数日のうちには……」

「それは困る」

作り笑顔が軋《きし》む。涙をこぼさぬよう気をつけながら、月娥はうなだれた。

「……では、明日には……いいえ、今日のうちに」

「そうじゃない。そなたに出ていかれては困ると言ったんだ」

思いがけない言葉が月娥の声を封じた。

「いまさら、とあきれられるかもしれない。そう思って当然だ。私は何度もそなたを拒《こば》んだ。そなたはひたむきな想いを向けてくれていたのに」

実を言えば、と秋霆は急くようにつづける。

「そなたが嫁いできて間もないころから、そなたを好ましく思っていた。景景を可愛《かわい》がってくれる様子や、養済院《ようせいいん》の子どもたちに慕《した》われる姿を見ていると胸があたたかくなった。そなたが淹《い》れてくれる茶は喉《のど》だけでなく心までうるおしてくれた。そなたと過ごす茶の時間はいつしか待ち遠しいものになっていた。それが好意だと気づくまでにずいぶん回り道をしてしまったものだ。……いや、とうに気づいていたのかもしれぬ。気づいていたのに、気づかぬふりをしていたんだろう。私は臆病な男だ。この感情に名をつけてしまえば、過去の失敗をくりかえすことになるのではないかと、そなたを素蘭のように不幸にしてしまうのではないかと……恐れていた」

ほがらかな風が駆けぬけ、狂花《くるいばな》をつけた枝がざわめく。

「しかし、いつまでも恐怖の僕《しもべ》ではいられない。過去ではなく、現在を生きなければ。前に進まなければ。ようやく、その決心がついた」

月娥がおもてをあげると、秋霆の真率《しんそつ》なまなざしに出会った。

「焚刑《ひあぶり》に処されそうになっていたそなたを見つけたとき、そなた以外のものが目に入らなくなった。炎に飛びこんでも熱さなど感じなかった。感じる余裕もなかった。そんなことはどうでもよかった。そなたを失いたくない。私が考えていたのはそれだけだ」

「……殿下」

「虫のいい願いだということは重々承知している。過ぎし日の悲劇がくりかえされない保証など、どこにもない。私はまた、この身に刻みつけられた血の呪いによって大切な人を傷つけてしまうのかもしれない。それでも……どうしてもそなたを手放せない。そなたがいない日常に戻れない。私にはそなたが──孫月娥が必要だ」

秋霆がこちらに一歩踏み出した。

「どうか、このままここにいてほしい。私の、ただひとりの妃として」

時が止まった。凪いだ視界に木漏れ日の雨が降る。

「生涯愛すると誓う。この先なにが起こっても、そなたを守るため全力を尽くす。だからどうか私に許してくれないか。名実ともにそなたの夫となることを」

月娥は呆然《ぼうぜん》と立ち尽くした。貪《むさぼ》るように秋霆を見つめ、ふいに苦笑する。

「……私、とうとう変になったみたいね」

「なんだって？」

「白昼夢《はくちゅうむ》を見たんです。殿下が私をほんとうの妻にしたいとおっしゃってくださる夢を。

……馬鹿みたいだわ、そんなことありえないのに」

ごめんなさい、とうつむく。こらえきれず、涙が滴《したた》り落ちた。

「お気になさらないでください。私が勝手に夢を見て、勝手に打ちのめされているだけですから。これ以上、ご迷惑はおかけしませんわ。今日のうちに出ていきますから……」

逃げるように立ち去ろうとしたとき、力強く腕をつかまれた。

「夢などではない。これは現実だ」

「いいえ、夢ですわ。現実の殿下は私を生涯愛するなんて……仰《おお》せになりませんもの。私がどんなにお慕いしても、私のことを女人として見てくださいませんもの……。でも、それは殿下のせいではなくて、私が愛されるに値しないからですわ。殿下の御心を、殿下が味わっていらっしゃる苦患《くげん》を、癒《いや》すことができないから……」

堰《せき》を切ったように涙がこぼれ、月娥は恥じ入った。こんなことで泣くなんて馬鹿げている。自分が想うように秋霆が想ってくれないからといって涙を流すなんてどうかしている。ましてや、秋霆に妻として求められる白昼夢を見るなんて――。

「いったいどうすれば信じてくれるんだ」

気づけば、月娥はあたたかい胸のなかにいた。

「私のせいだな。本心を偽り、そなたを拒んでばかりいたから」

かすれた声が耳朶《じだ》にふれる。あたかもほんとうに抱きしめられているかのように。

「うまい言い回しを思いつけばいいのだが……なにも出てこない。恥を忍んで言えば、私はこういうことが……つまり、女人を口説《くど》くということが苦手だ。そなたの心をときほぐしたいのだが、言葉ではいかんともしがたい。だから、こうしよう」

秋霆は月娥の肩を抱き、亭へ入ろうと促した。

「そなたに見てもらいたいものがある」

夢だとわかっていても、彼の手をふりはらえない。それほどまでに求めていたのだ。まるで愛《いと》しい女人にするように、秋霆がやさしく肩を抱いてくれることを。

勧められるまま短い階《きざはし》をのぼり、亭に入る。石造りの円卓には湯銚《ゆわかし》や茶壺《きゅうす》などの茶器が用意されていた。

「この三日、ひそかに泡茶《ほうちゃ》の稽古《けいこ》をしていた。本来ならもっと鍛錬を積んで腕をあげてからのほうがいいが、あまりそなたを待たせたくないので今日行うことにした」

いや、と秋霆は苦笑いした。

「待たせたくないという以上に私が待ちきれないんだ。どうしても今日がいい」

「……最後の、お茶の時間ですか？」

「最後ではない。最初だ」

涙でゆがんだ視界に冬の日輪《にちりん》のような笑顔が映った。

「私の妻になるという証《あかし》に、私が淹れた茶を飲んでくれないか」

言葉が出てこない。話しかたを忘れてしまったみたいに。

「頼むから『夢だ』なんて言わないでくれ。どうやってそなたに想いを打ちあけようかと苦心惨憺《さんたん》したんだ。夢だと一笑にふされては、私の苦労が報われぬではないか」

「……殿下、私」

「わかっている。そなたを不安にさせているのは私だ。これから一生をかけて弁明したいと思う。そなたがその機会を与えてくれるなら」

さあ、と秋霆は瓷墩《こしかけ》をさし示した。

「湯を沸かすゆえ、しばし時間がかかる。そこに腰かけて、私の手並みを見ていてくれ。ただし、お手柔らかに頼む。なにせ、付け焼刃《つけやきば》の茶法だ。不調法《ぶちょうほう》は否めぬが、そなたを愛する男がそなたから色よい返事を引き出そうとして慣れないことをしているのだと笑ってくれればありがたい」

言われるまま瓷墩に座り、月娥はすぐに立ちあがった。

「……殿下」

「なんだ？」

さっそく火を熾《おこ》しにかかる秋霆がなにげないしぐさで顔をあげた。そのやさしいまなざしが目に染みて、月娥は泣き笑いのような表情になる。

茶樹は移し植えることができない。環境が変わると枯れてしまうのだ。それゆえに下茶《かちゃ》という婚俗《こんぞく》が生まれた。一度根付いた茶樹が二度とそこを離れられないように、結ばれた夫婦の縁《えにし》が末永くつづくことを願って。

「これが夢でないなら……先ほどのご下問にはこう答えます」

　きっと見苦しい顔をしている。化粧《けしょう》をなおしてこなかったことを心底後悔した。

「喜んでいただきますわ」


　寒雀《かんすずめ》たちの噂話《うわさばなし》を聞き流しながら、冬晨《とうしん》は整斗王府の回廊《かいろう》をわたっていた。今日は朱桃《しゅとう》を連れてあいさつに来た。王府に来るたびに朱桃は童女のようにはしゃぐ。いちいち立ちどまり、あれはなにかと案内役を質問攻めにするのがつねだった。

「赤い布がたくさんあるわ！　あれはなにかしら？」

「飾りつけ用の絹布を干しているんですよ。近々、使いますからね」

　朱桃が客殿《きゃくでん》の軒下にずらりと干された紅の絹布を指さすと、案内役の整斗王付き首席宦《かん》官《がん》・魚奇幽《ぎょきゆう》がにこやかに答えた。

「近々？　赤い布なんて婚礼でしか使わないでしょう？」

「まさにその婚礼が行われるんです」

「たしか世子《せいし》さまはまだ五つですわよね？　ご結婚は早すぎるのでは……？」

「いえいえ、世子さまではなく、殿下のご婚礼です」

　まあ、と朱桃は非難がましい声をあげた。

「月娥姉さまを娶《めと》って一年も経たないのに、もう側妃《そくひ》をお迎えになるのですか？　いやだわ、殿方《とのがた》ってどうしてこうも移り気なのかしら。殿下は誠実なかただと月娥姉さまは言っていたけど、やはり恵兆王《けいちょうおう》の兄君ね。浮気の虫が騒ぐんだわ」

お嬢さま、と冬晨が諫《いさ》めると、朱桃ははっとして口もとを手で覆《おお》った。

「申し訳ございません。誤解を招く言いかたをしてしまいましたね」

朱桃の不敬《ふけい》な発言を咎《とが》めもせず、奇幽はどことなく誇らしげに片笑《かたえ》む。

「正確に申せば、殿下と王妃さまのご婚礼なのです」

「王妃さまって……月娥姉さまのことですか？　でも、おふたりの華燭《かしょく》の典《てん》は春に……」

「最初のご婚礼は今春にすみましたが、殿下が再度ご婚礼をあげたいとおっしゃったので、ごく内輪で祝宴の席をもうけることになりました」

「まあ、二度目のご婚礼を？　どうしてまた……」

朱桃が言葉尻を濁《にご》したのは、内院《なかにわ》へ向けられた視線がさる光景をとらえたからだ。

それは整斗王夫妻が散策する姿だった。ふたりはいかにも仲睦《なかむつ》まじそうに寄り添って、ちらほらと咲いた季節外れの紅梅を眺めている。

ふと月娥が立ちどまった。長裙《ちょうくん》の裾《すそ》を持ちあげてかがみ、足もとに落ちていた狂花《くるいばな》を拾いあげる。茶に入れて香りを楽しもうと話しているのだろうか、秋霆もとなりにかがんであざやかな落花に手をのばした。ふたりしてしばし一心に拾い集め、手のひらいっぱいの花を見せ合って笑う。

——月娥お嬢さまの夢が叶ったんだな。

ふたりの様子はいままでとまるでちがう。そこにあるのはわだかまりや障壁ではない。互いに注がれる愛情深いまなざしと、ほんのすこしのはじらいだ。

冬晨のあずかり知らぬところで、ふたりは想いを通じ合わせていたらしい。秋霆が急に二度目の婚礼をあげたいと言い出したのは、その証左《しょうさ》であろう。

——これでよかったんだ。

月娥が夢見ていた未来が現実のものになったわけだ。晴れがましい結末だ。祝福しなければなるまい。彼女と彼女が愛する男の幸せを祈らなければ。

分別《ふんべつ》の声を聞くかたわらで、失望が喉《のど》を苦く締めつける。月娥はもう戻らない。冬晨のもとから永遠に去ってしまった。この手が届かない場所へ飛び立ってしまったのだ。名状しがたい喪失感に襲われ、冬晨はわれにもなく微苦笑した。

——はじめから月娥お嬢さまと私には、赤縄《せきじょう》が結ばれていなかった。

月下老人《げっかろうじん》は夫婦となる男女を赤縄で結ぶという。ひとたび結ばれればどんな災難がふりかかろうともけっして切れることがないその縁は、冬晨と月娥のものではなかった。月娥の足に結ばれた赤縄は秋霆につながっていたのだ。

——もとより私の一方的な恋慕《れんぼ》にすぎない。

六つ年下の、主家の嫡女《ちゃくじょ》。血縁のない弟妹とわけへだてなく育てられた幸運な養女にとくべつな感情を抱きはじめたのは、十七年も前のことだ。

当時十四だった冬晨は満身に憤怒《ふんぬ》をたぎらせていた。怨天教徒が起こした官僚襲撃事件で父を亡くしたからだ。孫家の奴僕《げなん》であった父は母とともに偶然、現場をとおりかかっただけだった。ふたりは怨天教徒が蛇蝎《だかつ》のごとく憎む官府の人間ですらなかったのに、邪教徒たちは父を嬲《なぶ》り殺しにしたうえ、母の片腕を斬り落とした。

事件はあっさりと落着し、邪教徒たちは捕縛《ほばく》されて凌遅《りょうち》に処された。冬晨は怨敵たちの処刑を見に行ったが、彼らの断末魔《だんまつま》の声を聞いても怨みは晴れず、いっそう血肉を沸き立たせた。父の亡骸《なきがら》は正視できないほどで、身につけていた衣服でかろうじて父だと判別できた。母は一命をとりとめたが、厨娘《ちゅうじょう》としては働けなくなった。あの日を境に、なにもかもが変わった。大凱《だいがい》に仇《あだ》なす邪教徒どもが呪わしい野望のために両親の平穏な日常を破壊したのだ。

冬晨は怨天教徒を憎んだ。やつらを一人でも多く刑場送りにすることで復讐しようとした。怨天教徒はどこにでもひそんでいる。聖明天尊《せいめいてんそん》なる邪神に忠誠を捧げ、王朝の転覆《てんぷく》をもくろみながらも、表向きは善良な士民《しみん》として平然と暮らしているのだ。さりとて、やつらには隠しがたい特徴がある。半金烏《はんきんう》がそれだ。冬晨は血走った目を怨憎でぎらつかせ、半金烏を持つ者がいないか探しまわった。他人の持ち物をあさり、おまえは怨天教徒だろうと難詰《なんきつ》してばかりいるので、周囲の人びとは冬晨を煙たがった。

婢僕《めしつかい》仲間から孤立した冬晨はますます疑心暗鬼になった。孤独は怨みの火に油を注ぎ、復讐心は日に日に肥《こ》え太っていく。そしてついに一線を越えてしまう。

主人である孫報徳《そんほうとく》の書房《しょさい》に侵入し、棚という棚、抽斗《ひきだし》という抽斗をひっかきまわして半金烏を探し出そうとしたのだ。当然の結果として主人の逆鱗《げきりん》にふれ、杖《じょう》で打ちすえられた。慈悲《じひ》深い主人は手加減してくれたが、父亡きあと荒《すさ》みきった生活をして身体が弱っていたためか、冬晨は寝ついてしまった。

後罩房《はなれ》の部屋で母に介抱されながらも、憎しみの炎はめらめらと燃えていた。怨天教徒を見つけ出さねば、官府に突き出して報いを受けさせなければ。妄執のような使命感に駆られて寝床から這《は》い出そうとしたときだ。月娥が見舞いに来てくれたのは。

「冬晨！　だめよ！」

当時八つだった月娥は小さな手で冬晨を寝床に押し戻した。

「怪我人《けがにん》なんだから、じっとしていなくちゃ」

「いいえ、そういうわけにはいきません。怨天教徒を探さなければ。ほうっておけばやつらはまた人を殺します。一刻も早く見つけ出して官府に突き出さないと……」

つと気がついた。半金烏を持つ者が目の前にいると。

「小薇《しょうび》お嬢さま、あなたのひたいには半金烏のような痣《あざ》がありましたね？　あなたは怨天教徒なんですか？　俺の父を殺した連中の仲間なんですか？」

冬晨は月娥の――そのかみは小薇という幼名で呼ばれていた――肩をつかんで詰め寄った。とっくに正気をなくしていた。年端のいかぬ童女でさえ怨敵と見誤るほどに。

「私を官府に突き出したければそうすればいいわ。それであなたの怨みが癒《いや》されるなら」

月娥はひるむことなく冬晨を見かえした。

「でも、そんなことをしても無意味だわ。たとえ私が怨天教徒として処刑されても、あなたの父君は生きかえらないのよ」

「それでも私は、邪教徒どもを見つけ出して刑場送りにしなければならないんだ。さもないと、またたれかが傷つけられる。父や母のように……」

「傷つけられたのは父君と母君だけじゃないわ。あなたもよ」

自分の肩をつかむ手を握り、月娥は強い瞳で冬晨を射貫《いぬ》いた。

「あなたの心は血を流しているの。骨まで達する、とても深い傷だわ。ほうっておけば取りかえしのつかないことになってしまう。すぐに手当てしなきゃいけないわ」

「……手当てなど、私には」

「必要だわ。あなたにもしものことがあったら、母君はどうなるの？　夫だけでなく、息子まで喪《うしな》うことになるわ。平《へい》夫妻の子はあなたしかいないのよ。父君の供養《くよう》する者はあなたしかいないの。やけを起こして子孫も残さずにこの世を去ることになったら、いったいだれが母君に孝養を尽くすのか、だれが父君を追福《ついふく》するのか、考えてみて」

かえす言葉がなく、冬晨はうなだれた。

「怨みに身をゆだねないで。あなたには生きなければならない理由があることを思い出して。なにもかもをほうりだすには、早すぎるということを」

幼くあたたかい手が小刻みに震える冬晨のそれをつつんでくれていた。

「ねえ、冬晨。心の声をよく聞いてみて。あなた、ほんとうは怨んでなどいないのよ。ただ悲しんでいるのよ。悲しみが深すぎて途方に暮れているんだわ」

ちがう、と言おうとしたのに、声にはならなかった。

「悲しいときは思うさま悲しんで。悲しむことを自分に許してあげるの。きっとそれが心の流血を止める、いちばんの近道だわ」

気づけばむせび泣いていた。身体を折り曲げて号泣していた。月娥はさながら慈母《じぼ》のように冬晨の背をさすり、父親を亡くした少年が泣きやむまでそばにいてくれた。

彼女には感謝している。もし、あのとき月娥が止めてくれなかったら、冬晨は過ちを犯していただろう。周囲との軋轢《あつれき》から刃傷沙汰《にんじょうざた》を起こし、しまいにはだれかを怨天教徒に仕立てあげて密告しただろう。自暴自棄にならなかったのは、母に孝養を尽くし、父の追福を毎年欠かさずつづけられたのは、絶望のあまり破滅の道に進もうとする冬晨をすんでのところで彼女が引きとめてくれたからだ。

万謝の念は毎日すこしずつ恋しさへと変わっていった。いつしか夢想するようになった。月娥と相思相愛になり、夫婦として幸福に暮らす未来を。

それが叶わぬ夢だと思い知らされてもなお、この胸には燠火《おきび》のような情がくすぶっている。自分が手に入れるはずだったものを奪われたような気さえしている。

しかれども、怨みに身をゆだねようとは思わない。月娥が幸せなら、それでよい。冬晨は彼女の笑顔が好きなのだ。彼女を笑わせる男は自分でなくてもかまわない。

「二度も婚礼をあげてもらえるなんて、月娥姉さまったらずるいわ」

姉夫妻の様子を眺めながら、朱桃は冬晨の腕に抱きついてきた。

「あたしも婚礼は二度あげたいわ。冬晨だってあたしの花嫁姿を二回見たいでしょう」

「二度目の衣装も新調なさるおつもりではありませんね？」

「なによ、その口ぶり。新調しちゃだめなの？」

「費用が倍かかってしまいます。花嫁衣装だけだとしてもかなりの出費になりますよ。来春の新茶の買い付けのことを考えると、婚礼に費《たくわ》えがかかりすぎるのは――」

「はいはい、わかったわよ。いやね、頭のなかは帳簿のことでいっぱいなんだもの。番頭だから金勘定《かねかんじょう》が第一なのはしょうがないけど、すこしはあたしのことも考えてよね」

朱桃は子どもっぽく唇をとがらせる。そのしぐさを可愛《かわい》らしく感じるが、まだ愛《いと》しいという感情はわいてこない。しかし、いずれはそうなるようつとめたい。時間はかかるかもしれないが、朱桃がひたむきに向けてくれる恋心にこたえていきたいと思う。

「もちろん考えていますよ、朱桃お嬢さま――いえ、朱桃」

妻にするように字《あざな》だけで呼ぶと、朱桃はぽっと頬《ほお》を赤らめた。

「二度目の婚礼でもおなじ衣装をお召しになってはいかがでしょう？　美しいものは何度見ても飽きませんよ」

「そうね！　費用も節約できるし、きれいな衣は何度まとっても飽きないわ」

朱桃が笑顔になれば冬晨もつられて笑みをこぼす。きっとこんなたわいのないことの積みかさねが人と人のきずなを作っていくのだろう。だからいまは、天命に身を任せていたい。月娥の幸福を遠くから祈りつつ、自分が歩むべき道を進んでいくのだ。


鈍色《にびいろ》の空が九陽城《きゅうようじょう》に重くのしかかっている。陰鬱《いんうつ》な圧迫感がただよう寒風を切り裂くようにして、岳秀《がくしゅう》は紅牆《こうしょう》の路《みち》を歩いていた。

尹太后《いんたいこう》のご機嫌うかがいのため、秋霆と月娥は連れ立って後宮へ赴《おもむ》いている。岳秀は主の世話を配下に任せ、件《くだん》の報告のために東廠《とうしょう》へ行ってきたところだ。整斗王夫妻はうまくいきそうだという話をすると、葬督主《そうとくしゅ》は「めでたいことだな」とぞんざいに寿《ことほ》いだが、その顔つきはいつも以上に冴えなかった。むろん、それは秋霆と月娥のせいではなく、破思英《はしえい》の事件で東廠が大混乱に陥《おちい》っているせいである。

破思英は司礼監《しれいかん》および東廠に多くの手下をもぐりこませていると自供した。名指しされた者たちは一人残らず連行されたが、彼らが全員、怨天教徒と結託していたのかどうかは当人の自白だけでは断定できない。東廠を混乱させて司礼監の力を削《そ》ぐため、破思英が虚偽の証言をした可能性もあるからだ。

尋問と並行して嫌疑者の身辺を洗う作業を残りの人員でこなさなければならないが、そのあいだにも破思英はあらたな自供をして〝共犯者〟を増やしていくので、人手はどんどん足りなくなる。通常であれば司礼監から欠員が補充されるが、棘太監《きょくたいかん》を筆頭に司礼監の幹部が破思英との共謀《きょうぼう》を疑われて鞫訊《とりしらべ》を行う側ではなく受ける側にまわっているため、残りすくない身ぎれいな者は座る暇もないほど多忙をきわめていた。

「おまえも手伝え」

土気色の顔をした葬督主が息も絶え絶えに救援を求めてきたが、「主の二度目の婚礼の支度《したく》で忙しい」と言ってすげなく断った。皇宮で嵐が吹き荒れるときは、可能な限り渦中《かちゅう》から遠ざかるのが得策だ。下手《へた》にかかわると思わぬ災禍《さいか》に見舞われることがある。出世欲がないなら、嵐が過ぎ去るまで身を隠しているほうがいい。

「左龍《さりゅう》！」

ふいに幼名を呼ばれ、岳秀は立ちどまった。土匪《どひ》時代の岳秀を知る者は、いまとなってはこの世にひとりしかない。

「……右龍《うりゅう》」

ふりかえるなりつぶやいた幼名は、この十年、腹の底に封印してきたものだ。二度と口にすることはあるまいと思っていたのに、はしなくもふたたび声に出してしまった。

それは相手が灰色の袍《ほう》を着ていたからかもしれないし、飛びかかるようにして岳秀の腕をつかんだからかもしれなかった。はじめは驚愕《きょうがく》が、ついで鼻がもげるような悪臭が襲いかかってきた。糞尿《ふんにょう》と腐肉をおなじ鍋で煮詰めたようなその強烈なにおいには、岳秀自身もなじみがある。九陽城の底辺に落ちた者がまとう、敗残の証《あかし》だ。

「ようやく見つけたぞ、左龍！　おまえをずっと捜していたんだ！」

穴だらけの粗布で頭髪を覆《おお》い、汚物のしみだらけの袍に身をつつんだ梟盗《きょうとう》は、糞土で汚れていてもなお傲岸《ごうがん》にとがった鼻梁《びりょう》に、つい先月まで烏黒《うこく》の蟒服《ぼうふく》の裾《すそ》をひるがえして宮中を闊歩《かっぽ》していたころの気障りな面影を残していた。

梟盗は破思英が名指しした共犯者のひとりとして鬼獄《きごく》に連行された。ふたりは数年前から姦通していたようだ。もっとも単なる不義密通ではない。梟盗は棘太監の内意を探るのに破思英を利用し、破思英は司礼監の内幕を探る手段のひとつとして梟盗を利用していた。その密接な関係から怨天教への入信も疑われたが、酷烈《こくれつ》な拷問《ごうもん》を受けながらも梟盗は否認しつづけたという。

「知らなかったんだ!!　寒嫣雨《かんえんう》と名乗っていたあの女が怨天教徒だとは!?」

結局、入信していた証拠は見つからなかったので、梟盗は太監位を剝奪《はくだつ》されたうえ、位を浄軍《じょうぐん》に落とされ、浣衣局《かんいきょく》に送られた。

怨天教徒が司礼監掌印太監《しょういんたいかん》の菜戸《つれあい》におさまっていたという大事件に関与していたにもかかわらず、入獄から処分まで一月半ですんでいるのは、東廠がいい加減な捜査で片づけたからではなく、鬼獄が囚人であふれているからだ。錦衣衛《きんいえい》が管轄《かんかつ》する監獄にも囚人を収監しているが、そちらも満員なので、怨天教徒の嫌疑が晴れた者はただちに釈放されるか、処罰されることになっている。要するに獄房《ごくぼう》を空けるため早々に追い出されるわけだ。梟盗も野良犬のように追い払われ、浣衣局で苦役に従事させられることになった。

その話は先刻、葬督主から聞いてきたばかりだ。葬督主がわざわざ部外者の岳秀に機密をもらしたのは、岳秀が梟盗と気脈を通じていないか探りを入れるためだろう。とうに決別しているとはいえ、少年時代を分かち合った古なじみなので警戒されているのだ。

「落魄《らくはく》した旧友に同情はしても、助勢はせぬことだ。なんの益もないからな」

葬督主はかく忠告したが、そんなことは言われなくてもわかっている。

――葬督主は梟盗を失脚させるのに本件を利用した。

かねてより梟盗は督主の座を狙っていた。棘太監は愛弟子《まなでし》の梟盗をあからさまにひいきしており、おなじ弟子である葬督主を冷遇してきた。ふたりが手を組み、督主の首をすげかえようと画策することは明白だった。師父《しふ》と弟弟子の狡計《こうけい》から己が地位を守るため、葬督主は暗々裏《あんあんり》に破思英の調査を進めてきたのだ。危ない橋は渡らないはずの葬督主が破思英の案件に手を出したのは、彼女と梟盗の不義を内々に報告されたからだろう。

たとえ怨天教に入信していなくても、怨天教徒と私通し、ひそかに便宜《べんぎ》を図っていたとなれば重罰はまぬかれない。督主の座どころか、三監《さんかん》にとどまることも不可能だ。恩情をかけてもらえば中級宦官《かんがん》への降格程度ですんだかもしれないが、本件を裁いているのが葬督主である以上、寛大な処分など期待できるはずもない。保身に長《た》けた司礼監一の小胆者《しょうたんもの》が自身の地位を脅《おびや》かす者に再起の目を残すはずはないのだ。

――そして私にも釘を刺した。

あの忠告は額面どおりの忠告ではない。旧情にそそのかされて梟盗を助ければ、おまえも敵と見なすぞという脅迫だ。

かるがゆえに、岳秀はいままでよりもいっそう梟盗から距離を置かなければならない。旧友が汚穢《おわい》まみれの手で救いを求めてきても相手にしてはいけない。

「……おい！　聞いてるのか、左龍！」

早口で何事かまくし立てていた梟盗が岳秀の腕をつかむ手に力をこめた。

「浄軍の騾馬《らば》どもが徒党を組んで俺を目の敵にしやがるんだ。今朝も恭桶《べんき》に汚れが残っていたと難癖をつけられて滅多打ちにされた。昨日も一昨日も一昨昨日も、俺が浣衣局《かんいきょく》に来てからずっとだ！　それだけじゃない、食い物や寝床に糞尿をまき散らされ、寝起きに汚物をぶちまけられるんだぜ！　やつら、俺を逆恨みしていやがるんだ。俺のせいで浄軍落ちしたとわめくんだよ。とんだ言いがかりだ！　あの魯鈍《ろどん》な連中は露ほども考えやしねえのさ。自分が生まれつき能無しだから毎日糞まみれになってるんだとはな！」

憎々しげに罵言《ばげん》を吐き散らしたかと思うと、今度は媚《こ》びるようにささやく。

「おまえも浣衣局にいたことがあるんだからわかるだろう？　あそこは肥溜《こえだ》めだ。文字どおりのな。もう我慢ならない。愚物どもの相手にはうんざりだ。なんとかしてくれ、左龍。おまえは葬刑哭《けいこく》と親しいだろう？　俺が浣衣局から出られるよう、口をきいてくれよ。肥溜めから出られるならどこでもいい、葬刑哭の使い走りだって喜んでやる！　あそこから出してくれさえすれば、この恩は死ぬまで忘れない。どんなことでもする、一生かけて借りをかえす！　おまえだけが頼みの綱なんだ。昔のよしみで――」

「昔のよしみはとうに切れている」

岳秀は蔦《つた》のようにまとわりついてくる手をふりはらった。

「助力が欲しければほかを当たれ。私をまきこむな」

梟盗は呆《ほう》けたような表情をした。こんな展開は自分の筋書きにはないと言いたげに。

「……あの女のことをまだ根に持ってるのか？　悪かったって何度も謝っただろ。古い話は水に流せよ。怨みは忘れて旧交をあたためようぜ。おまえは人情に厚いやつだ。餓鬼《がき》のころに結んだ友誼《ゆうぎ》をおぼえているだろう？　おまえが義侠心《ぎきょうしん》の持ち主だと知っているから、恥を忍んで頼ってるんだ。それをむげに追い払うなんて真似《まね》、おまえに――」

梟盗の背後にある小宮門《しょうきゅうもん》の向こうから複数の足音が近づいてきた。曇天《どんてん》の下に草色の貼里《ちょうり》を着た宦官たちが躍り出る。腰からさげた銅牌《どうはい》には飾り文字で「宮正司《きゅうせいし》」と刻されている。宮正司は後宮内の事件事故をあつかう衙門《がもん》で、奴婢《ぬひ》の逃亡も取り締まる。わけても浄軍には逃亡者が多いので、宮正司の捕吏《ほり》たちは絶えず目を光らせており、無断で持ち場を離れた者がいれば即座に追跡して捕縛する。

「見つけたぞ、泥梟盗！」

捕吏たちがあっという間に梟盗を取り囲み、身体に縄を打った。

「俺は逃げたわけじゃない！　左龍と話してるんだ！」

梟盗はもがいて逃れようとしたが、捕吏《ほり》に杖《じょう》で打ち据えられる。

「左龍！　こいつらをなんとかしてくれ！」

悲鳴じみた叫び声を背中で聞き流し、岳秀は足早に立ち去った。

――「古い話は水に流せ」だと？　ふざけるな！

梟盗は岳秀の義妹だった女官・段氏《だんし》を寝取った。心から失望したが、それでもふたりの幸福を祈る余力は残っていた。だが、梟盗はすぐに段氏に飽きてほかの女官に乗りかえた。傷ついた段氏はかつての恋人のもとに戻ってきたが、そのころには岳秀が彼女を受け入れられなくなっていた。手ひどい裏切りが彼女への愛情を打ち砕いてしまったのだ。

復縁が望めないと知った段氏はとある内監《ないかん》と深い仲になった。噂《うわさ》でふたりが婚約したと聞いたが、段氏が婚礼衣装に袖《そで》をとおす日は来なかった。

賞月《しょうげつ》の変《へん》後、内監は賊軍と内応した疑いで鬼獄に入れられた。情け容赦《ようしゃ》ない拷問に耐えかねた内監は罪を自白したが、共犯として段氏の名をあげた。彼女にそそのかされてやったことだと供述したのだ。段氏は投獄され、内監同様、拷問を受けた。

その一報を聞き、岳秀はどうにかして彼女を救えないかと憂悶《ゆうもん》した。さまざまな策を考えたものの、軽々に行動には移せなかった。

段氏にかけられた嫌疑は謀反《むほん》への関与だ。うかつに手出しできない。彼女の無実を訴えればかならず火の粉が飛んでくる。それは岳秀の身にとどまらず、大恩ある主にまで飛び火するだろう。私情と忠義に身を引き裂かれ、岳秀は後者のために前者を犠牲《ぎせい》にした。その結果、段氏は死んだのだ。凍《い》てつく獄房の片隅で、己の身体からほとばしった血飛沫《ちしぶき》の絨毯《じゅうたん》に突っ伏して。

のちに知った。彼女の尋問を担当していたのが、当時東廠に籍を置いていた梟盗だったことを。梟盗はそのかみの督主であった棘太監から賊の残党を一人残らず引きずり出すよう命じられており、功を焦って手当たりしだいに苛烈《かれつ》な拷問をくわえていた。過去に情交を結んだ女人にも手加減しなかった。泣きながら命乞いする段氏を筆舌《ひつぜつ》に尽くしがたい方法で痛めつけ、幾度も愛撫《あいぶ》したであろう肢体《したい》をむごたらしく破壊した。

　──あいつのせいだ。彼女が死んだのは。

　腹の底で煮え滾《たぎ》る怨憎に自責の念が混じっていることを意図的に無視する。考えたくない。あのとき思い切って行動していれば、段氏は生きていたかもしれないなどとは。彼女に復縁を迫られた際、受け入れるべきだったのではないか、元の鞘《さや》におさまっていれば、彼女は謀反の嫌疑をかけられずにすんだのではないか、などとは。

　岳秀の狭量が、依怙地《いこじ》が、独善が、段氏を悲惨《ひさん》な末路に追いやったのではないか。あるいは明確な悪意を持って復讐したのではないか。自分を裏切った女に罰を与えたのではないか。実際に手を下したのは梟盗でも、そうなるように仕向けたのは──。

「……左龍！」

　旧友の絶叫をふりはらって先を急ぐ。餓えた犬のように追いかけてくるうしろめたさから逃げきらなければ。悔悟《かいご》には一文の値打ちもない。どんなに渇仰《かつごう》しても過去には戻れないのだ。段氏を生きかえらせるすべがない以上、まちがった道であろうと進みつづけるしかない。踏みしめる地面がくずれ、この身が奈落にのみこまれる瞬間まで。

　白い涙のような雪がしんしんと降りそそいでいる。不吉なほど美しい素衣《そい》をまとい、紅牆《こうしょう》の路《みち》は死んだように沈黙していた。

「どうだったんだ？　宰曼鈴《さいまんれい》の具合は？」

淫芥《いんかい》は派手な女物の傘を持ちあげ、となりに立つ囚蠅《しゅうよう》の肩を叩いた。

「一時はつらそうでしたが、だいぶ持ちなおしました。顔色もよくなりましたし、このぶんなら年明けには床払《とこばら》いできるでしょう」

囚蠅が鬼獄《きごく》に駆けこんだとき、曼鈴は獄房《ごくぼう》の天井から吊るされたまま気を失っていたという。上半身を裸にされて幾度も鞭打《むちう》たれており、むき出しの素肌は痛ましいほど傷だらけだった。拷問官《ごうもんかん》は彼女の顔に水をぶちまけ、青ざめた頬《ほお》を平手で殴《なぐ》りつけた。囚蠅が獄房に踏みこんだのはまさにその直後であった。

「いやいや、俺が訊いてるのはそっちの〝具合〟じゃねえよ。あっちの具合」

囚蠅はいぶかしげに片眉《かたまゆ》をあげ、たちまち渋面《じゅうめん》になった。

「宰道姑《どうこ》は怪我人《けがにん》なんですよ。いかがわしい行為ができるはずはないでしょう」

「じゃ、怪我が治ってからおいしくいただくってわけだ」

「いただきません。俺は先輩みたいな色魔ではないので」

「嘘つけ。下心がなかったらわざわざ太医《たいい》連れで鬼獄まで行くかよ。泥梟盗《でいきょうとう》がまぬけなやつで命拾いしたな。俺があいつなら、おまえに聖旨《せいし》を読みあげさせたあとで文面をこの目で確認するぜ。おまえの口から出てきた『聖旨』と文書としての『聖旨』の内容が一言でもちがっていたら、詔勅《しょうちょく》を偽造した罪で鬼獄にぶちこめるからな」

「先輩が相手ならあの手は使いませんよ」

囚蠅は涼しい顔で言い訳したが、当人が自覚している以上に一か八かの賭けだったのだ。梟盗に心驕《こころおご》りをおさえる分別《ふんべつ》があれば、囚蠅が行きつく先は刑場だった。

「勝算は十分すぎるほどありました。先輩が破思英《はしえい》を押さえれば泥梟盗の命運も尽きるとわかっていましたからね」

破思英は淫芥殺害の罪と合わせて整斗王妃連れ去りの罪も曼鈴に着せようともくろみ、布石を打っていた。鞫訊《とりしらべ》で胡芳雪《こほうせつ》殺しについても曼鈴に〝自白〟させる計画だったらしい。梟盗は破思英の手先として動いていたわけだが、やつは彼女が想定していたほど利口ではなかった。いったん囚蠅の面会を許してもまたすぐに曼鈴の尋問を再開できると踏んでいたのだろうが、淫芥が破思英を捕らえたことで状況が一変した。急報を受けた梟盗は狼狽《ろうばい》し、囚蠅が曼鈴を鬼獄から連れ出すのを阻止できなかった。

「俺がほんとに死んじまったとは思わなかったのかい？」

「寸毫《すんごう》も。付け火程度で先輩を始末できるなら苦労はないですよ」

「なんだよ、その言い草。まるで俺を始末したがってるみたいじゃねえか」

「そうなるのも時間の問題です。いったいいつになったら出ていくんですか？　先輩が俺の家に転がりこんできてもう三月経つんですが」

「べつにいいだろ。おまえは独り者だから空室が多いし、俺たちは休沐《きゅうもく》がかぶらねえから鉢合わせすることもない。それぞれ一人住まいしてるのと変わらねえよ」

「そういう問題じゃありません。先輩をわが家に居候《いそうろう》させていることが噂になって、根も葉もない流言が飛び交っているんです。まったく、迷惑きわまりない」

「流言？」

「聞いてないんですか？　先輩と俺が契兄弟《けいきょうだい》だという虚聞ですよ。この手の話に目がない女官たちが方々でささやき合って、見るに堪えない絵や小説を回覧しているんです」

断袖《だんしゅう》の癖《へき》を分かち合う男同士ないし宦官《かんがん》同士を契兄弟という。

「玉梅観《ぎょくばいかん》の道姑《どうこ》たちが俺を見て由《よし》ありげな目つきをするのでなぜだろうと思っていたら、後宮じゅうに荒唐無稽《こうとうむけい》な『醜聞《しゅうぶん》』が出回っていたせいでした。宰道姑にも誤解されて気まずい思いをしましたよ。しかも件《くだん》の春宮画《しゅんぐうが》をごらんになっていて……」

「件のってどれだよ？　榻《ながいす》のやつ？　軒車《くるま》のやつ？　湯殿《ゆどの》のやつ？　あ、馬上のやつだろ。あれはさすがにないよなー。だいぶ苦しいぜ、あの体位は。春宮画は奇抜な秘技が好まれるとはいえ、程度ってもんがあるよなあ。そもそも俺はあんなふうに馬を乗りこなせねえから。女ならともかく、馬って生き物はどうも不得手なんだよ」

「……ちょっと待ってください。先輩も見たんですか、あの春宮画」

「おまえが言ってるのがどの春宮画か知らねえけど、あらかた見たよ。どれも秀作だったな。臨場感があっていまにも動き出しそうだった。作者の名はふせられてたが、ありゃ玄人《くろうと》だぞ。どっかで見た画風なんだよなあ。春宮画じゃなくて、いたって真面目《まじめ》な山水画や肖像画でな。その界隈《かいわい》の大家が筆遣いに変化をつけてごまかしてるんじゃねえ？」

「……いやな予感がしてきたんですが」

囚蠅が傘の下から矢のような視線を放つ。

「ひょっとして噂の出どころは先輩じゃないでしょうね？」

だろうな、と淫芥は傘に積もった雪をぞんざいにふり落とした。

「おまえの家から出てきたところを女官に見られたんで、適当に言いつくろっておいた。その辺から流言がひろがったんだろ。あの女官はおしゃべりだからな」

「適当にって……いったいなにを話したんです？」

「おまえの寝顔は無邪気で可愛《かわい》いとかなんとか」

「わざとですよね？　誤解されるように仕向けてますよね？　よくもまあ、そんな嘘八百を言えますね。俺の寝顔なんか見たことないくせに」

「あるよー。おまえの寝間に盗みに入ったときに見た」

「盗み……？」

「銭包《さいふ》からちょいと小銭をくすねたときにちらっとな。おまえさ、寝るときくらい眉間《みけん》に皺《しわ》を寄せるのやめろよ。死んでるのかと思って冷やっとしたじゃねえか」

余計なお世話です、と囚蠅は長いため息をもらす。

「小銭泥棒には目をつぶりますが、一日も早くわが家から立ちのいてください。これ以上、居座られては、ますます醜聞がひろがって手が付けられなくなります」

「そのことなんだけどさ、このまま同居しねえ？」

「は？」

「あたらしい邸を探すのも買うのも調度をそろえるのも面倒でさ、やる気が起きねえんだよ。いろいろ手間がはぶけるし、おまえの家に居ついてもいいかなと思ってる」

「勝手に思わないでください。俺は先輩と同居するなんてごめんです」

「冷たいこと言うなよ。なんなら、噂どおりに契兄弟になってもいいぜ」

「冗談じゃない。俺に断袖の趣味はありませんよ」

「そりゃそうだろうさ。目下おまえは憂《うれ》わしげな道姑どのに夢中だもんな」

淫芥はにやにやしながら囚蝿の肩に腕をまわした。

「おまえの機転《ペテン》で宰曼鈴が命拾いしたんで、主上は喜んでいらっしゃるんだろ。もしかしたら菜戸《つれあい》にするのもお許しくださるかもしれねえな。で、どうなんだ？　あれだけ足しげく見舞いに行ったんだ、まだ口説《くど》いてねえなんてことはないよな？」

「怪我人を口説くという発想自体、持ち合わせていないんですが」

「馬鹿だねー。相手は鬼獄で拷問されて傷だらけになってるんだぜ。こういうときにやさしい言葉をかけてさんざん甘やかしてやる。これが女を落とす近道だって教えたろ？」

「弱みに付けこむような真似《まね》はしません」

「おまえはご清潔すぎるよ。宰曼鈴も厄介《やっかい》な相手に惚《ほ》れちまったなあ」

「どういう意味ですか」

「気づいてねえのかよ？　宰曼鈴はおまえに気があるぜ。なんでわかるのかって？　見てりゃわかるさ。おまえと会ってるときの宰曼鈴の顔つきはやけに華やいでるからな。おまえが訪ねてくるのを心待ちにしてるんだろ。今度こそ口説いてくれるんじゃねえかと期待してるんだろうな。なのにおまえときたら、伝書鳩《でんしょばと》よろしく見合い話を持っていくだけで用事がすめばとっとと帰っちまう。見ちゃいられないね。たまには期待にこたえてやれよ。おまえだってその気はあるんだろ？　わが身を危険にさらしてまで救出したほどの女だ。宰家のご令嬢だから遠慮《えんりょ》してるが、宰曼鈴が女官ならとっくに口説いてるはずだぜ。それとも口説きたくても口説きかたがわからなくて困ってるのかい？　だったら百戦錬磨《ひゃくせんれんま》の先輩に教えを乞えよ。色の道に精通した俺が手取り足取り――」

お節介はやめてください、と囚蝿は淫芥の腕を荒っぽくふりはらった。

「人の色恋沙汰《いろこいざた》に首を突っ込む暇があるなら、ご自分の心配をなさったらどうですか」

「俺には心配事なんかねえよ？」

「懸案はあるでしょう。いつになったら香琴《こうきん》を菜戸になさるんです？」

「なんだ、あの女に頼まれたのか」

「いいえ。香琴はなにも言いません。ただ、おふたりは似合いでいらっしゃるので、夫婦になるべきだと前々から思っていました」

「勝手に思ってろよ。だれがなんと言おうが、俺は菜戸を持たないって決めてるんで」

「香琴が気に入らないんですか？」

「あいつはいい女だよ。口うるさいところが難点だが、それも悪くはないさ」

「だったら、菜戸にすればいいでしょう。督主だって結婚なさったんです。先輩だって妻を持ってもいいころですよ。香琴なら先輩の遊び癖も受け流すだろうし……」

「督主と俺じゃ事情がちがう。一緒にするな」

はしなくも強く言いかえしたせいか、囚蠅は口をつぐんだ。

——もし俺に菜戸を持つ資格があったら。

頭によぎった考えを苦い笑みとともに嚙《か》み殺す。「もし」などと未練がましく口走るようになったらおしまいだ。歩んでこなかった道ははじめから存在しなかったと思うしかない。いまの自分を作った分岐点《ぶんきてん》に駆け戻って選択しなおすことはできないのだから。

「俺は人間じゃねえのさ。騾馬《らば》になる前からな」

とめどなく玉の塵を降らせる雪空をふりあおぎ、淫芥は白い息を吐いた。

「人並みのものを求めるには……賤《いや》しすぎるんだよ」

後宮は紅采園《こうさいえん》の空に三枚の風箏《たこ》がふわふわと泳いでいる。一枚は飛虎《ひこ》、一枚は孔雀《くじやく》、もう一枚は金魚だ。それぞれの桃子《いとまき》を握っているのは、皇太子・翼諧《よくかい》、恵福《けいふく》公主・喜芳《きほう》、令《れい》福《ふく》公主・喜菱《きりょう》。八つの翼諧は勇ましげにひとりで糸を操っているが、五つの喜芳と三つの喜菱は女官たちとともに桃子を持ち、きゃっきゃとはしゃいでいる。

「こたびは翼諧に助けられました」

風箏揚げに興じるわが子たちを眺めながら、皇后・汪梨艶《おうりえん》は朱唇をほころばせた。

寒嫣雨《かんえんう》こと破思英《はしえい》の一件で恒春宮《こうしゅんきゅう》には激震が走った。嫣雨が怨天教徒であるというだけでなく、邪心を抱いて皇宮に潜入していたという事実にだれもが驚き、当惑せずにはいられなかった。とりわけ梨艶は嫣雨をいたく信頼していたので、やりきれない思いにさいなまれた。それでも皇后として心を砕かねばならなかったのは自分自身をなだめる以上に子どもたちに事情を話すことだ。

三人とも嫣雨になついており、彼女が東廠《とうしょう》に連行されたと聞いて取り乱していた。聞き分けのいい翼諧は委曲《いきょく》を尽くして説明すれば理解してくれたが、喜芳と喜菱は嫣雨の無実を主張して譲《ゆず》らず、嫣雨を鬼獄《きごく》から救出するため無断で後宮を抜け出したほどだった。あまつさえ、あたらしい首席女官になじまず、彼女が嫣雨を陥《おとし》れたのではないかと騒ぐ始末で、一時はどうなることかと頭を抱えた。

「翼諧もずいぶん成長したな。利《き》かん気の強い妹たちに因果をふくめるとは」

礼駿《れいしゅん》は岩清水で洗ったような冬の日ざしに目を細めている。夫の横顔がたいそう誇らしげに輝いているので、梨艶は胸があたたかくなった。

「兄としての自覚がそなわってきたのでしょうね。頼もしいことですわ」

翼諧がかみ砕いて事の顚末《てんまつ》を説き明かしてくれたので、かたくなだった喜芳と喜菱の態度もやわらいで、おだやかな日常が戻りつつある。

「おまえに似たんだろう。おまえは俺を説得するのが得意だからな」

「天徳《てんとく》に感化されたんでしょう。翼諧はいつもあなたの教えを反芻《はんすう》していますから」

「母親が正しく導いてこそ、子は正道を歩むものだ」

「息子が手本とするのは父親だと言われていますよ」

では、と礼駿は力強く梨艶を抱き寄せた。

「俺たちふたりの功績だ。これで文句はないだろう」

うなずき合えば、どちらともなく笑みがこぼれる。

「翼諧が二十四旒《りゅう》の冕冠《べんかん》をかぶる日が待ち遠しいですね」

「聞き捨てならぬな。俺にさっさと隠居《いんきょ》しろというのか？」

「譲位《じょうい》なさって太上皇《たいじょうこう》の位におつきになれば、政務に忙殺されることもなくなります。時間に余裕ができて、ふたりでのんびり過ごせますよ」

「なるほど、悪くないな。日がな一日おまえと過ごせるなら」

「私が一日じゅうおそばにいたら、主上は退屈なさるかもしれませんね」

「退屈する暇はないぞ。ふたりで芝居の稽古《けいこ》をしていれば、あっという間に時が過ぎるからな。それに戯曲を書いてみるのもよさそうだ。おまえを女主人公にして」

「まあ、こんな大年増《おおどしま》を？　まさか才子佳人劇《さいしかじんげき》ではないでしょうね？」

「もちろん、そうだとも。おまえは美しく聡明な令嬢で、天女のような歌声の持ち主なんだ。うららかな春の日、侍女《じじょ》を連れて踏青《のあそび》に出かける。そこで見目麗《みめうるわ》しい青年に出会う。ふたりは一目で恋に落ち――」

「もうやめてください。恥ずかしいわ」

恥ずかしがることではないだろう、と礼駿は自信たっぷりに言い放つ。

「おまえはいつだって才子佳人劇の主役だぞ。ただし、相手役は俺だと決まっているが」

「あなた以外が相手役なら舞台には立ちませんわ」

愛《いと》おしさをこめて自分の肩を抱く夫の手をそっと撫《な》でる。すると、視界に翳《かげ》がさした。

「だめです、子どもたちの前で……」

「かまわぬ。どうせ風箏に夢中でこちらは見ていない」

逃げようとしたが、結局逃げられずに唇を奪われてしまう。

「……悪い癖ですよ。昼間からこんなことをなさるのは」

「大目に見てくれ。恒春宮《こうしゅんきゅう》で朝寝したい気持ちを必死でおさえているんだから」

礼駿は梨艶の右手を握った。その薬指には楕円形《だえんけい》の台座に大粒の翡翠《ひすい》をあしらった指輪が輝いている。后妃侍妾《こうひじしょう》はさまざまな宝飾品を身につけるが、金、銀、翡翠の指輪にはとくべつな意味がある。金の指輪は月の障りで夜伽《よとぎ》できないことを、銀の指輪はいつでも夜伽に応じられることをあらわし、翡翠の指輪は懐妊中の印だ。

懐妊がわかったのは一月前。これから無事に出産を終えて身体が完全に回復するまでの約一年、夜伽の名簿から梨艶の名は外されることになる。

「懐妊は喜ばしいが、丸一年もおまえの柔肌《やわはだ》を味わえぬのは拷問《ごうもん》にもひとしい」

「そのようなことをおっしゃってはいけません。後宮には若く美しい女人が大勢いるのです。私がおそばにいられないときは、彼女たちが心を尽くしてお仕えします」

「おまえの代わりはだれにもつとまらない」

礼駿は物欲しげに目を細めてふたたび口づけを落とした。

「俺が欲しいのは、おまえだけだ」

婚礼の夜にふたりきりの閨《ねや》でささやいてくれた台詞《せりふ》。あれから九年の歳月が過ぎたのに、礼駿はいまも変わらず梨艶を初々《ういうい》しい新妻のようにあつかってくれる。

――幸せすぎて怖いくらいだわ。

いつか罰せられないだろうか。過分な幸福を貪《むさぼ》った罪で。

「父皇《ちちうえ》！　母后《ははうえ》！」

三度目の口づけは威勢のいい声にさえぎられた。

「見てください！　あんなに高くのぼりました！」

手柄顔でふりかえった翼諧が冬晴れの空を指さす。その瞬間だった。にわかに疾風が駆けぬけ、愛日《あいじつ》を背に悠々《ゆうゆう》と泳いでいた飛虎を天高く連れ去った。

「験がよいな。皇子が生まれるきざしだろう」

古くから、糸が切れて飛び去る風箏は放災《ほうさい》と呼ばれ、尊《とうと》ばれている。災厄《さいやく》を持ち去ってくれると信じられているからだ。

「翼諧の風箏なのですから、翼諧に禍《わざわい》がふりかからないということでしょう」

夫の肩に寄りかかり、梨艶は手をかざした。追い風に乗って舞いあがった飛虎が日輪《にちりん》とかさなる。

もっともっと高くのぼればいい。金烏《きんう》の翼に払われ、焼き尽くされればいい。風箏に持ち去られた災厄がだれの頭上にも落ちてこないように。

嘉明《かめい》七年末、破思英《はしえい》が鬼獄《きごく》から忽然《こつぜん》と姿を消した。東廠は血眼《ちまなこ》になって捜索したが、行方は杳《よう》として知れなかった。

この女がふたたび禁城《きんじょう》の人びとの前に姿をあらわすのは、十八年後のことである。

「おしろい、くずれていないかしら?」

手鏡をのぞきこみ、月娥はひとりごとめいた問いを発した。

「とってもつややかですわ、王妃さま」

かたわらにひかえた巧燕は満足そうに微笑《ほほえ》んでいる。

「いつにも増して花顔《かがん》が輝いていらっしゃいます。殿下がごらんになれば見惚《みと》れてしまわれるでしょう」

臘月《ろうげつ》のなかばである。冬がきびしさを増すこの日に、二度目の華燭《かしょく》の典《てん》を迎えた。

「そなたの花嫁姿をもう一度見せてほしい」

婚礼をやりなおしたいと秋霆に打診されたとき、月娥は反射的に断った。

「費用がかかりますし、もったいないですわ。一度は立派な婚礼をあげていただいたのですから、王禄《おうろく》の無駄遣いになってしまうのでは……」

秋霆の厚意をむげにするようなことをなぜ口走ってしまったのか、自分でもわからない。彼に想いを告げられたばかりだったので、よほど混乱していたのだろう。

「私は廉潔《れんけつ》であれと己を律してきた。冗費《じょうひ》をついやすことはもとより好まぬ。しかし、今回はあえて贅沢《ぜいたく》をさせてくれないか。名実ともにそなたを娶《めと》るという証《あかし》にしたいんだ」

頼む、とひたむきに見つめられて、月娥はどぎまぎした。

「私が決めることではないかと……。殿下がお決めになればよろしいのでは」

「いや、そなたが決めることだ」

秋霆は月娥の手を握り、ふたりの距離をつめた。

「家政の管理は王妃の責務だ。これまではそなたを客人として遇《ぐう》してきたので任せなかったが、今後は王妃として家政を仕切ってもらいたい。いわば整斗王府の銭包《さいふ》はそなたの手中にあるわけだ。ゆえに私が贅沢をしたければ、そなたに許しを請わねばならぬ」

そなたの花嫁姿をもう一度見せてくれ、と懇願《こんがん》するようにささやかれて、なおも断ることなどできるはずがない。月娥はうなずいた。一も二もなく。

かくてふたたび華燭の典をあげたのだが、あまり大仰《おおぎょう》にするわけにもいかないので客人は招かなかった。まさにふたりだけの婚礼である。

祝い酒はふるまわれないので、拝礼をすませたあと、ふたりで連れだって洞房《ねま》に入ることもできたが、正式な手順を踏みたいという秋霆の希望で花嫁である月娥が先んじて閨に入った。深紅の絹で飾り立てられた洞房で花婿を待っていると、失敗に終わった最初の婚礼が思い起こされる。あの晩、月娥は甘い夢を打ち砕かれて冷たいひとり寝の床《とこ》に入った。

しかし、今夜はちがう。どんな言葉をささやいてくれるのかはわからないけれど、それは胸がときめくようなものだろう。やさしく見つめてくれるだろうし、そっと抱き寄せてくれるだろうし、口づけをしてくれるかも――。

「そうだわ、臙脂《べに》の色は大丈夫？　くすんで見えない？」

「雪の肌に映えてとてもあざやかですわ」

巧燕に太鼓判《たいこばん》を押されてほっとする。

――殿下が口づけをお嫌いでなければいいけれど。

想いを通わせてからも秋霆とは口づけしていない。なぜしてくれないのか、理由を尋ねたくても尋ねられなかった。口づけが嫌いだと言われるかもしれないと怖気《おじけ》づいてしまったのだ。月娥は愛情を伝え合うその行為にあこがれていた。むろん相手はだれでもいいわけではない。秋霆に口づけされることを夢見ているのだ。彼がしたくないと言うなら無理《む り》強《じ》いはできないけれど、可能ならば口づけというものを経験してみたい。

「殿下がお見えになりましたわ。王妃さま、紅蓋頭《こうがいとう》を」

巧燕に急《せ》かされて紅蓋頭をかぶる。赤い闇のむこうから足音が近づいてきた。秋霆が作《さ》法《ほう》どおりに竿《さお》で紅蓋頭をはずすと、蘭灯《ともしび》が照らし出す視界に龍文を織り出した紅の大袖袍《おおそでほう》が映る。古礼によれば花嫁は終始うつむいていなければならないらしいが、彼の晴れ姿を見たいという衝動をおさえられず、月娥は顔をあげた。

とたん、驚いたような表情の秋霆と視線がぶつかる。どれくらい見つめ合っていたのだろうか、「杯をどうぞ」と促す奇幽の声でわれにかえった。赤い糸で結んだふたつの杯で交互に酒を飲む交杯酒《こうはいしゅ》がすむと、奇幽ら婢僕《めしつかい》は退室する。牀榻《しんだい》にならんで腰かけたまま、ふたりは洞房に残された。短くない沈黙が落ち、どちらからともなく口火を切る。

「そなたは」

「殿下」

真っ向から言葉が衝突し、そろってうろたえる。

「言いたいことがあれば、そなたから話してくれ」

「いえ、私はあとでかまいませんから、殿下からお先に……」

妙な押し問答をして笑い合う。

「私が言いたかったのは驚いたということだ。そなたが美しすぎて見惚《みと》れてしまった」

「私も殿下に見惚れてしまいました。最初の婚礼では緊張してあまり見られなかったせいかしら、花婿姿の殿下にはじめてお目にかかるような気がして……」

「これが最後の機会だ。思う存分見てくれ」

膝の上に置いた手を握られ、鼓動がはねる。心が求めるままにとなりに視線を向ければ、なおいっそう胸が高鳴った。翼善冠《よくぜんかん》をかぶり、逞《たくま》しい長軀《ちょうく》を深紅の龍袍《りゅうほう》でつつんだその姿は夢のなかで思い描いていたものよりもずっと凜々《りり》しく麗しい。まばたきをする時間さえ惜しんで見入っていると、秋霆がこちらに手をのばしてきた。火照《ほて》った頰《ほお》を大きな手のひらでつつまれ、目頭《めがしら》が熱くなる。

「今夜から私はそなただけの夫だ、孫妃」

甘やかなささやきが耳朶《じだ》をかすめた。

「そしてそなたは私だけの妻だ」

はい、と答えられない。喜びに震える唇は彼のぬくもりに封じられた。夢でも味わえなかった口づけに酔う。甘く、やさしく、身体が溶けそうな、慕《した》わしい熱に。

「……安心しました」

ぽつりとつぶやくと、秋霆が怪訝《けげん》そうに「なんのことだ？」と問いかえした。

「想いが通じたのに殿下が口づけしてくださらないので、もしかしたら殿下は口づけがお嫌いなのかも……って心配していましたの。でも、よかったわ。これで……」

はっとしてつづきを打ち切る。

「ご、ごめんなさい……！　私ったらなんてはしたないことを……」

これではまるで口づけをいつしてくれるのかとうずうずしていたみたいだ。いや、実際そうなのだが、婚礼の夜とはいえ面と向かって言うべきではなかったかもしれない。

「本音を言えば、もっと早く口づけしたかった」

頤《おとがい》をとらえられて顔を上向かされた。渇《かつ》するようなまなざしにどきりとする。

「そなたが私の求婚を受け入れてくれたときに、唇を奪ってしまいたくなった。だが、恐ろしくてできなかったんだ」

「恐ろしくて……？」

「一度、口づけしたが最後、やめられなくなりそうだと思った。自制できなくなるだろうと直感した。――こんなふうに」

　ふたたび唇をふさがれ、言葉が消える。はじめよりずっと深い口づけだった。水を求めて千里を駆けてきた人が喉《のど》をうるおそうとするような。

「……で、殿下、待ってください」

　甘美な責め苦に耐えかねて、月娥はやんわりと抗《あらが》った。

「いやか？」

「いいえ、とんでもない。殿下に口づけしていただけるなんて夢のようですわ」

「だったら、このまま夢を見よう」

「はい……あっ、いえ、その前に鳳冠《ほうかん》をはずさなくては。落として壊してしまったら事ですもの。さっきから落ちそうになっていて冷や冷やしていましたの」

　秋霆は目をしばたたかせ、軽く噴き出した。

「笑い事ではありませんわ。こんなに立派な鳳冠なのですから、さぞや値が張っているのでしょう？　王禄でこしらえていただいた大切な品を傷つけるわけには……」

　言い終わらないうちに頭から鳳冠の重みが消える。

「これで安心できたかな」

　鳳冠を牀榻脇の小卓に置き、秋霆が笑う。

「私も翼善冠をはずしたほうがいいな。そなたに頼んでもいいか?」

「……私が殿下の冠にふれてもよいのでしょうか」

「よいもなにも、夫の世話をするのは妻のつとめだろう?」

妻の、という誇らかな響きが胸に轟《とどろ》く。そうだ、月娥は秋霆の妻なのだ。かりそめではなく、まことの妻になるのだ。その事実を噛《か》みしめて腕をのばした。秋霆が身をかがめてくれたので、慎重な手つきで翼善冠をはずす。

いったん牀榻を離れ、鳳冠のとなりにそれを置いてふりかえった直後、だしぬけに腕をつかまれ引き寄せられた。ぐいと抱きあげられ、気づけば秋霆の膝の上にいる。

「……すまない」

貪《むさぼ》るような口づけのあとで、秋霆が低く詫《わ》びた。

「乱暴にするつもりはなかった。やさしくしようと決めていたのに……そなたがあまりにあでやかなので抑えがきかなくなってしまった。怖がらせていなければいいのだが」

「怖いなんて思っていませんわ」

壊れそうなくらいに胸が震えている。恐怖ではなく、飛び立つような歓喜で。

「だって私、この日をずっと待ち望んでいたんですもの。殿下に抱かれ、先ほどのように口づけしていただける日を……」

顔から火を噴きそうなほど恥ずかしいけれど、今夜は本心を隠したくない。

「もっと早くこうするべきだった。最初の婚礼の夜に」

口づけと口づけのあわいで秋霆はもどかしげにささやいた。

「赦《ゆる》してくれ、孫妃……いや、月娥」

慕わしい声音《こわね》でつむがれる自分の字《あざな》が全身にしみわたっていく。

「これから埋め合わせをする。この命がつづく限り、そなたを愛す。だからどうか、私の過ちを赦してくれないか」

愛《いと》おしげに首筋を撫《な》でられると、彼以外のものが目に入らなくなる。

「殿下――」

月娥は秋霆の頬にふれた。求めてやまないぬくもりをじかに感じ、笑みをこぼす。

「もう赦していますわ」

口づけの雨に降られ、溺《おぼ》れそうになる。いっそ死んでしまえたらいいのにとさえ思う。幸せのさなかに終わることができたら、どれほど恵まれた一生になるだろうか。

――いけないわ、そんなことを考えては。

秋霆には二度とふたたび妻を喪《うしな》う苦しみを味わってほしくない。喪失の痛みにさいなまれてほしくない。ゆえに月娥は長く生きなければならない。すくなくとも秋霆よりは一日でも数刻でも長く。彼を見送るまでは命を燃やしつづけなければ。

この先、なにが起ころうとも。

あとがき

本作はコバルト文庫およびオレンジ文庫で刊行されている後宮史華伝シリーズの第二部第三巻です。舞台となる凱《がい》王朝は明《みん》王朝をモデルにしています。宗室高《こう》家を軸に後宮という場所を読み切り形式で描いていくシリーズなので、どこから読んでいただいてもかまいません。毎回ヒロインの特技をテーマに組みこんでいます。今回はお茶でした。

高秋霆《しゅうてい》の息子である翼護《よくご》は、本作では亡くなったと思われていますが、実は生きており、作中にちらっと出ています。次巻では大人になった姿で登場する予定です。

棘灰塵《きょくかいじん》は前作『後宮戯華伝』で同淫芥《どういんかい》と独囚蠅《どくしゅうよう》をこき使う上官として出ていました。葬《そう》刑哭《けいこく》は敬事房太監《けいじぼうたいかん》でしたね。前作で淫芥が賄賂《わいろ》として刑哭に贈った春宮画《しゅんぐうが》にはめずらしい食べ物が描かれており、刑哭はその部分目当てに春宮画を受け取りました。

淫芥は順調に出世し、のちに督主《とくしゅ》になります。督主は次期司礼監掌印太監《しれいかんしょういんたいかん》なので、何事もなければそのまま持ちあがるのですが、彼は司礼監掌印太監にはなりません。

爪香琴《そうこうきん》は『後宮戯華伝』が初登場で、当時は意地悪な主に虐《しいた》げられる奴婢《ぬひ》でした。

孝哲《こうてつ》皇后は崇成帝《すうせいてい》および義昌帝《ぎしょうてい》であった睿宗《えいそう》（高遊宵《ゆうしょう》）の皇后、李緋燕《りひえん》です。

嘉明《かめい》年間は前半と後半で空気ががらりと変わります。今回は前半でしたのでわりとのんびりしていましたが、次回は後半なのでもっと殺伐《さつばつ》とした雰囲気《ふんいき》になると思います。

第四巻であつかう燃灯《ねんとう》の変《へん》の首謀者《しゅぼうしゃ》は、今回九陽城《きゅうようじょう》をひっかき回した破思英《はしえい》です。彼女は怨天教団《えんてんきょうだん》初の女性教主《きょうしゅ》となり、王朝に弓を引きます。燃灯の変は皇位継承にも影響をおよぼし、東宮位をめぐる骨肉の争いを招いてしまいます。

本作とはあまり関係ありませんが、賊龍《ぞくりゅう》の案《あん》について「未解決では？」とよくご質問をいただくので明記しておきます。この事件は解決しており、犯人も報いを受けています。『後宮染華伝』にヒントを残していますので、よく読んでいただければ、犯人の名前が公表されなかった理由、族滅令《ぞくめつれい》が発せられなかった理由もおわかりいただけるはずです。

来月、短編集『後宮史華伝　すべて夢の如し』が出ます。本編では書けなかったさまざまなこぼれ話が入っていますので、ぜひごらんください。

今回も美麗《びれい》なカバーイラストを描いてくださったSay HANaさま、遅すぎる原稿を辛《しん》抱《ぼう》強く待ってくださった担当さまに深く感謝します。ありがとうございました。

そして本作をお手にとってくださった読者のみなさまに心からの感謝を。前作以上にぶ厚い本になってしまいましたが、楽しんでいただければうれしいです。

はるおかりの

集英社オレンジ文庫をお買い上げいただき、ありがとうございます。
ご意見・ご感想をお待ちしております。

● あて先
〒101-8050　東京都千代田区一ツ橋2-5-10
集英社オレンジ文庫編集部 気付
はるおかりの先生

後宮茶華伝

仮初めの王妃と邪神の婚礼

集英社
オレンジ文庫

2023年12月24日　第1刷発行

著　者　はるおかりの
発行者　今井孝昭
発行所　株式会社集英社
〒101-8050東京都千代田区一ツ橋2-5-10
電話【編集部】03-3230-6352
【読者係】03-3230-6080
【販売部】03-3230-6393（書店専用）
印刷所　株式会社美松堂／中央精版印刷株式会社

ISBN 978-4-08-680532-2 C0193